永遠の旋律

キャット・マーティン

岡 聖子 訳

THE HANDMAIDEN'S NECKLACE

by Kat Martin

Translation by Seiko Oka

THE HANDMAIDEN'S NECKLACE

by Kat Martin

Published by K.K. HarperCollins Japan, 2022

わたしの人生の真のヒーローである
夫、ラリーに

永遠の旋律

おもな登場人物

ラファエル・ソーンダース――シェフィールド公爵
ミリアム・ソーンダース――ラファエルの母親
コーデル（コード）・イーストン――ラファエルの親友。ブラント伯爵
ビクトリア（トーリィ）・イーストン――コードの妻
イーサン・シャープ――ラファエルの親友。ベルフォード侯爵
グレース・シャープ――イーサンの妻
オリバー・ランドール――ラファエルの友人。カバリー侯爵の息子
カバリー侯爵夫人――オリバーの母親
マックス・ブラッドリー――ナポレオン軍の動静を探る密偵
ジョナス・マックフィー――ボウ・ストリートに事務所を構える探偵
ダニエル・デュバル――ラファエルの元婚約者。子爵令嬢
フローラ・デュバル・チェンバレン――ダニエルの叔母。ウィコム伯爵未亡人
リチャード・クレメンス――ダニエルの婚約者。アメリカ人実業家
キャロライン・ルーン――ダニエルの小間使い、親友
ロバート・マッケイ――キャロラインの恋人

1

ロンドン　一八〇六年六月

「困ったものね、ほんとうに」舞踏室のまんなかで、レディ・ブルックフィールドのコルネリア・ソーンが言った。「ほら、踊っている彼を見てごらんなさいな……なんて退屈そうな様子かしら。彼は公爵で、相手は臆病な娘。あの娘はすっかりおびえてしまっているのよ。賭けてもいいわ」

　シェフィールド公爵未亡人ミリアム・ソーンダースは、片眼鏡を上げてシェフィールド公爵である息子のラファエルを眺めた。ミリアムと姉のコルネリアは、ラファエルとその婚約者レディ・メアリー・ローズ・モンタギューとともに慈善舞踏会に来ていた。この〈ロンドンの未亡人と孤児支援協会〉のための舞踏会は、チェスターフィールドホテルのすばらしい舞踏室で開かれていた。

「あの娘はほんとうにかわいらしいわ」公爵未亡人は弁解じみた口調で言った。「きれいな金髪で小柄で。ただ、少し内気なのよ。それだけだわ」婚約者とは対照的に、ミリアムの息子の公爵は黒髪で背が高い。ただ、目だけは公爵のほうがもっと青い。たくましくて信じられないほどハンサムな彼の堂々たる体躯が、未来の花嫁の上に影を投げかけているように見える。

「あの娘は確かにかわいらしいわ」コルネリアが言った。「少々おしろいをつけすぎているようだけれどね。それはともかく、あれはやはり恥さらしと言うべきですよ」

「ラファエルはやっと義務を果たす気になったのよ。結婚すべきときはとうの昔にすぎているの。あのふたりはわたしが望んでいたほどお似合いの夫婦ではないかもしれないけれど、若くて丈夫な娘だから、きっと健康な跡継ぎを産んでくれるでしょうよ」ミリアムはそう答えたものの、姉の言葉どおり、息子の顔に退屈そうな表情が浮かんでいることは気づいていた。

「ラファエルはずいぶん気性の激しい子だったわ」コルネリアがどこか懐かしげに言った。「あなただって、以前のあの子をおぼえているでしょう？　昔はほんとうに火のような気性で、生きることにとても情熱的だった。いまは……そう、いつも自分を抑制しているわ。わたしは、以前の生き生きしたあの子が懐かしくてしかたがないのよ」

「人はみな変わるのよ、お姉様。激しい情熱がどういう結果をもたらすか、あの子はつらい経験で学んだのよ」

コルネリアがうめくように言った。「あのスキャンダルのことね」白髪まじりの髪をした彼女は、公爵未亡人より六歳年上だ。「ダニエルのことは忘れられないわね……。ラファエルとお似合いだったのに。彼女があんなことをしたなんて、ほんとうに残念だわ」

公爵未亡人はちらっと姉に視線を投げかけた。ラファエルの以前の婚約者ダニエル・デュバルのせいで自分たちが耐え忍ばなくてはならなかったおぞましいスキャンダルのことを、いまさら思いだしたくはなかった。

曲が終わり、踊っていた者たちがダンスフロアから散りはじめた。「しっ」ミリアムは言った。「ラファエルとメアリー・ローズがこちらへ来るわ」メアリー・ローズは公爵よりたっぷり三十センチは背が低い。金髪に青い目で色が白く、容姿はまさに理想のイギリス女性と言ってもいい。しかも父親は伯爵で、多額の持参金がある。息子が多少とも幸せになってくれるようにと、ミリアムは祈った。

ラファエルが礼儀正しく一礼した。「こんばんは、母上、コルネリア伯母様」

ミリアムはほほえんだ。「ふたりとも、今夜はほんとうにすてきだこと」確かにそのとおりだった。ラファエルは紫がかった灰色のズボンと、青い目をいっそう引きたてる濃紺の燕尾服を身につけている。メアリー・ローズはかわいらしいピンクの薔薇の縁飾りがついた白いシルクのドレスを着ていた。

「ありがとうございます、奥様」メアリー・ローズがひどく堅苦しい口調で答えた。

ミリアムの顔が曇った。ラファエルの腕に置かれたメアリー・ローズの手が震えているではないか。ああ、もうすぐ公爵夫人になるというのに。これからの数カ月のあいだに、なんとか少しはしっかりしてもらわなくては。

「踊っていただけますか、母上？」ラファエルが礼儀正しく訊いた。

「あとでね」

「コルネリア伯母様は？」

だが、コルネリアは入り口のほうを見つめたまま呆然としていた。ミリアムが姉の視線をたどり、ラファエルとその婚約者も同じ方向に目を向けた。

「噂をすれば……」コルネリアが口のなかでつぶやいた。

ミリアムの目が丸くなり、鼓動が異常に速くなった。舞踏室に入ってきた背の低い肉付きのいい女性は、ウィコム伯爵未亡人フローラ・チェンバレンだった。そして、もうひとりの、背が高くてほっそりした赤い髪の女性はその伯爵夫人の姪だ。

ミリアムの唇がむっとしたように引きしまった。すぐそばで、息子の表情が驚きから怒りへと変わり、顎の細い割れ目が深くなった。

コルネリアはまだ同じ方向を見つめていた。「なんて厚かましい！」

ラファエルは顎をこわばらせたが、言葉は出さなかった。

「あれはどなたですの？」メアリー・ローズが訊いた。

ラファエルは答えなかった。彼の目は、叔母のあとについて舞踏室に入ってきた優美な女性に釘付け（くぎづ）けになっていた。この数年、ダニエル・デュバルはずっと田舎に引きこもっていた。あのスキャンダルのあと、彼女は社交界から締めだされてロンドンを去ったのだ。父親はもう亡くなっていたし、激怒した母親からは勘当されたため、ダニエルは叔母のフローラ・デュバル・チェンバレンとともに田舎へ移っていった。それ以来、今夜まで彼女は一度もロンドンに姿を見せたことはなかった。

いったいダニエルがなんのためにロンドンへ戻ってきたのか、歓迎されないとわかっているこの場所へどうして顔を出したのか、ミリアムには想像もつかなかった。

「ラファエル……？」レディ・メアリー・ローズが不安そうな顔でラファエルを見あげた。

ラファエルの視線は動かなかった。ダニエルを凝視している彼の青い目に、なにかがきらめいた。もう五年近くもミリアムが見たことのなかった、熱く激しいなにかが。ラファエルの顔は怒りでこわばっていた。彼は自制心をとり戻そうとするように大きく深呼吸した。

それからラファエルはメアリー・ローズを見おろしてほほえみを浮かべた。「心配するようなことはなにもないよ。まったく、なにも」そして手袋をはめたメアリー・ローズの手をとって自分の腕にのせた。「また音楽が始まった。踊ろうか」

ラファエルは婚約者の返事を待たずに歩きだした。きっとこれからもずっとこの調子なのだろう、とミリアムは思った。ラファエルが命令し、メアリー・ローズはまるで幼い子供のようにそれに従うのだ。

ミリアムはダニエル・デュバルのほうに視線を戻し、彼女が丸々と太った白髪の叔母のあとについて頭を高く上げ、周囲のささやきも凝視も無視して、まさに公爵夫人のように堂々とした態度で歩いていくのを見つめた。

結婚する前に彼女の本性がわかったことに感謝しなくては。ラファエルがさらに深く彼女を愛してしまう前に。

ふたたびミリアムの視線がかわいらしいメアリー・ローズのほうに向けられた。きっとあの娘ならダニエル・デュバルとは正反対の従順な妻になるだろうと思うと、ふいにミリアムは感謝の念をおぼえた。

そこは壮麗な舞踏室だった。贅沢（ぜいたく）な象眼細工をほどこした天井にいくつもつりさげられているガラスのシャンデリアから柔らかな光があふれ、磨かれた寄せ木細工の床を照らしていた。黄色の薔薇と白い菊を生けた大きな花瓶が、壁にそって並べられた台に置かれている。ロンドンの特権階級のなかでも選（え）りすぐりの者たちが部屋を埋め、薄青の制服を着た十人編成の楽隊の奏でる音楽に合わせて踊っている。〈ロンドンの未亡人と孤児支援協会〉への寄付を募るための催しだった。

舞踏室の隅で、ブラント伯爵コーデル・イーストンとベルフォード侯爵イーサン・シャープが、それぞれの妻ビクトリアとグレースとともに立って、踊る人波を眺めていた。

「あれが見えるか？」コードが踊っている人々から目を離して、遠くの壁際を歩いていくふたりの女性に目を向けた。「きっとわたしの目がおかしいのだろうな」コードは長身でたくましく、濃い茶色の髪と金茶色の目をしている。彼とイーサンはシェフィールド公爵の親友だ。

「なにをそんなに熱心に見ていらっしゃるの？」妻のビクトリアが夫の視線を追いながら訊いた。

「ダニエル・デュバルだ」イーサンが驚いた声で言った。「ずうずうしくこんなところに出てくるとは信じられない話だな」イーサンもコードと同じくらい長身で、体は引きしまり、肩幅が広い。黒い髪と薄青い目をしていた。

「まあ、きれいな人ね……」グレース・シャープがびっくりしたように、すらりと背の高い赤毛の女性を見つめた。「ラファエルが恋をしたのも不思議じゃないわ」

「メアリー・ローズもきれいよ」ビクトリアが弁護するように言った。

「ええ、もちろんきれいよ。でも、ミス・デュバルにはなにか特別なものがあるわ……あなたは気づかないの、トーリィ？」

「確かに、彼女にはなにかがあるよ」コードがうめくように言った。「あの女は蛇のような心を持った不実な女なんだ。良心のかけらも持っていない。ロンドンの住人の半数は、あの女のラファエルに対する仕打ちを知っている。誓って、この場所で歓迎されるような女ではない」

コードの視線がラファエルをとらえた。ラファエルは、これまで見せたことのない熱心さで小柄な婚約者を見つめながら踊っていた。「ラファエルも気づいたようだな。くそっ――いったいなぜダニエルはロンドンへ戻ってきたのだ？」

「これからラファエルはどうするかしら？」ビクトリアが訊いた。

「無視するさ。ラファエルはあの女と同じレベルまで身を落としたりはしない。すばらしい自制心を持っているからね」

ダニエル・デュバルはまっすぐ前方に視線を据えたまま、叔母のあとについて歩きつづけた。ふたりは部屋の奥をめざしていた。そこへ着いてしまえば、もうあまり人目にさらされずにいることができるだろう。

視界の隅で、ひとりの女性がふいに体の向きを変え、ダニエルに背中を向けた。例のスキャンダルをひそひそささやきかわす声が聞こえてきた。ああ、どうして叔母の説得に負けてこんなところへ来てしまったのだろう？

だが、フローラ・デュバル・チェンバレンは人を思いどおりに操縦する方法を心得ているのだ。

〝このチャリティの催しは、わたしにとってとても大事なことなのよ〟と叔母は言った。〝あなたはわたしたちの崇高な目的の達成にずっと協力してきてくれたのに、一言の感謝の言葉も受けとっていないわ。あなたが行かないのなら、わたしも行きません。お願いだから、この叔母さんのささやかな頼みを聞き入れてちょうだい〟

〝わたしの立場はよくご存じのはずよ、フローラ叔母様。わたしに話しかける人はひとりもいないでしょう。ひそひそ陰口を言われるだけよ。もう二度とあんな思いはしたくないの〟

〝いつまでも隠れて暮らすことはできないのよ。あれからもう五年もたつのよ！　あなたはなにひとつ悪いことなどしていないのに。そろそろ自分の存在を主張してもいいときですよ〟

今度の舞踏会が叔母にとってどれだけ大きな意味を持つものかわかっていたので、しぶしぶながらもダニエルは承知した。それに、フローラ叔母の言うことにも一理ある。そろそろ隠れ家から出て、もう一度自分の存在を主張してもいいころだ。しかもロンドンに滞在するのはたった二週間なのだ。そのあと彼女はアメリカへ渡り、その地で新たな人生を切り開くことになっている。

ダニエルはリチャード・クレメンスのプロポーズを承諾していた。彼は田舎で出会った裕福なアメリカ人実業家で、妻と死別し、幼いふたりの子供がいる。リチャードの妻になれば、とっくにあきらめていた夫と子供を同時に手に入れることになる。新しい生活が始まろうとしていることを考えると、叔母の頼みを聞いて舞踏会に出ることくらいたいしたことではないように思われたのだった。

だが、実際にここへ来たいま、ダニエルはどこかほかへ――ここではないところならどこでもいいから――行ってしまいたいと心の底から願っていた。

華やかな舞踏室の奥まで来ると、ダニエルは花でいっぱいの花瓶の陰に隠れるようにして、壁際に置かれた小さな金色のベルベットの椅子に腰を下ろした。叔母はあちこちから向けられる敵意のこもった視線にもひるむことなくパンチボウルに近づいていき、やがて縁までいっぱいにフルーツパンチを入れたグラスを持って戻ってきた。

「さあ、これをお飲みなさいな」叔母は片目をつぶって言った。「緊張が解けるように、少しだけいいものを入れておいたわ」

ダニエルはこの夜を切りぬけるためにアルコールの助けを借りる必要はないと言おうとしたが、ふとまた敵意に燃える視線を感じて思わずぐっとグラスを傾けた。

叔母が言った。「この催しの責任者のひとりとして、わたしはあとでちょっとしたスピーチをしなくてはいけないのよ。出席者にできるだけたくさん寄付をしてくれるように頼んで、これまでの支援に対するお礼を述べたら、あとは帰ってもいいの」

それまでの時間が果てしなく長く思われた。人々の顔に浮かぶ軽蔑の表情は予想していたものの、かつては友人だった者たちが視線を合わせようともしないのを見ると、彼女の心は想像していたよりもずっと傷ついた。

そして、ラファエルの姿もあった。

ああ、彼がいませんようにと祈っていたのに。フローラ叔母は、ラファエルは毎年寄付金を送ってくるだけだからきっと今年もそうするだろうと言っていた。なのに、今年は出席しているのだ。記憶にあるよりさらにすてきになった彼は、長身の体全体から力強い存在感と貴族らしい威圧感を放っていた。

ダニエルを破滅させた男。

ダニエルがこの地上の誰よりも憎んでいる男。

「まあ、驚いたわ」フローラ叔母が、おしろいを塗った丸い顔の前でひらひらと扇をふりながら言った。「わたしの予想ははずれたようね。シェフィールド公爵がいらっしゃっているわ」

ダニエルはぎゅっと奥歯を噛みしめた。「ええ……そのようね」しかも彼は、この部屋に入ってくるダニエルに気づいていた。ほんの一瞬だが、緑色のダニエルの目と青い彼の目が合ったのだ。瞬間的に彼の目に怒りがきらめいたが、すぐに視線ははずされ、直前までと同じ無表情が彼の顔を覆った。

ダニエルの感情が高ぶった。あんな表情をしているラファエルを見るのははじめてだった。穏やかで、落ち着き払っていて、安らかと言ってもいいような表情。その表情が、彼の顔を引っぱたいてやりたいという気持ちをダニエルに抱かせた。あの整いすぎた顔から、人を見下すような気どった表情を払いおとしてやりたい。

だが実際のダニエルは壁際の椅子に座り、旧友からも無視され、知りもしない人々にまで陰口をきかれながら、早く叔母のスピーチが終わってここを去るときが来ればいいのにと願っていた。

ラファエルは婚約者のレディ・メアリー・ローズ・モンタギューを、彼女の両親であるスロックモートン伯爵夫妻のもとへ連れていった。

「あとでもう一度踊ってもらえるね?」ラファエルは小柄な金髪の婚約者の手に唇をつけながら言った。

「もちろんですわ、公爵様」

ラファエルはうなずいて向きを変えた。

「もう少しあとでまたワルツが始まると思いますわ」メアリー・ローズが言った。「そのとき……」

でもラファエルはもう歩きだしていて、彼の頭は婚約者とは正反対の女性のことでいっぱいになっていた。ダニエル・デュバル。背後でその名前がささやかれるのが聞こえるだけで、ラファエルの感情は爆発してしまいそうだった。彼は何年もの月日をかけて、かっとしやすい自分をコントロールして感情を抑える術を学んだ。このごろではめったに大声を出すこともないし、かっとすることもない。感情のままに行動することはなくなっていた。

ダニエルとの一件以来。

ダニエル・デュバルを愛したことで、彼は貴重な教訓を得た――頭と心を感情に支配させた結果、恐ろしい代償を支払うことになったのだ。愛というのは、人間らしさを失わせる病気だ。ラファエルはもう少しでその病気に食いつくされてしまうところだったのだ。

ちらっと舞踏室の奥に目をやると、ダニエルの赤い髪の輝きが見えた。彼女がここにいる。信じられない気がした。あんなことをしたあとで、どうしてこんなところに顔を出すことができるのだろう？

彼女のことは無視しようと決めて、ラファエルは舞踏室の隅にいる友人たちに向かって歩きだした。そばまで行くと、彼らもまたダニエルに気づいていることがわかった。

ラファエルは、通りかかった給仕の持っている銀のトレイからシャンパンのグラスをとった。「ふむ……その驚いた顔つきから察するに、どうやらきみたちも彼女を見かけたようだな」

コードがあきれたように頭をふった。「ずうずうしくこんなところへ来るなんて信じられない」

「あの女はまぎれもない鉄面皮だ」イーサンも陰鬱(いんうつ)な口調で言った。

ラファエルがグレースに視線をやると、彼女はグラスの縁ごしにじっと彼を見つめていた。

「とてもきれいなかたね」グレースが言った。「あなたがどうして彼女に恋をしたか、わたしにはよくわかるわ」

ラファエルの顎が引きしまった。「あの女に恋をしたのは、わたしがばかだったからだ。ほんとうさ。わたしは愚かさの代償を支払ったし、もう二度と同じことはしないよ」

ビクトリアが顔を上げた。彼女はグレースより小柄で、グレースの赤褐色の髪とは対照的な茶色の髪をしている。「それは、もう二度と恋をしないという意味ではないでしょう?」

「いや、そういう意味だ」

「でも、それでは、メアリー・ローズのことはどうなるの? 少しは彼女を愛しているのでしょう?」

「好意は持っているさ。そうでなければ、結婚などしない。彼女は若くてきれいだし、おとなしくて従順な性格で、最高の家柄の出だ」

イーサンが青い目を見開いてラファエルをにらみつけた。「おい、言っておくが、いまはひとりの女性について話しているんだぞ。馬の話じゃない」

コードは部屋の向こうにいる赤毛のほうに目をやった。「きみは見事に彼女を無視したな。もしわたしがきみの立場だったら、あれほど寛大にふるまえたかどうかわからないよ」

ラファエルが顔をしかめた。「難しいことじゃない。女など、わたしにとってはなんの意味もないのだ――いまはね」

だが、彼の視線はふたたびダンスフロアの向こうにさまよいだしていた。ダニエルの赤い髪が見えると、首筋のあたりが怒りで熱くなっていく。できるものならこのフロアを横切り、両手を彼女の首にかけて絞め殺してやりたかった。これほど激しい感情がこみあげたのは、最後に彼女に会った日以来だった――そう、あれは五年前のことだ。

思いがけない激しさで記憶がよみがえる。友人のオリバー・ランドールの領地で催された一週間にわたるハウスパーティでの出来事だった。ダニエルも母親や叔母と一緒にそこへ来ると知ったときの興奮。オリバー・ランドールはカバリー侯爵の三男で、ウッドヘブンにある一家の領地は広大だった。

一週間の滞在は、少なくともラファエルにとっては夢のような時間だった。ダニエルとすごす長くのんびりした午後、ダンスの合間にときどきほんの数分ふたりきりになるチャンスを見つけられる夜。そして、滞在の終わる二日前の夜、たまたまラファエルはダニエルの署名のある短い手紙を見てしまったのだ。それはオリバーに宛てたもので、オリバーは読んでから不用意に投げだしておいたらしかった。そこには、夜中に部屋に来てほしいと書かれていた。

どうしてもお目にかかりたいの、オリバー。恐ろしい間違いからわたしを救うことができるのはあなただけなのです。お願いですから、夜の十二時にわたしの部屋に来てください。お待ちしています。

あなたのダニエル

ラファエルの胸は怒りと驚きに引き裂かれた。彼はダニエルを愛していたし、彼女も自分を愛していると信じきっていた。

十二時をほんの数分すぎたころ、ラファエルは彼女の部屋のドアをノックし、そのまますぐに把手をまわした。ドアを開けたとき目に入ったのは、ベッドのなかにいる彼の婚約者と友人の姿だった。

ラファエルの愛している女性のかたわらに、友人は裸で横たわっていた。

突然こみあげてきた吐き気を、いまもラファエルははっきりとおぼえている。裏切られたというおぞましい感覚。

　音楽が盛りあがっていくこの舞踏室でも、いまラファエルは同じ吐き気を感じた。彼は楽団に視線を据えて、いやな記憶を消してしまおうとした。五年前と同じように、きれいに心の奥に埋めてしまうのだ。

　それからの一時間、ラファエルは友人たちの妻と踊り、そのあとふたたびメアリー・ローズと踊った。短いスピーチをするこの催しの主催者のなかにフローラ・デュバル・チェンバレンがいるのを見たとき、ラファエルはなぜダニエルがここへ来たのかわかった。

　少なくとも、理由のうちのひとつはわかった。

　もしほかにも理由があるとしても、ラファエルには関係がない。スピーチが終わってダンスが再開されたとき、ラファエルはまた舞踏室の奥に目をやった。

　もうそこにダニエル・デュバルの姿はなかった。

2

「彼女を見るときのラファエルの目を見たでしょう?」青の客間のソファに座って、豊かな茶色の髪を背中に払いながらビクトリア・イーストンは言った。ここは、彼女が夫のブラント伯爵と十カ月になる息子と三人で暮らしているロンドンの屋敷だ。金髪のかわいらしい妹クレアと、友人のグレース・シャープがそばに座っている。

「ひどく怖い目をしていたわね」ベルフォード侯爵夫人のグレースが言った。「まるで目のなかで火が燃えているようだった。彼があんな顔をするのをはじめて見たわ」

「きっと彼女のしたことに怒っているのよ」レディ・チェズウィックのクレアが言った。

「わたしもその様子を見たかったわ」

紅茶を運ぶように言いつけていたので、ドアの向こうから大理石の廊下を近づいてくるワゴンの音が聞こえる。「あなたがあそこに来なかったのは、パーシーとふたりで家にいてチャリティ舞踏会よりもずっと楽しいことをしていたからでしょう」

クレアがもじもじと身じろぎした。彼女は三人のなかでいちばん若く、結婚してもまだとてもナイーブなままだ。「すばらしい夜だったわ。パーシーって、とってもロマンチックな人なの。それでもやっぱり、実際に不義の罪を犯した女性をこの目で見てみたかったわ」

「ラファエルがかわいそう」グレースは言った。「きっと彼はほんとうに彼女を愛していたのよ。ラファエルは隠そうとしていたけど、何年もたったいまでも彼はほんとうに腹を立てていたわ」

「そうね。ラファエルはめったに冷静さをなくす人じゃないのに」ビクトリアはため息をついた。「彼女はなんて恐ろしいことをしたのかしら。ラファエルを完璧にだましたなんて信じられないわ。彼はちゃんと人を見抜く目を持っているのに」

「で、ほんとうのところ、彼女はどんなことをしたの?」クレアが身を乗りだして訊いた。

「コードの話では、ダニエルはラファエルの友人をベッドに誘ったんですって――その屋敷には、ラファエルのほかにもたくさんのお客様が滞在していたのに。ふたりで一緒にいるところをラファエルが見つけて、婚約は解消されたの。ずいぶん噂になったそうよ。その後、何年もいろいろ言われたらしいわ」

　グレースは杏色のモスリンのスカートのかすかなしわを撫でつけた。「ダニエル・デュバルのことが原因で、ラファエルは愛のない結婚をしようと決意したのね」グレースの息子のアンドルー・イーサンは一週間前に六カ月になったばかりだが、彼女はもうほっそりした体型をとり戻していた。

ノックの音が聞こえ、ずんぐりした執事が部屋に入ってきた。紅茶のワゴンが東洋風の絨毯（じゅうたん）の上を動いてソファの前に止まり、小柄な執事はすぐ静かに部屋を出ていった。

「まだすべてが終わったわけではないわ」ビクトリアは湯気のたつ紅茶を金の縁のついた陶器のカップに注（つ）ぎながら言った。「あなたがラファエルにあの首飾りをあげたんだから、まだ望みはあるわよ」

ラファエルは、グレースと生まれたばかりの息子の命を救うために全力をつくしてくれた。グレースは自分が見つけたのと同じ幸せをラファエルにも見つけてほしくて、特別な贈り物をしたのだ。〝花嫁の首飾り〟――それは、十三世紀にフォーロン卿（きょう）の花嫁のために作られた年代物の首飾りだった。それを持つ者の心が純粋かどうかで、大きな幸運か恐ろしい悲運かのどちらかがもたらされると言い伝えられている。

「わたしもそう思うわ」グレースは言った。「ラファエルはあの首飾りを持っているんだから、まだ幸せを見つけるチャンスは残っているわよね」

クレアがカップの持ち手をいじりながら言った。「あなたとお姉様の身に起きたことはただの不思議な偶然で、あの首飾りとはなんの関係もなかったとしたらどうなるかしら？そういう可能性もあるでしょう？」

妹の言うとおりかもしれないとわかっているので、ビクトリアはため息をついた。「その可能性はあると思うわ。でも……」でもビクトリアは、あの首飾りを持っていたときに起きた出来事を考えずにはいられなかった。そして、彼女の夫となったすばらしい男性のこと、二階の子供部屋で眠っているかわいい息子、ジェレミーのことを。

それに、グレースにあの首飾りを贈ったことも思いださずにはいられなかった。グレースはイーサンに出会い、彼を闇（やみ）のなかから救いだした。いまは彼女もすばらしい夫と息子を手に入れている。

それから、ビクトリアたちの義父のハーウッド男爵マイルズ・ホワイティング。あの首飾りを持っていた邪（よこしま）な男は、いまは墓のなかで眠っている。

ビクトリアはふと身震いして、いやな思い出をふり払った。「ラファエルがいい人だというのはわかっているわ。わたしたちにできるのは、首飾りの力がちゃんと働きますようにと祈ることだけよ」

カップの底の葉の模様を見つめていたクレアが視線を上げた。「ひょっとしたら公爵様はメアリー・ローズに恋をするかもしれないわ。そうすればなにもかも解決よ」

ビクトリアはグレースに目をやり、あきれたように目を丸くする彼女の顔を見て笑いをこらえた。「確かにすばらしい思いつきね、クレア。ひょっとしたらそうなるかもしれないわ」

だが、ラファエルがダニエル・デュバルを見たときの燃えるような目を思うと、クレアの願いが実現するとは思えなかった。

「お願いよ、フローラ叔母様。わたしにはできないわ。もう一度あんな思いに耐えろなんて、どうしてわたしにおっしゃるの?」

ふたりは、チェスターフィールドホテルの豪華なスイートルームの一室に立っていた。ダニエルが寝室として使っている部屋で、金と濃い緑色に統一されたすばらしい部屋だ。アメリカへ向かって旅立つまでの二週間はここですごす予定だった。

「ねえ、よく聞いてちょうだい。これは、ほかの社交の集まりとは全然違うのよ。ただのお茶会で、舞踏会じゃないの。それに、子供が大勢来るのよ。あなたは子供が好きだし、扱いもとても上手だわ」

ダニエルは青いキルトのローブのサッシュを指先でいじった。まだ昼にもなっていない。慈善茶会が始まるまでは一時間以上余裕がある。「舞踏会じゃなくても、わたしはまた無視されるわ。叔母様だって、みんなの仕打ちをご覧になったでしょう」

「ええ、見ましたとも。そして、あなたの態度を誇りに思いましたよ。あなたは立派に自分の権利を主張したんですもの。ほんとうに見事なふるまいだったと思うわ」

「わたしは最初から最後までみじめな気持ちだったわ」

フローラ叔母が深々とため息をついた。「ええ、そうね。あの公爵が来ていたことについては、ほんとうに悪かったと思っているわ」きれいに整えられた灰色の眉の下から、フローラ叔母の目がダニエルを見つめた。「でも、少なくともあの人は、あなたを厄介事に巻きこむようなまねはしなかったわ」

ラファエルがダニエルに向けた怒りの視線のことも、隠しきれない憤怒の表情のことも、ダニエルは口にしなかった。「きっと一言たりとも口をききたくないと思っているんでしょう」

「とにかく、今度こそほんとうに彼は来ませんよ。約束するわ」

ダニエルは自分より十五センチほども背が低く、体重は二十キロほど重そうな叔母をじっと見つめた。「どうしておわかりになるの？」

「舞踏会は、ほんとうに運の悪い偶然だったのですよ。お茶会は、公爵が興味を持つような種類の集まりじゃないわ。とにかく、もし公爵が顔を見せそうだと思えば、あなたに一緒に行ってほしいと頼みはしませんよ。わたしは最近どうも少し体の具合が悪くてね」ダニエルの罪悪感を誘うように、叔母は軽く咳をしてみせた。

だが、ダニエルにとっては、それは最後の希望の光に見えた。「お体の具合が悪いのでしたら、お出かけにならないほうがいいんじゃないかしら。熱い紅茶とできたてのスコーンを運ばせて、ふたりで――」

フローラ叔母がダニエルをさえぎった。「協会の設立者のひとりとして、わたしには義務と責任があるのよ。あなたさえ一緒にいてくれれば、わたしは大丈夫」

ダニエルは肩を落とした。どうしていつも叔母は自分の思いどおりにことを運んでしまうのだろう？　でも、フローラ叔母はダニエルにつきそってアメリカまでの長旅をしてくれると言っているのだ。結婚式がすんでダニエルが夫とともに新しい家庭に落ち着くまで、ずっとついていてくれるはずだ。それなら、出発前にはせめて叔母の頼みを聞き入れて、この最後の催しのあいだくらい、我慢しなくては。

それに、叔母の話では子供たちもいるという。そのなかに、ひとりかふたりは人なつこい子供を見つけて一緒にすごせるかもしれない。

ノックの音がして、小間使いのキャロラインが入ってきた。

キャロラインはにっこり笑って言った。「レディ・ルーンが入ってきた。ドレスを選ぶお手伝いをさせていただきますわ」

ダニエルはすっかりあきれてしまった。最初から話は決まってしまっていたのだ。

「それじゃ、わたしは向こうへ行っていますからね」フローラ叔母がそそくさとドアに向かった。「用意ができたらすぐ来てちょうだい」

逆らう気力もなく、ダニエルはおとなしくうなずいた。ドアが閉まると、キャロラインはきびきびと衣装棚に向かった。二十七歳のキャロラインはダニエルよりひとつ年上で、もっと背が高くてほっそりし、信じられないほど気立てがよく、金髪のなかなか魅力的な娘だった。

キャロラインは穏やかな家庭でかわいがられて育ったのだが、五年ほど前に突然、両親を熱病で亡くしてしまった。お金も身寄りもない彼女は、どんな仕事でもいいから雇ってほしいと言って叔母の住むウィコム領を訪れたのだった。

フローラ叔母はさっそく彼女をダニエルの小間使いとして雇った。だが、五年のあいだに、ふたりは女主人と小間使いという以上に親しくなった。そろそろオールドミスになりかけている牧師の娘は、いまではダニエルの親友のような存在になっていた。

キャロラインが衣装棚の扉を開けた。すでにドレスの大半はアメリカ行きにそなえて大きな革の旅行鞄(かばん)につめられていたが、まだいくらかはそこに残してあった。

「薔薇(ばら)の刺繍(ししゅう)のある黄色のモスリンのドレスはどうでしょう?」キャロラインがダニエルの気に入りのドレスを出しながら言った。

「そうね、いいと思うわ」どうしても茶会に出なくてはならないのなら、いっそできるだけきれいにして行きたかったし、その明るい黄色のモスリンのドレスを着ると、いつも気持ちが明るくなるのだ。

「髪を結いますから、座ってくださいな」キャロラインが言った。「もしお嬢様がお茶会に遅れたら、わたしはレディ・ウィコムに殺されてしまいますわ」

ダニエルはため息をついた。「あなたたちふたりのおかげで、わたしはなにひとつ自分で決める必要がないようね」

キャロラインは笑っただけだった。「レディ・ウィコムはお嬢様を愛していらっしゃいますわ。お嬢様をもう一度社交界にお戻ししたいんです。お嬢様の幸せを願っていらっしゃるんですよ」

「幸せになれるわ――アメリカへ向かって旅立ちさえすればね」ダニエルは、キャロラインの細くて長い手をとった。「あなたが一緒に行くと言ってくれて、ほんとうに感謝しているの」

「わたしは喜んでご一緒するんです」キャロラインは笑顔をつくろった。「ふたりでアメリカに行って、新しい生活を見つけましょう」

ダニエルもほほえんだ。「そうね、そうしましょう」ダニエルは心の底からそれを望んでいた。生きているのか死んでいるのかわからない生活にはもううんざりだった。ほんの数人しか知り合いのいない田舎に隠れ住み、たまに訪ねてくるのは孤児院の子供だけという生活。ダニエルは早くアメリカに行って新しい生活を始めたくてたまらなかった。そこなら、例のスキャンダルのことなど誰も知らない。

でもその前に、叔母の茶会を耐え忍ぶ勇気を奮い起こさなくてはならなかった。

ラファエルはベージュの畝織りのチョッキの上にくすんだ黄緑色の燕尾服を着た。長年仕えている白髪頭の小柄な執事が背伸びしてストックタイの結び目を直した。

「さあ、これでけっこうです、旦那様」

「ありがとう、ウースター」

「ほかになにかご用はございますか？」

「いや、戻るのは午後遅くになると思うが、それまではなにもない」立ち寄って少し敬意を表するだけで、催しに長くとどまるつもりはなかった。だが、もちろん帰るときには孤児のためにたっぷり寄付をする。結局のところ、それが市民としての彼の義務なのだ。

　ダニエル・デュバルもそこにいるかもしれないから行くわけではない、とラファエルは自分に言い聞かせた。もしいるとしても、昨夜と同じように完全に無視するだけだ。

　五年前に彼女に向かって言いたくてたまらなかった言葉をけっして口にしたりはしない。彼女の裏切りによって自分がどれだけ深く傷ついたか、彼女に悟られるようなことはしない。どんなに絶望したか、立ち直るまでにどれだけ長い時間がかかったかを彼女に知らせて満足感を与えるようなことは、絶対にしない。それどころか一言も発せず、彼女を軽蔑しているとはっきり態度で示してやる。

　ハノーバースクエアの公爵邸の前で、馬車が待っていた。ここはかつてラファエルの父が母のために建てた三階建ての贅沢な邸宅だが、いま母は屋敷の東端を隠居所にしてそこで暮らしている。こぢんまりしているが、優美さでは母屋に引けをとらない隠居所だ。

従僕が馬車の扉を開けた。ラファエルが赤いビロードの座席に腰を落ち着けると、馬車は敷石道を走りだした。茶会はメイフェア地区にあるデンビー侯爵邸の庭で開かれることになっていた。デンビー侯爵夫人は、ロンドンの未亡人と孤児のための慈善活動にとても熱心にとりくんでいるのだ。

ブレトン・ストリートにあるその屋敷は、そう遠くはなかった。ほどなく馬車は止まり、従僕が扉を開けた。ラファエルは表の階段を上がり、召使いに案内されて裏手の庭へ向かった。

ラファエルの狙い（ねら）どおり、客の大半はもう姿を見せていて、テラスのあちこちに固まったり、豊かな葉をつけた木々のあいだの砂利道を散歩したりしていた。質素だが清潔な衣類を身につけ、きれいに髪をとかしつけた子供の一団が、庭の右手にある石造りの噴水のそばで遊んでいた。

レディ・デンビーが尽力しているこの慈善事業は有益なものだった。ロンドンには孤児院が不足していて、多くの孤児たちが救貧院や感化院に入れられたり、煙突掃除夫のもとで徒弟奉公をしたり、あるいはその日暮らしの浮浪者や物乞い（ものご）いになっている。

孤児の多くは地区の教会の世話を受けているが、たいていの場合、家と呼ぶにはほど遠い施設ばかりだ。そこに連れてこられる捨て子が最初の一年を無事に生きのびることはめったにない。ウエストミンスター地区の教会には一年間に五百人もの捨て子が連れてこられるが、五歳まで生きるのはそのうちのたったひとりだという。

だが、この慈善基金のおかげで、設備の整った大きな孤児院がいくつか作られたのだ。

「公爵様！」レディ・デンビーが足早にラファエルに近づいてきた。大きな胸をした女性で、つややかな黒髪を短く切ってカールさせている。「よく来てくださいました」

「残念ですが、あまり長くはいられないんですよ。ただ、寄付金の手形をお渡ししたくて立ち寄ったんです」ラファエルはポケットから折りたたんだ紙を出して彼女に渡しながら、客たちの顔ぶれを確かめるようにあたりを眺めた。

「まあ、ほんとうにありがとうございます、公爵様――舞踏会のときにもずいぶんたくさん寄付していただきましたのに」

ラファエルはただ肩をすくめた。彼にとってはどうということのない金額だったし、もともと子供が大好きなのだ。結婚を決意した最大の理由は、自分の子供が欲しいからだった。母と伯母も、公爵としての義務を果たせとしつこく迫っていた。

跡継ぎが必要だ、とふたりは言った。シェフィールド公爵という称号とそれに伴う莫大な財産を受けつぐ息子がいなければ、一族の未来が危うくなる、と。

「テラスで紅茶を召しあがってくださいな」レディ・デンビーがラファエルの腕をとってテラスのほうへと歩きだした。「もちろん、殿方のためにはもう少し強い飲み物も用意してありますのよ」

ほほえみながら、レディ・デンビーは銀のトレイが並んだテーブルへとラファエルを導いた。トレイにはさまざまなケーキやクッキーと、一ダースほど食べなければお腹がいっぱいにはなりそうもないほど小さなサンドイッチがのっていた。テーブルクロスに覆われたテーブルのまんなかに銀の茶器が置かれ、そのそばにはパンチの入ったガラスのボウルもあった。

「ブランデーを持ってこさせましょうか、公爵様?」

「ああ、頼む。ありがとう」ブランデーを飲んでいれば、なんとか三十分くらいはすごせるだろう。それ以上ここにとどまるつもりはなかった。

ブランデーが運ばれてくると、ラファエルは少しずつそれを口に運びながら客たちのあいだに知った顔を探しはじめた。ひとつの女性の一団のなかに、母と伯母がいた。その向こうに、フローラ・デュバル・チェンバレンの丸い顔があった。そしてその左に、炎のような赤い髪と女神のように美しい顔の女性が見えたとき、ラファエルの目が光った。殴られでもしたかのように、みぞおちが痛む。

一瞬のうちに彼の表情が硬くなった。ここへ来たのは彼女に会いたかったからではない、と自分に言い聞かせる。だが、こうして彼女を見てしまうと、それは嘘だと認めないわけにはいかなかった。そのとき、ダニエルがラファエルに気づき、驚いたように目を見開いた。その美しいが不実な顔から血の気が引いていくのを見て、ラファエルはひそかに満足をおぼえた。

ラファエルは目をそらさなかった。そらすのは彼女のほうだ。

だが彼女はぐっと顎を上げ、焼きつくそうとでもするようにラファエルを見つめたままだった。彼は奥歯をぐっと噛みしめた。長いあいだ、どちらも視線をそらそうとはしなかった。が、やがてダニエルがゆっくりと立ちあがり、ラファエルに最後の長い一瞥をくれてから、庭の奥へと歩き去った。

憤怒が彼をのみこんだ。予期していた卑下の感情はどこだ？　彼女の顔に浮かぶはずだった困惑の表情はどこへ行った？

そんなものは影も形もなく、それどころか彼女はラファエルの存在を無視して昂然と頭を上げ、子供たちが遊んでいる庭の奥へ行ってしまったのだ。

心のなかは震えていたが、ダニエルは東屋のそばで鬼ごっこをしている子供たちに視線を据えたまま、動揺を表に出すまいと固く決意していた。あのスキャンダルのあと、彼女は感情をしっかり制御する術を身につけたのだ。傷ついたことを悟られれば、相手は自分の持つ力を自覚するだけだ。

「ミス・ダニエル！」金髪をおさげに編んだメイダ・アンという少女が駆けてきた。「つかまえた！　鬼よ！」

ダニエルは笑いだし、心がなごむのを感じた。ウィコム領を訪ねる子供たちと、彼女はいつも遊んでいた。いまも子供たちは彼女が一緒に遊んでくれるものだと思いこんでいるのだ。

「わかったわ。わたしが鬼ね。じゃあ、今度は……誰をつかまえようかしら。ロビー？それともピーターにしようかな？」全部ではないが、何人かの子供の名前は知っていた。ここにいる子供たちの親は死んでしまったか、あるいは生きていても引きとりに来ようとしない者ばかりだ。ダニエルは彼らに愛情を注いでいた。叔母が孤児のための慈善事業の後援者になったとき、子供たちとすごす時間が持てるかもしれないと思ってダニエルはとても嬉しかったのだ。

笑い声をあげながら、メイダ・アンがさっと逃げだした。大きな青い目をした元気いっぱいの五歳の少女はとてもかわいらしかった。子供の好きなダニエルは、いつか自分の子供が欲しいとずっと願っていたのだった。

ラファエルとの子供。

そのことを思いだすと、ふたたび怒りに火がついた。

そして悲しくなった。

もうダニエルが子供を産むことはけっしてない。ラファエルとでも、ほかの男性とでも。あの不幸な出来事――五年前にかけられた恐ろしい疑惑のせいで、ダニエルは子供を産む望みを絶たれたのだ。彼女は首をふって苦い記憶をふり払った。

　ダニエルはテリーという八歳くらいの赤毛の少年に狙いを定めた。テリーはもう少しのところで、さっと彼女の手をすりぬけた。ほかの子供たちはダニエルがテリーを追いかけてくれることを願いながら、いっせいにべつの方向へ散っていった。

　ダニエルはひとしきりテリーとの追いかけっこを楽しんでから、彼をつかまえた。そして子供たちに手をふり、温かな笑顔を見せてから、さらに庭の奥へと向かった。

　背後に足音が聞こえることに気づいたときにはもう遅かった。ふりむく前から、その足音の主が誰なのか、ダニエルにはわかっていた。それでも、ラファエルのハンサムな顔を見あげたときには、はっと息をのまずにはいられなかった。

「やあ、ダニエル」

　心臓が大きな音をたてていた。怒りで頬が赤くなっていく。ダニエルは顔をそむけてラファエルを無視し、彼の顔に驚きの表情が浮かぶのを横目でとらえながら黙ってまた歩きだした。

　だが、シェフィールド公爵は人に無視されて黙っているような人間ではなかった。ダニエルの腕に彼の指が巻きついた。彼の力強い手がダニエルを引き止め、くるりとふりむかせる。

「わたしは挨拶(あいさつ)したんだぞ。せめて返事くらいしたらどうだ？」

ダニエルはわきあがる怒りをなだめ、彼の罠にかかってはいけないと自分に言い聞かせた。「失礼します。叔母が呼んでおりますので」

だが、ラファエルは腕から手を放そうとしなかった。「きみの叔母さんはいまほかのことで手がいっぱいだよ。つまり、きみは旧友に挨拶する暇くらいはあるんだ」

危ういところで保っていたダニエルの自制心がついに切れた。「あなたはわたしの友人じゃないわ、ラファエル・ソーンダース。それどころか、この地上でいちばん友人と呼びたくない人よ」

ラファエルの顔がこわばった。「ほう？　友人でないとすれば、いったいなんなのか、お聞かせいただきたいものだな」

ダニエルはぐっと顎を上げた。怒りのあまりみぞおちが痛んだ。「あなたはわたしのことをどうしようもない間抜けだと思っているんでしょうね。あなたみたいな男を信用してしまうほど愚かな女。ばかだから、あなたのような人を愛してしまったんだわ、ラファエル」

ダニエルは歩きだしたが、長身のラファエルの体が行く手をふさいだ。彼の顔はこわばり、青い目が厳しい光を放っていた。

「たしか、わたしの友人と一緒にいたのはきみのほうだったはずだがな。わたしの鼻先で、オリバー・ランドールをベッドに招いたのはきみだろう」

「そして、わたしの言葉よりもその友人の嘘のほうをあっさり信じこんでしまったのはあなただわ」

「きみはわたしを裏切ったんだぞ、ダニエル。都合よく忘れてしまったようだが」

ダニエルは火のように燃える目でラファエルを見あげた。「いいえ、ラファエル。裏切ったのはあなたのほうよ。あなたがほんとうにわたしを愛していて、わたしを信じていれば、わたしが真実を話しているとわかったはずよ」彼女は苦々しいほほえみを浮かべた。

「そうね、よく考えてみれば、ばかなのはあなたのほうだわ」

ラファエルの体が怒りに震えた。

これでいいわ、とダニエルは心のなかでつぶやいた。さっきまでの妙に物柔らかで穏やかで落ち着き払った態度のラファエルは嫌いだった。少しも魅力的だとは思えない。

「きみはずうずうしくも、あのとき自分はなにも知らなかったと言い張るんだな？」

「あなたがわたしの寝室に入ってきたときに、わたしはそう言ったわ。五年たっても変わるはずはないでしょう」

「きみは男と一緒にベッドに入っていたんだぞ！」

「わたしは彼がいることさえ知らなかったのよ――あの夜も、あなたにそう言ったでしょう！　さあ、もうわたしの邪魔をしないでちょうだい、ラファエル」

彼の冷たい青い目に怒りが燃えているのがわかったが、ダニエルは気にもとめなかった。

彼女はふたたび歩きはじめ、今度はラファエルも黙って道を空けた。

そもそも彼が自分に近づいてきたことが、ダニエルには驚きだった。五年前、ラファエルがダニエルの寝室に来てオリバー・ランドールが裸で彼女のベッドにいるのを見つけた夜から、ふたりは話をしていなかった。

ダニエルはなんとかして彼に話を聞いてもらおうとした。オリバーが質の悪いいたずらを仕掛けたに違いないということ、ふたりのあいだにはなにもなかったこと、ラファエルが入ってきて起こされるまで彼女はぐっすり眠っていたこと。

いまだにダニエルには理解できないなにかの理由があって、オリバーはダニエルに対するラファエルの愛情を冷まそうと企み、そして見事に成功したのだ。

ラファエルは彼女の言葉に耳を貸そうとしなかったばかりか、話を聞いてほしい、自分の言葉を信じてほしいという懇願の手紙を何度書いても、返事もくれなかった。

噂が広がりはじめても、ラファエルは彼女を弁護しようとはせず、彼女の弁解を聞こうともしなかった。それどころか、噂話を肯定するように、唐突に婚約を解消してしまったのだ。

婚約解消という行為は、ダニエル・デュバルが外見どおりの清純な娘ではなく、あまりにも歴然と未来の夫を裏切って不道徳な行為に走った身持ちの悪い女だと世間に公表するようなものだった。ダニエルは社交界から締めだされ、田舎に引きこもった。実の母親さえ、ダニエルの言葉を信じてはくれなかった。

　庭を歩いていくダニエルの視界が涙で曇った。ラファエルのことや当時の恐ろしい日々を思いだすことはもうほとんどなくなっていた。でも、いま彼女はこうしてロンドンにいて、ラファエルによって過去を目の前に突きつけられてしまった。

　ダニエルは鼻をすすって、涙をこぼすまいとこらえた。ラファエルのために涙を流しはしない。もう二度と。五年前に、泣くだけ泣いたのだ。もう彼のためには二度と泣かない。

3

ラファエルは怒りと奇妙な困惑を感じながら庭に突っ立ち、ダニエルの優美な姿が小道を通って家のなかに消えていくのを見守っていた。

いったいなぜ彼女に近づいたのか、自分でもよくわからなかった。この五年間、沈黙を守りつづけてきた反動かもしれない。近づいた理由はどうあれ、いったん彼女と対決してしまえばきっとすっきりするだろうと思っていたのに、なぜか落ち着かない気分がひどくなっていた。

あの夜と同じように、ダニエルはなにも知らなかったと言い張った。あのときもいまも、ラファエルはその言葉を信じはしなかった。ダニエルの手紙を読んだし、自分の目で現場を見たのだから。オリバーはダニエルの誘いに応じて彼女の部屋へ行き、裸でベッドに入ったのだ。

もちろんラファエルはオリバーに決闘を申しこんだ。友人だと信じていたオリバーに。

「きみと決闘するつもりはないよ、ラファエル」オリバーは言った。「きみになにをされても、ぼくは抵抗しない。ぼくたちは子供のころからの友達だし、悪いのはぼくのほうなんだから」

「なぜだ、オリバー？　なぜあんなことをした？」

「ぼくは彼女を愛しているんだ、ラファエル。ずっと前から好きだった。そのことは、きみが誰よりもよく知っているだろう。部屋に来てほしいと彼女から誘われたとき、ぼくはどうしても抵抗できなかったんだ」

確かにラファエルは何年も前からオリバーの気持ちを知っていた。オリバーは十代のころからずっとダニエルに恋をしていたのだ。だが、ダニエルはオリバーに見向きもしなかった。

いや、ラファエルがそう思いこんでいただけなのかもしれない。オリバーが何年もダニエルを追いかけまわしていたのに、愚かにもラファエルはダニエルが愛しているのはオリバー・ランドールではなくて自分だと信じきっていたのだ。あの夜のことがあってからラファエルは、ダニエルが彼との結婚を承諾したのはただ公爵夫人になりたかっただけだと思うようになった。彼女が欲しかったのはラファエルではなく、富と権力だったのだ。

庭から立ち去りながらラファエルはそんなことを思いかえし、ダニエルの言葉に真実などひとつもないと、あのときと同じように自分に言い聞かせた。

でも、いまの彼はもっと大人になっていた。当時と違って、嫉妬(しっと)に狂ってもいなければ、恋のために盲目にもなっていなかったし、苦悩の怒りや痛みを感じてもいなかった。

　そしてなによりも、ラファエルは当時とは違う人間になっていたからこそ、彼女の姿を脳裏から消してしまうことができなかった。庭で彼を見つめたダニエルの表情を忘れることができなかった。

　彼女の顔には、一片の自責の念も、ほんのわずかな困惑も浮かんではいなかった。彼女は、ラファエルが彼女に感じているのと同じくらい激しい憎悪をこめて彼をにらんでいた。

〝いいえ、ラファエル。裏切ったのはあなたのほうよ。あなたがほんとうにわたしを愛していて、わたしを信じていれば、わたしが真実を話しているとわかったはずよ〟

　屋敷に戻るまで、その言葉がラファエルの頭につきまとい、ちくちくと胸を刺した。可能だろうか？　少しでも望みがあるだろうか？

　翌朝一番に、ラファエルはボウ・ストリートの探偵ジョナス・マックフィーに手紙を書いた。マックフィーは、この数年来、ラファエルと友人たちが必要に応じて調査を依頼している人物だった。彼は信頼できる人間だし、仕事の腕も確かだ。午後二時きっかりに、彼はシェフィールド公爵邸を訪れた。

「やあ、マックフィー。来てくれてありがとう」

「お役に立てることがあれば、なんなりとお申しつけください、閣下」探偵は背が低く頭は禿げていて、金属の縁のついた小さな眼鏡をかけていた。目立たない男で、彼が探偵という仕事をしていることを示すのはたくましい肩と節くれだった手だけだった。

マックフィーを書斎に招き入れると、ラファエルは机の前に置かれた緑色の革張りの椅子を勧めた。

「仕事を頼みたいんだ、マックフィー」ラファエルは大きな紫檀(したん)の机の後ろに腰を下ろした。書斎は二階分の高さの吹き抜けになっていて、壁にはずらりと本が並び、優美な浮き彫り模様の天井がある。中央の長いマホガニーのテーブルの上に緑色のガラスのランプがいくつもつりさげられ、周囲に一ダースほどの彫刻入りの高い背もたれのついた椅子が置かれていた。「五年前に起きたある出来事について調べてほしい」

「ずいぶん時間がたっていますね、閣下」

「そうだな。簡単ではないことは承知している」ラファエルは背もたれに寄りかかった。「その出来事にかかわっていたのは、ダニエル・デュバルという女性とオリバー・ランドールという男だ。ミス・デュバルはだいぶ前に亡くなったドラモンド子爵の娘だ。子爵夫人は去年亡くなったばかりだ。オリバー・ランドールはカバリー侯爵の三男だ」

「メモをとらせていただいてもよろしいでしょうか、閣下」

ラファエルは書簡紙を一枚とりあげた。「必要なことは全部ここに書いておいたよ」

「ありがとうございます」

ラファエルは紙を机に置いた。「かつてミス・デュバルはわたしの婚約者だった。婚約は五年前に解消された」

オリバー宛のダニエルの手紙を見つけた夜のおぞましい経過を、ラファエルは語った。夜の十二時に彼女の部屋に入り、ふたりが一緒にいるところを見つけたことも話した。話すとき、ラファエルは精いっぱいの努力を払って当時の感情を声にも表情にも出さないように気をつけた。

「ひょっとして、その手紙をいまも持っていらっしゃるということはありませんか？」マックフィーが訊いた。

それは、ラファエルが予期していた質問だった。「おかしな話だが、持っているよ。だが、なぜとっておいたのかは自分でもまるでわからない」彼は机のいちばん下の引き出しを開けると、いつもそこに置いている拳銃をとりのけて下から小さな金属の箱を出し、次にべつの引き出しからリングにつけた鍵をとりだして箱を開けた。なかの手紙は黄ばんで色褪せ、折り目がすりきれていた。それでも、まだその手紙はラファエルの胸を締めつけるだけの力を持っていた。

彼はマックフィーに手紙を差しだした。「さっきも言ったように、なぜこれをとっておいたのか自分でもよくわからない。二度と不用意に人を信じてはいけないといういましめのためかもしれないな」

マックフィーが手紙を受けとると、ラファエルは時と場所、それにあのスキャンダルにかかわった人間の名前をすべて書いた書簡紙も差しだした。

「少し時間がかかると思います」マックフィーが言った。

ラファエルは立ちあがった。「五年も待ったのだ。あと数週間待つくらい、どうということはない」そう言ったものの、なぜか彼は調査の結果を早く知りたくてたまらない気持ちだった。でも、きっとそれは、うやむやになっている真実を知りたいと思っているだけだ。

未来のことを考え、きたるべき結婚にそなえたいのだ。そのために、過去を葬り去ってしまいたいだけだ――完全に。


小間使いのキャロラインの手を借りて、ダニエルは最後の荷造りを終えた。アメリカへの二カ月間の船旅のあいだに身につけるためのドレスはとくに丁寧に鞄(かばん)につめた。

一刻も早く旅立ちたかった。

「これで全部準備ができましたわね」いつものように陽気にキャロラインが言った。「もう覚悟はできまして?」

「ええ、待ち遠しいくらいよ。あなたはどう?」

キャロラインは楽しげな笑い声をあげた。「もう何日も前からすっかり用意ができてますわ」

「フローラ叔母様はどうかしら？　もう荷物の準備は終えられたかしら？」

ちょうどそのとき、丸々とした顔のまわりに銀髪をふわっとたらした叔母が、潑剌（はつらつ）とした足どりで部屋に入ってきた。「わたしはいつでも出かけられますよ」

ダニエルと同じく、フローラ叔母もキャロライン・ルーンをもう家族の一員のように思っていた。以前ダニエルはキャロラインに、小間使いとしての仕事はしなくていいから、話し相手として一緒に暮らしてくれないかと提案したことがあった。

キャロラインは誇りを傷つけられたような顔で言った。「施しを受けるのはいやです。これまでそんなものを求めたことはありません。仕事をしてお給金をいただく生活が幸せなんです。それに、お嬢様もレディ・ウィコムもいつもとても親切で寛大ですから」

ダニエルは二度とその話は持ちださなかった。キャロラインは自分で身を立てる生活が好きなのだし、ダニエルには彼女との友情が大切だったのだ。

「さてと、みんな用意ができたのなら」フローラ叔母が言った。「馬車を出すように言いつけましょう」馬車は三人を波止場に送ったあとで、ウィコム領へ戻っていく。いずれレディ・ウィコムはイギリスに帰ってくるが、ダニエルとキャロラインはアメリカにとどまり、ダニエルの未来の夫リチャード・クレメンスとともに新しい家庭を築くのだ。

「ああ、とてもわくわくするわ！」そう言ってフローラ叔母が最後の手続きをするために出ていくと、ダニエルはキャロラインに目を向けた。キャロラインもわくわくした顔をしている。

「さあ、いよいよ出発ね」ダニエルは言った。

キャロラインがにこりと笑った。「そして――お嬢様はもうすぐ結婚なさるのね」

ダニエルは黙ってうなずいた。以前結婚しようとしていた男性のこと、その男性の醜い裏切りのことを思いださずにはいられなかった。

リチャードは違うわ。そうダニエルは自分に言い聞かせた。

ほんとうにそうであることを、ダニエルは心から祈った。


船は翌朝の出航に向けて準備に入っていた。ウィンダム号は横帆式の大きな客船で、最新式の設備をそなえていた。船長がダニエルたちを出迎え、守ってくれる男性の付き添いなしに旅をする三人が快適にすごせるように気を配ると約束した。

これまで誰かに守ってもらったことがあっただろうか、とダニエルは考えてみた。彼女が幼いときに亡くなってしまった父親には、当然守ってもらった記憶などない。たった十二歳だったダニエルに淫らないたずらをしかけてきた、いとこのナサニエルも違う。

そしてラファエルにも守ってはもらえなかった。いずれ夫となるはずだった人、彼女が心から愛した人にも。

リチャード・クレメンスはどうだろうと考えてみたが、ほんとうはそんなことはもうダニエルにはどうでもいいことだった。これまでにちゃんと自分で自分を守る術を身につけてきたし、結婚したあともずっとそうするつもりだった。

ダニエルはフローラ叔母とキャロラインに挟まれて手すりのそばに立ち、はるかな海を見つめた。五月下旬の風が涼しさを運び、ダニエルの肩にかけたマントをはためかせた。「信じられない気分です」少しずつ遠くなっていくロンドンの波止場を見つめたまま、キャロラインが言った。「ほんとうにアメリカへ行くんですね！」

「大冒険の旅ね！」フローラ叔母が明るい声で言った。

ダニエルもふたりと同じくらいわくわくしていたが、その一方で、自分の決意が正しかったというもう少しはっきりした確信が欲しかった。リチャード・クレメンスという人物のことはほとんど知らないと言ってもいいほどなのだ。ラファエルとのことがあったあと、ダニエルは男性に対してかなり用心するようになっていた。だが、リチャードは彼女が一度はあきらめた幸せを手に入れるチャンスを与えてくれた。

ダニエルは、この世でもっとも大切なふたりの友人を順番にぎゅっと抱きしめた。「ふたりが一緒に来てくれてほんとうに嬉しいわ」

でも、ふたりが当然こうしてくれることは、ダニエルにはちゃんとわかっていたのだ。このふたりは家族だ。ダニエルがはじめて手に入れたほんとうの家族。

そしていま、新しい家族がアメリカで彼女を待っている。リチャードとその息子と娘。

リチャードに出会わなければ一生持てなかったであろう子供たち。ダニエルはリチャードの顔を思いうかべてみた。豊かな金髪と茶色の目。知的で寛大で、魅力的な男性だ。

彼と出会ったのはウィコム領だった。彼は織物工場を経営していて、利益の拡大を図ってイギリスに来たのだ。彼が滞在していたのは、フローラ叔母の友人でウィコム領の近くに住むドナーという郷士の屋敷だった。そしてドナーとその夫人のプルーデンスや他の滞在客と一緒に、ミスター・クレメンスもウィコム領での晩餐会に招かれたのだ。

トランプ遊びや楽しい会話、それにダニエルとプルーデンスのピアノ演奏などで楽しい時間がすぎたあと、リチャードはダニエルにまた訪問してもいいだろうかと尋ねた。そして自分でも思いがけないことに、ダニエルはなぜか〝どうぞ〟と答えてしまったのだった。

その後、それほど長い時間を一緒にすごしたわけではなかったが、とても気が合うように思えた。そして、例のスキャンダルのことを打ち明けたあとでも、リチャードは彼女との結婚を望んだのだった。

なにも知らなかったのだというダニエルの言葉を、ラファエルとは違って、リチャードはそのまま信じてくれた。

ウィンダム号の甲板に立って、ダニエルは顔に風を受けながら大海原を見やった。運がよかったのだ。とても運がよかった。神様はダニエルに、幸せになるための二度めのチャンスを与えてくださった。そして彼女はそれをしっかりつかんで離さないつもりだった。

4

十日すぎたが、ジョナス・マックフィーからは短い報告が二、三度もたらされただけだった。調査結果を待ちながら、ラファエルは以前と同じ生活を続けていた。夜会やパーティに出席し、毎晩のように社交クラブに顔を出し、ときにはマダム・フォンタノーの快楽の館（やかた）に立ち寄ることもあった。

以前なら、親友のイーサン・シャープとコード・イーストンがラファエルと行動をともにし、飲み、遊び、快楽の館に乗りこんだものだった。

だが、イーサンとコードはもう結婚してしまい、どちらも幸せな家庭の夫となり、それぞれ息子も生まれている。ラファエルは自分も彼らと同じ未来を作るつもりでいた。メアリー・ローズとの結婚に愛はないが、跡継ぎを作ろうと思えば、どうしても結婚は避けられない。シェフィールド家には莫大（ばくだい）な財産があり、保有している領地はとても広大なものだ。

ラファエルはシェフィールド家の一人息子なので、もし跡継ぎができないままラファエルが死ねば、財産と公爵の位はいとこのアーサー・バーソロミューに受けつがれることになるだろう。アーサーはなんともひどいろくでなしの道楽者で、彼の人生の目的は手に入った金を残らず使い果たすことにあるとしか思えない人間だった。過度の女遊びと酒と賭事で身を持ちくずし、このままではきっと若くして死んでしまうだろう。

母親が口うるさくラファエルに結婚を勧めたのはアーサーが原因であり、実際のところラファエルもそんな母親を責めることはできなかった。母親も、それに伯母やいとこも、莫大なシェフィールド家の財産から生まれる収入のおかげで暮らしている。将来も確実に財産を守っていってくれる者の手に財産を引きわたすのがラファエルの責任なのだ。

そのためにラファエルは結婚して子供を作る決心をした。息子――それも、できればふたり以上――を持たなくては、責任を果たせない。それに、そろそろ自分の家庭を持ちたいという気持ちもあった。もう心の準備はできている。ダニエルと婚約したときからちゃんと準備はできていたのだが、彼女に裏切られたあとしばらくは、結婚ということを考えるのさえいやな時期が続いた。

当時の記憶がよみがえりはじめた。そのままダニエルのことを考えはじめて一時間ほどたったとき、ジョナス・マックフィーから今日の夜にお会いしたいという手紙が届いた。その文面から、重大な事実がわかったらしい気配が伝わってきた。

九時近くになって、ラファエルがじりじりしながら書斎の紫檀の机の前を行きつ戻りつしているところに、やっと執事がマックフィーを案内してきた。

「失礼します、閣下。もう少し早くうかがうつもりでいたのですが、情報をお知らせする前にどうしても二、三、確かめておきたいことがありまして」

「気にすることはないよ、マックフィー。完璧(かんぺき)を期してくれていることに感謝する。どうやら、なにか重大なことがわかったらしいな」

「ええ、そうだと思います、閣下」

その言葉に、ラファエルの胃がぎゅっと縮んだ。マックフィーの表情で、彼がこれから口にするのはラファエルにとってあまりいい知らせではなさそうだと察しがついた。ラファエルはマックフィーに椅子を勧めてから、自分はいつものように机の後ろに座った。

「さあ、始めてくれ」

「一言で申しあげれば、問題の五年前の夜、あなたはだまされたのではないかと思われます、閣下」

その言葉で、ラファエルの胸がさらにきつく締めつけられた。「どうやって?」

「あの出来事にかかわっていたオリバー・ランドールという人物は、どうやら長年あなたに対してひそかに敵意を抱いていたようですね」

「敵意というのはずいぶん大げさな言葉だな。われわれは友人だった。それほど親しかったわけではないが、彼にそこまで嫌われているという印象を持ったことはなかったぞ」

「あなたの婚約者に対する彼の気持ちにはお気づきでしたか？」

「うん。ずいぶん長いことダニエルに恋心を抱いていたことは知っている。気の毒だと思っていたよ」

「あの夜、ふたりが一緒にいるところを目撃なさるまでは、ということですね？」

「そのとおりだ。わたしはダニエルの寝室にいるふたりを見てしまった。あの男は裸でダニエルのベッドのなかにいた」

「彼がミス・デュバルの部屋にいたことに関しては疑問の余地はありません。当時の滞在客の多くがあの出来事について証言してくれました……少なくとも知っているかぎりのことについては。ほとんどの滞在客は、ミス・デュバルの部屋での騒ぎを聞きつけて廊下に出たそうです。部屋にあなたが立っていて、ミス・デュバルのベッドのなかにはオリバー・ランドールがいた。そして、あなたご自身も含めて、その場にいたすべての人間が同じ結論を導きだすにいたった」

「まるで、われわれ全員の結論が間違っていたような言いかただな」

「あなたがミス・デュバルの手紙を見つけたときのことを、もう一度詳しく話してみてください」

ラファエルはふたたびあの夜のつらい記憶を呼び起こした。「夕食のあとで、従僕のひとりが持ってきたんだ。その従僕は、オリバー卿の書斎にこれが落ちているのを見つけたと言った。そして、ミス・デュバルとわたしが婚約しているのを知っているので、ミス・デュバルとオリバーとのこういう行為はよくないと思ったから知らせたと説明したんだ」

「従僕の名前はおぼえていらっしゃいますか？」

「いや。じゅうぶんな謝礼を与えて、このことは絶対に秘密にしておくようにと言いつけただけだ」

「その男はウィラード・クートという名前なんです。彼はオリバー卿からもたっぷりお金を受けとっていました。オリバー卿がその従僕に、手紙をあなたのところへ持っていくように言いつけたのですよ」

ラファエルの頭が混乱した。「どういうことだ？　どうしてオリバー自身が、ダニエルと一緒にいる現場を発見されるように仕組むのだ？」

「なんとしてでもあなたとダニエル・デュバルの結婚を阻止しようとオリバーが決意していたのなら、意味はあります。いつか彼自身がミス・デュバルの心を手に入れられることを期待していたのでしょうが、もちろんその願いはかないませんでした。でも、とにかく彼の第一の望みは、できるだけ手ひどくあなたを傷つけることだったのです」

ラファエルは考えこんだ。すべての断片をつなぎあわせようと忙しく頭を働かせる。

「だが、まだわからないことがある。なぜオリバーは、そこまでしてわたしを傷つけたかったのだ？」

「もちろん嫉妬もあったでしょう。でも、それは敵意の理由のほんの一部でしかないように思えます。もう少し調べれば、ほかにも動機が見つかるでしょう」

ラファエルは背筋を伸ばした。頭のなかでは、あの夜のオリバーとダニエルの姿がぐるぐるまわっていた。「とりあえずいまのところは、そこまで調べる必要はない。いま、わたしが知りたいのは、あの夜の出来事に関してダニエル・デュバルが潔白だったと、きみが――一片の疑いもなく――確信しているのかどうかということだ」

その問いに応えてマックフィーは、しわくちゃで少しすりきれた燕尾服のポケットに手を入れた。「わたしがお見せできる証拠はこれだけです」マックフィーが机に置いたのは、以前ラファエルが彼に渡したものだった。「これは、問題の夜に従僕があなたに渡した手紙です」

「そうだな」

次にマックフィーは一枚の書簡紙をとりだして、手紙に並べて置いた。「そしてこれがミス・デュバルの筆跡です。これが決定的な証拠になると思います」マックフィーは二枚の紙の上に身を乗りだした。「おわかりのように、このふたつの筆跡はとてもよく似ています。しかし、よく見れば、完全に同じではないことがわかるでしょう」

ラファエルは二枚の紙に書かれているひとつひとつの文字を慎重に見くらべた。似てはいるが、まったく同じでないことは明らかだった。

「サインをご覧になってみてください」

ふたたびラファエルはふたつの筆跡を見くらべた。サインはほかの文字よりもよく練習されたらしく、見るからによく模倣されていたが、やはりかすかな違いがあった。

「つまり、オリバー・ランドールへの手紙を書いたのはミス・デュバルではないということだと思われます」マックフィーは言った。「おそらくオリバー卿自身が書いて、いかにも読んでから捨てたかのごとく丸めてから、従僕に言いつけてその夜遅くにあなたのところへ届けさせたのでしょう」

マックフィーの持ってきた手紙をとりあげたラファエルの手が震えた。それはダニエルが叔母に宛てて書いたものだった。その手紙のなかで、ダニエルはあの夜の恐ろしい出来事を書きつづり、自分の潔白を信じてほしいと懇願していた。

「これをどこで手に入れた?」

「ミス・デュバルの叔母のレディ・ウィコムを訪問しました。レディ・ウィコムは姪の潔白を証明するためならどんな協力も惜しまないと言ってくださいました。そして、ウィコム領から姪ごさんの手紙を何通かとり寄せてくださったのです」

ラファエルは二枚の手紙を並べて机に置いた。「ダニエルは何度もわたしに手紙をよこした。それなのにわたしは……わたしは封を開けさえしなかった。わたしは自分の目で見たままを信じこんでしまっていたのだ」

「とてもうまく仕組まれた出来事だったことを考えれば、それも無理はありませんね、閣下」

ラファエルは首筋に痛みが走るほど強く奥歯を噛みしめた。そして椅子を押しやって立ちあがった。「あの男はいまどこにいる？」

マックフィーも立ちあがった。「現在オリバー卿は父親のカバリー卿のロンドンの屋敷にいます。社交シーズンをロンドンですごすつもりのようです」

ラファエルは机の後ろから出た。脈が速くなり、一刻ごとに怒りが募っていく。彼は必死に癇癪を抑えつけた。

「ありがとう、マックフィー。いつもながら、きみはいい仕事をしてくれた。きみを五年前に知らなかったことだけが残念だ。あのとき、きみに頼んでいたら、わたしの人生はずいぶん違うものになっていただろう」

「お気の毒に存じます、閣下」

「誰よりも、このわたし自身が自分を哀れに思うよ」ラファエルは書斎のドアまでマックフィーを送った。「会計士に請求書を送っておいてくれ」

マックフィーはうなずいた。「まだとりかえしがつくのではないでしょうか、閣下」

ラファエルのなかに新たな怒りがこみあげた。その怒りはあまりにも大きく、抑制がきかなくなってしまいそうだった。「五年というのはずいぶん長い年月だ」ラファエルの声には、決然たる威嚇の響きがあった。「だが、ひとつだけ確かなことがある――このままオリバー・ランドールを見逃しはしない」

オリバーの部屋のドアがノックされたのは、まだ早朝のことだった。ノックはしつこく鳴りつづけ、むりやり眠りの底から引きずりだされたオリバーは、こんな時間にドアを叩く人物に向かって心のなかで毒づいた。が、入ってきた従者の顔に恐怖が浮かんでいるのを見てぎょっとした。

「なにごとだ、バージェス？　些細なことなら、許さないぞ。おまえがドアを叩くまで、わたしは赤ん坊のようにぐっすり眠っていたのだからな」

「陛下に三人の紳士がいらっしゃっております、旦那様。どうしても旦那様にお会いしたいと言っているそうです。ジェニングズがこんな早い時間に訪問は受けないと言って引きとっていただこうとしたのですが、どうしても帰らないのです。一刻も待てない用件だと言っているそうで、ジェニングズがわたしに旦那様をお起こしするようにと言いつけたのです」小柄で黒髪の従者は、オリバーに着せかけようと緑色のシルクのローブを手にとった。

「冗談じゃない。そんな格好で人に会えるか。服を着るよ。誰だろうが、待たせておけばいい」

「三人の紳士は、あと五分で下りてこなければ、ここへ上がってくるとおっしゃっているそうです」

「なんだと？　わたしを脅しているのか？　こんな時間に押しかけてきてどうしてもわたしに会いたいとは、いったいどんな重要な用件だというのだ？　ジェニングズはその三人の名前を聞いていないのか？」

「聞いております、旦那様。シェフィールド公爵様、ベルフォード侯爵様、ブラント伯爵様です」

オリバーの体に不安の震えが走った。シェフィールドが来ている。しかも、ロンドンでもっとも勢力のあるふたりの友人を連れて。彼らの訪問の目的については考えたくない。とにかく様子を見よう。

バージェスがまたローブを持ちあげると、今度はオリバーも素直に袖を通した。「先に下りて、わたしはすぐ行くと伝えてくれ。そして客間に通しておいてくれ」

「かしこまりました、旦那様」

三人が待っている客間の大きな両開きの扉を執事が開けると、オリバーはローブと室内履きという格好ではあったが、できるだけ威厳のある態度を保って部屋に足を踏み入れた。

三人が腰を下ろさずに立ったままでいるのを見ると、不安がますます大きくなっていった。

「おはよう、みなさん」

「やあ、オリバー」公爵が言ったが、その声にははっきりと敵意が表れていた。

「こんな不適切な時間に訪問するとは、きっとよほど緊急の用件なんだろうな」

シェフィールド公爵が一歩進みでた。オリバーは長いあいだラファエル・ソーンダースに会っていなかった。彼を避けてすごしてきたのだ。いまこうしてオリバーの住居に乗りこんできた公爵はオリバーより十センチほども背が高く、体つきもずっとがっしりしていた。オリバーにはけっして手の届かない富と権力を握っているハンサムな男。

「今日来たのは個人的な用件だ」公爵が言った。「五年前に解決しておくべきだった問題について話しに来た。こう言えば、おまえにもなんのことかわかるはずだ」

オリバーは顔をしかめた。こんなことをしてなんの意味があるのかわからない。「あれはもうすんだことだと思っていたよ。古いスキャンダルを掘りかえすために来たわけじゃないんだろう？　もう五年も前のことだぞ」

「いや、わたしが来たのは、ダニエル・デュバルの名誉を回復するためだ。そもそも五年前にこうするべきだったのだ。あのとき、わたしは彼女ではなく、おまえの言葉を信じた。その間違いを正すつもりだ――きっぱりとな」

「い、いったいなんの話をしているんだ？」

答える代わりに、ラファエルは上着の内ポケットから白い綿の手袋を出した。そして、その手袋でオリバーの左右の頬を激しく叩いた。「わたしがおまえたちふたりを見つけた夜の出来事に関して、ダニエル・デュバルは潔白だった。だが、おまえは違う。いまこそおまえは、おまえのしでかした行為とおまえが破滅させた者たちに対して代償を払うんだ。武器はおまえに選ばせてやる」

「わたしは……わたしにはなんのことかわからない」

「いや、わかっているはずだ。おまえは偽の手紙を書き、ウィラード・クートという従僕に金をやってそれをわたしに届けさせた。身におぼえがあるだろう。明日の夜明け、グリーン・パークの頂上で会おう。このふたりがわたしの介添人だ。おまえが以前のように拒絶するなら、次におまえに会ったとき、わたしはその場でおまえを撃ち殺す。さあ、武器を選べ」

つまり……とうとう真実が暴かれてしまったのか。このごろオリバーはもう真実が明るみに出ることはけっしてないだろうと安心しはじめていた。ゲームに勝ったのだと思いはじめていた。あの行為が、五年後にこんな代償を支払うほど価値のあるものだったのかどうか、彼には疑問だった。

「拳銃（けんじゅう）だ」とうとう彼は言った。「明日の夜明け、必ずグリーン・パークに行く」

「最後にひとつだけ質問させてくれ……オリバー。なぜあんなことをした？　あれほどひどい仕打ちを受けなければならないことを、わたしはおまえに対してなにかしたのか？」

オリバーの唇の端が皮肉っぽく上がった。「きみという存在そのものが問題だったのさ、ラファエル。子供のころから、きみはわたしより背が高く、賢く、見栄えもよかった。きみは莫大な財産のある公爵家の跡継ぎだった。スポーツも得意で、どこの家でも歓迎され、女性のあこがれだった。女性はみな、きみと結婚したがった。ダニエルがきみの魔力のとりこになったとき、わたしはけっして彼女をきみに渡さないと誓ったんだ」オリバーの笑みが険しいものに変わった。「そして、きみが心から望んでいるものを手に入れるチャンスをつぶしてやった」

ついに公爵の怒りが爆発した。彼はオリバーのローブの襟をつかんで足が床から離れそうになるほどぐいと持ちあげた。「おまえを殺してやる、オリバー。おまえは確かに目的を達成した。だが、その代償は払ってもらうぞ」

伯爵と侯爵があわててふたりに近づいた。

「そいつを放せ、ラファエル」ブラント伯爵が言った。金色に光る目が、友人の氷のように冷たい青い目を見つめる。「明日の朝には復讐(ふくしゅう)できるんだ」

「そいつに自分の運命を噛みしめる時間を与えてやれ」そう言ったのはベルフォード侯爵だった。そうやってすごす恐怖の時間がどれだけつらいものか、よく知っているような口調だった。

オリバーの顎の下でぎゅっとローブをつかんでいた指が少しずつ緩んでいった。

「もう行こう」ベルフォード侯爵が公爵に言った。「でないと、召使いが警官を呼んでしまうかもしれない。コードの言うとおり、明日の朝には復讐できる」

シェフィールド公爵がローブから手を放し、乱暴にオリバーを突きとばした。暖炉にぶつかったオリバーの腕に激しい痛みが走った。が、恐怖は少しずつ消えていき、代わりに鉄のような意志が生まれた。この日のための準備はちゃんと進めてきた。運命が、ゲームに勝つ最後のチャンスをくれたのかもしれない。

「死ぬのはどちらか、楽しみだな」ドアへと歩きだした三人の背中に向かって、オリバーは言った。「わたしはもう五年前のような弱い男ではない」

三人は彼の言葉を無視して客間から出ていった。古傷でもあるのか、ベルフォード侯爵はわずかに片脚を引きずっている。その原因に思いあたるほど、オリバーは彼のことをよく知っているわけではなかった。

三人が出ていき、表のドアの閉まる音が聞こえると、オリバーはブロケード織りのソファに身を沈めた。ついにシェフィールド公爵と対決するのだ。以前の彼は、いつかこの日が来るだろうと確信していた。そして決闘用の拳銃を買って毎日練習を重ね、射撃の名手になっていた。

ここ二、三年、もうその拳銃は必要ないのではないかと思いはじめていたが、やはり必要になる日が来た。

オリバーの顔には、微笑さえ浮かびかけていた。ラファエルは復讐したがっている。オリバーにはその気持ちがよくわかっていた。ある意味では、あの夜の出来事の真相をラファエルに知られたことをオリバーは喜んでいた。これで、彼の勝利がさらに甘美なものになるだろう。明日、運が味方をしてくれれば、敵の死を見届けることができるだろう。

丘は薄い靄（もや）に覆われていた。深く生えた草は露に濡（ぬ）れ、男たちの革のブーツに水の玉をつけた。地平線から差しはじめたばかりの夜明けの光が、草地の端に止められた二台の黒い馬車のシルエットを映しだしている。

イーサンはコードと並んで、オリバー・ランドールの付添人のふたりと一緒にすずかけの木の下に立っていた。丘の上の広い草地では、親友のシェフィールド公爵ラファエル・ソーンダースが、彼の人生を一変させた男オリバー・ランドールと背中合わせに立っている。

オリバー・ランドールはラファエルより数センチは背が低く、体つきも細く、とび色の髪と茶色の目をしていた。彼にはラファエルのような力強さも統率力も感じられないが、イーサンは友人が敵を見くびることのないようにと祈っていた。

噂（うわさ）では、オリバー・ランドールはロンドンでも一、二を争う射撃の名手だという。

だが、ラファエルも同じだ。

数が数えられはじめた。コードの数える声に従って、ふたりの男の体が一歩ずつ離れていく。「五、六、七、八、九、十」

ふたりはぴったり同じ瞬間にふりむき、構えに入った。銀の飾りのついた銃身の長い決闘用の拳銃を上げ、撃つ。

二発の銃声が響き、丘にこだました。数秒間はどちらも動かなかった。が、やがてオリバー・ランドールの体がふらつき、濡れた草の上に倒れた。

走りだしたオリバー・ランドールの付添人の姿が、夜明けの紫色の光のなかでおぼろな影のように見えた。医者のニール・マコーリーもそれについていく。コードとイーサンも走りだした。イーサンの心臓はまだどきどきしていたが、怪我(けが)もない様子で立っているラファエルを見ると、不安は少しずつ消えていった。

が、ラファエルの袖に赤い血の染みがついているのが見えて、思わずイーサンは足を止めた。ラファエル自身はまだ気づいていないらしく、オリバー・ランドールのほうに向かって歩きだした。

倒れている男の上にかがみこんだ姿勢のまま、マコーリー医師がラファエルを見あげた。「重傷です。助かるかどうかわからない」

「できるだけの手をつくしてくれ」ラファエルは言った。そして丘の端で待っているイーサンに近づいてきた。

「傷はひどいのか？」額にこぼれ落ちた黒い髪を払いのけながら、イーサンは訊いた。

そのときはじめてラファエルは自分の傷に気づいたらしかった。「たいしたことはないと思う。少し痛いが、どうということはない」

コードがふたりのところへやってきた。「わたしの屋敷がいちばん近いし、妻たちもそこにいる。行って、その腕の手当てをしよう」コードは丘の上に目をやった。「マコーリーはランドールの治療で手がいっぱいらしいが、わたしの妻は看護の名人だからな」

ラファエルはただうなずいただけだった。馬車に着くまでのあいだに彼は何度か痛みで顔をしかめたが、心は遠くへ飛んでいるようだった。

オリバー・ランドールに関してはこれで片づいた。だが、まだ回復しなくてはならない名誉が残っている。ラファエルはダニエルの汚名を晴らし、彼女が潔白だったことを世間に知らしめなくてはならないと思っているのだ、とイーサンにはわかっていた。

いったいラファエルはどんな手を打つつもりなのだろう？

5

ラファエルは机の後ろで椅子の背に寄りかかった。柔らかな六月の日差しが竪子のはまった窓ごしに差しこんで部屋を暖めていたが、ラファエルの気分は少しも明るくならなかった。腕はまだずきずき痛む。とはいえ、幸いなことに、たいした傷ではなかった。弾丸は肉を貫通しただけで骨には当たらなかったのだ。

オリバー・ランドールのほうは、それほど幸運ではなかった。弾丸は心臓のすぐ下の肋骨に当たり、脊椎に近いところで止まっていた。ニール・マコーリー医師の手腕で弾丸はうまくとりだされたが、すでに脊椎は傷ついてしまっていた。傷が化膿さえしなければ命をとりとめるだろうが、二度と歩くことはできないだろう。

ラファエルはなんの良心のとがめも感じなかった。オリバー・ランドールはつまらない嫉妬の感情だけで、ふたりの人間の人生を残酷に壊してしまったのだから。彼は入念に計画を立て、嘘をつき、ロンドンじゅうの人間と、そしてラファエルをだましたのだ。その代償として、今度はオリバーの人生を壊してやっただけだ。

〝自分の行為の報いは必ず自分に返ってくる〟ラファエルが子供のころ、父親はよくそう言っていた。故公爵はいつも公明正大な人物だった。きっと彼も、この決闘の結果は自業自得だと思うことだろう。

けれど、罪があるのはオリバーひとりではなかった。決闘の日以来、ラファエルは自分自身の罪のいくぶんかでも償おうと行動に移った。彼は婚約解消の原因となったスキャンダルに関するダニエルの汚名を晴らすつもりだったが、その前にまず彼女自身と話をしたかった。

だが、彼の努力は徒労に終わった。

ラファエルは低く悪態をついた。ダニエルのことを考えて苛立ち、不機嫌になっているところに、ドアをノックする音が聞こえた。執事のウースターが戸口に姿を見せた。白髪頭で、細面の顔に青い目をしている。

「失礼いたします、旦那様。ベルフォード侯爵ご夫妻がおいでになりました」

いずれは友人たちが来るだろうと予想していた。「お通ししろ」ふたりはラファエルのことを心配しているのだ。決闘の日からラファエルは家に閉じこもってしまっていた。正義の裁きが下されたのに、なぜか打ちひしがれた気分に襲われていて家から出る気力もなかったのだ。

イーサンがグレースを先に立てて部屋に入ってきた。グレースは豊かな赤褐色の髪と宝石のような緑色の目をしたきれいな女性で、流行のハイウエストの薄い緑色のドレスを身につけていた。グレースとラファエルはずいぶん前からの知り合いだったが、互いに友人以上の感情は持ったことがなかった。きっとグレースはイーサンの妻になるべき運命を背負って生まれたきたのだと、ラファエルは思っていた。イーサンが抱えていた心の闇を追い払うことのできた唯一の人間なのだから。

「気分はどうだ？」心配そうな顔でイーサンが訊いた。彼はラファエルと同じくらい長身だが、もっと痩せて肌は浅黒く、彫刻のように整った顔立ちをしている。彼に惹きつけられない女性はいないだろう。とくに、心の闇が消えたいまは。

「たいした傷じゃなかったんだ」ラファエルはふたりに歩み寄りながら言った。「もう、だいぶよくなってきたようだ」

「よかったわ」グレースの顔がほほえみで明るく輝いた。「それなら一緒に昼食に出かけられるわね。今日はとてもいいお天気よ」

ラファエルは目をそむけた。体は回復しても、心はまだ過去にとらわれていた。決闘の翌日、彼はジョナス・マックフィーを呼んでレディ・ウィコムと姪のダニエル・デュバルの所在を確認してくれと依頼した。例の茶会以来ロンドンでダニエルを見かけたことはなかったので、きっとふたりはウィコム領に戻ったのだろうとラファエルは思っていた。

ところが、マックフィーの報告では、ダニエルとその叔母はイギリスから出ていったというのだ。

「その顔つきから推測するに、どうやらダニエルが出国したことをもう知っているようだな」イーサンが言った。

ラファエルは顔をゆがめた。「どうしてきみが知っているのだ？」

「トーリィに聞いたのよ」グレースが言った。「彼女はロンドンじゅうの召使いの情報網に通じているらしいの。それで、ダニエルに関する情報を探していたのよ。あなたがダニエルに会いたがると思ったんじゃないかしら」

ラファエルは苛立ちのため息を噛み殺した。「三日前にジョナス・マックフィーが知らせてくれたよ。ダニエルは叔母と一緒にアメリカのフィラデルフィアへ行ったと。彼女に会って謝罪し、なんとか罪の償いをしたいと願っていたが、もう無理らしい」

「確かに、いますぐには無理だな」イーサンが言った。

ラファエルは友人に目を向けた。「ビクトリアは、ダニエルがリチャード・クレメンスというアメリカ人のプロポーズを承諾したことも知っていたか？」

「いや、知らないと思う」

ラファエルは友人の背後にある窓から庭を見つめた。何日ぶりかで太陽が輝き、庭のすずかけの木の枝にすずめがとまっていた。

ラファエルは友人に視線を戻した。「ダニエルは故郷を捨てたんだ。幸せな生活を見つけるために自分の国を出なければならないところまで追いこまれたんだ。さまざまな恐ろしい噂話から逃れるために、何千キロも離れたところへ旅立っていった。その噂話は嘘ばかりで、悪いのはすべてわたしだというのに」

グレースがそっとラファエルの腕にふれた。「そうじゃないわ。あなたも確かにそのなかにいたけど、責任はオリバー・ランドールにあるのよ。彼はあなたとダニエルの婚約を解消させたくて、ふたりの気持ちを離れさせようとした……そして成功したのよ」

無意識のうちに、ラファエルはぎゅっとこぶしを握りしめていた。「ランドールはまんまと計画を成功させた。ダニエルとわたしがつかむはずだった幸せをだいなしにした。もちろん、彼女がこれから結婚するつもりでいる男にすっかり満足しているのなら話はべつだが」

グレースの指がラファエルの上着の袖を引っぱった。「あなたはその賭を黙って見ているつもりなの、ラファエル?」

「どういうことだ?」

「結婚したあと、ダニエルはこの五年間よりももっと不幸になる可能性もあるのよ。あなたはその危険を黙って見逃すつもり?」

ラファエルの胸が締めつけられた。それは、この数日間ラファエル自身が何度も考えたことだった。自分が愛したダニエルのことを、彼はよく知っている。ダニエルは優しくて純粋な娘だが、とても情熱的な一面も持っている。

ダニエルが結婚しようとしている男はいったい何者だろう？ 彼女はその男を愛しているのだろうか？ その男は彼女を愛し、彼女にふさわしい扱いをしてくれるのだろうか？

書斎を満たしていた沈黙のなかに、イーサンの声が響いた。「グレースは、これがきみとダニエルにとっての新たなチャンスだと考えているのだ――きみにその勇気がありさえすればね。妻は、きみがいまも彼女を愛していると信じている。一生彼女への愛を消せないだろうと考えているんだよ。きみがダニエルを追いかけていってイギリスに連れ戻すべきだとグレースは信じているのだ」

ラファエルはグレースに険しい視線を向けた。「きみがどうしようもなくロマンチックな人間だというのは気づいていたよ。だが、今回ばかりはきみの空想癖も度を超えている。ダニエルはほかの男と結婚しようとしているのだ。きっとその男を愛しているのだろう。そしてわたしは……わたしはメアリー・ローズと婚約している」

「あなたはいまもダニエルを愛しているのでしょう?」グレースがさらに食いさがった。

ラファエルは大きく息を吸った。いまもダニエルを愛しているのか？ それは、彼がけっして考えないようにしてきた疑問だった。「もう五年もたつんだよ、グレース。いまの彼女のことはなにも知らないも同然だ」

「確かめなくてはいけないわ、ラファエル。彼女のあとを追うのよ。自分がまだ彼女を愛しているかどうか――そして、彼女がいまもあなたを愛しているかどうか、ちゃんと確かめなくてはいけないのよ」

ラファエルは鼻を鳴らした。「彼女はわたしの姿を見るのさえいやがっているよ」

「そうかもしれないわ。でも、彼女が自分でそう思いこんでいるだけかもしれない。わたしも、一度は自分がイーサンを憎んでいると思いこんでいたわ。イーサンのせいでわたしが苦境に立つことになったのだと思って、心のなかで彼を責めていたの。でも、ある日彼がわたしの家に現れたとき、以前わたしが彼に対して抱いた気持ちはまだそのままだったことに気づいたのよ。ほんの少し心の奥に隠れていただけで。そのときは、そうじゃなければよかったのにと思ったわ。でも……」

グレースは夫に顔を向けて彼の腰に腕をまわし、その抱擁に身をまかせた。「いまは、あのとき彼が来てくれたことに感謝しているの。彼がわたしをこんなふうに愛してくれるようになったことに、そして息子が生まれたことに感謝しているのよ」

イーサンがうつむいて、妻の赤褐色の髪に唇を押しつけた。

「メアリー・ローズはどうなるのだ?」ラファエルは言った。「きみたちは忘れているようだが、わたしは婚約しているんだぞ」

「きみは彼女を愛していない」イーサンの言葉がラファエルを驚かせた。「そして、彼女のほうもきみを愛しているとは思えない。きみは、彼女に愛してほしいとも望んでいないだろう」

そう、ラファエルはメアリー・ローズに愛してほしくはなかった。なぜなら、その愛をけっして返すことができないとわかっているからだ。

「待ってほしいと伝えなさいな」グレースが言った。「結婚式を少し待ってほしいと頼むくらい、たいしたことではないわ」

ラファエルは答えなかった。胸が締めつけられていた。あの夜の真相をマックフィーの口から聞いたときから、さっきのグレースの質問がずっと彼の頭のどこかに浮かんでいたのだ。決闘の日以来、疑問はさらにふくらんでいる。どうしても答えを知らなくてはならない。

語らなくてはならない言葉、決着をつけなくてはならない過去がある。

「考えてみるよ。結果がどういうことになろうとも、きみたちの友情に感謝していることだけはわかってほしい。言葉ではつくせないほど感謝している」

グレースの美しい目が涙でいっぱいになった。「わたしたちはただ、あなたに幸せになってほしいだけなのよ」

ラファエルは黙ってうなずいた。幸せになることは、五年前にあきらめたはずだった。だが、いま親友たちの言葉を聞いているうちに、ふたたび胸に熱い思いが燃えはじめた。可能だろうか？　わからない。でも、とにかく確かめなくてはならない。

明日の朝、アメリカ行きの船に予約を入れよう。

「決心がついたのなら――」ラファエルの心を読みとったようにイーサンが言った。「三日後に〈ベルフォード海運〉の船がアメリカへ向けて出航する。きみは船主の船室を使えるよ。トライアンフ号はそのままデラウェア川を上ってフィラデルフィアまできみを送り届けることができるし、とても船足が速いんだよ。天候にさえ恵まれれば、ダニエルとの差を少なくとも一週間は縮められるはずだ」

ラファエルはイーサンを見つめた。心臓がぎゅっと縮んで固まってしまったような気分だった。

「よろしく頼む」ラファエルが口にしたのはそれだけだった。

6

少しひとりになりたくて、ダニエルは窓辺に立って夜の闇を見つめた。二週間前に着いたばかりの町だ。今夜ダニエルと叔母は、リチャードの親しい友人たちが婚約祝いに開いてくれたこぢんまりしたパーティに出席していた。会わなくてはならない人が、あとからあとからいくらでも出てくるような気がする。みんな親しげに声をかけてくれたが、ときにはそれが少し負担に感じられることもあった。

家の外は、しんと静まりかえっている。狭い敷石道と赤煉瓦の建物、白くそびえたつ教会の尖塔、緑でいっぱいの広々とした公園。フィラデルフィアは魅力的な町だった。ロンドンとはまるで違っていたけれど。

かつてアメリカはイギリスの支配下に置かれていたが、アメリカへの移住者は全力をつくして独自の新しい文化を作りだしてきたらしい。アメリカ人の話しかたはイギリス人より柔らかく、くだけている。服装はイギリスの流行をとり入れているが、あまりに距離があるので、贅沢な衣装のほとんどはやはり少し流行に遅れているようだ。

それでも、ここの人々は確固たる独立心にあふれていて、それがダニエルの目にはとてもすばらしい尊敬すべきものに映った。彼らは、確かにこの国だけに存在する人間たちだ。アメリカ人だ。こういう人たちに会ったのははじめてだった。

ダニエルは窓から離れて、クリスタルガラスのパンチボウルのそばに立っている叔母に近づいた。この町に着いてからの二週間のあいだに、ダニエルはフローラ叔母が借りた小さな煉瓦造りのテラスハウスにすっかりなじんでいた。いまはダニエルとキャロラインも、そのかわいらしいコロニアル様式の家で暮らしている。

三週間後の結婚式がすめば、ダニエルとキャロラインはソサエティ・ヒルにあるリチャードの家へ移り、フローラ叔母は旅のために雇った付き添いと一緒にイギリスへ帰っていく。

ダニエルはフィラデルフィアの夫のもとに残る。まったく見も知らぬ世界だ。彼女はキャロラインもここに残ってくれることが嬉しかった。

ダニエルはフローラ叔母が手渡してくれたパンチを口に運んだ。

「ほら、リチャードよ」叔母がささやいて、客間――アメリカ人は応接間と呼んでいるが――を横切って近づいてくる金髪の男性にほほえみかけた。「ほんとうに、すてきな人だわ」

叔母は姪がリチャードにどんな感情を持っているのか読みとろうとするようにちらっと

ダニエルに視線を投げたが、ダニエルは慎重に無表情を保った。

ダニエルはリチャード・クレメンスに好感を持っているからこそ結婚を承諾したのだが、愛してはいなかった。そして、リチャードのほうも彼女に対して穏やかな好意以上のものは持っていないと感じていた。彼は成功した実業家で、出産で亡くなった妻に代わってふたりの子供たちの母親となる女性を必要としているのだ。いつかふたりの気持ちがもっと深い愛情に変わることを、ダニエルは願っていた。

「ああ、ダニエル――ここにいたんだね」彼がほほえみ、ダニエルもほほえみを返した。

「あなたはミスター・ウェンツとお話ししていらしたでしょう」ダニエルは言った。「あなたたちおふたりとも織物工場をお持ちになっていらっしゃるから、お仕事の話をなさっていると思っていたの」

リチャードはダニエルの手をとってぎゅっと握りしめた。「きみはとても賢明な人だな。はじめて会ったときから、そう思っていたよ。自分の役割をよく知っている妻を持つのは、男の仕事にとって計りしれない価値があるものなんだよ」

ダニエルはほほえみを絶やさなかった。リチャードが期待しているのがどんな役割なのか正確にはわからなかったが、いずれ少しずつわかってくるだろう。

「じつは、ジェイコブ・ウェンツは染色工場も持っているんだ。その工場はイーストンにあって、クレメンス織物工場からそう遠くないんです」リチャードはフローラ叔母のほうに顔を向けて話しはじめた。そしてふたりが礼儀正しい会話を交わすあいだ、ダニエルはこれから結婚する相手をじっと観察した。

リチャードは平均よりは背が高く、とても魅力的だった。髪は深みのある金髪で、目は茶色と緑色がまじりあい、彼の感情に従ってその色を変える。

ダニエルはイギリスにいたときの彼しか知らなかった。そのときの彼の印象は、礼儀正しくて会話がうまく、教養があり、成功した実業家で、ダニエルに惹(ひ)かれている男やもめだった。アメリカでの彼には、もっと必死さが感じられた。ここでは、つねに仕事が最優先される。ときどき彼は仕事にのみこまれてしまいそうに見えた。

「少しダニエルをお借りしてもよろしいでしょうか、レディ・ウィコム」リチャードが言った。「ダニエルを紹介したい人がいるんです」

「もちろん、どうぞ」フローラ叔母はリチャードににっこりと笑いかけてから、隣にいた婦人のほうに顔を向けて楽しげに話しはじめた。

ダニエルはリチャードに連れられて客間を横切り、鋳型模様のある天井とオービユッソン絨毯(じゅうたん)とチッペンデール様式の家具のある凝った部屋に入った。これまでダニエルの訪問した家々は、家具までもが見るからにアメリカ的だった。優美な彫刻をほどこされたマホガニーの家具が多く、その上にはきれいなレース編みが敷かれ、背もたれの高いウィンザーチェアが置かれていた。

　リチャードは自分の腕にかけられたダニエルの手に手を重ねて客たちのあいだを縫って歩きながら、そこここで少し足を止めて挨拶（あいさつ）を交わした。客たちのリチャードに対する態度を見れば、彼がフィラデルフィアの上流社会で高い位置を占めていることは明らかだった。それどころか、ときとしてリチャードがそのことを必要以上に意識しているように感じられることがあったが、きっとそれはダニエルの気のせいなのだろう。

　リチャードは長身でがっしりした灰色の髪の男の前で足を止めた。頬髭（ほおひげ）を生やしている。

「ゲインズ上院議員、よく来てくださいました」

「元気そうだな、リチャード」

「上院議員、婚約者のダニエル・デュバルを紹介させてください」

　ゲインズはダニエルの手をとって礼儀正しく頭を下げた。「ミス・デュバル、リチャードが言っていたとおり、ほんとうに美しい」

「ありがとうございます、上院議員」リチャードはダニエルに向かって「ゲインズ上院議員は以前イギリス大使として赴任しておられたんだ」と説明してから、上院議員に視線を向けた。「ダニエルの父親は故ドラモンド子爵なんですよ。向こうにいらっしゃるあいだに、あなたも子爵に会われたことがあるかもしれませんね」

　ゲインズの太い眉が上がった。「残念だが、その栄誉には浴さなかったと思うよ」彼はリチャードに意味ありげな視線を投げた。「つまり、きみは子爵の娘をつかまえたというわけだ。これはたいへんな名誉だな。おめでとう」

リチャードの顔が輝いた。「ありがとうございます、上院議員」

「結婚式はいつだ？　わたしも招待してもらえるのだろうな」

「もちろんです。もし出席していただけないなどということになったら、ほんとうに残念ですよ」

会話はそのまましばらく続き、やがてリチャードが別れの言葉を口にすると、ダニエルもそれにならった。上院議員との会話がダニエルの胸に落ち着かない感覚をかきたてていたが、彼女はそれを無視しようと努めた。リチャードは、ダニエルがイギリス貴族の一員であることをとても誇りに思っているらしい。どこのパーティに行っても、彼は必ずそのことを口にする。

「リチャード！　かわいらしい未来の花嫁をちょっとこっちに連れてきてくれ。きみたちに紹介したい人がいるんだ」

それは、小柄で丸々と太ったこの家の主人だった。マーカス・ホイットマンという裕福な農場主で、先週出かけた音楽祭で紹介されていた。アメリカに着いてからというもの、ダニエルの婚約者は次から次へと彼女をさまざまな催しに連れ歩いてきたのだ。

きみがぼくの友人たちと知り合いになる機会を作りたいんだよ、とリチャードは言っていた。

できればダニエルはもっとふたりきりですごし、結婚の前に互いのことをよく知る機会を持ちたかった。これまでのところダニエルが彼の子供たちに会ったのはたった一度きりで、しかもほんの短い時間でしかなかった。

「こんばんは、マーカス」リチャードはほほえんだ。「いいパーティを開いてくれてありがとう」

「ぼくも妻も、大喜びでこのパーティの計画を立てたんだよ。亡くなったきみのお父さんとぼくとは、二十年近くも友人だったんだから」

リチャードが神妙な顔でうなずいた。どこかへ顔を出すたびに、よく彼の父親の話が出る。きっとこの町で尊敬されていた人物なのだろう。「ぼくたちに会わせたい人がいるって?」

「そう、そう……そうなんだよ」マーカスがふりむき、背後に立っていた長身の男性の腕にふれて、その人物の注意をこちらに向けさせた。

「リチャード、ロンドンから来た知り合いを紹介するよ。と言っても、友人の友人だがね。シェフィールド公爵のラファエル・ソーンダースだ。仕事の用件で、フィラデルフィアに来られたところだ」

衝撃がダニエルの全身を刺し貫いた。足元の床が傾いたような気がした。顔からゆっくり血の気が引いていくのがわかった。

ホイットマンは紹介を続けた。「公爵、こちらはクレメンスと彼の婚約者のミス・デュバルです。彼女はあなたと同じお国のご出身です。きっとお知り合いなのでは？」

いつも見つめていた目、けっして忘れられないであろう青い目を、ダニエルはじっと見つめた。胸が痛いほど締めつけられた。

「ミスター・クレメンス、どうぞよろしく」ラファエルは言って、たいそう堅苦しく頭を下げた。「ミス・デュバル」彼の目がダニエルに注がれた。彼女は視線をそらすことができなかった。

声も出せなかった。一言も言えなかった。ダニエルはただ彼を見つめたままで、リチャードの腕に置いた手はぶるぶる震えていた。ふと目を向けたリチャードが、ダニエルの顔の青さに気づいたようだった。

「ダーリン、どうかしたのかい？」

ダニエルは唇をなめた。口がすっかり乾ききっていた。「お……お目にかかれて嬉しゅうございます」そう言いながら、ダニエルはかつて婚約者だった男の名前をリチャードに告げていなかったことを、心のなかで神に感謝した。彼女の人生をめちゃめちゃにした男の名前を。

ラファエルの目はダニエルから離れなかった。「こちらこそ嬉しいですよ。ほんとうです、ミス・デュバル」

狂ったように飛びはねる心臓を無視して、ダニエルは必死に視線をそらし、どこか逃げだせる場所はないかと部屋を見まわした。「あの――ほんとうに申し訳ないのですが、なんだかとても暑くて。できれば、新鮮な空気を吸いにまいりたいと思いますの」

リチャードがさっと彼女の腰に腕をまわした。「さあ、ぼくが連れていってあげよう。ちょっとテラスに出れば、きっとすぐ気分がよくなるよ」リチャードは庭に出るフレンチドアのほうへと、ダニエルを連れて歩きだした。何人かこちらに視線を向ける者がいたが、ダニエルにはよくわからなかった。眩暈（めまい）がし、胸がきつく締めつけられていた。

ラファエルは彼女のあとを追ってきたのだ。そうとしか考えられない。なぜだろう？いったいなにが目的なのだ？

リチャードとの新しい生活を始めるチャンスさえ壊したいほど、彼女を憎んでいるのだろうか？

ダニエルはわきあがる恐怖を必死に抑えつけ、ラファエルがはるばるアメリカまで来たのはなにかべつの目的のためでありますようにと祈った。

ラファエルは客間から出ていくダニエルを見つめながら、こんなふうに驚かせるべきではなかったと後悔していた。彼女はひどく青ざめ、ひどく震えていた。だが、ほかにどうすればよかったというのだ？

いや、ほかにはどうすることもできなかった。

航海に出る前、ラファエルは彼女の居所を知るために八方手をつくして情報を集めたが、とにかく時間がたりなかった。彼女の乗ったウィンダム号という船の名前はわかっていたし、裕福な工場主の婚約者が住んでいるフィラデルフィアに向かったということもわかっていた。

それ以上正確に、彼女の居所をつかむことはできなかった。ただラファエルの手には、家族ぐるみの友人であるハワード・ペンドルトンが手配してくれた何通かの紹介状があった。それはロンドンの有力者たちがフィラデルフィア在住の友人に宛(あ)てて書いてくれたものので、彼らのなかにダニエルの行方を知る手助けのできる者がいるかもしれなかった。

イギリス陸軍大佐のハワード・ペンドルトンは、フランス軍の捕虜になっていたイーサンを救いだすためにコードとラファエルに協力してくれた。イーサンを通して、ペンドルトン大佐はラファエルのアメリカ行きの話を知り、助力を申しでてくれたのだった。だが、代わりに、ペンドルトン大佐からの要求もあった。

〝噂(うわさ)が流れはじめているのです〟大佐は言った。〝アメリカとフランスが手を結ぼうとしているという噂です。それがほんとうなら、ナポレオンの立場はずいぶん有利になります。ぜひあなたのお力を貸していただきたいのです、閣下。もし同意していただけるとしても、おひとりでというわけではありません。マックス・ブラッドリーを同行させます〟

ラファエルはマックス・ブラッドリーをよく知っていた。彼が優秀で、信頼できる男だということもわかっている。イギリスとフランスとの戦争はもう何年も続いていた。何千人というイギリス人の命が失われている。

ラファエルはできるだけの協力を約束し、代わりに大佐からの援助も受けることになった。そのなかに紹介状も含まれていたのだ。〈ベルフォード海運〉の所有する最新の船トライアンフ号で出航したとき、マックス・ブラッドリーも一緒だった。彼は陸軍省の秘密捜査官として働いている――つまりは、イギリスのスパイだ。

アメリカへ着くとすぐ、マックス・ブラッドリーは情報収集のために町のなかにもぐりこみ、ラファエルは紹介状を使ってダニエルの居所を捜した。そしてリチャード・クレメンスの親しい友人であるマーカス・ホイットマンに紹介されて、ホイットマンがふたりの婚約を祝って開くパーティにうまく招待してもらうことができたのだった。

ラファエルは重い気分を抱えて、テラスのほうを見つめた。金色の紋織りのドレスを身につけ、すばらしい赤毛を結いあげたダニエルは、彼が最後に会ったときよりもいっそう美しさを増したように見えた。

だが、結婚しようとしている男の腕に手をかけて部屋をあちらこちら歩きまわっている彼女を見ていると、美しい緑色の目には喜びの輝きもほんのわずかな情熱も浮かんでいないのがわかった。ラファエル自身と同じように、ダニエルも強すぎるほどの自制心を会得したのかもしれない。

　庭に消えていくダニエルを見つめながら、ラファエルはもう少し違う方法で彼女に会ったほうがよかったかもしれないと思った。だが、彼はリチャード・クレメンスにも会ってみたかったのだ。できるだけクレメンスという男のことを知りたかった。なにしろ結婚式は三週間後に迫り、もう時間がないのだから。

　ラファエルはホイットマン夫妻と会話を交わしながら、少しでもダニエルの姿が見えはしないかとしじゅうテラスに目を向けていた。

「まあ、公爵様じゃありませんこと？」小柄で、丸い顔に鋭い青い目をしたフローラ・チェンバレンがラファエルのかたわらに立った。「これほど遠い国で、意外なかたにお目にかかるものですわね」厚い灰色のまつげの下から、彼女の冷たい目がラファエルを見つめた。「まさかあなたがここまでいらっしゃるとは思ってもいませんでしたわ」

　ラファエルは彼女の目を見返した。「そうですか？　あなたはジョナス・マックフィーにあの手紙を渡したときから、いずれわたしが真実を知るとわかっていたはずだ。真実がわかってもわたしがダニエルになにも言わずにいると、あなたはほんとうに思っていたのですか？」

「その気にさえなれば、五年前に真実はわかっていたはずです」

「あのときのわたしはまだ若く、短気だった。嫉妬で気が狂いそうになっていたんです。

ほんとうにばかだった」

「なるほど……いまはもっと大人になり、以前ほど短気ではなくなったのですね」

「そのとおりです。最後にダニエルに会ったとき、五年もたったというのにまだダニエルは自分の潔白を主張しつづけた。それでわたしはあらためてあの出来事を調べ直し、自分が間違っていたことを知ったのです。いまとなっては、どんなに悔やんでも悔やみきれない」

「驚かれたのはわかりますが、それにしても、この国まではずいぶん長い旅だったでしょう」

「彼女を見つけるためなら、どんなに長い旅にでも出るつもりだった」

「確かにわたしは、あなたが来てくださることを期待していました。ダニエルには、あなたから謝罪してもらう権利があります——たとえあなたが謝罪のために何千キロもの船旅をしなくてはならないとしてもね」

「あなたが期待しているのはそれだけですか？」

伯爵未亡人は視線をはずして、テラスのほうに目をやった。「いまのところは……そうです」

「わたしは彼女と話をしなくてはならない、レディ・ウィコム。時間を作ってもらえませんか？」

伯爵未亡人はしばらく庭のほうに視線を向けつづけていたが、やがてラファエルを見て言った。「明日の朝、わたしの借りている家にいらっしゃい。アーチ・ストリート二百二十一番地です。十時に。リチャードは昼にならないと来ないはずですから」

ラファエルは伯爵未亡人の白い手袋をはめた手をとった。そして、その手に唇をあてた。

「ありがとう、レディ・ウィコム。あなたはいつもダニエルにとってすばらしい友人でいてくださった」

「あとでわたしが自分の行為を悔やむような結果にだけはしないでくださいね。二度とあの子を傷つけないと約束してください」

ラファエルは小柄な白髪頭の女性を見おろした。彼よりもはるかにダニエルに対して誠実だった人物。「固く約束します」

夜が更けても暖かかったので、ダニエルはシュミーズの上に薄いシルクの化粧着を着ただけで、自室の化粧台の前の小さなスツールに座っていた。天蓋(てんがい)つきのベッドの端には、キャロライン・ルーンが腰を下ろしていた。

「彼がパーティに現れたのよ、キャロライン。まだ信じられないわ。イギリスからはるばるやってくるなんて。いったいなにが目的なのかしら?」

「心配するようなことではないかもしれませんわ。紹介してくださったかたの言葉どおり、仕事の用件でいらっしゃっただけかもしれませんもの。公爵はとてもお金持ちなのでしょう？　でしたら、アメリカでもなにか投資をしようと思っているのかもしれません」

ダニエルの胸に一筋の希望が差した。「ほんとうにそう思う？」

「ええ、きっとそうですよ」

「でも、ひょっとしたらリチャードに会いに来たのかもしれないわ。わたしのことを、リチャードが信じているような女ではないと警告したくて」

「お嬢様の婚約者は真実をご存じです。お嬢様がご自分で彼にお話しになった以上のことを、公爵がなにか言えるはずはありません。シェフィールド公爵がなにを言おうが、なにも変わりませんわ」

「そうとばかりも思えないわ。リチャードはとても世間体を気にしているようなの。彼自身はわたしの潔白を信じてくれるかもしれないけれど、ほかの人にあの話を聞かれるのをとてもいやがると思うわ」

キャロラインは手にしていた銀のブラシを軽く指先で叩いた。「公爵はあなたとははじめて会ったようなふりをしたとおっしゃいましたよね。それなら、きっとなにも言わないんじゃないでしょうか」

ダニエルは首をふった。「ラファエルはわたしを憎んでいるわ。彼は一度わたしの人生を破滅させた。今度もそうしないって、どうしてわかるの？」

「公爵に会って、なにを考えているのか聞きだしてみるほうがいいかもしれませんね」

ダニエルの胸に奇妙な感覚が芽生えた。それがいったいなんなのか、彼女には想像もつかなかった。「そうね、そうするのがいいかもしれない。なにかわかれば、少なくとも心の準備はできるもの」

キャロラインが立ちあがった。ダニエルより背が高くてほっそりし、明るい金髪の巻き毛の上に室内帽をかぶっている。「もう夜も更けましたわ。髪をとかしますから、そちらを向いてくださいな。それから、ちゃんとお休みにならなくては。明日になったら、なにかいい考えが浮かぶかもしれません」

ダニエルはうなずいた。彼女が背中を向けると、キャロラインは手ぎわよく髪からピンを抜いて、豊かな髪をたらした。そしてもつれた毛をブラシでほぐしていく。キャロラインの言うとおりだ。ラファエルにどう立ちむかえばいいのか、明日になってから考えよう。

胃がきりきりと痛んだ。

しばらくはとても眠れそうになかった。

ダニエルが目ざめたのは早朝だった……少なくとも、ロンドンの基準では。アメリカ人はロンドンの貴族のような生活を楽しんではいないらしい。ロンドンの貴族は夜も更けるまで遊び、日中は夜の遊びにそなえるためにほとんどベッドのなかですごすのだ。この国の人々もときには夜遅くまで楽しむことがあるが、そうしょっちゅうではないようだ。これまでダニエルが会ったアメリカ人はみな仕事に熱心でとても野心的だった。

そして、リチャードも確かにそのなかのひとりだ。

だが、今日の午後は彼の子供たちと一緒にすごしたあと、彼の母親とごく親しい友人夫婦二組とともに夕食をとる約束だった。そのあとリチャードは八十キロほど離れたイーストンという小さな町にある工場へ行き、そのまま数日間そこで仕事をすることになっている。

「ダニエル！　お嬢様！」キャロラインが青い目を皿のように大きく見開いて部屋に飛びこんできた。「彼が来ました！　彼が客間にいます！」

「落ち着いてちょうだい、キャロライン。どなたが客間にいらっしゃるの？」

「公爵です！　お嬢様とお話ししたいって。とても大事な話があるそうです」

吐き気がこみあげ、手が震えはじめた。ダニエルは深呼吸して、狂ったように動く心臓を落ち着かせようとした。

これこそ、ダニエルが望んでいたことだ――そうではないか？

彼と話をし、彼の意図を確かめなくてはならない。

ダニエルは姿見の前に立ってざっと自分の姿に目を走らせた。ふりむいて、薄青のモスリンのドレスの背中を確かめ、ほっそりしたシルエットのスカートを撫でつけ、ハイウエストの胴着(ボディス)をきちんと整えた。

　人前に出ても恥ずかしくないドレスだ。髪は、キャロラインがサイドの髪を上げて鼈甲(べっこう)の櫛(くし)でとめてくれていた。豊かな巻き毛が背中で揺れている。

「すてきですよ」キャロラインがダニエルをドアのほうへ引っぱっていきながら言った。「あのかたとお話ししたかったのでしょう？　これで、なぜ公爵がこの国にいらしたのかわかりますよ」

　ダニエルはもう一度大きく息を吸って、ぐっと顎を上げた。ぎゅっと両手を握りしめて震えを止め、階段に向かう。白と優しい薔薇(ばら)色で統一された居心地のいい客間に入ると、ソファに座っているラファエルが目に入った。彼女が部屋に入るとすぐ、ラファエルは立ちあがった。

「会ってくれてありがとう」ラファエルの口調は丁寧だった。

「ほかにどうすることができて？」ダニエルはラファエルをよく知っている。彼がダニエルと話したいと思えば、それを避ける方法は彼を撃ち殺すことしかない。

「そうだな、どうしようもないだろうな」ラファエルはソファを指し示して訊(き)いた。「一緒に座らないか？」

「ありがとう。でも、立っているほうがいいわ」

　ラファエルがふうっと息を吐いた。彼はダニエルより六歳年上だから、いまは三十一歳だ。真っ青な目のまわりに細かなしわができ、表情には、若いころにはなかった疲れがにじんでいる。それでも、ラファエルはすてきだった。これほどすてきな人はめったにいないだろう。

ラファエルの青い目がじっとダニエルを見つめた。「わたしはきみに会うために何千キロも旅をしてきたんだよ、ダニエル。きみがわたしを憎む気持ちは理解できる――ほかの誰よりも、このわたしがいちばんよく理解できるはずだ。でも、できれば座って、話をするチャンスを与えてほしい」

ダニエルはため息をもらした。逆らってもむだだとわかっていたので、彼女は薔薇色のベルベットのソファに腰を下ろした。ラファエルが客間のドアを閉め、驚いたことに、堅苦しく彼女とのあいだを空けてソファに座った。

「紅茶でもいかが?」ダニエルは言った。「急に礼儀正しい訪問になったようだから」

「紅茶はいらない。ただ、話を聞いてほしい。わたしはきみに謝りに来たんだよ、ダニエル」

ダニエルは目を見開いた。「なんですって?」

「ちゃんと聞こえたはずだよ。なにもかもきみの言ったとおりだとわかったから、わたしはここへ来た。五年前のあの夜、裏切ったのはわたしのほうだった」

ふいに頭がくらくらして、ダニエルはごくりと唾(つば)をのみこんだ。座っていてよかったと思った。「わたし……よくわからないわ」

　ラファエルが上半身をすっかりダニエルに向けた。「オリバー・ランドールが嘘をついていたんだよ――きみが言っていたとおり。なにもかも彼の計略だったんだ。わたしが受けとった手紙は彼の書いたものだった。それを見て、わたしはあの夜きみの部屋に行ったのだ」

　ラファエルはあの夜の出来事を説明し、彼女がオリバー・ランドールと密会していたと信じこんだ理由を話した。あまりに途方もない話で、彼の言葉がダニエルの頭のなかでくるくるまわりだした。

「どうして……？」ダニエルは小さな声で訊いた。「どうしてオリバーはそんなことをしたの？　なんとか理由を見つけようとしたけど、どうしてもわからなかったわ」

「きみを自分のものにしたかったからだ。彼はきみを愛していたんだよ、ダニエル。だが、その望みはかなわなかった。そして、彼はわたしに嫉妬したんだ」

　ダニエルはソファの背にぐったりともたれかかった。心臓が妙な音をたて、胸が締めつけられていた。ラファエルが立ちあがってサイドボードに歩み寄った。グラスにブランデーを少しだけ注ぎ、ソファに戻ってそのグラスをダニエルの手に押しつけた。

「飲みなさい。少しは気分がよくなるだろう」

　ダニエルがグラスを口に運ぼうともしないのを見て、ラファエルは彼女の手に自分の手を添えて、グラスを唇にあてさせた。少しだけブランデーを口に含むと、体に温かさが広がるのがわかり、もう一口飲んだ。ほんとうに少し頭がはっきりしてきた。

ダニエルはいまもまだラファエルがこの客間にいるのが信じられない気分で、彼を見あげた。「どうやってそのことを知ったの?」

「探偵を雇った。これまでもよく仕事を依頼していた男だ」

ダニエルは頭をふった。「まだ信じられないわ」

「なにが信じられないのだ?」

「自分が間違っていたと話すためだけに、あなたが何千キロも旅をしてきたことよ」

「それともうひとつ、オリバー・ランドールが悪だくみの代償を支払ったことも話したかった」

ダニエルの体がぐらりと揺れ、グラスからブランデーがこぼれた。「彼を殺したの?」

ラファエルはダニエルの震える手からグラスをとりあげてテーブルに置いた。「以前と同じように決闘を申しこんだ。今度こそ、彼も承諾せざるを得ないように追いこんで。わたしの撃った弾は彼の肋骨(ろっこつ)に当たって、背骨近くで止まった。オリバー・ランドールはもう二度と歩けないだろう」

ダニエルは同情を感じようとした。ラファエルの行為に嫌悪感を持とうとした。が、彼女は名誉を重んじるイギリス貴族の慣習をよく知っていた。真実がわかったからには、オリバーに償いをさせなくてはならなかったラファエルの気持ちがよくわかった。

「悲しいわ」やっとダニエルはそれだけを口にした。

「ランドールのために？　彼に同情する必要はない」

「わたしたちみんなのことが悲しいの。失った五年間のこと。とりかえしのつかない出来事が起きたことが悲しい」

「ランドールはわたしたちの人生をだいなしにしたんだ、ダニエル。わたしの人生も、きみの人生と同じように破壊されてしまった。きみは信じないかもしれないが、ほんとうなんだよ」

「でも、もう彼は償いをしたわ。だから、なにもかも終わったのよ。話しに来てくださってありがとう。わたし、不安だったの……」

「なにが不安だったんだ、ダニエル？」

　ダニエルは顎を上げた。「あなたがわたしの未来を壊しに来たのではないかと思って不安だったのよ。リチャードと一緒に幸せになるチャンスをだいなしにされるかもしれないと思ったの」

「わたしがそんなことをすると本気で思っていたのか？　わたしがそれほどまでにきみを憎んでいると思っていたのか？」

「違うの？」

「わたしは誰にもあの夜のことを話しはしなかった。この五年間、ただの一度も」

「でも、あなたは噂を否定もしなかったわ。そして、あの夜の二日後には婚約を解消した。それは、わたしが有罪だと宣告したようなものだったわ」

なにかがラファエルの表情をかすめた。ダニエルの目には、それが後悔のように見えた。

「わたしにも罪があることは否定できない。もう一度、あの夜に戻ることができるのなら……あんな行動はけっしてとらない」

「でも、もう戻ることはできないのよ。そうでしょう、ラファエル？」

「そのとおりだ。過去をやり直すことはできない」

ダニエルは立ちあがった。「さようなら、ラファエル」彼女はドアに向かって歩きだした。泣きだすまいとする努力で、心臓がいまにも破裂してしまいそうだった。

「彼を愛しているのか？」唐突にラファエルが訊いた。

ダニエルは黙って歩きつづけ、ドアを出た。スカートの裾（すそ）を持ちあげ、一歩ずつ階段を踏みしめるようにして上がり、自分の部屋に向かった。

7

　ウィリアム・ペン・ホテルのスイートの居間で、ラファエルは馬巣織りのソファに座っていた。ダニエルとの話し合いを思いだしながら、膝に肘をついて両手で頭を抱えこむ。

「うまくいかなかったのですか？」亡霊のように音もなく寝室から現れたマックス・ブラッドリーがラファエルに近づいた。彼はいつもふいに姿を現す。ラファエルはまだそれに慣れることができずにいた。

「ひどかったよ」ラファエルは体を起こすと、ソファの背もたれに寄りかかって長い脚をぐっと伸ばした。「彼女が潔白だとわかったと言ったときの、彼女の表情をわたしは一生忘れないだろう。くそっ、彼女はこれまでよりもさらに激しくわたしを憎むのだろうな」

「確かなのですか？　ひょっとしたら、あなたがあなた自身を憎んでいるだけではありませんか？」

　マックスの言葉が真実だとわかっていたので、ラファエルはため息をついた。「あの夜、彼女の言葉を信じなかったことに罪悪感を持っているのは否定できない。あの間違いをなんとかして償うことができればいいのにと思うよ」

マックスはブランデーを注いだ。彼はラファエルと同じくらい長身で、数歳年上だ。かなり痩せている。日に焼けた顔の表情は厳しく、彼の送ってきた生活を示すように深いしわが刻みこまれている。少し長めでウェーブのかかった黒い髪が、地味な茶色の燕尾服の襟にかかっていた。

マックスはラファエルの分もブランデーを注いで、彼に手渡した。「少し飲んだほうがよろしいような顔つきですよ」

このときはじめてラファエルは、マックスがアメリカ風のアクセントで話していることに気づいた。フランスにいるときは、まるで母国語のようにフランス語をあやつっていた。彼はつねに陰で活動する人物で、けっして正体を知られてはならない存在だ。マックスのような仕事をするうえで、語学の才能はとても貴重なものだった。

ラファエルはブランデーを飲み、体のなかが温かくなったことをありがたく感じた。

「ありがとう」

「ミス・デュバルがこの国へ来たのは結婚するためだとおっしゃいましたね？」

「そうだ」

「相手の男にお会いになりましたか？」

「ごく短いあいだだけだ。わたしにわかったところでは、かなり成功している実業家で、娘と息子がひとりずついる男やもめだそうだ」

「あなたの思い人は彼を愛しているのですか？」

ラファエルの眉が上がった。「ダニエルはもうわたしの思い人ではないし、彼女の気持ちはわからない。言おうとはしなかった」

「それはなかなか興味深い……」マックスはぐっとブランデーをあおった。「そういうことなら、ぜひとも彼女の気持ちを知る必要があると思います」

ラファエルの顔に冷たい笑みが浮かんだ。「なぜだ？　愛のない結婚をする人間はたくさんいるぞ」

「さきほどあなたは、過去の出来事をなんとかして償いたいとおっしゃった」

「確かに言った。だが、わたしにできることはなにもない」

「あなたの元婚約者がこれから結婚しようとしている男を愛していないのなら、あなたご自身が彼女と結婚することをお考えになってはどうですか？　彼女はイギリスへ、叔母と家族のもとへ帰ることができます。そしてもっと重要なのは、あなたがたが結婚すれば、噂は消え、あなたの元婚約者の潔白を証明できるということです」

ラファエルの胸が締めつけられた。かつてダニエルと結婚することがなににも勝る望みだった時期があった。だが、その時期はとっくにすぎてしまった――そうではないのか？

それとも、彼女の潔白を知ったときから、彼の頭にはその考えが浮かんでいたのだろうか？　だからこそ、メアリー・ローズとの婚約の件でスロックモートン伯爵のもとに出向いたのだろうか？

彼は伯爵に結婚式の延期を申し入れ、驚いたことに――そして、ひそかにほっとしたことに――伯爵のほうからいっそ婚約を白紙に戻したらどうかと提案されたのだった。

〝わたしはどうやら娘のことをよくわかっていなかったらしい〟伯爵は言った。〝メアリー・ローズはまだ若いし、とても世間知らずです。あなたは世慣れていて、娘よりずっと年上だ。あなたがとても頑健で、精力的なかただというのははっきりしています……。ぶしつけな言いかたをお許しいただきたいが、閣下、わたしの娘はとてもおびえていて、あなたとベッドをともにするのを恐れているのです。時間がたっても、それが変わることはないでしょう〟

ラファエルは自分の耳が信じられなかった。伯爵は、自分の娘を公爵家に嫁がせるチャンスをあきらめようとしているのだ。それは、貴族社会の常識ではあり得ないことだった。

〝メアリー・ローズが婚約解消を望んでいるのは確かなのですか？　わたしは待つつもりですよ……彼女がわたしになじんでくれるまで〟

〝あなたならきっとそうしてくれるでしょう。だが、わたしは娘のために最善だと思われることを申しあげているのです。どうかそれをわかっていただきたい〟

まさに驚きだった。そして、伯爵はすばらしい人物だ、とラファエルは感じた。〝よくわかります。そして、あなたがお嬢さんの幸せを第一に考えていることに、心から尊敬の念をおぼえます。正直に話してくださってありがとう。わたしもメアリー・ローズの幸せを祈ります〟

落胆するべき状況だった。将来の計画がまたもやだいなしになったことに怒りを感じなくてはならないはずだった。なのに、スロックモートン伯爵の屋敷を出るとき、ラファエルは肩から大きな重荷がとりのぞかれたような気持ちがしていた。自分でも、それがなぜなのか理解できなかった。彼はメアリー・ローズとともに作る未来と家族を夢見ていたはずだったのに。

彼はブランデーを飲みながら、マックス・ブラッドリーの顔を見あげた。「ダニエルと結婚することの利点は認めるが、ひとつ些細とは言えない問題が残っているよ。彼女はわたしを嫌っているのだ。結婚を申しこんでも、きっと彼女が拒絶するだろう」

「やってみなくてはわかりませんよ。もちろん、もうひとつ、あまり小さいとは言えない問題も残っていますが。つまり、あなた自身の彼女に対する気持ちです」

どうなのだろう？　今日ラファエルはダニエルに会い、五年前と同じ目で彼女を見た。憎しみという汚れに邪魔されずに見た彼女は、美しく、賢く、優しかった。かつて彼が残酷に傷つけた女性は潔白の身だったのだ。

「わたしはダニエルに幸せになってほしい。わたしは彼女に大きな借りがあるのだ。どういう形であれ、幸せになってほしい」

マックスが軽くラファエルの肩を叩いた。「幸運を祈ります。いまのあなたには、幸運が必要なようですからね」マックスはブランデーを飲みほすと、ソファの前のマホガニーのテーブルにグラスを置いた。「これからしばらく、わたしはいろいろやらなくてはならないことがあります。わたしの集めた情報がほんとうだとわかったら、たぶんあなたのお力が必要になるでしょう」

ラファエルはペンドルトン大佐にどんな援助でもすると約束していた。「言ってくれれば、なんでもするよ」

マックスは黙ってうなずいた。そして、数秒後には、現れたときと同じように音もなく部屋から出ていき、ラファエルはまたダニエルのことを考えはじめた。

彼女から奪った幸せの機会を、なんとしてでも返してやらなくてはならない。そのためには、彼女が結婚しようとしている男のことをもっとよく知る必要がある。

ラファエルは陰鬱な笑いを浮かべた。

立ちあがり、ドアのわきに置かれたシェラトンのテーブルに近づく。そして、テーブルの上の銀のトレイから、今朝受けとった手紙をとりあげた。それはミセス・ウィリアム・クレメンスから来たもので、彼女が今夜自宅で開くこぢんまりした晩餐会への招待状だった。

公爵という位は、なかなか役に立つものだ。

すでにラファエルは、喜んで出席するという返事を出していた。

リチャードの家族とのささやかな夕食会というのは、結局のところ盛装した二十人もの人々の集まる晩餐会だった。ソサエティ・ヒルにあるリチャードの母親の優雅な煉瓦造りの家に、客たちは豪華な馬車で乗りつけてきた。

そこからほんの数ブロックのところに、リチャードも自分の家を持っている。母親の家よりはわずかに小さいが、同じように優雅な家だ。そして、イーストンにもコテージがあって、工場へ行くときにはそこを使うと言う。どうやら彼はしょっちゅう工場へ行っているらしかった。

その日の午後、ダニエルはリチャードの母親、リチャードの息子のウィリアム・ジュニア、リチャードの娘のソフィーとともにすごした――はじめてほんとうに一緒にすごした時間だった。リチャードもしばらくはみんなと一緒にいたが、子供たちといると苛立つらしく、やがて口実を作って外出してしまった。

ダニエルはリチャードを責める気にはなれなかった。ウィリアムとソフィーはしじゅう喧嘩ばかりしているのだ。ダニエルが晩餐会用のドレスに着替えるためにアーチ・ストリートのフローラ叔母の家に戻るときにも、まだふたりは言い争っていた。

　そして、七時に彼女とフローラ叔母がふたたびリチャードの母親の家に着き、最初の客と顔を合わせたときにも、やはりふたりは喧嘩をしていた。

「ぼくの馬を返せ！」ウィリアムが叫んだ。ウィリアムは七歳、ソフィーは六歳だ。ふたりとも金髪で、ウィリアムの目は茶色、ソフィーは緑色だった。ふたりとも、父親によく似ている。

「あたしの馬だもん」ソフィーが言った。「あたしにくれるって言ったじゃない」

「やるなんて言ってないぞ――ちょっと使わせてやっただけだ！」

「ふたりとも、お願いだから……」ダニエルは急いでふたりに近づき、ほかの客が着く前に喧嘩をやめさせようとした。この日の午後、リチャードの母親がふたりの孫をおとなしくさせておこうとして、ウィリアムには玩具の馬を、ソフィーには新しい人形を与えたのだが、ふたりがこの家ですごすときに使う部屋はすでに玩具であふれそうになっていた。

「もうすぐお客様がたくさんお見えになるのよ。お行儀の悪い子だと思われるのはいやでしょう？」

　ウィリアムがくるっとふりむき、噛みつくような口調で言った。「おまえの言うことなんか聞く必要はないんだ！　おまえなんか大嫌いだ！」

　ふたりは誰も好きではないようだった。少なくとも、ふたりに指図しようとする人間は。もちろんリチャードの母親もリチャード自身も、ふたりを叱ろうとはしなかった。

ダニエルはため息をついた。孤児院のメイダ・アンとテリーのことが自然に頭に浮かんでくる。ふたりはほんとうに安物の玩具や、ちょっとした愛情を与えられただけでとても幸せそうだった。テリーなら、ミセス・クレメンスがウィリアムに与えたような木彫りの馬をもらったら、きっと宝物のように大事にするだろう。メイダ・アンなら、ソフィーがぽいと投げ捨てた人形を優しくかわいがるだろう。

ダニエルは目の前のふたつの金髪頭を見おろした。この子供たちに母親として受け入れてもらうのはなんとも難しい仕事になりそうだった。でも、やりとげてみせる、とダニエルは決意した。たとえ、リチャードもリチャードの母親も、そして子供たち自身もそんなことにはなんの興味も示さないとしても。

ミセス・クレメンスが足早にこちらへ近づいてきた。ダニエルと同じくらい背が高く、金髪がだいぶ白髪になっている。「リチャードの御者に言いつけて、ウィリアムとソフィーを家に連れて帰ってもらうことにしたわ。家には乳母がいるから」

ダニエルは、まだ木彫りの馬をめぐって争っているふたりに視線を向けた。ウィリアムがソフィーの小さな手から馬を奪いとり、ソフィーが泣きだした。

「泣かなくていいのよ、いい子ね」ダニエルはそう声をかけてから、投げ捨てられていた人形を急いで拾いあげ、ソフィーの前に膝をついた。「はい、あなたのお人形よ。この子も一緒におうちに連れて帰っていいのよ」

　ソフィーは人形を手にとったかと思うと、いきなりそれを壁に投げつけた。陶器の頭がこなごなに砕けて絨毯に散らばった。「あんな変な人形なんか大嫌い。あたしは馬が欲しいの！」

　ミセス・クレメンスがソフィーの手を握りしめた。「癇癪を起こしてはいけませんよ。今度あなたが来るときには、あなたにも馬をあげますからね」ミセス・クレメンスがダニエルに向けた視線は、これ以上ふたりにかまうなと告げていた。母も息子も、ウィリアムとソフィーを行儀よくさせておくには、彼らの欲しいものを与えるのが最善の方法だと信じているらしい。

　いまリチャードと彼の母親がしていることは子供たちにとって少しもためにならないということを、なんとかしてリチャードにわかってもらわなくては。

　背後から聞こえたリチャードの声に気づいて、ダニエルはふりむいた。「用事ができてしまって悪かったね。仕事上、こういうことがよくあるんだよ」

　彼は大事な会議があるのをうっかり忘れていて、どうしても行かなくてはならないのだと言っていたが、いま彼の息にはかすかなアルコールのにおいがまじっていた。いったん家に立ち寄って濃紺のズボンと明るい灰色の燕尾服と銀のチョッキに着替えてきた彼は、いつものことながらとてもすてきだった。

　リチャードのはしばみ色の目がダニエルの緑色のシルクのドレスに注がれたが、どうやら彼のほうもダニエルの外見に満足したようだった。

リチャードは父親の存在など完全に無視しているウィリアムとソフィーのほうに少し頭をふって言った。「片親というのは、なかなかたいへんなものなんだよ。これからはきみが子供たちの母親になってくれると思うと、ほんとうにほっとするよ」

「そうなの、リチャード？　わたしはほんとうにあの子たちの母親になるの？　それとも、ただの乳母になるの？」

「いったいなんの話をしているんだ？」

「ウィリアムとソフィーのしつけについて、あなたと話しあわなくてはならないようですわ」

まだほほえみは浮かんでいたものの、リチャードの表情がかすかにこわばった。「確かに話しあう必要もあるだろうが――とにかく、あの子たちはぼくの子供なんだ。あの子たちに関するかぎり、決定を下すのはぼくだ」

怒りがダニエルの頰を赤く染めた。リチャードがそういう態度をとるのではないかと、内心恐れていたのだ。彼女は言いかえそうと口を開きかけたが、もう客が集まりはじめていたし、いまここでするような話ではなかった。

リチャードの表情がやわらいだ。「今夜は、喧嘩はやめよう。明日話しあって、すっきりさせよう。今夜はね、きみがびっくりするようなことを準備しているんだよ」

リチャードが少し体の向きを変えると、数メートル離れたところでこちらを見ている背の高い男の姿が現れた。「きみと同じ国のかた——しかも、公爵——がこの町に来ていらっしゃると母に話したら、母が招待状を送ったんだよ」リチャードが一歩わきにしりぞき、背後の男性の姿が完全にダニエルの目に入るようにした。が、そのときにはもうダニエルはラファエルに気づいていた。

胸が締めつけられ、心臓が恐ろしい速さで動きはじめた。ああ、どうしてラファエルはこうやってわたしを苛みつづけるのだろう？　自分の存在がどんなにわたしを落ち着かない気持ちにさせるか、彼はよくわかっているはずだ。かつてわたしはラファエルを愛していた。彼を見ると、わたしの頭に遠い過去の記憶がよみがえってくることに、彼は気づかないのだろうか？　あのころ抱いていた夢がよみがえってくることを知らないのだろうか？

「ミス・デュバル」ラファエルが手袋をはめたダニエルの手をとって、礼儀正しく唇をつけた。「お目にかかれて光栄です」

ダニエルの腕にかすかな震えが走った。なぜラファエルはここへ来たのだろう？　とにかく一刻も早く立ち去ってほしい。

だが、彼のほうは立ち去るつもりはないようだった。リチャードと話をし、フローラ叔母とミセス・クレメンスに挨拶すると、晩餐会の客たちに合流してしまった。

母国と同じように、ラファエルは主賓席についた。その右隣にはミセス・クレメンス、左にはジェイコブ・ウェンツが座った。あとの客もそれぞれの席についた。

ダニエルは下座のリチャードの隣に座った。フローラ叔母が向かい側の席についた。ラファエルはこの屋敷の女主人と会話を交わしながら、リチャードをはじめとする男性客にもよく話しかけていたが、ダニエルは量の多すぎる料理にとまどいながらも、彼の視線が自分に注がれるのを感じていた。

ダニエルはラファエルを見ないようにしようと、精いっぱいの努力をした。が、どうしても視線はふらふらと彼のほうに向いてしまい、そこからそらせなくなってしまう。彼の厳しい青い目にはなにかが浮かんでいた。なにか熱くて激しいもの、そこに浮かんでいてはならないもの。かつてのふたりの姿を思いださせるなにかがあった。

五年前、田舎のシェフィールド館の裏手にあるりんご園をふたりで散歩したときのことが、ダニエルの頭によみがえった。

ダニエルが言ったなにかの言葉に笑いだして、ラファエルは彼女を抱きあげてりんごの枝にのせ、キスをした。はじめは優しいキスだったが、抑えきれない情熱がこもっていた。いまもダニエルはそのときの彼の唇の感触、彼の男らしいにおいを感じることができた。

キスはしだいに熱く激しいものへと変わっていき、彼に胸をふれられても、ダニエルは止めなかった。彼の優しい愛撫（あいぶ）の感触と、全身を流れた官能的な熱いうずきがダニエルの脳裏によみがえった。青いモスリンのドレスの下で固くとがっていった胸の先。

思いだすだけで、胸の先はいまも硬くなった。

ダニエルの体がかっと熱くなった。

「ダーリン、聞いていなかったようだね」リチャードの不満そうな声がした。「ぼくがいまなにを言ったか、ちゃんとわかったかい？」

ダニエルの顔が真っ赤に染まった。銀の燭台に灯された蝋燭の揺らめく明かりで、リチャードに頬の赤さを気づかれませんようにと祈る。

「ごめんなさい。少しぼんやりしていたわ。なんとおっしゃったの？」

「公爵が、来週の鳥撃ちの催しに参加してくださるそうだ」

ダニエルはほほえもうとしたが、それは簡単なことではなかった。「まあ……すてきだわ。きっと楽しんでくださると思うわ」

「われわれも週末はきっと楽しくすごせるだろう。ジェイコブの別荘はとても広いから、女性もたくさん招待しているんだ」

ダニエルの胸がつまった。またラファエルと一緒にすごさなくてはならない。いったい彼の目的はなに？「ほんとうに……とても……楽しそうね」

満足そうな顔で、リチャードは公爵やほかの男たちとの会話に戻っていった。そして、ダニエルは料理の皿に意識を向けた。なぜラファエルはダニエルとリチャードの生活にこんなふうに入りこんでくるのだろう?

　わからない。でも、ダニエルはなんとしてでも彼の目的を見つけだすつもりだった。


　ダニエルが結婚しようとしている男についてできるだけのことを知りたくて、ラファエルは果てしなく長く感じられる晩餐会に耐えた。十二時近い時間になってやっとウィリアム・ペン・ホテルに戻ると、部屋でマックス・ブラッドリーが待っていた。

　ラファエルがランプに火をつけようとしたとき、暗闇に座っていたマックスがすっと立ちあがったので、ラファエルは思わず低く悪態の言葉を吐いた。

「こういう登場のしかたはやめてほしいものだな。心臓に悪い」

　マックスはくすくす笑った。「すみません。晩餐会はいかがでしたか?」

「退屈だったよ」

「クレメンスと話しましたか?」

　ラファエルはうなずいた。「なんとか好意を持とうと努力したんだが、いまのところその努力の甲斐はなかったようだ。どうも彼にはなにか妙なところがある……なにが妙なのか、はっきりとはわからないが。狩猟の催しにうまく招待させた」ラファエルはかすかにほほえんだ。「ダニエルも一緒に田舎に行くはずだよ」

「いつですか?」

「週末だ」

「それなら大丈夫ですね」

「どういう意味だ」

「どうやら手がかりをつかんだようなのです。わたしの考えどおりなら、もうすぐあなたのお力が必要になると思います」

ラファエルはマックスに歩み寄った。「アメリカがフランスと同盟を結ぼうとしているという確証をつかんだのか?」

「どうやらそのようです。いまのところ噂ですが……ボルチモア・クリッパーと呼ばれる帆船がなにか関係しているらしいのです」

「ほんとうか?」

「とにかくもう少し探ってみます。いつまでかかるかはちょっとわかりませんが」

「わたしにできることがあったら、すぐ知らせてくれ」マックスの話では、公爵という地位にあるラファエルなら上流社会に入りこむのが簡単なので、必要な情報に精通している人物に近づきやすいはずだというのだ。

「必要なときには、すぐお知らせします。とりあえずはゆっくりお休みになったほうがいいような顔色ですよ」

ラファエルはうなずいた。必要以上に疲れた気分だった。「幸運を祈るよ、マックス」

いつものように消えていくであろうマックスを居間に残して、ラファエルは寝室に入った。服を脱ぎながら、ラファエルは晩餐会の様子と、その前に見聞きした混乱した出来事を思いかえした。

到着が早かったので、ラファエルはリチャードの子供たちと一緒にいるダニエルを目撃してしまったのだ。子供たちは大いに甘やかされてわがままに育ち、礼儀作法のしつけもできていないようだった。さらに悪いことに、リチャードがダニエルに言っていた言葉から考えて、彼はダニエルが子供たちの教育に口を挟むのを許さないつもりでいるらしかった。

ダニエルがしつけたら、あの子供たちはきっとずっといい子になるだろう。彼女は子供の扱いがとてもうまいのだ。ラファエルとダニエルはたくさん子供を作ろうと計画していた。慈善茶会のとき、ラファエルは孤児院の子供たちと一緒にいるダニエルを見かけた。あの子供たちはとても彼女になついているようだったが、それはラファエルにはとても納得できることだった。

だが、リチャードは尊大すぎて、彼女がどんなに子供たちにいい影響を与えるか見抜けないらしい。それがラファエルに疑問を持たせた……リチャードは子供の教育以外のことでも独善的にふるまう人間なのではないだろうか？

ラファエルはベッドにもぐりこみながら、ダニエルとリチャード・クレメンスの未来を想像してみようとした。

彼女には幸せになってほしい。

ぜひとも、リチャード・クレメンスがダニエルを幸せにしてくれるという確信を得なくてはならない。

8

ラファエルからはなんの連絡もなかった。ダニエルは彼が自分の生活に入りこんでくる理由を知ろうと決意し、狩猟の催しへの参加をやめるように説得できることを願って、彼の宿泊しているウィリアム・ペン・ホテルに手紙を届けさせた。会いたいと申し入れたのだが、返事はなくて、ダニエルは彼が町にでも出かけているのだろうかと考えた。

そうであってくれればいいと思った。

金曜日の朝、リチャードの馬車が来るのを待ちながら、ダニエルはラファエルの気持ちが変わって旅行をとりやめてくれますようにと祈った。

フローラ叔母は旅行を辞退したが、既婚の婦人が大勢参加するので付添人の必要はなかったし、小間使いとしてついてくるキャロラインが助けになってくれるはずだった。ほかの女性たちとは知りあったばかりだし、リチャードのこともよくわかっているとは言いがたい状況なので、友人がそばにいてくれるのはとても心強かった。

やがてリチャードの馬車が到着し、三十キロほど離れたジェイコブ・ウェンツの別荘に向かって出発した。三時間の馬車旅行のあいだに少しは婚約者と話ができるだろうと、ダニエルは期待していた。

だが、馬車が走りだすと、リチャードはすぐに眠ってしまったのだった。

別荘に着いたのは、まだ午後になったばかりの時間だった。別荘は大きな石造りの建物で、周囲には鬱蒼とした森が点々と散らばる広大な緑の草原が広がっていた。

「きれいだわ」ダニエルは、馬車の窓から故郷の景色を思いださせる田舎の光景を眺めて言った。

リチャードが隣でほほえんだ。「ぼくたちもこういう別荘を買うのはどうかな？　きみはこういうところが好きかい？」

ダニエルはリチャードに目を向けた。「田舎は大好きよ」

「きっと子供たちのためにもいいだろう」

「ええ、そう思うわ」甘やかしすぎる祖母から引き離しておけるなら、それに越したことはない。家族として暮らすチャンスだ。もう持つことはないと思っていた自分の家族。

ダニエルの心が軽くなった。広い家のなかに入ると、どの部屋にも低い梁のある天井と、人が立ったまま入ることのできるほど大きな暖炉がついていた。板張りの床には鉤針編みの敷物が置かれ、客室にはすてきな四柱式のベッドが置かれていた。二階へ上がると、キャロラインがふたりで使う寝室のベッドの下から移動ベッドを引きだしているところだった。

「とてもすてきですね」キャロラインは寝室を見まわして言った。開け放した窓に近づくと、ピンからはずれた金髪の巻き毛をそよ風が軽く揺らした。「お庭も、谷を見おろす丘の景色もとてもきれいですわ」

ダニエルも窓に歩み寄った。けれど、景色を眺める前に、長身の男が灰色の馬に乗って小道をやってくるのが目に入った。顔は見えなかったが、自信に満ちた乗馬姿と広くてまっすぐな背中で、それが彼だとわかった。

「ラファエルが来たわ」ダニエルは低い声でキャロラインにささやいた。

「あの灰色の馬に乗っているかたですか？」

ダニエルはごくりと喉を鳴らした。「そうよ」

ダニエルからよく話は聞いていたが、キャロラインが実際に彼を見るのははじめてだった。ラファエルの姿が近づき、少しだけ顔が見えた。

「まあ、なんてすてきな……」

「ええ、ほんとうにね」ダニエルは言った。ラファエルを見て息をのまない女性はひとりもいない。浅黒い整った顔とがっしりしたたくましい体つき以外にも、彼にはなにか人を惹（ひ）きつけるものがある。たとえば、身のこなしも、女性に注ぐまなざしも。女性を見るとき、彼はまるで部屋のなかにはほかの女性などいないかのように、相手だけに全意識を集中させるのだ。ダニエルは、彼の姿が庭をとりこかむ高い生垣の陰に消えるまで見つめていた。

「さてと、結局あのかたはここへいらっしゃいましたね」キャロラインが現実的な口調で言った。「その事実を黙って受け入れるしかありませんわ」窓から視線をはずした彼女は、明るいほほえみを浮かべて言った。「いい面だけを見ましょうよ。お嬢様はあのかたとお話しして、彼がなにを考えているのかお知りになりたかったのですから。これがいい機会かもしれませんよ」

ダニエルも無理に窓から視線をはずした。「そうね。これまでのところ、彼は紳士的にふるまってきたわ。わたしを見ても、少しも動揺した態度を見せなかったから、わたしもそうしなくてはね」それでもやはりダニエルは、彼が来なければよかったのにと思っていた。さっさと自分の国に帰ってくれることを願っていた。

午後も遅くなってからのことだった。ダニエルがあまり家のなかには戻りたくない気分で庭の小道を散歩していたとき、こちらに歩いてくる公爵の姿が目に入った。なにかの決意を秘めた表情のせいで、顎の割れ目が深くなり、青い目の色が濃くなっている。ダニエルの心臓が狂ったようにどきどきしはじめた。

「悪かったね」ダニエルの正面で足を止めて、ラファエルは言った。「きみの手紙を受けとったのがゆうべ遅くなってからだったんだ。どうやらフロント係が違う部屋のボックスに入れてしまっていたらしい」

「仕事で町に出ていらしたのかと思っていたわ」

ラファエルの口元がやわらいだ。官能的な唇の端が上がる。五年前のあの恐ろしい夜以来、そのほほえみを見るのは久しぶりだった。ダニエルの鼓動がさらに速くなった。

「確かにアメリカにいるあいだにやらなくてはならない仕事があるが、そもそもの目的はそのことではないんだよ。わたしがここへ来たのはね、ダニエル、きみに会うためだ」

よく響く声が自分の名前を呼ぶのを聞くと、彼女の体が震えだした。その声には、かすかだが、愛情がこもっているような気がした。

「わたしに会うためにここに来たのなら、もうとどまっている必要はないわ。するべきことは終わったんですもの。あなたは誤解を解いてくれた。誰でもできることじゃないわ。だから、もう帰って、ラファエル。あなたにここにいてほしくないの。その理由は、あなたには理解できないでしょうけど」

ラファエルの顔からほほえみが消えた。「わたしはきみに幸せになってほしいと願っているんだよ、ダニエル。わたしにはそれを見届ける義務がある。きみが幸せになるだろうと確信できたら、わたしは帰るよ。約束する。だが、それまではここにいる」

ダニエルの胸に、少しずつ怒りがこみあげてきた。「あなたには義務などないわ。わたしはリチャード・クレメンスと結婚するのよ。あなたに近づいてほしくないの——あなたがどう思ってもかまわないわ。わたしをほうっておいてちょうだい、ラファエル。わたしの好きなようにさせてちょうだい」

ダニエルは踵(きびす)を返して歩きだそうとしたが、ラファエルがその腕をつかんだ。

「前にも訊(き)いたが――きみは彼を愛しているのか?」

ダニエルはぐっと顎を上げた。「あなたには関係のないことだわ」

「関係があるんだよ。きみはほんとうに彼を愛しているのか?」

ラファエルの手を乱暴にふりほどくと、ダニエルは彼の恐ろしい形相を無視して歩きだした。感情がひどくたかぶっていた。

わたしはリチャード・クレメンスと結婚するのだ。もう決定は下された。ラファエルがなにを大事に思っていようと関係ない。いまわたしが意識を向けなくてはならないのはリチャードだ。ラファエルではない。

だが、庭を歩いていくあいだも、彼女の脳裏には長身のラファエルの姿と、じっと彼女を見つめている燃えるような青い目が浮かんでいた。立ち去る直前に見た、彼の青い目の謎(なぞ)めいたきらめきを思いだすと、リチャードに意識を集中させておくのは容易なことではなかった。


翌朝、ラファエルは他の男性客とともに猟に出た。町の貸し馬車屋から、すばらしい灰色の馬を借りてきていた。よく訓練されていて、追加料金を払って借りただけの価値はじゅうぶんにあった。

　美しい景色が広がっていた。なだらかに広がる丘陵のところどころを低い岩肌が横切り、点在するこんもりした森のなかを小川が流れている。目の前の草原は白と黄色のひなぎくに彩られていた。

　目的地に着くと、男たちは馬を降りた。馬はおとなしく豊かな草を食(は)みはじめた。狩猟に参加したのは五人だった。リチャード・クレメンス、ジェイコブ・ウェンツ、裕福な商人のエドマンド・ステイグラー、オットー・ブックマン判事、それにラファエル。山鷸(やましぎ)や鶉(うずら)を追うために、鈍い赤の毛に青い斑点(はんてん)のある猟犬の一団も連れてきている。

　猟犬係の若者と一緒に犬が草原に走りだしていくと、リチャード・クレメンスが銀の装飾のついた銃口の長い火打ち式銃を手にしてラファエルに近づいてきた。

「いい銃ですね」ラファエルはリチャードが貸してくれた猟銃を慣れた様子でわきの下に抱えていた。

「父親のものだったんですよ」リチャードが誇らしげに言った。「イギリス製で、すばらしい造りですよ」彼はラファエルにもっとよく見てくれと言うように銃を差しだした。

　ラファエルは一瞬躊躇(ちゅうちょ)したが、持っていた銃を木の幹に立てかけて、リチャードの手から銃を受けとった。銃をいったん肩にあててからまた下ろし、製作者の銘を捜した。

「ピーター・ウェルズか。わたしも知っていますよ。ウェルズはいまもすばらしい銃を作っています」

クレメンスは満面の笑みを浮かべた。「父はいつもこの銃を自慢していました」

「自慢するだけの価値はあります」

それからしばらく話を続けるうちに、ふたりのあいだに仲間意識が生まれたが、それでもラファエルの胸からは警戒心が消えなかった。なぜなのかは、自分でもよくわからなかった。

「ところで、アメリカでは楽しくすごされていますか？」リチャードが訊いた。「誰か興味を引かれるような人物にはお会いになりましたか？」

「もちろん、あなたやあなたのお仲間と一緒にすごす時間を楽しんでいますよ」ラファエルはリチャードをじっと見つめた。「それとも、あなたがおっしゃっているのは女性のことかな？」

リチャードは肩をすくめた。「あなたはこの国でもう数週間すごしておられる。男には欲望というものがありますからね。もしあなたが興味をお持ちなら、お手伝いしてさしあげられると思いましてね」

「つまり、楽しい一夜をすごすのはどうかということですね」

「町に、ときどきぼくが利用する場所があるんです。あなたも楽しくおすごしになれるのではないかと思いますよ」

「あなたもご一緒に？」

リチャードが笑った。「そこにはぼくの知っている女性がいるんですよ……じつに才能にあふれた女性でしてね。とても親しい関係なんです」

「あなたは二週間もたたないうちに結婚するのに」

リチャードはただ笑っただけだった。「結婚するからといって、男がそういう楽しみをあきらめることはありませんよ。あなたのお国でも同じなのではありませんか？」

その言葉に反論はできなかった。実際のところ、もしメアリー・ローズと結婚したら、きっとラファエルはほかの女性とすごすようになっていただろう。「既婚男性の多くが愛人を持ったり、あなたのおっしゃるような場所にときどき出入りしたりしていますね」

だが、ダニエルと一緒にいれば、ラファエルはそんなことはしないだろう。なのに、ダニエルの夫になろうとしている男がそういう不実な生活をしようとしていることを思うと、ラファエルは吐き気をおぼえた。

「あなたの婚約者はとてもきれいなかただ。あのかたがいれば、それでじゅうぶんなのではありませんか？」

リチャードはまた笑った。「確かにぼくは初夜を待ちわびていますよ。でも、工場がイーストンにあるので、ぼくはしょっちゅう町を留守にします。そこに愛人を置いているんですよ。その生活を変えるつもりはありませんね」

ラファエルはもうなにも言わなかった。彼はダニエルが幸せになるのを見届けると、固く心に誓っている。最初から不実な生活をするつもりでいる男と結婚しても、ダニエルはけっして幸せにはなれないだろう。

「あそこだ！」リチャードが草原の横手を走っている溝のほうを指さした。「犬が鶉を追いだしたぞ」

リチャードも他の男たちもいっせいに銃をかまえた。ラファエルも火打ち銃を肩にのせて引き金を引いた。二羽落ちた。この調子で行けば、今夜の夕食には鶉を食べられるだろう。

けれど、ラファエルはもう猟にはなんの興味もなくしてしまっていた。彼はダニエルのことを考えていた。探していた答えは見つかったが、男同士の暗黙の約束を破って真実をダニエルに告げることはできない。

またひとつ問題が生まれた。これからどうすればいいのだろう？

9

キャロライン・ルーンはウェンツ家の地階のキッチンで長い木のテーブルに向かって座り、下働きの女たちとおしゃべりしながら紅茶を飲んでいた。これが、小間使いという立場の利点のひとつだった。なんの疑問も持たれることなく、階段の上と下の世界を行ったり来たりできる。

「紅茶と一緒に、このおいしいパイを食べてごらん」丸々と太った料理番のエマ・ワイアットが、温かなほほえみを浮かべてキャロラインに近づいてきた。「オーブンから出したてだよ。りんごはあたしが自分で摘んだの――裏口のすぐ外のりんごの木からね」

「すごくおいしそうね、エマ。でも、お腹（なか）がすいてないのよ」

「ほんとかい？　女はちゃんと食べなくちゃだめなんだよ」

「ほんとうにお腹がいっぱいなの」

石の床に響く足音に気づいてキャロラインがふりむくと、戸口をふさぐように男が立っていた。

「エマの言うとおりにしたほうがいいな。きみはもう少し骨に肉をつけたほうがいい」彼の視線がキャロラインの体を撫(な)でた。「だが、骨はなかなかすばらしいようだ」

ふいにキッチンに広がったざわめきに、キャロラインは目をしばたたいた——下働きの娘はくすくす笑いだし、ミセス・ワイアットまで子供みたいな顔でにこにこしている。

「この子をからかっちゃだめよ、ロバート」エマがへらをふりまわしながら言った。「かわいそうに、すっかりおろおろしてるじゃないの」料理番はキャロラインに顔を向けた。「彼に惑わされちゃだめよ。ロバートはものすごく口がうまいんだから。ほんとうに、木にとまっているすずめでも誘惑できる男なのよ」

ロバートはただほほえんだだけだった。抱えていた膝までの黒い革のブーツをドアのそばに置くと、彼はテーブルに近づいてキャロラインの向かい側に腰を下ろした。年は三十代だろうか。茶色の豊かな髪をしていて、すてきな笑顔を見せている。顔は罪深いほどに整っていて、温かな茶色の目にほんの一瞬いたずらっぽい光が浮かんだ。

「ぼくがそのパイをもらうよ、エマ」彼はキャロラインに向かって片目をつぶった。「一度もエマのパイを食べたことがなければ、どんなに貴重なチャンスを逃してるかってことに気がつかなくても無理はないね。ところで、ぼくはロバート・マッケイ。はじめまして、ミス……?」

「ルーン。キャロライン・ルーンです。ミス・デュバルにお仕えしています。お嬢様はミスター・ウェンツに招かれてここにいらっしゃったんです」

「なるほど、それでわかった」

「なにが？」

「イギリスから来たんでしょう？　そういう独特の話しかたを耳にするのはずいぶん久しぶりだ」

　キャロラインの洗練された話しかたのことらしい。けっして裕福な家庭で育ったわけではなかったが、彼女はちゃんとした教育を受け、イギリスの上流階級の話しかたを身につけていた。

　そういえば、ロバートがよく響く声で話す口調にも、同じ上流階級のアクセントがあった。「でも、あなたもイギリス人なのでしょう？」

「昔はね。いまはアメリカ人だ。自分で選んだわけじゃないが」

　エマがロバート・マッケイの前に大きなパイの一切れを置くと、おいしそうなにおいに刺激されてキャロラインのお腹が鳴った。

「ほらね！」ロバートがにっこり笑った。「エマ――ミス・ルーンにも、このすばらしいパイを一切れ差しあげてくれ」

　エマが笑いだし、すぐにさっきより少しだけ小さめに切ったパイを持ってきて、フォークと一緒にキャロラインの前に置いた。

ロバートはキャロラインが食べはじめるまで礼儀正しく待っていたが、やがてパイにかじりついたときには、一週間もなにも食べていなかったかのような勢いだった。たくましい体つきから見て、そんなことはありそうになかったが。

天井の低い、少し暖かすぎるキッチンを、りんごとシナモンの香りが満たした。彼の言葉どおりパイはとてもおいしかったが、あまりにすてきな男性が向かい側に座っているので、キャロラインはなかなか食べることに集中できなかった。

「ミスター・ウェンツのところで働いていらっしゃるの？」最後のひとかけらを口に入れたロバートに、キャロラインは訊いた。

ロバートは首をふって、口のなかのパイをのみこんだ。「ぼくはエドマンド・ステイグラーと一緒に来たんだ。彼の〝下男〟だからね」その言葉にひどい嫌悪感がこもっているのが感じられて、キャロラインは思わず眉を上げた。「少なくとも、あと四年は」

「いまの仕事があまり好きじゃないんですね？」

彼は笑い声をあげたが、少しも楽しそうではなかった。「ぼくはステイグラーのところで年季奉公をしているんだ。彼はぼくの一生のうちの七年間を買った。まだ三年しか終わっていないんだよ」

「そうなんですか」答えたものの、キャロラインにはまだよくわからなかった。ロバート・マッケイはちゃんとした教育を受けた人間のようなのに、なぜ年季奉公などするはめになったのだろう？

「どうして？」考える前に、その言葉がキャロラインの口から飛びだしていた。

ロバートがあらためて興味深げにキャロラインを見つめた。「ぼくにそう訊いた人は、きみがはじめてだよ」

言わなければよかったと思いながら、キャロラインは食べかけのパイに視線を落とした。

「答えなくてもいいんです。わたしには関係のないことでした」彼女は顔を上げてロバートを見た。「ただ……あなたはとても自立心の強いかたのようなので、進んで年季奉公するようには思えなくて」

ロバートはまたしばらくじっとキャロラインを見つめてから、キッチンのなかを見まわした。エマはパン種をこねるのに忙しく、下働きの娘は一心不乱に鍋となべとフライパンを磨いている。

「知りたいなら、教えてあげるよ。ぼくは追われていたんだ。ナイジェル・トルーマンという男性を殺害したという身におぼえのない罪で逮捕されそうになっていた。急いで国外に逃げなくてはならなかったが、船賃を払えるほどのお金がなかった。そのとき、ロンドン・クロニクル紙で、アメリカまで同行する年季奉公希望者を募集する広告を見たんだ。広告主はエドマンド・ステイグラーという名前で、船は翌朝出航するということだった。ぼくは彼に会いに行った。彼は細かいことはなにも訊かなかった。で、ぼくは契約書に署名し、ステイグラーがぼくを買ったというわけさ」

キャロラインは自分の目が皿のように大きくなっているに違いないと思った。「そんなことをわたしに話して、怖くないの？」

ロバートは肩をすくめた。彼は平均よりは背が高いようだが、高すぎるというほどではなく、肩幅は手織りのシャツがぴんと張るほど広い。「どうして？　きみがステイグラーに話すかもしれないからか？　彼はなんの興味も示さないと思うよ。それに、ぼくが指名手配されているのはイギリスで、アメリカじゃない」

「でも、無実なら、イギリスに戻るべきです。汚名を晴らす方法を探すべきです」

ロバートが自嘲（じちょう）的な笑い声をあげた。「きみは夢想家だな。ぼくはいまも渡航費なんか持っていないよ。それに、あと四年はステイグラーのところで働かなくてはならない」キャロラインのとまどった表情を見ると、ロバートはすっと手を伸ばして彼女の頬にふれた。「きみはきっととてもいい人なんだね、キャロライン・ルーン。気に入ったよ」

キャロラインは、自分も彼を気に入ったとは言わなかった。そして、彼の話を信じたとも言わなかった。でも、人を見抜く目を持っているキャロラインは、本能的にロバート・マッケイの話がほんとうだと感じていた。

ロバートは空になった皿を押しやって椅子から立ちあがった。「会えて嬉（うれ）しかったよ、ミス・ルーン」

「わたしのほうこそ、ミスター・マッケイ」

ロバートはドアへ向かった。ズボンが脚にぴったり合っていることに気づくと、キャロラインの頬がかすかにほてってった。

戸口で彼がふりむいた。「馬は好きかな、ミス・ルーン？」

「乗馬は下手ですが、馬は大好きです」

「それなら、きみが興味を持ちそうな子馬がいるんだよ。夕食のあとで、厩に来ないか？」

キャロラインはほほえんだ。彼女が興味を持っているのは子馬ではなく、ロバート・マッケイだった。「ぜひ見せていただきたいわ」

ロバートの顔に、また無邪気なほほえみが浮かんだ。「わかった。じゃ、またあとで」

キャロラインはうなずいて彼の後ろ姿を見送った。ほんとうは、行くと言ってはいけなかったのだ。彼はすてきすぎるほどすてきな男性だし、キャロラインがこっそり家を抜けだして会いに行ったりすれば、彼はキャロラインになにをしてもいいと思うかもしれない。でも、キャロラインはもう大人で、しかもちゃんと自立した女性だ。

「ロバートはいい人よ」キャロラインの思いを読みとったかのように、エマが言った。

「心配しなくても大丈夫。彼と一緒なら安全よ」

「ありがとう、エマ。きっとそうね」キッチンの暑さにうんざりしてきて、キャロラインはパイの皿を洗剤の入った桶で洗い、すすいで拭くと、ドアに向かった。

日差しの下に出ながら、ロバート・マッケイと夜のひとときをすごすのだと考えると、キャロラインの顔にほほえみが浮かんだ。


翌朝、男たちはまた猟に出かけたが、女性のためにウェンツ夫妻はその夜パーティを計画していた。泊まり客のほかに、近隣の人々もたくさん招待されていた。

その日の大半を、女性たちはパーティの準備を手伝ってすごした。庭から花を摘んでクリスタルガラスの花瓶に挿し、テーブルにきれいなレースのテーブルクロスをかけ、ダンスの場所を作るために使用人と一緒に家具を壁際に移した。

三人編成の楽団がやってきて、客間の隅に陣取った。地元の客はほとんどが農園主とその妻で、リチャードとジェイコブ・ウェンツが他の客へ紹介する役を務めた。

ダニエルはリチャードと踊ったあと、商人のエドマンド・ステイグラーと踊った。彼は黒い髪に細面の顔をした痩せた男で、ダニエルにはなんとなく謎めいた人物に思えた。その後ダニエルは判事の妻のサラ・ブックマンと話をしたが、彼女はとても楽しい女性で、ダニエルはすぐに好意を持った。女主人のグレタ・ウェンツは強いドイツ訛の英語を話すかわいらしくて優しい女性で、一生懸命に働くことを厭わない。

そのうちきっと、ここで出会ったうちの何人かとはいい友人になれるだろう。確固とした意志を持ち、必ず幸せになれると信じて毎日を送る女性が、ダニエルは好きだった。

客間の向こうでエドマンド・ステイグラーと話しているリチャードに目をやり、これから結婚しようとしている男とほんとうに心を通いあわせることができるだろうかと考える。この夜何度かダニエルはリチャードの姿を捜したのだが、彼はいつも友人たちと話しこんでいた。

そして、ラファエルとも話していた。

ラファエルの姿を見ると、ダニエルの全身に小さな震えが走った。彼を無視し、彼などここにいないと思おうとしたが、どうしても目が彼の姿を追ってしまう。一度ならず、彼と視線がぶつかったこともあった。彼の顔には、とまどったような表情が浮かんでいた。

彼がなにを考えているのか、いつイギリスへ帰るつもりなのか問いただしたかったが、そんなチャンスは訪れそうになかった。だが、パーティも終わりかけたころ、ラファエルが明らかにダニエルをめざしてまっすぐ歩いてくるのが目に入った。

「きみに話さなくてはならないことがある」ラファエルは単刀直入に言った。「もっといい機会を見つけたかったが、明日の朝にはみなここを発つことになっている。とても大事なことなんだよ、ダニエル」

「でも……あまりいいことではないと思うわ、ふたりで――」

「庭の奥の東屋で待っている」ダニエルの抗議の言葉を最後まで聞かずに、ラファエルはそう言い残して彼女の前から去った。

腹立たしさは残ったが、それ以上に好奇心が勝った。ダニエルはもう一度リチャードと踊ってから、彼が南部の綿の価格の高さについてジェイコブ・ウェンツと話しはじめたのを確かめてそっと客間を抜けだし、庭に向かった。

小道のところどころにたいまつが灯されていたが、明かりはじゅうぶんとは言えなかった。暗い小道をたどり、黄色いパンジーと紫色のアイリスの花壇を通りすぎて東屋へ向かう。東屋の屋根についている尖塔が、庭のずっと奥の小川のそばに見えていた。

こんなふうにラファエルと会うのは危険だとわかっていた。ダニエルは、すでに一度名誉を汚されている。ハンサムなシェフィールド公爵と暗闇で会ったことを誰かに知られたら、どう言い訳すればいいのだ？　リチャードの友人たちはどう思うだろう？

不安がダニエルの体を震わせた。五年前に経験した苦しみ、それに続いた恐ろしい月日を、ダニエルはけっして忘れないだろう。彼女は社交界から締めだされ、辱められた。そして、なによりもつらかったのは、愛する男性を失った心の痛みだった。

以前ラファエルを愛したようにリチャードを愛しているわけではなかったが、あのときと同じ非難を浴びるかもしれないと思うと、吐き気さえこみあげてきた。

ダニエルは暗闇に目を凝らして、小道を急いだ。ラファエルも危険はじゅうぶんに承知しているはずなのに、それでもどうしても会いたいと言い張った。もしダニエルが行かなければ、ラファエルは必ず彼女を捜しに来て、たとえ人前でも話をしようとするだろう。

　前方にぼんやりと東屋が見えてきた。白い装飾的な回り縁のついた八角形の建物で、壁はなく、木の椅子が並べられている。近づくにつれて、内部の手すりに寄りかかっている背の高いラファエルの姿が影のように浮かんでいるのがわかった。周囲に誰もいないことを確かめると、ダニエルはサファイア色のシルクのドレスの裾(すそ)を持ちあげて東屋の階段に足をかけた。

　ラファエルがダニエルの手をとって、階段を上がる彼女を支えてくれた。「来ないんじゃないかと思って心配していたよ」

　選択の余地を与えられていれば、けっして来なかっただろう。「大事な話だとおっしゃったでしょう」

「そうだな」

　ダニエルはラファエルに導かれるままに椅子に腰を下ろしたが、彼は立ったままだった。言葉を探すようにしばらく東屋のなかを歩きまわってから、ダニエルに顔を向ける。遠いたいまつのかすかな明かりで、ラファエルの青い目のなかに不安が浮かんでいるのがわかった。あまりにラファエルらしくないことだったので、ダニエルの胸がますます不安に揺れだした。

「なんなの、ラファエル？」

ラファエルが大きく息を吸って、ゆっくりと吐いた。「どんなふうに話したらいいのかわからない。先日わたしは、五年前の出来事の真相を突きとめたことをきみに話した」

「ええ……」

「そして、きみに幸せになってほしいと言った。わたしには、きみの幸せを見届ける義務があると言ったね」

「言ったわ。でも――」

「リチャード・クレメンスと結婚しても、きみは幸せになれないと思う」

ダニエルははっとして背筋を伸ばした。「あなたがどう思うかなんて関係ないのよ、ラファエル。リチャードとわたしは来週の末には結婚するの」

「前に二度、彼を愛しているのかときみに訊いた。今度こそ、どうしても答えてもらう」

ダニエルは肩をそびやかした。「同じ答えしか返せないわ。あなたには関係のないことです」

「きみは言葉を控える人じゃない、ダニエル。もし彼を愛しているのなら、はっきりそう言うはずだ。つまり、わたしとしては、きみは彼を愛していないと判断するしかないな。そういうことなら、婚約を解消してほしい」

「気でも狂ったの？　わたしはリチャード・クレメンスと結婚するためにはるばる海を渡ってここへ来たのよ。わたしは彼と結婚します」

ラファエルが優しくダニエルの肩をつかんだ。「わたしたちの関係が変わってしまったのはわかっているよ……きみがわたしに対してもう以前のような気持ちを持ってはいないことも」

「わたしはかつてあなたを愛していた。そして、いまはもう愛していない。あなたはそう言いたいの？」

「きみはわたしを愛していないかもしれないさ、ダニエル。だが、リチャード・クレメンスのことも愛してはいない」ラファエルが探るようにダニエルの顔を見つめた。「そして、そこには大きな違いがある」

「どんな違いがあると言うの？」

「ぼくを見るときのきみの目のなかには、なにか火のように燃えるものがある。だが、リチャードを見るときにはなにもない」

「あなたはほんとうに頭がおかしくなっているのね」

「そう思うなら、試してみようか？」

ダニエルは思わず息をのんだ。ラファエルが彼女を引き寄せて唇を近づけたのだ。一瞬ダニエルは彼の胸に両手を突っぱって押しのけようとした。けれど、とっくに消えたはずの火は、まだ彼女の体のなかで燃えていたのだ。その火があまりにも熱く、激しく、ダニエルの肌も骨も焼きつくし、全身を柔らかく溶かしてしまった。

ラファエルのキスが深くなると、ダニエルの手のひらは彼の上着の襟を上へ上へとすべっていき、とうとう彼の首に巻きついた。このときダニエルの心はあのりんご園に戻り、ラファエルへの愛情のすべてをこめて彼にキスを返した。

やがてダニエルの目に涙があふれだした。ここはりんご園ではないし、ラファエルはもう彼女の婚約者ではない。

はっとして、ダニエルは体を引き離した。全身が震え、胸のなかは自分自身への嫌悪でいっぱいだった。

「もっと早く気づくべきだったな」ラファエルが優しく言った。

唇に残っているラファエルの感触を無視しようと努めながら、ダニエルは後ずさった。

「なんの意味もないことだわ。あなたのキスで、昔の記憶がよみがえっただけ。それ以上のことは、なにもないわ」

「そうかもしれない」

「もう遅いわ。戻らなくては」ダニエルは歩きだそうとしたが、ラファエルが彼女の腕をつかんだ。

「聞いてくれ、ダニエル。まだ婚約を解消する時間はある。リチャードではなく、わたしと結婚してほしい」

ダニエルは呆然(ぼうぜん)と彼の顔を見つめたまま、その場に立ちつくした。「まさか本気でそんなことを言っているんじゃないでしょうね」

「わたしは本気だ」

「あの慈善舞踏会で……あなたは婚約者と踊っていたわ。スロックモートン伯爵の娘と」

「彼女とは、お互いにふさわしい相手ではないということがはっきりした。イギリスを発つ前に伯爵と話をしたんだ。彼のほうから、娘との婚約を解消してほしいと言われたよ」

ダニエルは首をふった。「無理よ、ラファエル。わたしたちの関係はもう終わったの。五年前に終わったのよ」

「まだ終わっていない。きみの汚名を晴らすまでは。わたしと結婚して、公爵夫人としてイギリスへ戻ってくれ。そうすれば、ロンドンじゅう――いや、イギリスじゅうの人間に、間違っていたのはわたしのほうだとわかってもらえる」

「わたしは他人にどう思われようとかまわないわ――いまはもう」

「故郷に戻ることができるんだぞ。きみの家族、きみの友人たちのところに」

「身内はほんの数人しかいないし、友人はもっと少ないくらいだわ。これから、このアメリカで家族と友人ができるのよ」

ラファエルの顔がこわばった。遠くで揺らめくたいまつの明かりのなかで、彼の青い目が濃さを増した。断固とした決意を示すその表情は、ダニエルのよく知っているものだった。かすかな不安が彼女の胸に忍びこんだ。

「強制せずにすむことを願っていたんだが、どうやら選択の余地はないようだな」

　ダニエルの顔から血の気が引いた。「なにを言っているの？　わたしを……わたしを脅そうとしているの？」

　ラファエルの手が伸び、そっとダニエルの頬にふれた。「わたしは正しい行動をとろうとしているだけだ。わたしは必ずきみを幸せにする。リチャード・クレメンスには絶対にできないことだ。わたしの申し込みを受けてくれ」

　ダニエルの目が正面からラファエルの目を見つめた。「いやと言ったら、あなたはなにをするの、ラファエル？」

　ラファエルが背筋を伸ばした。彼の体が、いつもよりもさらに大きく見える。「あのスキャンダルについてうっかり口をすべらせる。みんな信じるだろうな、リチャードの母親も友人たちも。五年前と同じように、今度もきみは身の潔白を証明することはできない」

　ダニエルの体が震えはじめた。「リチャードにはもう話してあるわ。結婚を申しこまれる前に話したのよ。あなたと違って、彼はわたしがほんとうのことを言っていると信じてくれたわ」

「わたしは確かに間違っていた。だが、そのせいでなにかが変わるわけではない」

　ダニエルの喉がふさがった。「あなたがこんなことをするなんて信じられない。またわたしを傷つけようとするなんて。あなたがそこまで卑しいことをする人だなんて信じられないわ」涙の浮かんだ目をラファエルに見られたくなくて、彼女は顔をそむけた。

ラファエルがそっと彼女の顎をつかんで、自分のほうに向かせた。「わたしはきみを幸せにするよ、ダニエル。必ず幸せにすると誓う」

涙が頬にこぼれ落ちた。「無理強いするなら、わたしは一生あなたを許さないわ、ラファエル」

ラファエルは彼女の震える手をつかんで、手の甲に優しく唇を押しつけた。じっと彼女の顔を見つめたまま。

「どうしてもやらなくてはいけないことなんだよ」

10

田舎から戻った翌日、ダニエルはリチャード・クレメンスとの婚約を解消した。結婚式の五日前のことだった。こうするしかないのよ、と彼女は自分に言い聞かせた。ラファエルがあの言葉を実行することを、ダニエルは一瞬たりとも疑わなかった。もしラファエルとの結婚を拒絶すれば、ダニエルの人生は彼の手で破滅させられるだろう。以前と同じように。

ダニエルは彼を呪（のろ）った。

それに、彼女にはどうしてもわからなかった。なぜラファエルはこれほど執拗（しつよう）に言い張るのだろう？　あまりに罪の意識が強すぎて、その罪を償うには彼女と結婚するしかないと思いこんでしまっているのだろうか？

そうかもしれない。

結婚はしないというダニエルの言葉に、リチャードはわめき、怒り、すがりつき、懇願し、あらゆる手段を使って彼女の決心を変えさせようとした。

「ぼくがなにをしたんだ、ダニエル？　話してくれれば、必ずきみの気に入るようにすると約束するよ」

「あなたはなにもしていないわ、リチャード。ただ、わたしたちはお互いに……ふさわしくないと思うの。いまになってやっとそのことに気がついたのよ」

「ふたりでいろいろ計画を立ててきたんだよ、ダニエル。ふたり一緒の未来を作るはずだったじゃないか」

「ごめんなさい、リチャード。ほんとうにごめんなさい。でも、こうしなくてはならないの。どうしても」

リチャードが少しずつ怒りをあらわにしはじめた。「あっさり結婚をやめるとは言わせないぞ。母のことはどうするつもりだ？　母は結婚式の準備に大金を使っているんだ。ぼくの子供たちや……友人のことはどうする？　いったい、ぼくは彼らになんと説明すればいいんだ？」

「あなたはわたしが子供たちのほんとうの母親になることなど望んでいなかったわ。お友達のことは……彼らがほんとうにあなたの友人なら、ときにはこういうこともあると理解してくれるでしょう」

リチャードの顔が真っ赤になった。「いや、ぼくにはこういうことは起こらないはずなんだ！」彼は足どりも荒く出ていった。ダニエルが窓から見ていると、彼はすさまじい勢いでポーチの階段を駆けおり、馬車に乗りこんでばたんと扉を閉めた。

ダニエルの目の奥が熱くなった。でも、予想していた心の痛みは感じなかった。窓から目をそむけると、ダニエルはしんと静まりかえった客間でふうっとため息をついた。リチャードのプライドを刺激したくなくて、ラファエルと結婚することは口にしなかった。イギリスに帰ってシェフィールド公爵夫人になることは言わなかった。

ラファエルに脅されて、婚約を解消する以外に道がなかったことは言わなかった。

泣きたい気がしたが、涙は出なかった。悲しみよりも、怒りと……不安のほうが大きいことに、ダニエルはとまどった。ラファエルのような冷酷な男との将来には、いったいなにが待ちうけているのだろう？　いまのラファエルのことを、ダニエルはなにも知らないし、信じてもいない。

そして、ラファエルのことを考えるだけで、制御できないほど感情がたかぶってしまうことに、さらにとまどいをおぼえた。

ああ、わたしの人生はどうしてこれほど混乱してしまったのだろう？

二日後、少しゆがんだ窓ガラスから暖かな八月の日差しが差しこんでいた。昼食をすませたダニエルとフローラ叔母は買い物に出かけようとしていた。とにかく外に出て、少しのあいだでいいから悩みを忘れていたかったのだ。

だが、出かける前にラファエルが訪ねてきた。帽子を手にした姿は、あまりにもすてきだった。

「手紙を受けとったよ」ダニエルに案内されて客間に入り、ドアが閉められると、ラファエルは言った。「すみやかに行動に移してくれて嬉（うれ）しいよ」

ダニエルはラファエルの表情をうかがった。確かに彼女は婚約を解消したという知らせをラファエルに送っていた。そして、その文面から、彼女の苦々しさを感じとってくれればいいと願っていた。「ほかに選択肢はなかったわ。わたしがすぐに行動を起こしたのは、リチャードのつらさを少しでも減らしてあげたかったからよ」

ダニエルが背もたれの高いウィンザー風の椅子に座ると、ラファエルは暖炉の前の薔薇（ばら）色のベルベットのソファに腰を下ろした。

「ニンブル号という船が来週末にイギリスに向けて出航する。わたしたちのチケットを予約しておいたよ。きみの叔母さんと小間使いのミス・ルーンの分もね。それで、船に乗る前に結婚しておきたいと思う」

「なんですって！」ダニエルは文字どおり椅子から飛びあがりそうになった。「そんなことできるはずがないわ！　どうしてそんなに急ぐの？　どうしてイギリスに戻るまで待てないの？」

ラファエルの肩がこわばったのを見て、ダニエルは彼が自制心を保とうと必死の努力をしているとわかった。

「もう五年も待ったんだぞ、ダニエル。わたしはこの件にきっぱり片をつけてしまいたい。もう決定は下された。わたしたちは結婚するのだ。それも、すみやかに。きみの叔母さんの許可をもらったら、わたしはここの庭で出立の前日に内輪の式を挙げられるよう手はずを整える。ロンドンへ帰ったら、もう一度ちゃんと盛大な結婚式をすればいい」

「でも……それでは……もう一週間もないわ。わたしはまだ……」

「まだ、なんなのだ、ダニエル?」

ダニエルは平静さを失うまいと、大きく息を吸った。「わたしたちの生活はすっかり変わってしまったわ。あなたはもうわたしの知らない人になっているのよ、ラファエル。もう少し時間をかけなければ、あなたと……ベッドをともにする気持ちにはなれないわ。わたしには……どうしても……」

ラファエルの唇の端が皮肉っぽく上がった。「わたしとベッドをともにする日をきみが待ち望んでいたときもあったのにな」

ダニエルの頬が熱くなった。そのころのことははっきりとおぼえている。東屋(あずまや)でキスをされた夜以来、ますます鮮やかによみがえってくるようになった。それでもまだ、彼と親密な関係を結びたいとは思っていなかった。いま以上にラファエルに支配されてしまうのはいやだった。

ダニエルはぐっと顎を上げた。「これまではあなただけが一方的に要求を出し、わたしはしかたなくそれを受け入れてきたわ。今度は、わたしのほうから要求を出す番よ。わたしには時間が必要だわ、ラファエル。あなたがわたしの夫になるという事実を受け入れる時間が必要です」

ラファエルの顔を、なにかがかすめた。が、彼はすぐその表情を消してしまった。「いいだろう。これで公平だな。時間が欲しいなら、喜んでそれを与えよう。イギリスへ戻るまでは、夫の権利を行使することはしない」

この勝利に勇気を得て、ダニエルはさらに思いきった言葉を口にした。「そのままずっと名目だけの結婚生活を送るのがいちばんいいのかもしれないわ。別居して――」

「ばかなことを言うな！」ラファエルは深呼吸して怒りをこらえた。「そんなことができるはずはない。それがわからないほど、きみはばかではないだろう。わたしはきみにはじめて会ったときからずっときみを求めつづけてきた、ダニエル。それだけは変わっていない。わたしは、きみにもう一度あのころと同じ気持ちになってほしいと願っている」

ダニエルはそれ以上なにも言わなかった。ラファエル・ソーンダースは強く、男らしく、とても魅力的な男性だ。以前のダニエルは、夜ベッドのなかで彼に抱かれることを想像したものだった。意思に反して、いまのダニエルも心のどこかでそれを望んでいた。

「では、これで約束は成立したのね」

「船に乗っているあいだずっと後悔することになりそうだが、約束は約束だ」

キャロライン・ルーンは、アーチ・ストリートの家の裏の路地に立っていた。「ロバート！」

ロバートがすっと彼女に近づき、すばやく頬にキスをした。「やあ、かわいいキャロライン」

キャロラインは真っ赤になった。一週間前に町に戻ってきてから、ふたりは一日おきに会っていた。キャロラインにとっては思いがけないことだったが、エドマンド・ステイグラーも同じフィラデルフィアに住んでいたのだ。つまり、ロバート・マッケイもここで暮らしているということだった。

厩（うまや）でロバートとすごした一夜はすばらしかった。ロバートは厩のそばの放牧地に彼女を連れていき、母馬の横で遊んでいる小さなかわいい子馬を指さした。

「あの子馬の名前はダンディというんだ。たんぽぽ（ダンデライオン）を食べるのが大好きだからって、ウェンツのいちばん上の娘がつけたんだよ」

キャロラインは笑った。「とってもかわいいわ」ふたりは馬たちのそばで長い時間をすごした。ロバートは彼女にウェンツの所有している血統書つきの馬を見せながら、驚くほど豊富な知識を披露した。そして、彼自身もとても楽しそうだった。

「母方のいとこが田舎に土地を持っていて、よく母に連れていってもらったんだ」

「お父様は？」

ロバートは首をふった。「知らない。ぼくが生まれる前に死んだそうだ」

あたりが暗闇（くらやみ）に包まれると、ロバートは谷を見おろす丘にキャロラインを連れていき、倒れた木の幹にふたりで腰を下ろした。

「すてきな眺めね」銀色の月の光に縁どられて連なる丘に目をやって、キャロラインは言った。「ミスター・クレメンスの家に落ち着いたら、チャンスを見つけてこの光景を描（か）いてみたいわ」

「絵を描くのが好きなのかい？」

「水彩画で風景を描くの。でも、ただの趣味よ。普通の人より少しうまいだけ」

「いや、きっときみはすばらしい画家だと思うな」ロバートは小枝を拾って、なにをするともなくそれを手のなかでまわした。「ぼくは木工細工が好きなんだ。時間を忘れていられる」

キャロラインは月明かりのなかで彼に目をやり、すばらしい顎に見とれた。なんてすてきなのかしら。「どんなものを作るの？」

「たいていは玩具（おもちゃ）かな。木の馬、兵士、小さな馬車、そんなものだよ」ロバートがほほえんだ。「いつか交換できるといいな――ぼくの作った木の馬と、きみの絵を」

キャロラインは彼にほほえみかえした。「いい考えだわ。じゃ、約束ね」

ふたりは月の光のなかで丘に座ったまま、夜の十二時をすぎるまで話しこんだ。笑ったり話したりしていると、時間は飛ぶようにすぎていった。キャロラインが男性とこれほど気楽に話をするのははじめてだった。

そして、町に戻ってきてからふたりですごした日々を思うと、キャロラインの顔にほほえみが浮かんだ。ふたりには、驚くほどたくさんの共通点があった。ふたりとも、オペラ、詩、読書が好きで、動物と子供も大好きだった――ロバートはいつか子供をたくさん持ちたいと願っていた。

キャロラインは彼に子供時代の話をした。とても貧しかったけれど、とても幸せだった日々のこと。それから五年前の夏に両親が亡くなり、どんなに悲しかったかを語った。そのあいだじゅう、ロバートは彼女の手を握りしめてじっと耳を傾けてくれた。ほんとうにちゃんと聞いてくれたのだ。

そんな日々を送るあいだに、ロバート・マッケイについてずいぶんいろいろなことがわかってきた。あと四年の年季奉公が残っているにもかかわらず、ロバートはよく笑った。それも、心からの笑いだった。彼は悲観的にならず、明るく生きていこうと決めているようだった。

主人から受ける暴力のことも、それほど気にはしていないようだった。

「ぼくは彼の下男だからね」一度ロバートが言ったことがある。「彼はぼくにありとあらゆる仕事を言いつけるんだが、その一方で身のまわりの世話もしてほしがるんだ。男というのは、ほかの人間を支配することで繁栄していくのさ」

「どういう意味？」

「ステイグラーはね、ケンブリッジ大学を出ているぼくにブーツの泥を落とさせているっていう事実に、すごくプライドを満足させられているんだよ。ぼくは彼よりもきれいなイギリス英語を話す。いろいろな面でぼくは彼より優秀な人間だけど、それでも彼の湯浴(ゆあ)みの準備をし、彼の靴下やシャツを繕わなくてはならない」

「ああ、ロバート」

彼はかすかにほほえんだ。「彼は一度、友人たちの前でぼくを鞭(むち)で打ったことがあるんだよ。ぼくがシェイクスピアの戯曲について、彼の間違いを正したばっかりにね」

「ロバート、なんて気の毒な……。逃げだそうと思ったことはないの？」

ロバートはシャツに包まれた広い肩をすくめた。「ステイグラーはこの国の権力者なんだよ。逃げたら、どこまでも追いかけると言われている。彼なら、必ずそうするだろうと思うよ。ぼくは悪魔と取り引きしたんだ。あと四年は我慢しなくてはならない」

ロバートは自分の置かれている状況をそれほど気にしていないようだったが、キャロラインにはとても耐えられなかった。

会ってからほんのわずかな時間しかたっていないのに、キャロラインはロバート・マッケイを愛してしまっていたのだった。

イギリスから持ってきた大好きな小説、デフォーの『ロビンソン・クルーソー』を読んでいたダニエルは、廊下から聞こえる声にふと顔を上げた。部屋の戸口にキャロラインがいて、その横にロバート・マッケイと思われる茶色の髪をしたハンサムな青年が立っていた。

田舎から帰ってきてからというもの、キャロラインは日に何度となく彼の話をしていた。キャロラインがマッケイに夢中になっているのははっきりと見てとれたが、なんといっても彼は年季奉公をしている下男だ。ダニエルは、彼が優しくて世間知らずなキャロラインを利用しようとしているのではないかと心配していたのだった。

いま彼がどんなに魅力的な男性かわかると、その心配はますます大きくなった。キャロラインはダニエルよりひとつ年上だが、男性に関してはほとんど免疫がない。ダニエルとしては、キャロラインの良識と人を見る目が彼女を正しい道に導いてくれるようにと、ただ祈るしかなかった。

「お邪魔をしてすみません、お嬢様。ロバートが立ち寄ってくれたので、少しだけでも彼に会っていただきたくて」

「ええ、喜んで」キャロラインにはじめてロバートの話を聞いたときから、ダニエルはずっと彼に会いたいと思っていたのだ。彼女は本をソファに置いて立ちあがった。「どうぞ……ふたりとも、なかへ」

ロバートがキャロラインの細い腰に軽く手をまわしたまま、ふたりは客間に入った。彼らはまだお互いのことをよく知るところまではいっていないはずなのに、なぜかふたりを見ていると、とても自然な姿のように思えた。

「お嬢様、友人のロバート・マッケイです。わたしがいつも話していたかたですわ」

ダニエルはほほえみを浮かべた。「ミスター・マッケイ……お目にかかれて嬉しいわ」

「こちらこそ、お目にかかれて光栄です、ミス・デュバル」ロバートがダニエルの手をとり、年季奉公の下男というよりは、まるで貴族のような態度でその手の上に身をかがめた。ダニエルは値踏みするような視線を彼に注いだ。

「わたしの友人のキャロラインはあなたにずいぶん感服しているようだわ」ダニエルは言った。

ロバートがにっこり笑った。「ぼくもキャロラインにとても感服していますよ、ミス・デュバル」キャロラインに目を向けたロバートの顔にはなにかとても温かなものが浮かんでいて、ダニエルの不安がいくぶんやわらいだ。

天気のこと、この町のことなどをしばらく話したあとで、ロバートがダニエルにさっき読んでいた小説は好きかと訊いた。

ダニエルはつやのある眉を上げた。「あなたもお読みになったの？」

「ええ、読みました。ずいぶん前ですが、とてもおもしろいと思いましたよ」

ちょうどそのとき、予定していた買い物に出かける準備をすませたフローラ叔母が姿を見せ、客間に立っているハンサムな男性を見て小さな驚きの声をもらした。

ふたたび紹介の儀式が始まった。フローラ叔母は、伯爵未亡人である自分が召使いごときに紹介されるなんてもってのほかだと感じているようだった。でも、ここはアメリカだ。この国には階級など存在しないし、貴族もいない。ここでは人間はみな平等のものとして扱われることに、彼女もそろそろ慣れてきていた。

とはいえ、ロバート・マッケイが生まれながらの召使いではないことは明らかだった。

「ごきげんよう、奥様」ロバートは完璧なイギリス英語でそう言って、フローラ叔母の手の上できちんと頭を下げた。

「では、わたしたちの友人を家からしょっちゅう連れだしていたのはあなたなのね」フローラ叔母は、ロバートを頭のてっぺんから足の先までじろじろ見ながら言った。

「有罪を認めます、奥様。それに、ミス・ルーンがとても楽しい話し相手だということも認めますよ」

社交的な会話がしばらく続いた。ロバート・マッケイは、フローラ・チェンバレンが位の高い貴族だということにも、少しも怖じ気づいた様子を見せなかった。フローラ叔母はちらりとキャロラインに目をやってから、客人のほうに視線を戻した。「お茶をご一緒する時間はおありかしら、ミスター・マッケイ?」

ロバートが心の底から残念そうな顔をした。「残念ですが、辞退させていただかなくてはならないようです。仕事がありますので。もうずいぶん長居をしてしまいました。またべつの機会にご一緒させていただきます、奥様」

ロバートがキャロラインに向けた柔らかな表情を見て、フローラ叔母の顔にほほえみが浮かんだ。ロバートは明るく別れの言葉を口にすると、キャロラインに送られてドアに向かった。

「いい友人がいて、きみは幸せだね」そう言うロバートの声がダニエルの耳に届いた。

「ええ、とても」キャロラインが答えた。

衣ずれの音が聞こえ、どうやらロバートがキャロラインの頬にキスをしたようだった。

「ぼくはきみに会えてよかったよ、キャロライン・ルーン」

表のドアの閉まる音が聞こえ、そわそわした表情を浮かべたキャロラインが戻ってきた。

「それで……どう思いますか?」

「とてもすてきなかただと思うわ」フローラ叔母が言った。「教養もあるし、態度も申し分ないわ」彼女は重なった顎を揺らしながら首をふった。「いったいどうしてあんな人が召使いとして働いているのかしら？」

「いろいろと複雑なわけがあるんですの、レディ・ウィコム」

フローラ叔母は丸々とした手をひとふりした。「ええ、わたしが口を挟むようなことではないのは承知していますとも。でも……心配なのよ」

「わたしもとてもいいかただと思ったわ」ダニエルは明るく言った。「それに、あなたと同じくらい彼のほうもあなたに夢中のようね」

キャロラインの頬がかすかに赤くなった。「ロバートは自分の作った木彫りの馬と交換に、劇場のチケットを二枚手に入れたんです。『ライフ』という喜劇で、わたしに一緒に行ってほしいと言うんです。その日、ミスター・ステイグラーは会議があって、夜遅くならないと戻らないんですって」

耳にした噂から、それはステイグラーが愛人のところで夜をすごすための口実だろうとダニエルは思った。

キャロラインが窓の外に目をやり、遠ざかっていくロバートを見つめた。角を曲がって彼の姿が消えてしまうと、キャロラインの顔からほほえみが消えた。ほんとうなら、このままずっとアメリカで暮らすはずだった。だが、ダニエルはラファエルとともにイギリスへ戻ることになった。フローラ叔母も一緒に帰る。となれば、キャロラインも当然イギリスへ戻らなくてはならないだろう。

アメリカには知り合いなどひとりもいない。そして、たとえロバートが真剣にキャロラインのことを思ってくれているとしても、あと四年は結婚などできないのだ。

ダニエルは客間を出ていく友人を見つめながら、胸が痛むのを感じていた。ラファエルがここへ来なければ、キャロラインはロバートと一緒の未来を歩むことができていたかもしれないのだ。でも、こうなってしまったいまは、もうその望みはない。

これもまたラファエルのせいだ。

11

ラファエルはウィリアム・ペン・ホテルの部屋のなかをうろうろ歩きまわっていた。頭のなかは、ダニエルのことと結婚式のことでいっぱいだった。とうとうここまで来た。彼はダニエル・デュバルと結婚する。でも、なんだかまだ信じられないような気がしていた。

窓の前で足を止め、ホテルの看板の横に灯っているランタンの明かりを見おろしたとき、ドアにノックの音が響いた。

ドアを開けたラファエルは、廊下に立っているマックス・ブラッドリーを見て軽い驚きを感じた。いつもはなんの前触れもなく、すっと部屋に入りこんでくるのに。

「マックス！　入ってくれ。きみはもうイギリスへ帰ったのかと思っていたよ」

「いや、まだですよ。でも、計画どおりに事が運べば、すぐ発つことになると思います」

居間に入ってドアを閉めたとき、ラファエルはマックスの顔にひどく心配そうなしわが刻まれていることに気づいた。黒い髪は、ざっと指で撫でつけただけのように乱れている。

「なにがあった、マックス？　どんな情報を手に入れた？」

「まだじゅうぶんなだけの情報は集まっていません。あなたのお力を借りたくてここへ来たんです」

「もちろん協力するよ。どんなことでも」ラファエルはペンドルトン大佐との約束をきちんと果たすつもりだった。

マックスがうなずいた。「結婚なさるそうですね。仕事はすぐに終わりますから、結婚式にはじゅうぶん間に合いますよ」

「どうして知っている……？　いや、べつにかまわないが。情報収集業の仕事を始めたらどうだ？　きっと一財産作れるぞ」

マックスの顔がほころびそうになった。「一緒にボルチモアへ行っていただかなくてはなりません。急げば二日間、どんなにかかっても三日ですみます。わたしの手はずどおりに人に会っていただいたあと、ちゃんと結婚式に間に合うように戻れますよ」

ラファエルはマックスの言うとおりにうまくいくことを願った。ダニエルはラファエルが姿を現さないほうを喜ぶかもしれないが、新郎が結婚式に遅れるのは新しい生活のスタートとしてはあまりいいとは言えないだろう。

「出発はいつだ？」ラファエルは訊いた。ダニエルに手紙を書いて、しばらく町を離れることとすぐに戻ることを知らせなくてはならない。

「翌朝早く。早く向こうに着けば、それだけ早くこちらへ戻ってこられます」

そして、戻ってきたら、ラファエルにはいろいろとやらなくてはならないことが待っている。彼はもうすぐ結婚するのだ。この結婚には、なんの不安も感じていないのはなぜだろう？

着いてみると、ボルチモアは人口二千人ほどの小さな町だったが、港はイギリスやカリブ諸国や南アメリカとの商取り引きでにぎわい、これから飛躍的な成長をとげようとしているように思えた。

例によって、マックス・ブラッドリーはちゃんと手はずを整えていた。ラファエルは、フィナス・ブランドという裕福な造船業者と会うことになっていた。マックスの作りあげた話では、シェフィールド公爵は〈ベルフォード海運〉の持ち主であるベルフォード侯爵ほか数人の裕福なイギリス人と一緒に、新しい事業にとりくもうとしていることになっていた。そして公爵はブランドの会社が開発したボルチモア・クリッパーと呼ばれるすばらしい新型の快速帆船の噂を聞き、小規模で近づきにくい港に荷物を運ぶにはその船がぴったりだと考えたのだ。

それが、マックスとラファエルの側の話だった。

会談は、波止場に近い大きな煉瓦造りの倉庫の一階にあるメリーランド造船会社の狭いオフィスで行われた。話が進むと、フィナス・ブランドは椅子から立ちあがった。小柄な男で、頭のてっぺんは禿げかけているが、側頭部にはカールした灰色の髪がふさふさ生えている。とがった鼻に、小さな銀縁の眼鏡がのっていた。

「ちょうどウィンドラス号が完成したところです」オフィスを出て船のあるドックへ向かいながら、ブランドは誇らしげに言った。「とにかく見てやってください。スピードと操作性にかけては、この船に並ぶものはありません。この種の船では最速ですよ」

ラファエルはなにも言わなかったが、早く自分の目でその船を見て、ほんとうにそんな船がイギリス海軍の敵として立ちはだかるのかどうかを確かめたかった。

「当然ですが、もし気に入ったら」ブランドは続けた。「すみやかに手続きをしていただかなくてはなりませんよ」彼はちらっとラファエルに目をやった。「あなたのお知り合いのミスター・ブラッドリーにも話したとおり、ほかにも興味を持っている人がたくさんいましてね。ここでは、早い者勝ちなんですよ」

「船は全部で二十隻あるんだろう?」

ブランドはうなずいた。「船の建造にはずいぶん時間がかかるんですよ。この二十隻は五年がかりで完成させたんです。いちばん高い値をつけた人に売ることになります」

今度はラファエルがうなずいた。「そのことはミスター・ブラッドリーに聞いている」

「もちろん、次の船が完成するまで待ってもらうという方法もありますが」

「それはあまり好ましくないな」

ウィンドラス号がゆるやかに波に揺られているドックに着いた。ロープのきしむ音が聞こえる。ラファエルは低くて優美な船体のラインと、わずかに船尾のほうに傾いている二本のマストを見つめた。そんな形のマストを見るのははじめてだったが、かなり速度が出るだろうということは想像がついた。

船体の形も独特だ。考案者の設計図の正確な写しがなくては、こんな船を造ることはできないだろう。

ブランドに乗船を勧められて、ラファエルは承諾した。よく晴れた暖かい日で、適度な風が三角形の帆をふくらませた。その帆の形もまた、ラファエルがはじめて目にするものだった。荷物をたくさん積むようには造られていないが、船足は驚くほど速く、操作も容易だった。

この船に兵と大砲を乗せたら、船足が遅くて操船もしにくい大型船はたちまちその攻撃の餌食になってしまうだろう。

帆に風をはらんで波を切って進んでいく船のなかで、ラファエルはナポレオンがこの帆船を大量に買いつけ、昨年トラファルガー沖でさんざんに打ち負かされたイギリス海軍とふたたび対決しようとしているという噂はほんとうかもしれないと思った。

「今夜、わたしの家でちょっとしたパーティを開く予定なんですよ、公爵」ドックに戻ったとき、ブランドが言った。「あなたもぜひご一緒にいかがですか?」

ラファエルの顔に、獲物を狙う狼のようなほほえみが浮かんだ。できるだけ情報を集めなくてはならない。とくにフランスとの取り引きに関して裏で糸を引いているとマックスが信じているバーテル・シュラーダという商人について探る必要があった。フィナス・ブランドは絶好の機会を提供してくれたのだ。

「喜んでうかがいましょう、ミスター・ブランド」

あたりが夜の闇に包まれたころになって、やっとラファエルはフロント・ストリートにある三階建てのフィナス・ブランドの邸宅に姿を現した。わざと遅く来たのには理由があった。船を手に入れることに熱心になっているふうに見られたくなかったのだ。ボルチモア・クリッパーをフランスに売るのを邪魔したくてうずうずしているように思われてはならない。

イギリスがあの帆船を手に入れるためにフランスよりも高額な値段を申しでるかどうか確信は持てなかったが、もしあの帆船の一団がナポレオンの手に渡れば、イギリス海軍の兵士が多数、犠牲になることは間違いなかった。

広い表のポーチに上がると、家の窓には明々と明かりが灯っていた。彫刻の入った木のドアの両側に、お仕着せを来た玄関番が立って客を迎えていた。ラファエルはすぐなかに通された。

二時間後、彼は外に出た。

思っていた以上にうまく事が運び、彼は一刻も早く帰途につきたかった。望んでいた情報が手に入ったのだ。あとはその情報をマックスに伝えるだけだ。

「どうでした?」宿のラファエルの部屋にある暖炉のそばの椅子から、マックスが立ちあがった。ふたりは波止場近くの〈スーフェアラー・イン〉という宿にそれぞれの部屋をとっていたが、マックスは朝早くからどこかへ出かけてしまっていたのだった。

「ペンドルトン大佐の不安は的中していたようだ」ラファエルは上着を脱いで椅子の背にかけながら言った。

「ええ……今日の午後、わたしはあなたの後ろについて波止場へ行きました。わたしも見ましたよ……ウィンドラス号を」マックスはふたつのグラスにブランデーを注いだ。「すばらしい技術ですね」彼はグラスのひとつをラファエルに差しだした。「武装すれば、そうとうな脅威になるでしょう」

「わたしもそう思う」

「シュラーダはパーティに来ていましたか?」

「いた」マックスの話では、シュラーダは〝ダッチマン〟という呼び名で知られている国際的な仲買人だという。買い手と売り手を結びつけることで莫大な利益を得ているのだ。

商品は多種多様だが、取り引きがうまくいけば、シュラーダはその骨折りに対して歩合による支払いを受ける。マックスによれば、彼がフランス軍の依頼を受けている可能性は大いにあるということだった。

「薄茶色の髪でしたか？」マックスが念を押した。「青灰色の目で、三十代後半？」

「間違いない」ラファエルはグラスを口に運んだ。ブランデーが肩の凝りをやわらげてくれることに感謝しながら、彼はフィナス・ブランドに紹介された男との会話を思いうかべた。

〝はじめまして、閣下〟シュラーダの言葉にはかすかに訛（なまり）があった。確かにドイツ人に違いないが、いかにも世界じゅうを飛びまわっている男らしい雰囲気があった。

〝よろしく、ミスター・シュラーダ〟

〝今日、ウィンドラス号に試乗なさったそうですね〟シュラーダは言った。〝すばらしい船でしょう？〟

〝ええ、まったくそのとおりです〟

〝あなたがそうとうに深い関心を寄せているらしいと耳にしましたが〟

〝ほう？　わたしはあなたについてまったく同じことを聞きましたよ〟

シュラーダはラファエルの言葉に驚いたような顔をしてみせた。〝そうですか？　ということは、やはりわたしの聞いたことはほんとうのようですね〟

〝あの船はいろいろな意味で興味深いものだが、荷物を積みこむようには造られていないようだ。つまり、あの船の用途には限界があるということだな〟

〝確かに、そのとおりです〟

〝あなたのほうはどうなのかな、ミスター・シュラーダ？　あなたの依頼人はあの船をどういう目的で使うつもりでいるのだろう？〟

ドイツ人はほほえんだだけだった。〝わたしにはお話しする権限がないのですよ。わたしの仕事は取り引きをまとめることです。依頼人がよしと判断すれば、買うことになるでしょう〟

そのときフィナス・ブランドが戻ってきて、ふたりの会話は終わった。だがラファエルはもう知りたい情報を手に入れていた。あとは帰って、マックスを見つければいい。いや、もっと正確に言えば、マックスがラファエルを見つけるのを待つだけでよかった。

「シュラーダはなかなかいい趣味をしているようだな」ラファエルは言葉を続けた。「高価な服を着ていたし、スペイン製の革の靴をはいていたよ」黒いネクタイは完璧に結ばれていたし、薄茶色の髪もきちんと櫛目が入っていた。

「それが彼なんですよ。彼は莫大な金を儲けて、そのほとんどを自分自身に投資しています」

マックスが一言残らず知りたがるとわかっていたので、ラファエルはふたりの会話を忠実に再現した。

マックスはグラスをまわしていたが、やがて一口ブランデーを飲んだ。「ミスター・ブランドには、あなたがまだあの船に関心を持っていると思いこませておいてくださったのですね？」

「いまごろブランドは売値が釣りあがりそうだと踏んで、両手をこすりあわせているだろうよ」

「では、われわれのここでの仕事は終わりです。明日の朝、フィラデルフィアに向けて発ちましょう」

ラファエルはほっとした。それなら、結婚式まではじゅうぶんに時間がある。

「フィラデルフィアに着いたら」マックスが言葉を続けた。「わたしはイギリスへ向かう最初の船に乗ります。手に入れた情報をしかるべき機関に伝えなくてはなりません」珍しいことに、マックスの顔にほほえみが浮かんだ。「そのあいだに、あなたはご自分の足に足枷（あしかせ）をはめてください」

ラファエルは黙ってうなずいた。マックスが出ていくと、ラファエルの頭にはダニエルの面影が浮かんだ。赤毛は高く結いあげられ、蝋燭（ろうそく）の明かりのなかで肌が真珠のように輝いている。

ラファエルの下腹部が硬くなった。彼女のほんの一瞥（いちべつ）で自分のなかに欲望が生まれることを、ラファエルはできるだけ認めたくなかった。以前には、彼女の笑い声を聞いたり柔らかなほほえみを見たりするだけで、どうしようもないほどの欲望をおぼえることがあった。いまネクタイをゆるめてチョッキを脱ぐあいだに、彼女の顔を思いうかべただけで体が興奮していく。

りんご園でふれたときの彼女の胸の形、弾力のある感触、手のひらの下で硬くなっていた胸の先。なにもかも、ラファエルははっきりとおぼえていた。

いまは彼女にふれることもできないが、結婚式はもう間近に迫っている。彼女はもうすぐラファエルの妻になる。以前の自分がどんなに激しく彼女を求めていたか思いだしたとき、ラファエルはその欲望がいまはさらに大きくなっていることに気づいた。

下半身が痛いほどに硬直して脈打つ。ラファエルはダニエルが欲しかった。そしてもうすぐ彼女はラファエルのものになる。

上掛けをはいでベッドに入ろうとしたとき、ふいにラファエルは自分の欲望の激しさを思ってかすかな不安を感じた。

結婚式の前日は木曜だった。ニンブル号は土曜の朝、イギリスに向けて出航することになっていた。

フローラ叔母の借りている家の二階の寝室で、ダニエルは化粧台の前のスツールに座り、ラファエルが編んだ恐ろしい蜘蛛の巣からなんとかして逃れる方法はないかと考えていた。

　まだ着替えの途中で、身につけているのは太腿の半ばくらいまでしかない薄いローン地のシュミーズだけだし、髪にブラシもかけていなかった。そこへノックの音が響いたと思うと、フローラ叔母が慌ただしい足どりで入ってきた。

「まあ、まだ着替えもすんでいないのね。公爵がいらっしゃったのよ。たったいまお見えになったの」

「公爵が？　いったいどんなご用かしら？」

「結婚式の打ち合わせでしょう、きっと。明日の準備はすっかりできたとおっしゃっていたわ。お急ぎなさい。公爵は客間で待っていらっしゃるわ」

「待たせておけばいいのよ」ダニエルはかたくなに言った。「この世が悪魔に支配されるまで待たせておけばいいわ」

　フローラ叔母が落ち着かない様子でスカートを撫でつけた。彼女は胸の下に黒いレースの飾りのついた柔らかなパールグレーのモーニングドレスを着ていた。「あなたの計画がすっかり狂ってしまったのはわかっているけれど、公爵はあなたに謝るためにはるばるアメリカまで来てくださったのよ。きっと公爵と結婚するのがいちばんいいのですよ」

　立ちあがったダニエルはいったん窓に近づいたが、また戻ってベッドの端にどさっと腰を下ろした。彼女の頭上で、天蓋の白いレース飾りが揺れた。

「信じてもいない男性と、どうして結婚できるの、フローラ叔母様？　彼のせいで、わたしの身は一度破滅したのよ。もしわたしがリチャードとの婚約を解消しなければ、今度もまた彼は同じことをしたでしょう。ラファエルは欲しいものを手に入れるためなら、どんなことでもする人なのよ。誰が傷つこうがおかまいなしに」

「あなたにとって最善のことをしてあげたいだけかもしれませんよ。公爵と結婚すれば、あなたは何千キロも離れた国ではなくてイギリスで暮らせるわ。自分勝手かもしれないけれど、わたしにはそれが残念だとは思えないの」

ダニエルがはっとして叔母を見ると、叔母の目には涙が光っていた。ダニエルは立ちあがって叔母を抱きしめた。

「叔母様のおっしゃるとおりね」ダニエルは言った。「これでよかったんだわ。少なくとも、叔母様から離れずにいられるんですもの」ため息をついて抱擁を解くと、ダニエルの視線がまた窓のほうに向いた。下の庭ではキャロラインがイーゼルを立て、明るい紫色のアイリスを写生していた。キャロラインはとても優しい娘だ。彼女にはどこかとても優美なところがあるが、たいていの人はそれに気づかない。

ダニエルは窓から視線をそらした。「リチャードと結婚すれば、わたしには子供ができていたのに」彼女は残念そうに言った。

「どんなにあなたが頑張っても、リチャードの子供たちが心からあなたになつくことはなかったでしょう。きっとリチャードと彼の母親が邪魔をしていたわ」

ダニエルは叔母に目を向けた。「落馬事故のことをラファエルに知られてしまうかもしれないわ。そうしたら、どうなるかしら?」

フローラ叔母がうめくような声をもらした。「シェフィールド公爵はあなたを誤解して、あなたの権利をとりあげたのよ。あなたは公爵夫人になるはずだった。いま、ほんとうにそうなる時が来たのですよ」

ウィコム伯爵領で暮らしていたときに起きた落馬事故のことを、ダニエルはまだラファエルに話していなかった。フローラ叔母が、ラファエルにはダニエルに公爵夫人の名前を与える義務があるのだから、落馬事故のことなど気にしなくていいと言い張ったのだ。

ダニエルは化粧台に戻りながら、鏡に映る自分の姿に目をやった。髪は乱れたままだし、身につけているのはシュミーズとストッキングとガーターだけだ。「わたしはリチャードと結婚するためにここへ来たのに」

「それは、ほかにどうしようもなかったからでしょう?　もう少し自分の心に素直になりなさい」

「少なくとも、そう決めたのはわたし自身だったわ――ラファエルではなくて」

フローラ叔母が近づいてダニエルの手をとった。「少し時間をかけることね。時間が自然に解決してくれることもあるものなのよ」そして叔母はドアに向かった。「あなたの用意ができたらすぐに下りると公爵に伝えておくわ」

ダニエルは腕組みをして、化粧台の前のスツールに座りこんだ。ラファエルなんか、永遠に待たせておけばいい。


ラファエルはソファから立ちあがって、絨毯（じゅうたん）の上をうろうろ歩きはじめた。部屋の隅の大時計が時を告げる。

二十分後、ラファエルは白いチョッキのポケットから金の懐中時計をとりだしてふたを開け、大時計と見くらべた。大時計の針が正確だとわかると、彼はうめき声をあげて懐中時計をポケットに戻した。

三十分後、怒りがこみあげてきた。彼女はわたしがここにいるのを知っているはずだ。わざとわたしを避けているのだ！

到着してから四十五分後、ラファエルは客間を出た。板張りの廊下を歩いていくと、ダニエルの小間使いのキャロライン・ルーンが二階の一室から出てくるのが見えた。階段を半ばくらいまで下りかけたキャロラインは、ラファエルが上がってくるのを見て短く声をもらした。

「お嬢様はまだ着替えがおすみになっていないんです、閣下」

「それは彼女の勝手だ。わたしは着替えをするのに必要なだけの時間をたっぷり与えたぞ」ラファエルは階段を上りつづけた。

「お待ちください！　いけません……お入りになってはいけません！」

ラファエルは狼のような笑いを浮かべた。「ほう、そうか？」

ラファエルはキャロラインを押しのけて階段を上りつづけ、小間使いは青い目を見開いて彼の足を見つめていた。ラファエルはそのまま階段を上がりきり、さっきミス・ルーンが出てきたドアの前で少しだけ足を止めて乱暴にノックし、返事も待たずになかへ入った。

「ラファエル！」ダニエルが化粧台の前のスツールから飛びあがった。いままで読んでいたらしい本が足元に落ちた。

きれいな脚が見えていた。真っ白なストッキングに包まれた脚はほっそりして女性らしく、優美な曲線を描いている。くるぶしも小さくてかわいらしい。ぴったりしたストッキングはふくらはぎの形をはっきりと見せ、きれいなレースのガーターでとめられている。

「どうしてこんなところまで上がっていらっしゃるの！」

ラファエルの視線が上に向かい、胸で止まった。彼の手のなかで、いつも豊かな弾力を感じさせていた胸。ラファエルの体内で、一気に欲望が燃えあがった。

「きみが下りてこないからだ」ラファエルは落ち着いて答えた。「わたしのほうからここへ来るしかないだろう」

ダニエルはベッドの足元の台からシルクのローブをつかんでシュミーズの上に着た。柔らかく波打っている長い髪を払いのけ、ローブの紐をしっかりと結ぶ。「どういうご用件かしら？」

「きみがおびえたうさぎのように逃げだしたり——あの愚かなリチャード・クレメンスとこっそり結婚したりしないことを確認しておきたかったのだ」

「ここまで上がってくるなんて、信じられないわ！」

「それはもう聞いた。言っておくが、きみが約束を守らないつもりなら、これくらいのことではすまないぞ」

ダニエルの喉からうめくような声がもれた。「あなたには……我慢できないわ。あなたは……独裁的で……片意地で……それに……」

「意志が固いというのはどうだ？」ラファエルは言って、問いかけるように黒い眉を上げた。

「ええ……度がすぎるくらいにね」

「きみのほうはとても魅力的だよ、わたしのかわいいダニエル。たとえ怒っているときでもね。きみが腹を立てると、どんなに怖い人になるかすっかり忘れていたよ」ラファエルはほほえみを浮かべた。「きみと結婚すれば、少なくとも退屈だけはせずにすみそうだ」

ダニエルが胸で腕組みしたが、ラファエルの脳裏からはシュミーズを押しあげていた小さな胸の先の記憶が消えることはなく、痛いほどに脈打つ欲望がおさまることもなかった。

あの夜の彼女が潔白だったとわかり、もうすぐ彼女が自分のものになるとわかっているいま、ラファエルの欲望は苦しみに近いものになっていた。

「わたしがここへ来たのは、明日の準備がすっかりできたことを知らせるためだ。式をとりおこなう牧師の手配もすんでいる。牧師は午後一時に到着する。式がすんだら、すぐに荷物をまとめて乗船するんだ。ニンブル号は土曜の朝早く出航する」

　マックスはすでに海の上にいる。彼は結婚式に出られないことを詫びる伝言を残して、いちばん早くイギリスへ向かう船に乗ったのだ。マックスの報告で、首相がボルチモア・クリッパーによってもたらされるであろう脅威を理解してくれることを、ラファエルは祈っていた。

　ダニエルはまだ胸の高さで腕組みをしたまま突っ立っていた。そして濃いまつげの下から、ちらりとラファエルを見た。「あなたがここまで独善的なふるまいをするのは見たことがなかったわ」

　ラファエルの唇にかすかな苦笑が浮かんだ。「これまではそんな必要がなかったからだろう」

「あるいは、あなたがまだ若くて、いまほど自分のやりかたに固執していなかったからかもしれないわ」

「なるほど、きっとそうだな」ラファエルはわざとダニエルに近づき、彼女が逃げようとするかどうか試してみた。メアリー・ローズならきっと震えだしたことだろう。

ダニエルはその場にとどまり、きれいな緑色の目に炎を宿らせて彼を見つめた。「まだ結婚していないことをお忘れにならないように」

「結婚しても、いまわたしの考えているような行動はとらないという約束を守るつもりでいるよ」ラファエルはダニエルの香水のにおいを感じるほど間近で足を止めた。甘い花の香りがかつてのりんご園での思い出をよみがえらせる。東屋（あずまや）でキスをしたときにも、彼女は同じ香水をつけていた。

下半身が重苦しい欲望に硬くなり、身動きがしにくいほどだった。

「あなたはちゃんと誓ったわ」

「そして、約束は必ず守る。だが、約束には入っていないこともある」ラファエルはダニエルの肩から豊かな赤い巻き毛を払うと、かがんでその肩に唇をつけた。彼女がはっと息をのむ音が聞こえた。シルクのローブの下で、彼女の胸の先が硬くなるのがわかった。

「まだ希望はあるようだな」ラファエルは静かに言った。彼女がリチャード・クレメンスに対してこんな反応を示すとは思えなかった。

ダニエルが一歩下がった。「心配する必要はないわ。もう約束は交わされました。わたしは逃げません」

「心の奥では、きみが逃げたりなどしないとわかっていたと思う。かつてわたしはきみの言葉を疑ったことがあるが、きみの勇気を疑ったことは一度もない」

ラファエルはポケットから赤いサテンの小さな袋をとりだした。「これをきみに。結婚の贈り物だ」はるばるアメリカまでこれを持ってくるなんて、自分でも信じられない気がしていた。グレースがあれほど強く言い張らなかったら、きっと持ってくることなどなかっただろう。ひょっとしたらグレースは、彼がこのきれいな真珠とダイヤモンドの首飾りをダニエルに贈ることになるとわかっていたのかもしれない。

布袋から首飾りをとりだすと、ラファエルは真珠の冷たくてなめらかな手ざわりを感じながらダニエルの背後にまわった。彼女の細い首に伝説の首飾りをつけて、ダイヤモンドのついた留め金をとめる。「できれば、明日はこれをつけてほしい」

ダニエルの手が、ひとつひとつの真珠の重さと形を確かめるように首飾りにふれた。真珠と真珠のあいだには、窓から差しこむ日差しを受けてダイヤモンドが輝いている。

ダニエルは鏡に映った自分の姿に目をやった。「きれいだわ。こんなにきれいな真珠を見たのははじめてよ」

「それは〝花嫁の首飾り〟と呼ばれているものだ。とても古い、十三世紀に作られたものだよ。フォーロン卿(きょう)が婚約者のレディ・エイリアーナに贈ったのだそうだ。それにまつわる言い伝えがあるんだ。いつか話してあげよう」

だが、今日は話などできそうにない。顔を上げると、戸口にレディ・ウィコムが毅然(きぜん)とした態度で立っていた。

「これはずいぶん礼儀にはずれた行為ですよ、閣下。あなたはまだダニエルの夫ではないのですから」

ラファエルは大げさに頭を下げた。「すみません、伯爵夫人。もう帰るところでした」ラファエルはダニエルから離れてドアに向かい、レディ・ウィコムのかたわらを通りすぎて廊下に出た。「明日の午後、またお目にかかりましょう」

彼は最後にダニエルに目をやった。彼女の目には、さっきまではなかった困惑が浮かんでいた。

ラファエルのかすかなほほえみが消えた。いずれふたりのあいだの感情のもつれをとりのぞき、愛情ではなくても、少なくとも好意くらいは持ってもらえるようにするのだ、と彼は自分に言い聞かせた。

だが、心のどこかで、それは簡単ではないぞとささやく声が聞こえていた。

12

　結婚式の朝になった。五年前の恐ろしいスキャンダル以来、ダニエルは自分が結婚する日が来るとは思っていなかった。この二週間で、彼女はひとつ婚約を破棄し、新たにまた婚約した。

　今日、ラファエル・ソーンダースがダニエルの夫になる。彼女がこの世でもっとも結婚したくないと思っている人物だ。

　そわそわと寝室を動きまわりながら、ダニエルはため息をついた。深緑色のリボン飾りのついた淡黄色のシルクの結婚衣装がベッドに置かれている。キャロラインが、ドレスの飾りと同じ深緑色のリボンをダニエルの赤い髪のなかに編みこんで結いあげてくれた。ベッドの下には、ドレスに合わせた子山羊革（キッド）の靴が置かれ、クリーム色のシルクのストッキングをはいた足を入れればいいだけになっている。

　そろそろ支度を終えなくてはならない時間だ。ダニエルは、運命が彼女に課した未来を受け入れるために勇気を奮い起こそうとした。けれど、視線は窓の外にさまよい、すずかけの木の葉のあいだを飛びまわる小鳥を見つめてしまう。なんだかぼうっとして、ひどく憂鬱な気分だった。

ドアが開き、キャロラインの軽い足音が入ってくるのも、どこか意識の遠くのほうでしか聞こえていなかった。

しばらくキャロラインはなにも言わなかった。それから、ため息をついた。「おひとりにするべきではありませんでしたね。まだドレスも着ていないではありませんか」

でも、ダニエルはしばらくひとりになって、ラファエルの妻になる覚悟を決めたかったのだ。

「もうみなさんがお待ちです」キャロラインが言った。「昨日お嬢様が階下へ下りていらっしゃらなかったとき、公爵様がどんな行動をとったかお忘れではないでしょう」

ダニエルは顔を上げた。もしダニエルが指示に従わなければ、きっとラファエルはシュミーズのままの彼女を肩にかついで階下へ連れていくだろう。いつの間に、あんなに横暴な人になったのだろう？　あんな人と一緒に暮らすのは、きっととてもたいへんに違いない。そして、彼の妻になると考えると、胸の奥が妙に締めつけられるのはどうしてなの？

「わかったわ。あなたの言うとおりね。手伝ってちょうだい」

あとは、ドレスを着て靴をはけばいいだけだった。背中の小さな真珠のボタンをとめてもらって靴をはくのに、そう長くはかからなかった。ダニエルは鏡に向かって自分の姿を眺め、額の不安そうなしわを消そうと試みてからドアに向かった。

「待って！　首飾りを！」キャロラインが化粧台の上から宝石箱をとって、ラファエルから贈られた美しい真珠とダイヤモンドの首飾りをとりだした。彼女は日の光にかざして首飾りを眺めた。「ほんとうにきれい……こんなにきれいな首飾りははじめて見ました」

「ラファエルが、それはとても古いものだと言っていたわ。なにかそれにまつわる言い伝えがあるんですって」

「言い伝え？　どんな言い伝えなんでしょうね？」キャロラインはダニエルを急かして鏡の前の椅子に座らせ、首飾りをつけて留め金をとめた。

「ダイヤモンドに光が当たる様子を見てくださいな」キャロラインは言った。「まるでなかから発光しているみたい」

ダニエルの指先がダイヤモンドにふれた。「わかるわ。この首飾りにはなにかとても不思議な感じがあるの……なにか……うまく言葉にできないけれど。彼はどこでこれを手に入れたのかしら？」

「お訊きになってごらんなさいな……お式のあとで！」キャロラインはふたたびダニエルを急かして立ちあがらせ、手を引っぱるようにしてドアに向かった。「わたしは先に客間に下りて着席しなくてはなりません」彼女はダニエルを見あげて言った。「いいですか、もしお嬢様が下りていらっしゃらないと――」

「心配しなくていいわ。もう運命を受け入れる覚悟はできたから」だが、ダニエルはラファエルに腹を立てていた。彼女は押しつけられた未来を受け入れるのではなく、自分で将来の生活を選びとりたかったのだ。

キャロラインが軽く身をかがめてなぐさめるようにぎゅっと抱きしめた。「お嬢様はかつて、あのかたを愛していらしたのでしょう。きっとまた愛せるようになりますわ」

思いがけなく、ダニエルの目に涙があふれた。「いいえ――二度と彼を愛したりはしないわ。彼を愛さずにいれば、彼に傷つけられることもないもの」

キャロラインの目がうるんだ。同情のこもった視線がダニエルを見つめる。「きっと、なにもかもうまくいきます。わたしにはわかるんです」キャロラインは手のひらを自分の胸に押しつけた。そして体の向きを変え、足早に寝室から出ていった。

ゆっくりと深呼吸して、ダニエルはドアに、不確かな未来に顔を向けた。キャロラインの言葉がほんとうでありますようにと、心から願った。

けれど、どんな犠牲を払ってもすべてを自分の思いどおりに運ぼうとするいまのラファエルのことを思うと、キャロラインの言葉を信じることはできなかった。

苛立ち（いらだ）を顔に出すまいとしながら、ラファエルは仁王立ちになり、腕組みをして、階段の下で待っていた。

式の参列者はごく少数だった。レディ・ウィコムとキャロライン・ルーン、牧師のドブズ師とその妻のメアリー。ダニエルには、夫婦の誓いを交わすだけの質素な式ではなく、もっと盛大な結婚式のほうがふさわしい。ロンドンへ着いたら、彼女のために贅をつくしたすばらしい結婚式を挙げよう。

階段を見あげると、薄青のスカートをひらひらさせて下りてくるキャロライン・ルーンの姿が目に入った。彼女はダニエルの小間使いということになっているが、どうやらただの小間使いというよりは友人のような存在らしい。

レディ・ウィコムの話では、キャロラインは牧師夫婦の娘でとても大切に育てられたが、両親の死によって財産もない天涯孤独の身の上になってしまったのだという。レディ・ウィコムがダニエルの小間使いとしてキャロラインを雇ってまもなく、ふたりは固い友情で結ばれるようになったそうだ。そして、ラファエルが軽率にもダニエルを追いこんでしまったスキャンダルのせいで、彼女がつらい思いをしているときに、とても力になってくれたのだという。

キャロラインがつねにダニエルに対して誠実につくしてくれたことに対して、ラファエルはきっと一生感謝の念を忘れないだろう。

「やあ、ミス・ルーン」階段を下りきったキャロラインに、ラファエルは軽く頭を下げた。

キャロラインは不安そうに階段をふりかえった。「二階にいらっしゃる必要はありませんわ、閣下。お嬢様はすぐに下りていらっしゃいますから」

ラファエルは思わずほほえみそうになった。そう、ダニエルはきっと下りてくるはずだ。必要とあらば、ラファエルが彼女をかついでても階下に連れてくるとわかっているのだから。見あげると、ダニエルの部屋のドアが開くのが見え、ダニエルの姿が廊下に現れた。

ラファエルの脈が速くなった。濃い緑色のリボン飾りのついた淡黄色のシルクのドレスを着て、炎のような赤い髪にも濃い緑色のリボンを編みこんでいる。色が白く、華奢で、これまで見たことがないほどかわいらしい姿だった。

背筋を伸ばして、ダニエルが階段を下りはじめた。一段ごとに、公爵夫人になるときが近づいてくる。彼女の視線がラファエルをとらえた。その目に感情の揺れを見てとって、ラファエルの胸が痛んだ。まるで運命の糸にあやつられたかのように、もうすぐダニエルはラファエルのものになる。だが、ほんとうの意味で彼女がラファエルの妻となる日は来るのだろうか？　ふたたび彼女はラファエルを信じ、愛情を向けてくれるようになるだろうか？

こちらに向かって下りてくるダニエルを見つめて、ラファエルは自分が彼女に押しつけた未来を思った。さまざまにもつれた出来事が、いまこの時この場所にふたりを連れてきた。そのもつれを解く道を見つけることができるだろうか？

ダニエルが階段を下りきると、ラファエルは手袋をはめた彼女の手をとって唇をつけた。

「きれいだ」そう言ってから、その言葉だけではたりないと気づく。彼女はすばらしく魅力的で、せつないほどに愛らしく、神々しいほどだ。

「ありがとうございます、閣下」

「ラファエルと呼んでくれ」彼は静かな声で言った。ダニエルが彼の名前を呼び、混乱している彼の心が落ち着くような言葉を言ってくれたのなら、どんなによかっただろう。

ダニエルの目には不安が浮かんでいた。夜遅くまで彼女を眠らせてくれなかったに違いない不安のかすかな名残。もう少し時間があればよかったのに、とラファエルは思った。時間さえあれば、こんなふうに結婚を強要するのではなく、少しずつ彼女に求愛できただろうに。でも、リチャード・クレメンスよりは自分のほうが、ダニエルの夫としてずっとふさわしいという確信だけはあった。

ラファエルはダニエルの手をとって、濃紺の燕尾服の腕にのせた。彼女が震えているのがわかった。彼女を安心させられる方法があればいいのにと思う。でも、それができるのは時間だけだ。ラファエルには彼女に公爵夫人の地位を与える義務があり、彼はそれを実行する。だが、ただ正しいことをするだけではたりない。ダニエルを幸せにしてやりたい。

時間が必要だ、と彼は自分に言い聞かせた。

忍耐が必要だ、と彼の心の奥でささやく声がした。忍耐がいずれ彼を成功に導いてくれますように、と彼は祈った。

「首飾りをつけてくれたんだね」なんだか妙に嬉しくて、ラファエルは言った。「よく似合う」

「あなたがつけろと言ったのよ」

ラファエルの唇がわずかにほほえみを浮かべた。「その首飾りにはある言い伝えがあると言ったね」

ダニエルの表情に、かすかな好奇心が忍びこんだ。「ええ……」

「その首飾りを持つ者はすばらしい幸福を手に入れるか、なんとも悲惨な悲劇に見舞われるかのどちらかだと言われているんだよ。どちらになるかは、持つ者の心が純粋かどうかで決まる」

ダニエルがラファエルを見あげた。髪に編みこまれた深緑色のリボンが彼女の緑色の目をいっそう引きたてている。「あなたはわたしの心が純粋だと信じているの?」

「一度は疑ったことがあった。だが、もう二度と疑うことはないよ」

ダニエルが目をそむけた。

沈黙が落ちた。そこへ、そわそわした様子のレディ・ウィコムが近づいてきた。「牧師様がお待ちよ。準備はできて?」

ラファエルはダニエルに目をやって、なにもかもうまくいくようにと祈った。「ええ」

「では、行きましょう」レディ・ウィコムが言った。「式の時間よ」

　ダニエルには彼女を祭壇の前に連れていってくれる父親もいなかったし、父親代わりを頼む近しい男性もいなかった。彼女は震える手をラファエルの腕にのせて歩きだし、庭に出た。テラスの端に真っ白な薔薇を飾った白いアーチが据えられていて、ふたりはその下で足を止めた。

　ドブズ牧師は白いサテンに覆われた祭壇の後ろに立っていた。祭壇には、開いたままの聖書がのせられている。数歩離れたところに、牧師の小柄な妻とレディ・ウィコムとキャロライン・ルーンが並んで立ち、それぞれ手に小さな花束を持っている。

「準備がよろしければ」白髪頭で眼鏡をかけた小太りの牧師が言った。「式を始めましょう」

　ラファエルはダニエルを見つめた。自分の目に浮かんでいる気遣いと、なんとしてでも結婚をうまくいかせるという決意を、彼女が読みとってくれるようにと願いながら。「いいかい、愛しい人？」

　ダニエルの目がうるんだ。少しも心の準備などできてはいないらしい。そう思っても、ラファエルの決意は揺るがなかった。ダニエルが大きく息を吸い、きたるべき未来に立ちむかう準備ができたというようにうなずいた。キャロライン・ルーンが足早に進みでて、緑色のリボンを結んだ白い薔薇の花束をダニエルの手に渡し、またレディ・ウィコムの隣に戻った。

「どうぞ始めてください、ドブズ牧師」ダニエルのためにも早く式が終わってくれればいいと願いながら、ラファエルは言った。

牧師が庭に集まったごくわずかな参列者に目を向けた。「みなさん……今日わたしたちはここに、ラファエル・ソーンダースとダニエル・デュバルの結婚を祝うために集いました。この結婚に反対する理由のある者は、いまこの場で申しでてください。このちは、永遠に口にすることは許されません」

一瞬、ラファエルの心臓が痛いほどゆっくりとした鼓動を刻んだ。誰も口を開かず、ほかの男がダニエルに駆け寄ることもないとわかったとき、やっとラファエルはダニエルが自分の妻になるという確信を抱くことができた。

式は続いたが、ダニエルはほとんどなにも聞いていなかった。ただ機械的に返事をしながら、早く終わればいいと願っていたような気がする。脳裏をさまざまな思いがよぎり、ダニエルはなんとか集中しなくてはと自分に言い聞かせていた。

牧師が花婿に言った。「ラファエル、あなたはこの女性、ダニエルを、正式な妻としますか?　病めるときも健やかなるときも豊かなときも貧しいときも、命あるかぎり彼女を愛することを誓いますか?」

「誓います」ラファエルの力強い声がした。

ドブズ牧師がダニエルに同じことを訊いた。

「誓い……ます」ダニエルは静かに答えた。

「指輪をお持ちですか？」牧師がラファエルに向かって言った。一瞬、ダニエルの頭に、指輪を買いに行く暇などラファエルにはなかったはずだ、指輪がなければ式は続けられないという思いが浮かんだ。

けれど、ラファエルはチョッキのポケットに手を入れて、ダイヤモンドの埋めこまれた金の指輪をとりだした。

牧師に先導されて、ラファエルが誓いの言葉をくりかえす。

「この指輪を誓いの証拠として、わたしは汝を娶る」ラファエルがダニエルの震える手をとって、指輪をはめた。そして彼女の手を優しくぎゅっと握りしめた。

やっと式も終わりに近づき、ドブズ牧師が温かなほほえみを浮かべて言った。「ペンシルバニア州に与えられた権限によって、わたしはここにあなたがたが夫婦となったことを宣告します。どうぞ、花嫁にキスを」

ラファエルがダニエルの腰に腕をまわして引き寄せたとき、彼女は目を閉じた。ダニエルは形だけの軽いキスを予想していたが、驚いたことにラファエルはしっかりと彼女を抱きしめて固く唇を押しつけた。

その断固としたキスが、ダニエルはもうラファエルのものだとはっきり告げていた。ダニエルの鼓動が不規則になり、やがて音をたてて脈打ちはじめた。一瞬、彼女はキスに身をまかせた。隠そうともしない彼の欲望が伝わってきて、ダニエルのなかにも欲望が生まれてくる。

ほんの数秒間だが、ダニエルはキスを返していた。唇が開き、彼の唇の下で震えだす。ラファエルが唇を離して、キスは終わった。

ダニエルを見おろす彼の真っ青な目に、燃えるように激しい欲望が浮かんでいた。が、すぐに彼の目は無表情に戻り、ダニエルから離れた。ダニエルは眩暈をおぼえ、この場から走り去りたいという衝動と闘った。ラファエルの手がまだ背中を支えていてくれることが、いまだけはありがたかった。

ああ、どうしていままでラファエルの力を忘れてしまっていたのだろう？　彼のまなざしだけでダニエルのなかに欲望がかきたてられることを、すっかり忘れてしまっていたなんて。いつもダニエルを惹きつけつづけていた磁石のような彼の力から、嫌悪という感情を盾にして自分を守ることができると本気で信じていたのだろうか？

ふたたび体が震えるのを感じながら、ダニエルは彼に導かれるままにクロスに覆われたテーブルに近づいた。銀のアイスペールのなかで、シャンパンの瓶が冷やされている。召使いがグラスにシャンパンを注ぎ、銀のトレイにのせて客に配った。おいしそうな食事ののった皿も運ばれてきた。オーブンで焼いた鵞鳥の肉、ビーフステーキ、クリームをかけたえんどう豆、バターで味つけした人参、冷たいミートパイ、フルーツの砂糖煮がテーブルに並べられていく。

どうやらラファエルとフローラ叔母は、ほんのわずかな参列者のためにもちゃんと祝いの食事を用意していたらしい。ダニエルはできるだけほほえんで祝いの言葉に応え、少しだけでも食事を口に入れようとしたが、胃が受けつけてくれそうになかった。

かつてダニエルはラファエルの妻になりたいと心の底から願ったことがあった。だが、いままた彼の魅力のとりこになるのだけはいやだった。

ダニエルは以前の彼女とは違う人間になったのだ。いまのダニエルはちゃんと自立していて、ラファエルのような男性、指をぱちんと鳴らすだけで他人の人生を破滅させられる男性を愛することの危険性をちゃんとわかっている。二度と彼を愛したりはしない。

ラファエルが身をかがめてダニエルの耳にそっとささやいた。「もうすぐ出発の時間だ。ミス・ルーンに、きみの荷物をもう一度確認しておくように頼んだよ。きみも二階へ行って、乗船にそなえてもう少し身軽なドレスに着替えたほうがいいだろう」

ここから逃げだすチャンスだ。ダニエルはうなずいた。「ええ、そうするわ」ダニエルは家に入って階段を上がり、まっすぐ自分の部屋に向かった。

そこには、キャロラインが待っていた。「さあ……お着替えのお手伝いをします」

ダニエルはキャロラインに背中を向けてボタンをはずしてもらうと、ドレスを脱ぎ、靴も脱ぎ捨てた。スツールに座って、キャロラインの手で髪から緑色のリボンをとってもらう。

「髪は編んでおきましょうか?」キャロラインが言った。

「そうね。それがいいと思うわ」髪からピンが抜かれていく。ほどなくダニエルの長い赤毛はいくつかに分けて編まれ、ふたたびピンで頭上にまとめられた。

「首飾りもはずしてね」ダニエルは言った。

鏡のなかで、キャロラインが黙ってうなずいた。そのキャロラインの顔に、これまでダニエルが見たことのないほど暗く悲しげな表情が浮かんでいた。首飾りがはずれてキャロラインの手のひらにおさまると、ダニエルはスツールに座ったまま向きを変えてキャロラインの顔を見あげた。

「どうかしたの? なにか困ったことがあるんでしょう? 話してちょうだい」

キャロラインはただ首をふっただけだった。耳のそばで金髪のカールが揺れた。首飾りをダニエルの手に押しつけたキャロラインの顔がさらに陰鬱(いんうつ)になったように見えた。

「お願いよ、キャロライン、なにがあったのか話してちょうだい」「ロバートのことなんです」

キャロラインの青い目が涙でいっぱいになった。

「ロバート? ロバートがどうしたの?」

さらに涙があふれ、頬にこぼれ落ちた。「ゆうべ彼が会いに来てくれました。そして、わたしを愛していると言ってくれたんです。わたしのような女性に会ったのははじめてだって。〝わたしのような女性〟って言ってくれたんです、ダニエル。まるでわたしが特別な女みたいに。彼に愛される価値のある女みたいに。でも、ロバートは結婚できないんです――自由になるまでは」

ダニエルは震えているキャロラインの手を両手で包みこんだ。ロバートがなぜ年季奉公をすることになったのかは、もうキャロラインから聞いて知っていた。身におぼえのない罪を着せられ、イギリスから脱出しなくてはならなかったからなのだ。

「よく聞いて。泣いてもどうにもならないわ。わたしがラファエルに頼んで、ロバートの年季奉公の契約を買いとってもらうわ」

キャロラインは手を引きぬいた。涙がさらに激しくあふれだした。「エドマンド・ステイグラーはロバートを手放さないでしょう。もし手放すとしても、時間がありません」

「時間を作ればいいわ。ラファエルがミスター・ステイグラーに話をするまで出発を延ばすのよ。それから次の船でイギリスに戻ればいいわ」

キャロラインが涙を拭いた。「それだけじゃないんです」

「それなら、全部話してちょうだい。ちゃんとわたしにわかるように」

キャロラインが震える息を吸いこんだ。「結婚式の始まる直前に、ロバートが来たんです。イギリスにいるスティーブン・ローレンスというところから手紙を受けとったそうなんです。その手紙に、ナイジェル・トルーマンを殺した真犯人がわかったと書いてあったんです」

「続けて」

「あんなロバートを見たのははじめてでした」キャロラインは窓の外に目をやった。まるで、いまもそこに自分がロバート・マッケイと一緒にいるとでもいうように。「その手紙を見るまで、きっと彼は自分の無実を証明する方法が見つかるとは思っていなかったのでしょう。いまロバートはなんとかしてイギリスに戻って汚名を晴らしたいと必死になっているんです。彼は逃げだすつもりなんです」

「まあ」

「無実を証明することさえできたら、あとでステイグラーになんとかしてお金を返すと言っているんです。彼の力になりたいのに、わたしにはなにもできないんです」キャロラインはダニエルの手のなかの首飾りを見つめた。「わたし、その首飾りを盗もうかとさえ考えました」ふたたび彼女の目に涙があふれた。「その首飾りをロバートにあげても、お嬢様が気づくころには、きっともうわたしたちは船に乗っているだろうと思ったんです」

キャロラインはダニエルに目を向け、声をあげて泣きだした。

「でも、できなかった。これまでお嬢様にしていただいたことを考えると、たとえロバートのためでも盗みなんてとてもできませんでした」キャロラインは細い体を震わせていっそう激しく泣きじゃくった。「許してください、お嬢様。わたしはただ……ほんとうにロバートを愛しているんです」

ダニエルはキャロラインをそっと抱きしめた。「大丈夫よ、キャロライン。きっとなにか方法が見つかるわ。なにもかもうまくいくわよ」

ダニエルはキャロラインの話をもう一度頭のなかで思いかえした。彼女はキャロラインの本能とロバート・マッケイに対する判断を信用していた。きっとロバートの言っていることは真実で、彼はなにも悪いことをしていないに違いない。犯してもいない罪を着せられることがどんなにつらいか、ダニエルはよくわかっていた。ふたりのことを思って、ダニエルの胸が痛んだ。

キャロラインがすっとダニエルから離れて、窓に歩み寄った。彼女が細い肩をむせび泣きに震わせて庭を見おろしているあいだ、ダニエルは必死になにをすればいいか考えていた。

ラファエルに話すことはできるが、彼が力になってくれるかどうかは確信が持てなかった。いまのラファエルは彼女の知らない人間になっていて、心から信じることができない。もしラファエルがステイグラーのところへ行って、ロバートのやろうとしていることを話してしまったらどうなる？

ラファエルは冷酷な仕打ちのできる人間だ。それはダニエルがいちばんよくわかっている。

ダニエルはまだ手に握りしめたままだった首飾りを見おろした。いまダニエルはほんのささやかな財産しか持っていない。両親はもう死んでしまった。いまダニエルが自由に使えるのは父が遺（のこ）してくれたささやかな月々の手当だけで、ロバートが身の潔白を証明する手助けをするにはまるでたりない。結婚するまで、ダニエルはほとんどをフローラ叔母に頼って生活してきたが、犯罪行為に手を貸してくれと叔母に頼むことはできない。

首飾りは手のなかで温かく感じられ、まるで彼女をなぐさめて力を貸そうとしているかのように、妙に心を落ち着かせてくれた。ダニエルはキャロラインに近づいて、友人の手をとり、真珠の首飾りをその手のなかに置いた。

「これを持っていきなさい。ロバートに渡すのよ。これを使って自由の身になるように言いなさい。それからイギリスへ戻って汚名を晴らすようにと」

キャロラインは信じられないという顔でダニエルを見つめた。「ロバートのためにこんなことをしてくださるのですか？」

ダニエルの喉がふさがった。「あなたのためよ、キャロライン。あなたとわたしは姉妹のようなもの、あなたはわたしの唯一の親友ですもの」ダニエルはキャロラインの細い指で首飾りをしっかり握らせた。「これをロバートに渡してきなさい。すぐに。そろそろラファエルが不審に思いはじめるころだわ。もう時間がないの」

キャロラインの喉が大きく動いた。涙が頬にこぼれ落ちる。「いつかきっとご恩をお返しします——必ず。どうしたらいいのかはわからないけど、でも——」

「もうあなたの友情でじゅうぶんに返してもらっているわ」ダニエルはキャロラインをぎゅっと抱きしめた。それから化粧台に戻って宝石箱から赤いサテンの袋をとりあげた。首飾りをそのなかに入れ、あらためて友人の手のなかに戻す。「さあ、行ってらっしゃい」

キャロラインは最後にもう一度ダニエルを抱きしめると、ドレスのポケットにサテンの小袋を入れ、足早にドアに向かった。彼女が行ってしまうと、ダニエルは大きく息を吸いこんだ。

遅かれ早かれラファエルはこのことを知るだろう。きっと怒るだろう。ものすごく。彼が寝室に乗りこんできてオリバー・ランドールの姿をベッドのなかに見つけたときの怒りの表情、そのあと彼女の一生を破滅させてしまったことを思いだすと、ダニエルの体が震えた。

ダニエルは気持ちを引きしめ直した。ラファエルのことは、その時が来てから考えればいい。それまでは、ロバートが無事に逃げだせることだけを祈ろう。

13

ラファエルは女性たちをエスコートしてニンブル号への道板を渡った。ニンブル号は横帆式の三本マストの大きな船で、一等、二等、三等客室の合計で百七十人の乗客と三千五百個の樽(たる)入りの荷物と三十六人の乗組員を収容できる。

新天地を求めてアメリカに渡る膨大な移民の数にくらべれば、フィラデルフィアからイギリスへ向かう乗客の数は少なかったが、それでも船は活気に満ちていた。

黒い髪に焦げ茶色の目をし、ふさふさと顎鬚(あごひげ)を生やしたイギリス人のヒューゴ・バーンズ船長が甲板で乗客を迎えていた。

「ようこそ、ニンブル号へ」船長は言った。「この船は大西洋を航海する船のなかでは最高のものです。重量は四百トン、全長五十四メートル、幅八・四メートル。あなたがたを安全にイギリスにお連れいたします」

運のいいことに、ちょうど母国へ戻ろうとしていたイギリス船を見つけることができたのだ。ニンブル号はイーサンの船ではないが、ラファエルが調べたところでは、バーンズ船長はとても信頼されている船長だということだった。

　レディ・ウィコムが大きなたくましい船長を見あげてほほえんだ。「あなたの熟練した航海術がわたしたちを無事にイギリスへ連れていってくれると確信していますよ、船長」

「ええ、お任せください、レディ・ウィコム」

　パイクという名前の痩身の一等航海士が、この船でいちばん上等の船室に一行を案内してくれることになった。濃紺の制服を着て、いかにも日光と潮風にさらされた海の男らしい顔をしている。

　パイクは一行の先に立って船の中央にある梯子段を下り、上甲板にある一等船室に向かった。レディ・ウィコムとキャロライン・ルーンが六A号室を使うことになっていた。パイクは、荷物はあとで船員が運んでくると話し、ふたりが船室に入って落ち着くのを見届けた。

　それから彼はラファエルとダニエルを案内して船尾に向かってさらに廊下を歩きつづけ、ニンブル号でいちばん広い一等船室にふたりを連れていった。彼がドアの鍵を開けて一歩下がると、ダニエルはそわそわした様子で足を止め、顔をしかめて船室のなかをのぞきこんだ。

「ありがとう、ミスター・パイク。もういいよ」ラファエルは言った。

　一等航海士が去っていくと、ダニエルがラファエルを見あげた。「まさか、ふたりで同じ船室を使うつもりではないでしょうね？」

ラファエルは断固として言った。「まさしく、そのつもりだ」

「約束したはずです。あなたは――」

「わかっている。イギリスに着くまでは、きみを抱かないと約束した。だが、われわれが結婚したという事実は変わらない」ラファエルはさらに広くドアを押しあけた。「同じ部屋を使うだけではなく、ベッドも同じベッドを使うことになる」

ダニエルの頬が真っ赤になった。それが怒りのせいなのか困惑のせいか、あるいはその両方がまじっているのか、ラファエルにはよくわからなかった。

ダニエルがぐっと顎を上げて船室に足を踏み入れ、まるでのみこまれるのではないかとでも思っているような表情で、大きなベッドをじっと見つめた。「キャロラインとフローラ叔母の船室には寝台がふたつあったわ――二段になって」

ラファエルは慎重に無表情を保った。「わたしたちは夫婦なんだよ、ダニエル。ふたつのベッドは必要ない」旅のあいだは夫の権利を行使しないと約束した日から、彼はある決意をしていた。彼女と夫婦の関係は結ばないと約束した。その約束は守らなくてはならない。

となると、可能性はごく限られてくる。

その限られた可能性のことを思うと、ラファエルの下半身に重苦しい欲望が生まれた。

ラファエルに対するダニエルの気持ちがどうであれ、彼女の体はラファエルに反応している。祭壇の前でしたキスがその証拠だ。彼女の柔らかな唇が開き、体が震えたときの感触は、いまもはっきりと彼のなかに残っている。ダニエルは昔からとても情熱的だった。それはいまも変わっていない。

　ラファエルの欲望が強くなっていった。結婚式はあげたが、実質的に夫婦になるまでは、完全にダニエルを自分のものにしたとは言えないのだ。

　そのために、ラファエルはダニエルをうまく誘惑するつもりだった。

　革の鞄を床に置くと、彼はドアを閉めてダニエルに歩み寄った。彼女の視線は舷窓の下に置かれた大きなベッドに向けられたままだった。なにを考えているのだろう？　ラファエルは優しく彼女の肩に手をかけて、ゆっくりと自分のほうにふりむかせた。

「時間はたっぷりある。きみを急かすつもりはないよ。だが、わたしたちはもう結婚したんだ、ダニエル。きみもそれを認めなくてはならない」

　ダニエルが、不審に満ちた目で黙って彼を見つめた。ラファエルは彼女の顎をとらえてひどく優しく唇にキスをした。かすかな香水の香りがラファエルを刺激し、彼女の唇は花びらのように柔らかかった。

　すでに欲望でいっぱいになっていた下半身がますます硬直していく。ラファエルはキスを深くして、その甘い唇を余すところなく味わいたかった。彼女をベッドに横たえてドレスを脱がせ、この五年間、夢に見つづけた丸い胸を愛撫したかった。

何時間でも彼女を抱いていたかった。

でも、ラファエルは唇を離して言った。「希望だけは捨てたくないんだ、ダニエル。わたしの頼みはそれだけだ」

ダニエルはなにも言わず、ただ彼から離れた。

船室の隅に歩いていくダニエルを見ながら、ラファエルはさらに決意を固めた。ダニエルに会うまで、彼にはほとんど女性経験はなかった。十八歳の誕生日に、親友のコード・イーストンがマダム・フォンタノーの快楽の館に招待してくれた。その数カ月後、愛人ができ、そのあとはある伯爵未亡人としばらく関係を持っただけだった。

ダニエルに出会ってからは、ほかの女に会う必要を感じなかった。彼女と結婚すれば、自分がすっかり満足できるとわかっていた。

そして、五年前のおぞましい夜以来すべてが変わってしまった。ダニエルを忘れたくて、彼は数えきれないほどの女性とベッドをともにした。オペラ歌手から大人気の高級娼婦まで相手にするうちに、ラファエルは誘惑することの力を知るようになった。その五年のあいだに、ラファエルはずいぶんうまく女性を誘惑してきた。いま彼はその手腕を使って、ダニエルとのこじれた関係を正し、体の快楽も含めたふたりの未来を確かなものにしようと考えていた。

どうするのが最善の方法なのだろうと考えながら、ダニエルは船室を見まわした。同じ船室に入ることを拒否して、もうひとつ船室を用意するようにと要求することはできるが、ラファエルの目の光を見れば、彼の決意が固いことはすぐにわかった。

ダニエルは横目でちらっとラファエルを見た。彼はのんびりした様子でドアの横の壁にもたれ、腕組みして、ダニエルの動きを視線で追っていた。表面上はいかにも穏やかな態度だが、その人当たりのいい外見の下には、いずれ夫の権利を主張する荒々しい本能が隠れているのだ。

ダニエルの鼓動が速くなった。ラファエルは自分の欲望を隠そうとはしないが、いまはまだ約束を守っている。船のなかにいるあいだに彼がその約束を破ることはないだろうが、いったんイギリスに着いてしまえば、一刻の猶予もなくダニエルの体を奪おうとするだろう。

ダニエルは心のなかでため息をついた。もう二十五歳になり、男女の交わりについて五年前よりはよく知っているとはいえ、まだまだ彼女の知識はひどく限られたものだった。ラファエルと同じ部屋で暮らすのは、きっとたりない知識を補うのに役に立ってくれるだろう。

好奇心を感じていることは否定できなかった。ラファエルのように頑健な男性と同じベッドに入るのは、いったいどんな感じなのだろう？　そのそばで眠り、目をさますのは、どんな感じなのだろう？

それ以上想像したくなくて、ダニエルは船室のなかを見まわした。上品なチーク材の羽目板、作りつけのチーク材の化粧台と書き物机。アメリカへ来るときにフローラ叔母とキャロラインと三人で使っていた船室よりは、はるかに快適そうな部屋だ。冷える夜のために、片隅に暖炉までついている。

結局のところ、遅かれ早かれダニエルは夫となった男とベッドをともにしなくてはならないのだ。強制された結婚だからといって、彼女が夫のものであるという事実にはなんの変わりもないのだから。

だが、少なくとも、いましばらくは安全なはずだ。

午後の時間はすぎ、やがて夕闇(ゆうやみ)が迫ってきた。明日の夜明けには、故郷のイギリスへ向けて出航する。ダニエルは自分が夜になるのを怖がっていることに気づいた。

船長と一緒のテーブルで夕食をとるあいだ、ラファエルはキャロラインにもフローラ叔母にも親切にふるまっていたが、ダニエルはその目に浮かんでいる熱と期待をいやでも意識せずにはいられなかった。ダニエルとしては、彼が友人と叔母の前では礼儀正しく超然とした態度を装うだろうと思っていたのだが、実際の彼は少しも気持ちを隠そうとはしなかった。

〝きみはわたしの妻で、わたしはきみが欲しい〟ラファエルの熱い視線はそう語っていて、その目で見つめられるたびにダニエルはひどく落ち着かない気分になった。すでに緊張しきっていた彼女の神経がますますすりきれそうになっていく。

食事をしたのは一等船客用の優美なサロンで、天井は低く、チークウッドの羽目板と明るい赤い壁紙が張られていた。長いマホガニーのテーブルの上には、小さなクリスタルガラスの細長い棒飾りのついた凝った金色のランタンがいくつもつりさげられていた。壁には、船が揺れても大丈夫なように工夫された金色の燭台（しょくだい）がずらりと並んでいる。

バーンズ船長は有能な人物らしく、サロンに集まっている一等船客との会話よりも船と乗組員のことのほうを気にかけているようだった。そして、食事が終わるとすぐ、早朝の出航の準備を確認するためにサロンを出ていった。

その日のうちに、ほかの乗客たちとも知り合いになった。バージニアで農園を経営しているウィラード・ロングボウと妻のサラ、ラファエルがイギリスで一度会ったことのあるペティグリュー卿（きょう）夫妻、年長のふたりの子供に外国旅行を体験させたいというフィラデルフィアのマーラー夫妻、そしてなにをしている人物なのかよくわからないアメリカ人のカールトン・ベイカー。

ミスター・ベイカーは長身で魅力的な四十代の男性だったが、彼のなかのなにかがダニエルを落ち着かない気持ちにさせた。耳にしたところでは、彼は気の向くままに町から町へと旅をして歩いているらしい。どこから収入を得ているのかはわからないが、身なりはいかにも紳士然としている。

ベイカーの態度はとても友好的だったが、ダニエルに向ける視線があまりにも大胆で、なれなれしすぎるように思えた。ラファエルはベイカーの目つきに気づいただろうか？ダニエルは嫉妬をむきだしにしていた五年前のラファエルを思いだした。いまはあのときとは違って、彼はしっかり感情を抑制している。だが、ひょっとしたらそれは、彼が五年前ほどダニエルのことを気にしていないせいなのかもしれない。

それでもダニエルはベイカーに対して愛想よくふるまいながらも、一定の距離を置いた態度を保ちつづけた。

夜がゆっくりと更けていった。船客たちの楽しげな会話は続いていたが、ラファエルが礼儀正しい態度を保つのにかなりの努力を払っているのははっきりと見てとれた。彼は必要以上にぴったりとダニエルに寄りそい、必要以上に優しく話しかけ、必要以上にしょっちゅう彼女にほほえみかけた。

ダニエルはもうすぐふたりで戻らなくてはならない船室のこと、ふたりで一緒に使わなくてはならないベッドのことを思った。長い一日のあとで、ダニエルの神経は限界まで張りつめ、いまにも切れてしまいそうだった。ダニエルの心の半分は早く眠りにつきたいと願い、あとの半分はいつまでも船室に戻る時間が来なければいいと願っていた。

ラファエルの手を肩に感じて、ダニエルははっとした。「そろそろ船室に戻ろう。今日は忙しい一日だったからね。新しい友人たちに別れを告げる時間だよ」

ダニエルは黙ってうなずいた。たとえ夜明けまでここにこうしていても、いつかは直面しなくてはならないことなのだ。ダニエルは他の船客に別れの挨拶(あいさつ)をし、ラファエルにエスコートされて船室へ向かった。

船の通路は狭くて薄暗かった。ダニエルは女性にしては背の高いほうだが、その彼女よりもずっと長身のラファエルの体から男性らしい力強さが伝わってくる。

ダニエルの全身を、小さな震えが駆けぬけた。いまのラファエルがどんな人間なのか、ダニエルは知らない。いまの彼は、望まない結婚をダニエルに強要したというだけの男性だ。そんな男が、ほんとうに約束を守るだろうか？

ラファエルがドアを開け、ダニエルは船室に入った。甲板でまたたくたいまつの明かりが水面に反射して舷窓から入りこみ、船室に薄い黄色の光を投げかけている。はじめに入ったときにはとても広々としているように感じられた船室だったが、ラファエルの大きな体がここに入ってきたいま、なんだかとても狭くて息苦しく思えた。

ラファエルが鯨油ランプをつけると、明かりのなかに彼の横顔が浮かびあがった。わずかに伸びかけた髭が黒い影を落としている顎に、かすかな割れ目が見える。ダニエルの胸がどきどきしはじめた。ああ、この人はほんとうにすてきだ。ラファエルを見ているだけで息が止まりそうになり、かすかな眩暈さえ感じる。

「おいで、愛しい人。服を脱ぐのを手伝ってあげよう」

そのラファエルの言葉にダニエルの全身が震え、口のなかが乾いていく。手伝ってもらう必要などないと言いたかった――いまも、今後も。でも、背中のボタンには手が届かないし、ひどく疲れてもいた。

まるで夢でも見ているような気持ちで、ダニエルは靴を脱ぎ、彼に近づいて背中を向けた。ラファエルの長い指がとても器用に淡い緑青色のシルクのドレスのボタンをはずしていくのを感じながら、ダニエルは彼が何度この仕事をやってのけたのだろうと考えた。

「きみが男性の前でドレスを脱ぐのに慣れていないのはわかるよ」ラファエルが静かに言った。「だが、そのうちきみも慣れるだろう。ひょっとしたら、それを楽しむようにさえなるかもしれない」

ラファエルの前でドレスを脱ぐのを楽しむ？　そんなことはあり得ない……そう思いながらも、ダニエルは心の底で好奇心を感じていた。

ラファエルの手が彼女の首筋をこすり、肩にふれると、ダニエルの肌にぞくりと震えが走った。ダニエルが目を閉じて困惑に耐えているあいだに、ラファエルはドレスを肩からはずして腰まで引きさげ、床に落とした。

薄いローン地のシュミーズと靴下とガーターだけの姿になったダニエルは、以前にも一度こんな姿をラファエルに見られたことを思いだした。むきだしの肩に彼の唇がふれるのを感じると、なぜか困惑ではなく、温かな感覚が胸に忍びこんだ。薄いシュミーズの下で、胸の先が固くとがった。

ああ、なんということかしら！

ラファエルに気づかれないように祈りながら、ダニエルは足元のドレスをとりあげ、彼に背中を向けたまま胸にドレスを押しつけた。「ありがとう。あとは自分でできるわ」

「ほんとうに？」少しかすれ気味に聞こえる彼の声には、かすかに挑戦的な響きがあった。半ば裸だということは意識しないように努めながら、ダニエルは昂然と頭を上げてラファエルのほうを向いた。たとえ裸同然の格好だろうと、彼の前でひるんだ様子を見せたくなかった。ラファエルの視線がダニエルの全身をさまよった。あらわになった体の線、長い脚、細いウエスト、豊かな胸。

「座って……」ラファエルがさっきと同じかすれた声で言った。「髪のピンをとってあげよう」

胸がぎゅっと締めつけられた。ああ、どうしたらいいの！「ひとりで――ひとりでできるわ。あなたの……手助けはいりません」

ラファエルが優しくほほえむと、ダニエルの胸のしこりが少し解けた。「わたしのささやかな楽しみを奪わないでほしいな。食事のときからずっと、その髪がどんなになめらかな手触りなのか想像していたんだ」

ダニエルはごくりと喉を鳴らした。どう答えたらいいのかわからず、結局そのままスツールに腰を下ろしてラファエルに背中を向けた。背後に近づいたラファエルの姿が鏡に映った。彼はひとつずつピンを抜いて、カールした赤毛をたらしていき、指でその髪をすいた。

「火のような色だ……」彼はダニエルの肩に豊かな髪をふわっと広げた。「愛しあうときに、きみのこの髪がわたしの胸をくすぐったらどんなにいい気持ちだろうとよく想像していたよ」

ダニエルの体が震えはじめた。結婚式を控えていたあの夏、池のほとりの木の根元に座り、シャツを脱いで日差しを浴びていたラファエルに出くわしたことがあった。広くてたくましい、すばらしい胸をしていた。ラファエルは猟や乗馬といった戸外の遊びが大好きで、ロンドンにいるときにはよくジムに通ってボクシングをするスポーツマンだった。

鍛えあげられた体をしているのがはっきりとわかる。

鏡のなかでラファエルの黒い頭がゆっくりとうつむいていくのを、ダニエルはただ魅入られたように見つめていた。彼の唇がダニエルの首筋に押しつけられた。歯で耳たぶを軽く引っぱり、優しく噛(か)む。そしてまたゆっくりと離れていった。

しばらくしてからやっとダニエルは、自分が呼吸を止めていたことに気づいた。ゆっくり息を吸いこむと、両手が震えていた。その震えをラファエルに気づかれないようにと祈りながら、ダニエルは自分で髪を編んだ。ラファエルは数歩後ろに下がったが、鏡に映っている彼の目は相変わらずじっとダニエルの顔を見つめていた。

「もう少し手を貸そうか？」ラファエルが訊いた。

ダニエルは思わずスツールの上で飛びあがりそうになった。「いいえ！　あの……大丈夫よ。ひとりでやれるわ。衝立の向こうでナイトガウンを着ればいいだけだから」

ラファエルが首をふった。「衝立の向こうに行く必要はない。きみはわたしの妻なんだぞ、ダニエル。わたしはきみの申し出を承諾したが、これはそれには該当しない」

ダニエルの喉が鳴った。「あなたは……あなたの目の前でなにもかも脱げと言っているの？　わたしの……裸を見るつもりなの？」

ラファエルの唇の隅が上がった。「まさにそのとおりだ。これからは、われわれのあいだになんの秘密もなくなるんだよ、ダニエル」

「でも――」

「互いの存在に慣れていこうと言っているだけだ。それだけだよ」

ダニエルの心臓が狂ったように動きはじめた。ラファエルは彼女の裸を見るつもりでいる。まるで当然のことのように、それを要求している。そして、彼はダニエルの夫なのだから、きっとそれはまさに当然のことなのだろう。

「わたしがいやだと言ったら？」

ラファエルがたくましい肩をすくめた。「きみがそうしたいと思うなら、シュミーズを着たままで眠ればいいさ。わたしはどちらでもかまわない」

「あなたという人には、ほんとうに我慢できないわ！」

ラファエルの目のなかで、なにかが光った。「ほんとうにそう思っているのか？　リチャード・クレメンスなら、結婚式の夜にきみにどんな要求をしたと思うんだ？」

ダニエルの胸が締めつけられた。リチャードと結婚していたら、きっと一刻の猶予もなく彼に体を奪われていただろう。理屈では説明できないが、リチャードがダニエルの感情になんらかの配慮をしてくれるとは思えなかった。

でも、ラファエルとの結婚はダニエルの意思ではなかったし、彼の横暴きわまる要求はとうてい承服できるものではなかった。ダニエルは顔をそむけると、ガーターをはずし、ストッキングをくるくると丸めるようにして脱いだ。彼には背中を向けたまま、ドアのそばのフックにかかっていた白いコットンのナイトガウンをつかむ。そして、シュミーズを脱いで衝立にかけた。

急いでナイトガウンを着るまでの数秒間、裸の胸がラファエルの視線にさらされ、ダニエルは彼の横暴さを憎んだ。ナイトガウンが体を隠してくれたとき、ダニエルはほっと安堵の波に襲われた。

　ダニエルは顔のほてりなど感じていないふりをしながらぐっと顎を上げ、腕を組んで壁に寄りかかっているラファエルに顔を向けた。彼の目は青い炎のように燃え、顎が固くこわばっているように見えた。

　どうやらラファエルはたったいま目にした光景に心をかき乱されて、必死に自分を抑えているらしい。そう気づくと、ダニエルはこれまで自覚していなかった自分の力を意識した。すると、とっくに死んでしまったと思っていた軽いいたずら心が頭をもたげた。

「わたしはもうベッドに入る準備ができたわ。あなたはいかが？」

14

離れて立っている長身の姿を、ダニエルはじっと見つめた。挑戦的なダニエルの言葉を聞くと、ラファエルの体にぐっと力が入った。彼は獲物を狙う豹のような身のこなしで壁から離れた。ダニエルは船室から逃げだしたいという衝動に駆られながらも、自分の居場所に踏みとどまった。

「きみの未婚女性らしい感受性に配慮して、衝立の後ろで着替えさせてもらおうかと思っていたんだよ――少なくとも、はじめの二、三日はね」

言いかえしてやるチャンスだ。このチャンスを逃してはならない。「わたしたちのあいだに秘密なんかないと言ったのはあなたよ」

ラファエルの唇の端が上がった。彼の目がさらに熱く燃えだしたように見えた。「きみの望みどおりにしよう」

ダニエルは唇をなめた。心のどこかでは、危険な獣を檻から放つような恐怖を感じていたが、一方には強い興味に駆られている自分もいた。孤児院で病気の子供を看病したときと、五年前に彼女のベッドから出たときのオリバー・ランドールの背中をちらっと目にしたとき以外に、裸の男性を見たことはなかった。ラファエルのようにたくましい男性の裸など、もちろんはじめてだった。

じっと見ているダニエルの前で、ラファエルが服を脱ぎはじめた。上着とチョッキと白いネクタイをとり、シャツを脱ぐと、彼女の記憶にあるたくましい胸があらわになった。焦げ茶色の胸毛と、その下の引きしまった腹部。

ラファエルが靴と靴下を脱いだ。目を丸くするダニエルの前で、ズボンのボタンをはずしていく。ズボンを下ろすと長い脚が現れ、あとは皮膚のようにぴったり体に張りついた膝丈の薄い下着だけになった。

「きみが男性の体についてどれくらい知っているかはわからないが、万一気づいていない場合のために言っておくと、きみを見たせいでわたしの体はすでに興奮してしまっているんだよ」

薄いコットンの下着を持ちあげているたかまりに気づいて、ダニエルの口から驚きの声がもれた。彼女は慌てて彼から目をそむけると、急いでベッドに近づいて上掛けをめくり、彼に背中を向けてベッドのなかにもぐりこんだ。

ラファエルの低い笑い声が耳に入ったが、ダニエルはもうそちらに目をやろうとはしなかった。裸の男性を見ることと、興奮した男性の裸を見ることとはわけが違う。下着を持ちあげているたかまりが男性の欲望のしるしであることと、女性が体のどこでそれを受け入れるのかということくらいは知っていた。でも、いまその大きさを目にしてしまうと、とてもそれを受け入れることができるとは思えなかった。

背後にラファエルが近づくのがわかり、彼の重みでベッドが沈むと、ダニエルは息をのんだ。

「しばらくのあいだは裸で寝るのはあきらめなくてはならないだろうが、近いうちにそうするつもりだ」

我慢できなかった。ラファエルの言葉にぎょっとして、思わずダニエルは彼のほうに体を向けた。薄い下着はつけているが、彼の広い胸はむきだしのままだった。「ナイトガウンは着ないの？」

「いま言っただろう？　わたしはなにもつけずに眠るのが好きなんだ。そのほうがずっと快適だ。きみも一度試してみればわかる」

ラファエルはなにもつけずに眠るのが好きで、ダニエルにもそうしてほしいと期待しているのだ！　この人はほかにいったいどんな堕落した習慣を身につけているのだろう？　そして、なぜそのラファエルの思いつきがこれほどダニエルの胸を騒がせるのだろう？

顔を真っ赤にして、ダニエルはふたたび彼に背中を向けた。男性と同じベッドで裸で眠るなんて想像もできなかった。彼女の想像のなかでは、愛しあう前にはいつも男性が女性のナイトガウンを脱がせ、終わるとそっと着せかけることになっていた。でも、どうやら違っていたらしい。どうしていままで誰も教えてくれなかったのだろう？

　ラファエルが身動きすると、ベッドが揺れた。衝立の陰にある尿瓶を使いたかったが、彼が眠るまで待つつもりだった。

　ラファエルがダニエルの背中に身を寄せ、腰に手をまわして背後から抱きかかえた。ナイトガウンを着ていても、彼の胸毛が背中をこするのがわかる。

　ラファエルの興奮した下半身がふれるのを感じて、ダニエルはぎゅっと目をつぶって彼から離れようとした。でも、ラファエルにさらに強く抱きしめられただけだった。

「これはごく自然なことなんだよ、ダニエル。わたしがきみを欲しいと思っているように、男性は女性の体を欲しいと思うんだ。旅のあいだ、わたしは何度もこんな状態に耐えなくてはならないだろう……もちろん、きみがわたしの誓いを解いてくれれば、話はべつだ」

　ダニエルは必死に首をふった。

　ラファエルが彼女の首筋に軽く唇をつけた。「それでは、おやすみ、愛しい人。明日は故郷へ向かって船出だ」

　あっという間に一週間がすぎ、そして次の週もすぎた。九月の半ばになり、海の上にも秋が訪れた。昼は日一日と短くなり、夜の空気は冷たくなった。海上を濃い霧が覆っていた。

新婚夫婦として、ダニエルは一日の大半を夫と一緒にすごさなくてはならなかったし、ラファエルはなにくれとなく気を遣ってくれた。昼のあいだは、トランプ遊びや読書、他の乗客との会話、甲板の散歩などですぎていった。

毎晩夕食がすむと、ラファエルは彼女を甲板のふたりきりになれる場所に連れていった。はじめのうち、そこへ行くとラファエルの態度がどこか変わるような気がして、ダニエルは落ち着かなかった。

船室には、つねに緊張感が漂っていた。ダニエルは一時も用心を忘れず、ラファエルは慎重に自分を抑えつけていた。彼は、ふたりきりの船室のなかで一瞬でも油断すれば、すりきれそうな自制心が吹き飛んでしまうのではないかと恐れているようだった。互いの前で服を脱ぐという毎夜の行動と同じベッドを使うということのほかには、ラファエルは節度のある態度をずっととりつづけていた。

ダニエルとしては、そのことに感謝していた。ラファエルの妻としての生活に入る覚悟を決めるために、ダニエルにはこの数週間という時間が必要なのだ。

ラファエルは船室のなかではダニエルにふれようとしなかったが、月の光に照らされ、船腹を叩(たた)く波の音の聞こえる甲板でふたりきりになると、かなり大胆にふるまった。彼の妻であるダニエルは、それを拒絶することはできなかった。

それどころか、彼の行動を楽しみにするようにさえなっていた。はじめの数日間は優しくふれるだけのキスだったのに、いまではずいぶん深く情熱的なキスを交わすようになっていた。ダニエルは、船室と違って甲板なら安全な気がしていた。船室では、彼のたくましい体に背中から包みこまれて、なかなか眠りにつけない。

他人から見られない場所にふたりきりで立って月と星の光を浴びながら、ダニエルはラファエルを見あげた。彼の目には欲望のきらめきがあり、彼が必死にそれを抑えようとしているのが、顎のこわばりでわかった。

ラファエルの手がダニエルの頬を撫でた。「ロンドンはまだずいぶん遠い……」

その言葉は、彼が夫としての権利を行使し、結婚を完遂させる日のことを意味している。ダニエルの体を、かすかな欲望が走りぬけた。ラファエルが両手でダニエルの顔を挟みこんでキスをすると、彼女の下腹が熱くうずいた。

無意識のうちに、ダニエルは彼に体を押しつけていた。ラファエルはダニエルの夫だ。ダニエルはこんなキスのあとになにが続くのかを思うと怖い気がしたが、その一方で熱い欲望が彼女の体を焦がしはじめていることも確かだった。

ラファエルのキスが深くなった。ダニエルの唇を開かせて、舌が入りこむ。キスは何度も続いた。軽くふれるだけのキス、深い官能的なキス。そのどちらのキスも、遠い過去に感じたのと同じ熱い欲望をダニエルのなかにかきたてた。もう二度と感じることはないと思っていたのに。

ダニエルは怖かった。ラファエルを信じ、彼を求めることの愚かさをよく知っていたからだ。なのに、時がたつにつれて、ダニエルは用心を忘れてしまった。それどころか、いつの間にか両腕を彼の首にかけて、彼と同じ激しさでキスを返していた。ラファエルの手がダニエルの背中をたどって腰をとらえ、自分の下半身にぎゅっと押しつけた。ダニエルの脈が速くなった。

ラファエルの体は驚くほど硬くなっていた。それを感じると、ダニエルの体の芯が熱く燃えだした。

「わかるか、ダニエル？　わたしがどんなに強くきみを求めているかわかるか？」

一時は、怖くてたまらないときもあった。でも、今夜は、恐怖よりも好奇心のほうが強かった。危険だとわかっていても、好奇心には勝てなかった。

ラファエルがダニエルの首筋にキスをしながら、ダニエルの胸にふれた。昨夜まではしたことのない行為だった。手のひらで豊かな胸を包みこみ、ドレスの生地の上からもむように愛撫する。りんご園で彼に胸をふれられたときのことがダニエルの脳裏をよぎり、熱い波が彼女の全身をのみこんでいった。

胸がうずき、ふくらんでいく。その胸をラファエルの手が包みこみ、胸の先が固くとがるまで愛撫した。そのあいだもキスは続いた——酔わせるような深いキスがダニエルを刺激し、欲望をかきたて、熱く官能的なキスが彼女の体の内部をうずかせる。

止めなければいけないとわかっていた。ロンドンへ戻るまでにはまだ何週間もかかるのに、胸の先はとがってひりひりし、これまでになく敏感になっていた。そして、両脚の付け根に熱い液体があふれだした。

ラファエルの大きな手が胸を刺激しつづける。「今夜は、ここに唇をつける」かすれた声で、彼が宣言した。「もうすぐ、きみはナイトガウンを着ずに眠るようになるんだ」

下腹に激しい欲望のうずきを感じて、そのあまりの強さにダニエルは怖くなった。震えながら、彼女はラファエルの腕から身を引き離した。全身が彼の愛撫を求めて燃えていたが、それが危険だということはよくわかっていた。もっと時間が必要だった。彼がなにを求めているのか理解し、ほんの少しだけでも彼を信用できるようになるまでには、時間が必要なのだ。

ダニエルはラファエルを近づけまいとでもするように、彼の胸に片手をあてた。「まだ……まだ心の準備ができていないのよ、ラファエル」

彼の目がダニエルの顔を探るように見つめた。月の光のなかでその目は濃い青に変わり、熱っぽく光っているようだった。「もう準備はできていると思うよ。体のほうが先にね」それを証明しようとするように、ラファエルがダニエルの胸をぎゅっとつかんだ。すると、ダニエルの全身に熱い欲望が走った。

「お願い、ラファエル。あと……たった二週間なのよ」彼の隣で眠る二週間。彼の体の熱さと固さ、欲望の強さを感じながらすごす二週間。

ラファエルの唇がダニエルの唇をとらえ、ゆっくりと心ゆくまで味わった。「わかった。きみがそう感じているのなら、もう少し時間をあげよう。われわれの旅はまだ始まったばかりだ」

ラファエルの言うとおりだった。まだちゃんと抱かれてもいないのに、すでにダニエルの体は彼を求め、彼の熱いキス、彼の手の愛撫を求めていた。

そして、自分の手で彼にふれてみたくてたまらなかった。

そのことに気づいて、ダニエルはショックを受けた。ダニエルは、彼にふれられたように自分も彼にふれたいと願っていたのだ。彼の肌の感触を知り、彼の裸の胸に唇を押しつけ、毎夜ベッドのなかで感じる彼のたかまりにふれてみたいと望んでいた。

ダニエルは顔をそむけて、月明かりに満たされていた隠れ場所から出た。静かに船の手すりに近づき、海を見おろす。頭上の白い帆が風をはらみ、索具のきしむ音が響いた。

冷たい海風を受けて、顔と体のほてりを冷ます。少し体の向きを変えたとき、背後から近づいてくる人影に気づいて、一瞬ラファエルが追いかけてきたのかと思った。

が、月の光のなかに歩みでてきたのはカールトン・ベイカーだった。

「散歩には絶好の夜ですね」彼が言った。薄青い目がダニエルの全身を見まわし、紅潮した頬に止まった。

「え……ええ、ほんとうに」

ベイカーは長身で、おそらく四十代だろう。こめかみの髪にわずかに白髪がまじり、がっしりした体型の魅力的な男性だった。でも、彼にはどこか妙に……。

「ご主人の姿がないようですね。今夜はほかのかたが付き添いをなさっているんでしょうね」

ダニエルの頬が熱くなった。彼女が夫以外の男性と密会しているとほのめかしているのだろうか？

「夫以外の付き添いはいませんわ」ダニエルはラファエルが現れてくれればいいのにと思いながらあたりを見まわした。ついさっきまでは、彼から逃げだしたくてたまらなかったのに。

ベイカーの視線が鋭くなった。「では、おひとりで？」

「いいえ！　違います。わたしは――」

「やあ、ここにいたんだね。ちょっとぼんやりしていて、きみの姿を見失ってしまったんだ」ラファエルが物陰から出てくるのが見えると、安堵がダニエルの全身を襲った。「もう二度とこんなミスは犯さないよ」

ベイカーが作り物めいたほほえみを顔に張りつけた。「これほどきれいな奥さんをお持ちなら、そう思うのも当然ですね」

「いい夜ですね、ミスター・ベイカー」ラファエルの口調は礼儀正しかったが、その目は鋭かった。きっとラファエルも、このアメリカ人の態度にどこかおかしなところがあると感じているのだろう。

「ええ、まったくです」ベイカーはそう答えて、ダニエルを眺めまわした。「きっとあなたもそうお思いでしょうね」

「だが、少し湿気が多いし、風も冷たくなってきたようだ」ラファエルが誇示するようにダニエルの腰に手をまわした。「そろそろ船室に下りよう」

理由はわからないが、一刻も早くベイカーから離れたくて、ダニエルはただうなずいた。歩きだしながら、最後にちらっとカールトン・ベイカーに視線を投げる。またラファエルのそばで眠れない夜をすごすのはいやだったが、いまは一刻も早く船室に戻りたかった。


翌日、朝食の席でダニエルはキャロラインと顔を合わせた。あまりよく眠っていなかった。ラファエルもたぶん同じだろう。毎晩ラファエルの横ですごしながら純潔を守りつづけるのは、そうとうに神経の疲れる仕事になりつつあった。

焦げ茶色のベルベットの縁取りのついた薄茶色のドレスを着たダニエルは、奥の小さなテーブルについている友人の姿を見つけてそちらに近づいた。近づくにつれて、キャロラインの細い顔にもダニエルと同じように疲労の影が浮かんでいるのがわかった。

キャロラインが嬉しそうににっこり笑った。「公爵様もいらっしゃるのなら、もっと大きなテーブルに移らなくてはなりませんね」

「彼はもう朝食をすませたと思うわ。わたしが起きたときには、もう船室にいらっしゃらなかったもの」

「レディ・ウィコムはまだお休みになっていらっしゃるんです。無理にお起こししてはお気の毒だと思って」ダニエルが席につくあいだ、キャロラインが言ったのはそれだけだった。給仕にチョコレートとビスケットを頼んでしまうと、やっとふたりきりになった。

「お疲れのようですね」キャロラインがダニエルの顔をじっと見つめて言った。「あまり眠っていらっしゃらないんでしょう？」

「あなたも同じようね」

キャロラインはため息をついて首をふった。「ロバートのことばかり考えてしまって。心配なんです。もう彼は逃げだしたでしょうか？　年季奉公の契約内に逃げだすのは犯罪なんですもの。もしミスター・スティグラーが彼を捕まえたらどうなるんでしょう？」

ダニエルは友人の手を握った。「そんな心配をしてはだめよ、キャロライン。最悪の想像をするのはやめて、最善の場合を考えなくちゃ。なにをするにしても、ロバートならきっと慎重に計画を立てるはずよ。彼はもうイギリスに向かう船に乗りこんでいるわよ。きっとわたしたちのすぐあとにイギリスに着くわ」

キャロラインが目に涙をためて顔をそむけた。「わたし、不安なんです。ひょっとしたら彼はイギリスに戻るつもりなんかないのかもしれない。もし彼がわたしを利用しただけだったら？　わたしのことなどなんとも思っていなくて、ただ年季奉公から逃げだす方法を探していただけだとしたら？　わたしはなんのとりえもない女だし、ロバートはあんなにすてきな人です。もし彼に利用されただけだったら、どうすればいいんでしょう？」

「わたしには、そうは思えないわ――全然。それに、あなたはなんのとりえもない女性じゃないわ。とても魅力的な人よ。あなたには、ほかの女性とは違う個性的な美しさがあるわ。ロバートにはそれがわかったのよ。あなたの心の美しさにも、彼はちゃんと気づいているわ。彼があなたに話したことは、みんな真実だと思うわ」

そのとき給仕がホットチョコレートとビスケットを運んできて、ふたりの前の小さなテーブルに置いた。そのあいだ、キャロラインはなんとか自制心をとり戻した。

「すみません。以前のように彼を信じられたらいいのに。でも、もしわたしが彼にだまされて、なにも知らずにお嬢様の寛大さを利用してしまったのだとしたら……わたしは一生自分を許せません」

ダニエルはキャロラインの手をぎゅっと握りしめた。「なにが起きても、あなたに罪はないのよ。わたしが手を貸してあげたいと思ったんですもの。あのときあなたが信じたように、わたしも彼の無実を信じたの。いまも信じているわ」

　キャロラインが震える息を吸いこんだ。「彼はとてもお嬢様に感謝していました。ご恩は一生忘れない、お嬢様のためならなんでもすると言っていました」

「わかっているわ。だから、わたしたちはこれからも彼を信じつづけて、彼のために祈りましょう」

　キャロラインは黙ってうなずいた。

「さあ、そろそろ心穏やかにホットチョコレートをいただきましょう。もう男性のことであれこれ思いわずらうのはやめて」

　ふたりは顔を見あわせてほほえんだが、ダニエルのほほえみはすぐに消えてしまった。ラファエルのこと、彼とともにすごさなくてはならない船室の夜のことを思いだしたのだった。


　時は刻々とすぎていった。二週間が三週間となり、さらに四週間へと近づいていく。日がたつにつれて、ラファエルの要求はますます増えていった。さらに多くのキス、愛撫、接触。そして、そのたびにダニエルの体は心を裏切って反応してしまう。

　夜になると、ダニエルは胸を愛撫する彼の手と唇、太腿と下腹にふれる彼の手を夢に見、彼によってかきたてられた体の芯のうずきを静めてほしくてたまらなくなった。ますます眠りは浅くなり、ダニエルは不可解な欲望にほてる体で何度も寝返りを打ってすごした。たぶん水曜日だったと思う。もうダニエルには、曜日もよくわからなくなっていた。夕暮れが近づくにつれて、彼女は落ち着かなくなってきた。夕食の席では、勘違いでキャロラインを叱りつけたり、ふいにフローラ叔母に話しかけたりした。

頭痛を口実にしていつものラファエルとの散歩を断り、わずかなあいだだけでも彼から離れてすごそうと試みた。

「わたしは早めに休ませていただくわ」ダニエルはテーブルから立ちあがりながら言った。

「あなたはミスター・ベイカーかミスター・ロングボウとカードでもなさったら?」

ラファエルの青い目が探るように動き、一瞬ダニエルは嘘を見抜かれただろうかと考えた。

ラファエルがわずかに唇の端を上げた。「わたしも一緒に船室に戻るよ。きみの頭痛を……やわらげてあげられるかもしれない」

かすれ気味のラファエルの声に、ダニエルの全身が反応した。下腹のあたりからなにか熱いものがあふれだし、全身に広がっていく。抵抗するのに疲れて、ダニエルは彼に導かれるままにダイニングルームを後にした。

通路を歩くあいだも、ラファエルが船室のドアを開けたときにも、ダニエルはなにも言わなかった。ダニエルのあとから船室に入ってドアを閉めたラファエルの目は、青くかすんでいるように見えた。

「着替えを手伝うよ」彼が言った。

着替えのときに彼の手を借りることにも慣れ、彼の存在におびえることもなくなっていたが、今夜の彼の目にはいつもより熱がこもっているように見えて、ダニエルの警戒心をあおった。

でも、体はダニエルの意思を裏切って、その熱い視線に反応していった。胸の先がとがり、喉がふさがり、疲労感がどこかへ消えていく。言葉もなくダニエルは化粧台の前に座って髪からピンを引きぬき、それからまた立ちあがって靴とストッキングを脱いだ。そのあとで、ラファエルがドレスのボタンをはずした。ダニエルは彼に背中を向けておくように注意しながら、シュミーズを脱いで裸になった。そしてナイトガウンに手を伸ばしたが、ラファエルがさっとそれをとりあげてしまった。

「今夜は、これはなしだ」

ダニエルは首だけを向けて彼の顔を見た。険しい表情のなかに、欲望と決意が浮かんでいる。

ダニエルの体が震えだした。「あなたはわたしに時間をくれると言ったわ」

「時間はちゃんと与えているよ」

「あなたは約束したのよ、ラファエル」

ラファエルはナイトガウンを椅子の背にかけた。「わたしはこれまでずっと約束を守ってきたし、今夜も約束を破るつもりはない」

ダニエルは意を決した。妻は夫の命令に従うものだとされている。でも、この船に乗ってからの数週間のあいだに、女性には女性なりの力があることをダニエルは学びはじめていた。

裸のままふりむき、ダニエルは全身を彼の視線の前にさらした。驚くほどラファエルの顎がこわばり、目が炎のように燃えだした。

「あなたはわたしをからかって楽しんでいるのね？」ダニエルは言った。「でも、女性にも殿方をからかって楽しむ力があるのよ」

ラファエルの視線がダニエルの全身をさまよった。その燃えるような目に見つめられると、ダニエルの胸の先がさらに硬くなり痛いほどにうずきだして、ふいに彼女はラファエルにふれてほしくてたまらなくなった。

「気に入っていただけたかしら？」ダニエルは恥じらう様子も見せずにくるりとまわってみせながら、挑発するように言った。自分でも思いがけないほど大胆な口調だった。

「とても気に入ったよ、ダニエル」彼の低い声に全身を刺激されて、ダニエルは夢でも見ているような気分で彼に近づき、その前で足を止めた。

ラファエルは自分の欲望の証拠をダニエルの目から隠そうとはしなかった。

「さあ、もっとこっちへ……」

　ダニエルはやっとのことで足を進めた。このゲームがどこへ向かうのかはわからなかったが、異議は臆さず口にするつもりだった。ラファエルが彼女を引き寄せて優しくキスをした。彼の体の興奮と、それを抑えようとしている自制心が伝わってくる。やがてキスが深くなり、彼の舌が入りこむと、ダニエルの体に激しい欲望がわきあがった。ふいに彼女は情熱的にキスを返し、自分から彼の口に舌を差し入れながら、彼の上着を脱がせて床に落とし、チョッキのボタンをはずしはじめた。

　ラファエルの喉から低いうめき声がもれ、彼は靴を脱ぎ捨ててネクタイをはずした。彼女の手でシャツを脱がされて胸があらわになると、ラファエルは彼女を抱きあげてベッドに運んだ。

「約束を撤回させてくれ」彼は言ったが、ダニエルはただ首をふっただけだった。

　ラファエルはなんのためらいもなく、ふたたび唇をつけた。喉や肩に何度もキスをし、胸の先を唇に含む。快感がダニエルの全身を刺し貫き、彼女は声をあげてラファエルの名前を呼んだ。

「約束を撤回させてくれ」彼が優しく言ったが、今度もダニエルは首をふった。時間が必要なのだ。できるだけ長く自分を守らなくてはならない。

　ダニエルは不安と欲望にあふれる目でラファエルの目を見つめた。ダニエルの視線のなかにある疑念と不安がいま彼の前にさらけだされ、わかってほしいと懇願していた。「少なくとも、そのことだけは認めてくれ」

「きみはわたしを欲しいと思っている」ラファエルがうめくように言った。「少なくとも、そのことだけは認めてくれ」

ダニエルはごくりと喉を鳴らし、真実を告げた。「あなたが欲しいわ……」

その言葉がラファエルに火をつけたようだった。一瞬ダニエルは、このまま体を奪われてしまうに違いないと思った。きっとラファエルは、必要とあらば力ずくでも、彼女を抱くだろう。けれど、彼はただふたたびキスをしはじめただけだった。ダニエルの唇を蹂躙し、裸の胸を愛撫し、胸の先を軽く噛み、そして吸う。とうとうダニエルの全身が震えだした。

体の芯がうずき、燃えるような欲望に、ダニエルは気が狂ってしまいそうな気がした。彼女はベッドの上でただ身悶えし、体を這う手の感触にもほとんど気づかずにいるうちに、ふいに彼の指先が太腿のあいだにすべりこむのがわかった。

体が意志を持ったかのように勝手に腰が持ちあがり、なにかを探し求めるようにぎゅっと彼の手に自分を押しつける。

「お願い……」ダニエルはささやいた。「助けて、ラファエル……」

ラファエルの喉からまたうめき声がもれた。彼の指先が、ダニエルの燃えるような芯のなかに入りこみ、はじめは優しく、そして少しずつ激しく愛撫しはじめた。快感と信じられないほど熱い欲望がダニエルを襲った。彼の指が動くたびに、ダニエルの体は宙高く舞いあがり、少しずつ天空に近づいていく。

快感と不安がまじりあった。「ラファエル……？」

「わたしに任せてくれ、ダニエル」熟練したラファエルの手がダニエルのなかで動きつづけた。「黙ってわたしに任せてくれればいいんだ」

体の芯がどんどん固く締まっていき、そしていきなりはじけたような感覚が襲った。どこか奥深くで官能の花が開き、けっして散ることのないような気がする。ダニエルはラファエルの名を呼んだ。激しい快感の痙攣が彼女の全身を揺さぶり、何度も何度もその体を震わせた。甘い暗闇が彼女を包みこみ、ほんの数秒間が何時間にも思え、ダニエルは恍惚感のなかをさまよった。

やがて、少しずつ意識がはっきりし、ゆっくりと快感の波が引いていった。目を開けると、ベッドの端に座って彼女の手を握っているラファエルが見えた。黒に近いほど深みをおびた濃紺の目が、じっとダニエルを見つめている。

ダニエルはまばたきした。「いったい……なにをしたの？」

彼がわずかに唇の端を上げた。「快感というのがどんなものか教えてあげただけだ。夫の権利だよ」

「これが……夫婦の行為なの？」

ラファエルが首をふると、額に落ちていた黒い巻き毛が揺れた。「愛の行為のときには、いまの何倍もの快感があるはずだ」

何倍もの快感？　いまのダニエルはすっかり満足しきってぐったりし、頭もまだくらくらしている。これ以上の快感などあり得るのだろうか。とても想像がつかない。ラファエルの顔を見あげたとき、はじめてダニエルは彼の顎と肩のこわばり、苦痛をこらえているような表情に気づいた。

ズボンが大きくふくらんでいて、彼がまだ興奮を感じたままだとわかる。

「わたしはどうすればいいの？」

ラファエルが軽くダニエルの頬にふれた。「今夜はきみのための夜だ。ふたりで楽しむ夜は、これから先何度でもあるさ。一生続くんだ」

ダニエルはそれ以上なにも言わなかった。何日かぶりに緊張が解け、全身がぐったりしてとても眠かった。まだ夫婦の行為を終えたわけではないし、ラファエルが彼女のように満足していないことは確かだ。

これまで彼が約束を守りつづけてきた陰には、たいへんな自制心が必要だったに違いない。そう考えながら、ダニエルは眠りに落ちた。

15

　ロンドンでは、冷たい風がテムズ川を吹きぬけていた。馬車が止まると、イーサン・シャープは自分で馬車の扉を開けて石畳の道に降りた。陸軍省のオフィスでハワード・ペンドルトン大佐に会うことになっていた。

　イーサンが歩きだしたとき、大きな灰色の建物の陰からマックス・ブラッドリーが現れてすっと近づいてきた。

「お会いできて嬉しいですよ、イーサン」長身で痩せたマックスはイーサンより数歳年上だが、この世の誰よりも信頼できる友人だった。

「わたしもだよ、マックス」ふたりはだいぶ前から名前で呼びあうほど親しい関係になっていた。命の恩人に対しては、社会的な身分の関係などどうでもよくなるものなのだ。

「ペンドルトンの手紙はなんとも漠然としていてね」イーサンは言った。「はっきりわかったのは、きみがイギリスへ戻ってきたということだけだった。どうやら、きみが手に入れてきた情報について、わたしの意見を聞きたいらしいが」

ふたりは風に背中を押されるようにして建物に入った。「あなたはこの国でも有数の船長ですからね」マックスが言った。「大佐は、あなたの意見を頼りにしているんですよ」

イーサンはうなずいただけだった。「ラファエルについては？」

マックスの口元がわずかにほころんだ。「最後に会ったときには、結婚しようとしていました。予定どおりに運んでいれば、遠からず帰国するはずです」

「ということは、彼女を見つけたんだな」

「ええ、見つけました」

「で、リチャード・クレメンスという男は彼女にふさわしくないと思ったんだな」

「どうやらそのようです」

いったいどんな男なら、ラファエルはかつて彼の花嫁になるはずだった女性の伴侶としてふさわしいと認めるのだろう？　ラファエルが相手の男を認めなかったと聞いても、イーサンはさほど驚かなかった。イーサンはほほえみを浮かべたまま、大理石の廊下にブーツの音を響かせて歩きつづけた。

「ラファエルがロンドンを発った日から、わたしはきっと彼が彼女と結婚するつもりなのだろうと思っていたよ――あのときには、ラファエル自身はそう思っていなかっただろうがね」イーサンは大佐のオフィスのドアをノックしてさっと開けた。

マックスもイーサンのあとに続いて、殺風景なオフィスに入った。家具と言えば、大佐の傷だらけの机とその前に置かれた二脚の椅子、あとは本棚と、地図や海図に覆われたふたつのテーブルだけだ。

　イーサンを見て、ペンドルトン大佐が立ちあがった。「わざわざありがとうございます、閣下」

「なにかわたしで力になれることがあるのか？」ペンドルトン大佐もまたイーサンがとても信頼している人物で、イーサンの命の恩人のひとりだった。

　大佐がほほえんだ。彼は白髪頭で威厳に満ち、陸軍省のなかでももっとも誠実で仕事熱心な人物だ。「マックスの口から説明をお聞きになったほうがいいでしょう。そのあとで、今後の方針について、ぜひご意見をうかがいたいと思います」

　マックス・ブラッドリーが話しはじめた。アメリカで建造中のボルチモア・クリッパーという帆船のこと、バーテル・シュラーダというドイツ人のこと、そして彼がナポレオンとフランス軍のために進めている取り引きのこと。

「これまで見たこともない形をした船なんです」マックスは言った。「軽く、速く、非常に操船が容易です。武装すれば、イギリス艦隊にとってたいへんな脅威になるでしょう」

　大佐の机の前の椅子に座っていたイーサンは、長い脚を片方だけ伸ばした。戦争で受けた傷のせいでいまもわずかに片脚を引きずらなければならず、長いあいだ同じ姿勢で座っていると痛みはじめるのだ。

「つまり」イーサンは言った。「わがイギリス政府も即刻買い取りを申しでて、その船がフランス軍の手に渡るのを阻止するべきだということか？」

マックスがうなずいた。「そのとおりです。わたしはシェフィールド公爵の意見書を持って戻ってきました。大佐はすでにそれをご覧になっています。公爵もわたしと同じご意見で、あの帆船の脅威はかなり深刻だと思っておられます」

大佐が筒状に丸めてあった紙を机からとりあげて、イーサンに見えるように大きく広げた。

「これが、マックスの書いたウィンドラス号という帆船のスケッチです」

「設計図は非常に厳重な警戒下にありました」マックスが言った。「わたしには絵心はありませんが、これでなんとかこの船の速さと操船のしやすさの秘密がわかりませんか？」

じっと絵を見つめていたイーサンは、二本のマストの独特の傾き具合と低くてなめらかな船体の形に目をとめた。この船が帆をあげて走りだしたら、イーサンが所有するシー・デビル号でも速さではかなわないかもしれない。

イーサンのなかで、懐かしい感覚が目ざめた。夫であり父親であるという新しい役割にはなんの不足もなかったが、こんな船の操舵輪を握ってみたいという思いがふつふつとわきあがってくる。彼は大佐に視線を向けた。

「マックスもラファエルも、なんの理由もなしに不安に駆られるような人間ではない。マックスのスケッチはおそらくかなり正確なものだと思う。わたしなら、すぐ政府にこれを手に入れるよう進言するだろうな」

ペンドルトン大佐が眉を上げた。「そうおっしゃるだろうと思っていました」彼は机を離れてふたりに近づいた。「できるだけ早く行動することにします。ただ、政府が承認するという保証はありませんが」

「戦争が激しくなり、ナポレオンが少しずつ勝利をおさめている状況下なのだから、きっと政府も耳を貸すだろう」

そうは言ったものの、政府の意向を知る術はなかった。

イーサンはふたりに別れを告げて馬車に戻りながら、マックスに聞いたばかりのラファエルのことを考えていた。もうラファエルはイギリスに戻る船上にいるのだろうか？

そして、ほんとうにもう結婚したのだろうか？

嵐が来た。湿り気を含んだ十月の風が吹きぬけ、波が船首を越えて甲板を洗う。あと二週間もしないうちにロンドンに着く予定だった。二週間もしないうちに、ラファエルは花嫁を連れて家に帰るのだ。

もう六週間もたつのに、まだ実質的な結婚生活には入っていない。

サロンに座ったラファエルはため息をつき、カールトン・ベイカーとのホイストの勝負に集中しようとした。荒れた天候のせいで、暖炉の火は消され、乗客のほとんどは船室にこもってしまっていた。

「あなたの番ですよ、閣下」

ラファエルは手のなかのカードに目をやった。ベイカーには好感を持っていなかったが、ダニエルはこの荒れた天候のなかでできるだけ快適にすごそうと叔母やキャロライン・ルーンと一緒に船室にこもっている。荒れ狂う海のせいでレディ・ウィコムはすっかり船酔いしてしまっていて、ラファエルはダニエルもそうならないようにと祈るしかなかった。

彼女のことを思うと、いつものように激しい欲望がこみあげた。彼女を絶頂に導いた夜から、ラファエルはあまり彼女に近づかないようにしていた。ダニエルの目に浮かぶ懇願の表情が、彼女を誘惑するという壮大な計画を頓挫させてしまっていた。彼女の目にある不安と疑念と不信を、ラファエルは無視することができなかった。

ダニエルの魅惑的な体の線と彼女の反応を思いだすと、下半身が硬くなった。苦しいほどに彼女が欲しかった。それでもまだ、ラファエルは決心を変えるつもりはなかった。

ラファエルはカードをテーブルに置いて、テーブルの中央に置かれた硬貨の小さな山をとった。船上での勝負は紳士的なもので、賭金が大きくなることはめったにない。

「運がいいようですね、閣下」ベイカーが言った。「でも、考えてみれば、あんなに美しい花嫁と結婚なさったのですから、あなたの強運はもう証明されているんですよね」

ラファエルは相手の顔を見つめた。「わたしはとても幸運な男だよ」彼がベイカーの勝負の誘いを受けたのは、あまりに退屈だったからだった。はじめから、このアメリカ人はダニエルに多大な興味を示しすぎていた。でも、ダニエルはあんなに美しいのだから、ベイカーを責めるわけにはいかないのだろう。

ラファエルはまたダニエルのことと自分の決意のことを考えはじめた。

五年前、ラファエルはダニエルの信頼を裏切った。そしていま、望まない結婚を彼女に押しつけることで、またもや裏切ることになった。

同じことを、もう二度とくりかえしてはならない。

ラファエルは彼女に必要な時間を与えると約束した。もう少しで彼女を誘惑できそうだった夜からずっと、彼はなんとかしてその約束を守ろうとしてきた。朝は、彼女が目ざめる前に船室を出ることにした。昼は彼女と一緒にすごし、夕食のときはエスコートしたが、もう甲板の秘密の場所に誘うことはなかった。そして、夜は、彼女が眠ってしまうまで船室を離れていた。

ふたたび負けたベイカーが悪態の言葉をもらすのもほとんど気にとめず、ラファエルは椅子の背もたれに寄りかかった。あと二週間たらずでイギリスの土を踏み、彼の苦難もめでたく終わりとなるはずだ。

ダニエルは約束どおり時間の余裕をもらい、ラファエルは彼女の信頼をいくぶんかはとり戻すことができるだろう。そうなることを、彼は心から願っていた。

ダニエルは自分の姿を鏡に映してみた。昨日の嵐はすぎ去った。海はだいぶ穏やかになり、叔母の船酔いもおさまった。ダニエルは編んだ髪をまとめてピンでとめ、薄青のウールのドレスを着た。毎日の習慣どおり、サロンで叔母と一緒に紅茶を飲むつもりだった。

鏡のなかの自分を見つめたまま、ダニエルは首をふった。目のなかにいつもの影が戻り、表情が暗くなった。ラファエルとの結婚生活がこれからどうなるのかも不安だったが、ロンドンへ戻ってからのことも同じくらい不安でたまらなかった。

ロンドンへ着けば、ダニエルの生活は大きく変わるだろう。彼女はシェフィールド公爵夫人となり、かつてのように社交界から締めだされることはない。でも、彼女を非難した人々や、彼女が必要としていたときに背を向けた友人たちと顔を合わせるとき、彼らのかつての仕打ちを忘れてしまうことなどできるだろうか?

社交界へ戻ることの不安とともに、ラファエルに対する不安も募っていた。ダニエルの体の秘密の部分にまでふれた夜が明けると、ラファエルは妙によそよそしい態度をとるようになった。ラファエルがなんとかしてダニエルを誘惑して夫婦の関係を結ぼうとしていたことに、彼女は気づいていた。そして、もう少しで成功しそうだったのだ。

あの夜、おそらくラファエルはダニエルの目のなかにある悲壮な思いを読みとったのだろう。彼に無理強いされた結婚に順応することができるまで、なにがなんでも彼に体を許すことはできないという悲壮な思いに気づいてくれたのだろう。あれからもずっと同じベッドで寝ているが、彼はもうダニエルにふれようとはせず、以前のように毎夜熱いキスをすることもなくなった。

　ありがたいことだわ、とダニエルは心のなかでつぶやいた。こういう時間こそが、わたしの必要としていたものだったのだから。でも、心の奥では、それがほんとうかどうか、もう確信が持てなくなっていた。

　ラファエルを信用していないのに、彼女の体は心を裏切り、彼を求めて熱く燃えている。夜ベッドに入ると、ラファエルのことを考えてしまう。彼の体にふれ、その心臓の上に唇を押しつけたくてたまらなくなる。

　苛立ちのため息をもらすと、ダニエルは船室を出て、遅れた時間をとり戻そうとサロンに向かって通路を急いだ。梯子を下りて羽目板張りのサロンに入ると、丸々した手を上げて合図を送る叔母の姿が目に入った。

　フローラ叔母は、どこか心配そうな目でダニエルを見あげた。「いつもは時間に正確なのに。なにか悪いことが起きたのではないでしょうね？」

「いいえ。ちょっとぼんやりしていたみたいで、気がついたら時間がすぎていたの」

　フローラ叔母が白髪の眉を寄せた。「なんとなく、それだけではないように思えるんですけどね」

　ダニエルは叔母の向かい側に座った。「自分でもよくわからないのよ、フローラ叔母様。イギリスへ戻ってからのことが心配で、このごろなんだか……落ち着かないの」

　フローラ叔母がダニエルの手を握った。「もうあなたは結婚したのだし、わたしが口を出すべきことではないのはわかっているわ。でも……」

「叔母様の忠告は、いつも役に立つことばかりだわ」

「それなら、言わせてもらいますよ。まず、わたしも昔は結婚していたのだから、こういう話をしてもいいと思うの」

「ええ、もちろん」

「結婚式の少し前に、公爵はイギリスへ戻るまでは夫としての権利を要求しないと約束したと言ったわね」

「ええ、確かに」

「わたしは男性についてはあまりよく知らないけれど、ひとつだけ確かなことがあるわ。あなたの夫のように健康でたくましい男性が、自分の欲しいと思っている女性の隣で何週間もなにもせずに眠るのは苦行のようなものなのよ。そして、いまのあなたを見ていると、あなたも同じ苦しみを味わっているように思えるわ」

「時間をかけて彼のことをよく知る必要があるのよ。叔母様ならわかっていただけるでしょう？」

給仕が紅茶を運んでくると、叔母は太った体を背もたれにもたせかけてじっとダニエルを見つめた。給仕は紅茶を注ぎ終えると、クリームと砂糖を置いて去っていった。

フローラ叔母は上品な手つきでカップを口に運びながら、ダニエルを見つめて言った。

「もしリチャード・クレメンスと結婚していたら、彼はそんな言葉に耳を貸しはしなかったでしょうし、あなたはいまごろ名実ともに彼の妻になっていたはずよ」

ダニエルは頬を赤らめて視線をそらしたが、叔母の言葉が正しいのはわかっていた。

「わたしたちは五年以上も一緒に暮らしてきたのですよ、ダニエル。そのあいだに、わたしはあなたのことがよくわかるようになったわ。ひょっとしたらあなた自身よりもよくわかっているかもしれないわね」

「どういう意味なの、フローラ叔母様？」

「シェフィールド公爵はハンサムですばらしい男性だし、あなたが彼にとても惹かれているのがはっきりわかるわ。彼を見るときのあなたの目に、気持ちがはっきり表れているもの。そして、公爵もそれに負けないくらいあなたに惹きつけられているのは確かだわ」

ダニエルはあえて叔母の言葉を否定しようとはしなかった。ラファエルの態度はかつてのよそよそしいものに戻っているが、彼の目の熱っぽさはいまも消えていないのだから。

「それで、叔母様はわたしにどうしろとおっしゃるの？」

「約束から解放してあげなさい。彼とほんとうの夫婦になりなさい」

ダニエルの頬が真っ赤になった。叔母とこんな話をしたくはなかった……でも、それは、ここ数日間ダニエルが考えつづけてきたのと同じ結論だった。「もうすぐイギリスに着くわ。ロンドンへ到着したら――」

「向こうに着いてしまえば、あなたはきっといまよりもっと不安になりますよ。同じ船室で生活しているのだから、そろそろお互いの存在に慣れてきたでしょう。夫婦にとってはそれがなによりも大事なことなのよ。ロンドンに着くまで待てば、またなにもかも一からやり直すことになって、この船のなかで分かちあった親密さは消えてしまいますよ」

フローラ叔母がカップを置いてダニエルの手を握った。「心のままに行動しなさい、ダニエル。ほんとうの妻になりなさい」

ダニエルはなにも言わなかった。思い出が彼女の脳裏で渦巻いていた。はじめてラファエルに出会った夜会。大勢の女性のなかからラファエルはダニエルを選びだし、まるでその部屋にふたりきりでいるかのようにじっと見つめていた。彼の周囲に群がり、公爵という身分にあこがれ、彼の一言一句にうっとりしていた若い娘たちとは違って、ダニエルはいつも彼と対等に渡りあった。ダニエルにとっての彼は、ほかの女性が信じたがっているような神のごとき存在ではなく、ごく普通のひとりの男にすぎなかった。

彼と一緒にすごすのは楽しかった。会話がはずみ、共通点がたくさん見つかった。人目を盗んでテラスではじめてラファエルに手を握られたとき、眩暈(めまい)がするほどの激しい感情でいっぱいになったことを、いまダニエルは思いだした。

フローラ叔母の言葉が優しくダニエルの胸に染みこんだ。いま自分がラファエルに対してどんな気持ちを抱いていようと、体は彼を求めている。それだけは確かだ。

「ありがとう、フローラ叔母様。よく考えてみます」

厚化粧をした叔母の丸い顔にほほえみが浮かんだ。「あなたが正しい結論を出すと信じているわ」

だが、ダニエルの心のずっと奥ではすでに結論は下されていたのだ。あとは、いつ約束の呪縛(じゅばく)からラファエルを解き放つか、単なる時間の問題だった。

16

夫を見つけなくてはならなかった。もう夜中の十二時をすぎたというのに、ラファエルはまだ船室に戻ってこない。夕食がすむと、彼はダニエルを船室に送り届け、なにも言わずにまた出ていってしまったのだ。それ以来、彼は一度も戻ってこなかった。

ダニエルは船室を歩きまわった。向きを変えるたびに、ラファエルのために身につけた暗紅色のベルベットのドレスの裾（すそ）がくるぶしをこする。船室から出ていく彼を止めればよかった。長い夜のあいだ互いを苛（さいな）みつづけている拷問を終わらせる言葉を、ただ率直に口にすればよかったのだ。

ラファエルが戻ってくるまで待っていることはできるが、彼が船室に戻るのは日ごとに遅くなってきていた。ダニエルの課した禁欲が彼の体を苛み、彼をますますダニエルから遠ざけている。

夕食のあいだ、ラファエルはぼんやりと物思いにふけっていた。あの約束を破棄すれば、きっとなにもかも変わるだろう。親密な行為というのが最終的にはどんなことを指すのか、ダニエルははっきりとは知らなかった。痛みがあるらしいというのはわかっていたが、女性はみなそれに耐えているのだ。それに、痛みがあるのは最初のときだけらしい。

ダニエルは隅の暖炉の上の時計に目をやった。暖炉には、寒さを防ぐために小さな火が燃えていた。今夜は細い月が出ているだけだが、海は穏やかだ。ダニエルはこれ以上待てなくなった。

今夜の計画にそなえて、ダニエルはもう髪をほどいて豊かな巻き毛を背中にたらしていた。彼女はウールの外套(がいとう)をとって肩にかけ、輝くような赤毛をフードで隠した。ドアの掛け金を開けて廊下に出る。

付き添いもなしにひとりで甲板に行ってはいけない時間だったが、もう夜もすっかり更けて、舳先(へさき)近くで舟歌を歌っている船員たちのほかにはあたりに人影もなかった。

彼女はまずサロンに向かったが、少しのぞいてラファエルがいないことを確かめるとすぐドアを閉めた。ラファエルは体を動かすのが好きなので、きっと甲板を散歩しているのだろう。

冷たい風が帆をふくらませていて、ダニエルは外套をさらにきつく体に引き寄せた。そのとき、ふとある思いつきが浮かんだ。航海の最初のころに、ラファエルがいつも彼女を連れていった秘密の場所。ダニエルは甲板室をまわって船尾に向かい、暗闇(くらやみ)のなかに歩きだした。

もうすぐ目的の場所に着くというとき、背の高い人影が現れてダニエルの前に立ちふさがり、かすかな月明かりまでさえぎってしまった。きっとラファエルだと思って、ダニエルはほほえんだ。

「これはこれは、奇遇ですね」カールトン・ベイカーの声が聞こえて、ダニエルの足が凍りついた。「あなたとぼくはいつもここで出会う運命らしい」

ダニエルの喉がごくりと鳴った。この男に対する嫌悪感は、はじめて会ったときよりもさらに強いものになっていた。「わたしは夫を捜しているんです。このあたりにいるのではないかと思って」

少し離れたところにつりさげられているランタンの明かりのなかで、ベイカーの目が奇妙に光った。

「なるほど。では、ご主人が見つかるまで、ぼくがお供しましょう」

ベイカーと一緒に歩くのだけはいやだ。「ありがとう。でも、その必要はありません。これで失礼します」ダニエルが彼のそばをすりぬけようとしたとき、ベイカーがその腕をつかんだ。

「しばらくここでぼくの相手をしてもらいたいな」

ダニエルは、夫と同じくらい背の高い大男を見あげた。「そんなことはできません。さあ、手を放してください」

だが、ベイカーには手を放すつもりなどなさそうだった。彼は何週間もダニエルを狙っていたのだ。少なくともダニエルにはそう思えて、最近では以前に増して警戒するようになっていた。ベイカーがさらに体を寄せ、ダニエルの腕をしっかりつかんだまま自分の体で押すようにして彼女の背中を甲板室の壁に押しつけた。外套のフードが落ち、ベイカーがうつむいてダニエルの唇を奪おうとしたが、彼女は必死に顔をそむけた。

「放して！」

彼は長身の体でダニエルを押さえつけた。手が彼女の頬を撫でる。「ほらほら、ほんとうはなにが欲しいんですか？　あなたの目つきには気づいていましたよ。あなたがなにを考えているか、ぼくはちゃんとわかっている。女はみんな同じだ」

ふたたび彼の顔が近づき、ダニエルがまた顔をそむけて悲鳴をあげようとしたとき、彼の手がダニエルの口をふさいだ。もう片方の手がドレスの裾をさぐってまくりあげようとする。ダニエルの体はすさまじい力で壁に押しつけられた。

「あなたはぼくのものになるんだ」彼が言った。「きっとあなたにも気に入ってもらえるはずだ」彼はさらになにか言おうとしたようだったが、ふいにその体がまるでばね仕掛けの人形のようにぱっとダニエルから離れた。

ラファエルがベイカーの体を半回転させて殴りつけた。二度めのパンチを食らうと、ベイカーはよろよろと背後の手すりにぶつかった。彼はすぐさま反撃に移り、ラファエルの顎を狙ってこぶしを突きだした。ラファエルがすっと足を引いてそのこぶしを避け、一、二度ジャブをくりだしたあとで重いパンチをベイカーに食らわせ、甲板室の壁まで吹き飛ばした。

ベイカーの顔にさらにラファエルのこぶしが降り注いだ。ベイカーの鼻から血が噴きだし、シャツが真っ赤に染まっていく。ラファエルがベイカーのシャツの襟をつかんでぐいと引き起こし、最後のパンチを見舞うと、ベイカーの頭が壁に激突した。ベイカーはへなへなと甲板に崩れ落ち、今度はもう立ちあがらなかった。

ダニエルはただ震えながら立ちつくしていた。近づいてきたラファエルの目が火のように燃えているのがわかった。

「大丈夫か？」食いしばった歯のあいだから、彼がこわばった声で訊いた。

ダニエルは声も出せずに、ただうなずいた。甲板に倒れているベイカーを残したままラファエルがダニエルの腰に手をまわすと、彼女は彼に導かれるままに歩きだし、ふたりは船室に向かった。新たな不安が彼女の喉を締めつけ、心臓をどきどきさせていた。

ラファエルの目に浮かんでいたのは五年前のあの夜と同じ表情で、ダニエルは彼がいまなにを考えているのか想像がついていた。きっと彼は、ダニエルがカールトン・ベイカーの気を引くような行動をとったと思っているに違いない。ダニエルにはなんの落ち度もないのに、きっと夫はそれを信じてはくれないだろう。

船室に向かう梯子(はしご)を下りながら、ダニエルの喉から低いすすり泣きがもれた。ラファエルが船室のドアを開け、なかに入ると、ダニエルの目に涙があふれだした。

「わたしは……わたしは彼の気を引くようなことなどなにもしなかったわ」ダニエルは言った。「あなたに信じてもらえないのはわかっているけど、ほんとうになにもしていないのよ」涙が頬にこぼれ落ちた。

険しかったラファエルの表情が驚愕(きょうがく)の表情に変わった。「きみはそんなふうに思っているのか？　いまの一件を、わたしがきみのせいにすると思っているのか？」

ダニエルが声をあげて泣きだすと、ラファエルがぎゅっと彼女を抱きしめた。なぜかはわからないが、ラファエルの体が震えていた。

ダニエルの頭を片手で包みこむようにして、ラファエルが彼女の頬に頬を寄せ、きつく抱きしめた。「よく聞いてくれ、ダニエル。カールトン・ベイカーは根っからの悪党だ。あの男がきみに近づいたとき、わたしは彼を殺してやりたいと思ったよ。この手であの男の命を終わらせてやりたかった。決闘を申しこみたいくらいだったが、船の上では無理だ。きみが悪いなんて思っていないし、これ以上騒ぎを大きくしたくなかった」

ラファエルが少し体を離してダニエルの顔を見つめた。「さっきのことがきみのせいだなんてことは考えもしなかったよ、ダニエル。ほんの一瞬たりとも考えなかった」

ダニエルの涙がすすり泣きに変わると、ラファエルはふたたび彼女を抱きしめた。五年前の彼はダニエルを信じてくれなかった。彼がこんなふうに変わるとは、ダニエルは想像もしていなかった。

「泣かないで」ラファエルが優しく言った。「あの男のせいで涙を流すことはないよ」

すすりあげながらダニエルが顔を上げると、ラファエルが指で彼女の頬の涙を拭いた。

「わたし、あなたを捜していたの。あなたにどうしても話したいことがあったの」

「いまは、ここにいるよ。真夜中に捜しまわらなくてはならないほど大事な話って、どんなこと？」

ダニエルは視線をはずした。言うべき言葉は、何度も心のなかで練習したはずだった。でも、ラファエルの手が腫れあがり、傷ついているいまは、その言葉を口にするにはふさわしくないように思えた。

「たいしたことじゃないの。あとで話すわ」

ダニエルは彼から離れようとしたが、ラファエルが腕をつかんで引きとめた。「話してごらん。大事なことかどうかは、わたしに判断させてくれればいい」

いつものように、彼はダニエルに選択の余地を与えなかった。ダニエルは勇気を奮い起こした。「あなたに言いたかったの……あの約束から解放してあげるって」

彼の青い目が一瞬深みをおび、それから熱く情熱的な光を浮かべた。「それが、大事な話じゃないと言うのか？　この五年間にわたしが耳にしたなかで、いちばん大事な言葉だよ」

　彼の唇が近づいた。

　ダニエルは彼に体を寄せた。ラファエルは何度もキスをし、大きな両手で髪をまさぐり、彼女の不安を消そうとするように優しく抱きしめた。

「ゆっくりでいいんだよ」ラファエルは言った。「きみがいやがることはけっして強要しない」けれど、彼の唇がダニエルの首筋をたどり、耳たぶを軽く噛み、さらに深く唇に押しつけられるにつれて、ダニエルはどんなことでも受け入れられそうな気がしてきた。

　ラファエルは彼女を信じてくれた。彼女の言葉を信じてくれた。それを思うと、胸がいっぱいになり、甘い思いがこみあげてくる。

　ラファエルがダニエルのドレスを脱がせはじめた。あっという間に、ふたりとも裸になった。ダニエルはラファエルの前で着替えをすることにはだいぶ慣れてきていたが、一糸まとわぬラファエルの姿を目にするのははじめてだった。欲望を示して硬くなっている彼の体に、ダニエルは目を奪われた。

「怖がらなくていい」ダニエルの視線に気づいて、ラファエルが言った。

「怖くなんかないわ」その言葉には、ほんの少しだけ嘘がまじっていた。ふたたびキスをされたとき、ダニエルの体は震えた。深く激しいキスが彼女の体の内部を溶かしていく。

ラファエルの唇は首筋から肩へ、そして胸へと下りていった。とがった胸の先を唇に含んで引っぱり、吸い、ダニエルの下腹部に熱いうずきをかきたてていく。

ベッドのわきに立ったまま、ラファエルの飽くことのない愛撫を受けているうちに、ダニエルの脚から力が抜けていった。それを感じとったかのように、ラファエルがダニエルを抱きあげてベッドのまんなかに横たえた。

ダニエルの上に覆いかぶさるようにして、ラファエルがキスを続ける。彼の重みで、ダニエルの体はベッドのなかに沈んだ。敏感な胸の先をラファエルの胸毛にこすられると、ダニエルのなかに火のような欲望が燃えあがった。ダニエルの体が自然に動きだし、彼のたくましい体に自分を押しつける。

熱く脈打っている彼の体を感じると、ダニエルの鼓動がますます速くなった。

ああ、ラファエルが欲しくてたまらない！

ダニエルは彼の口に舌をすべりこませ、体をそらして一刻も早く彼を受け入れようとした。

ラファエルがうめいた。

「急がせたくないが、自分でもどれくらい我慢できるかわからないよ」

「我慢してほしくなんかないの。お願い、ラファエル……」

ラファエルが喉の奥から低いうめき声をもらし、膝でダニエルの脚を大きく開かせた。

「傷つけないように注意するよ」

　ダニエルはなにも答えず、ただ体をさらに激しく彼に押しつけた。早く彼の体を自分のなかに感じたかった。ラファエルは下半身をダニエルの両脚の付け根にぴたりとつけて、長く激しいキスをした。そして、彼女のなかに入りこもうとした。

　時が止まってしまったかのようだった。一瞬ダニエルの体が硬直し、彼女は悲鳴を噛み殺した。

　ラファエルの全身に緊張が走った。「できるだけ痛い思いはさせたくなかったんだが。大丈夫か?」

　ダニエルはかろうじてうなずきながら、ラファエルが必死に自分を抑えようとしているのを感じていた。彼の全身がこわばり、ダニエルの準備ができるまで待とうとする努力で震えていた。

「最悪のときはすぎたよ、愛しい人(ラブ)。もう少し体の力を抜いて」

　彼の体は大きく、いまダニエルを満たしている感触は、彼女がこれまで想像していたどんなものとも違っていた。だが、けっして不快な感触ではなかった。それどころか……。

　気がつくと、痛みは去って、うずくような感覚が刻一刻と大きくなっていた。

「とてもすてきな感覚だわ……」ダニエルはわずかに腰を突きだして、彼をさらに深く迎え入れようとした。

ラファエルが大きく息を吸いこんだ。欲望の大きさに耐えようとする努力でこわばっていた体が、ついに耐えきれずにはじけてしまったかのように動きだした。彼は何度も深く激しくダニエルの体を刺し貫いた。

一瞬、彼の激しさがダニエルをおびえさせたが、すぐに以前感じたのと同じ快感が彼女の全身を駆けめぐりはじめた。快感はどんどん大きくなっていき、時間も場所もダニエルの意識から消え去った。体の芯がぎゅっと収縮したと思うと、ぱっとはじけて、かつて経験したことのないすばらしい喜びの世界へダニエルを運び去った。

ダニエルはラファエルの名前を呼んで、きつく彼の首にしがみついた。

やがてゆっくりと船室の光景が視界のなかに戻ってきて、ダニエルの体から力が抜けていった。ラファエルがダニエルの上から身を起こして、ベッドに横たわった。ダニエルは彼の腕に頭をのせて、しがみつくように身を寄せた。

ラファエルが彼女の額に唇をつけた。「ぐっすりお休み」

ぐったり疲れ、不思議な満足感をおぼえながら、ダニエルは眠りに落ちた。

真夜中に、ふと目がさめた。ラファエルが隣で眠っていた。手を伸ばすと、ふたたび彼の体が大きくなっているのがわかった。はっとしてラファエルの顔に目をやると、彼はじっとダニエルを見つめていた。

ダニエルは彼に体を寄せた。先刻の快感を思いだして、またダニエルの体がうずきはじめた。ダニエルがラファエルの胸に唇をつけると、彼の腕がダニエルを包みこんだ。彼はライオンのような雄々しさでダニエルの上にのしかかり、今度はほとんどためらうことなく彼女のなかに入りこんだ。

ふたりは高まっていく快感を楽しみながら長い時間をかけて愛しあい、終わるとラファエルはまたダニエルを抱きしめたまま眠りに落ちた。

ダニエルは規則正しく上下するラファエルの胸を見つめた。彼はダニエルの夫だ。そして、ダニエルの体は彼を求めている。でも、かつて彼を愛したために、ダニエルは危うく破滅してしまうところだった。

時間がすぎても眠れないままに、ダニエルは天井を見つめて心を決めた。ラファエルの体からどんなに大きな喜びを与えられようと、二度と彼を愛することのないようにしよう。

17

船上ですごす最後の夜が来た。明日はテムズ川を上ってロンドンに着き、船を降りる。明日になれば、ニンブル号での航海はただの思い出になるだろう。

乗客の下船を明日に控えて、船長は送別のために特別な夕食会を催した。ラファエルは、小さな真珠の飾りのついた濃い緑色のベルベットのドレスを身につけるダニエルを見つめていた。襟ぐりの大きく開いたそのドレスはラファエルの気に入りの一着で、ダニエルの緑の目と髪飾りのルビーの赤をひときわ際立たせてくれるものだった。

はじめダニエルはそのドレスを着るのをいやがった。男性の目を引くドレスだし、同席するはずのカールトン・ベイカーがぶしつけな目でダニエルを見たら、ラファエルが敵意をむきだしにするのではないかと不安を感じていたのだ。けれどラファエルはベイカーなんかのせいでこの夜をだいなしにされたくなかったし、ダニエルも本心ではそのすばらしいドレスを着たがっているように見えた。

少し離れたところから彼女のほっそりした体の線を眺めているうちに、欲望がこみあげるのを感じて、ラファエルはやっとのことでそれを抑えつけた。ほんとうの夫婦となった日から、ふたりの関係は変わりはじめた。と、同時に、なにも変わっていない部分もあった。

ダニエルはラファエルを信頼して体をまかせるようになったはずなのに、まだどこか警戒心を持ったままで心の底を見せようとはしない。ある意味では、ラファエルはそのことに感謝していた。離れていた五年のあいだに、ラファエルの心の周囲には防御壁が築かれてしまっていた。誰かを愛することの痛みは、まだ彼の記憶のなかにはっきりと残っている。その痛みの激しさと破壊力を、彼はあまりにもよく知りぬいていた。もう二度とあんな痛みを経験したくはない。

感情を防御壁のなかに閉じこめ、慎重に抑制しておくほうがいい。いまのところラファエルはなんとかそれを実行していた。ベッドのなか以外では。

こんな状況でなければ、思わずほほえんでいたかもしれない。ベッドで愛しあうときだけは、欲望が五年前と同じ熱さと激しさで彼を突き動かし、抑制心をこなごなに砕いてしまう。でも、昼のあいだは、ダニエルと同じようにラファエルも慎重に感情を心の奥に閉じこめていた。そしてラファエルは、このままにしておくほうが安全だと思っていた。

彼は暖炉の上の時計に目をやった。すでに着替えはすみ、濃紅色の綾(あや)織りのチョッキの上に濃い灰色の燕尾(えんび)服を着て、白いネクタイをきちんと結んでいる。ダニエルの支度もそろそろ終わりそうで、いま彼女は化粧台の前のスツールに座って、小さな真珠のイヤリングをつけていた。

今夜の優美なドレスには、彼が贈った〝花嫁の首飾り〟がぴったりだ。

ラファエルはダニエルに近づいて肩に手を置いた。「フィラデルフィアを出てから、わたしが贈った首飾りを一度もつけていないね。航海にそなえて、どこか安全なところに隠しているんだろう?」

鏡のなかで、ふたつめのイヤリングをつけようとしていたダニエルの手がかすかに震えた。鏡に映っている彼女の顔が青ざめるのがわかって、ラファエルはふといやな予感をおぼえた。

「船長に預けてあるのなら、わたしが行って受けとってこよう」

きれいな緑色の目に、不安が忍びこむのが見えた。同時に、なにかラファエルには読みとれない感情も浮かんでいる。ダニエルがふりむき、ゆっくりとスツールから立ちあがった。

彼女はかすかに顎を上げて言った。「首飾りは、バーンズ船長の保管庫にはないわ。というより、この船のなかにはないの」

ラファエルは一瞬彼女の言葉の意味が理解できなかった。「きみはなにを言っているのだ?」

「すみません、ラファエル。あの首飾りは乗船の日に盗まれてしまったんです。たぶん結婚式のすぐあとだと思うわ。首飾りがないことに気づいたときには、もう船が出てしまっていたの」

「どうしてすぐわたしに話さなかった？」

「話そうと思ったわ」一瞬、ダニエルは視線をそらした。「でも、あなたがなんておっしゃるか考えると怖かったの」彼女が目を合わせようとしないことが、ラファエルにはなんとなく気がかりだった。だいぶダニエルを信じられるようにはなってきていたが、でも……。

「犯人の見当はつかないのか？」ラファエルは慎重に平静さを保って訊いた。

「まるでわからないわ。アメリカで雇っていた召使いのなかのひとりかもしれない。ほんとうにごめんなさい、ラファエル。すばらしい首飾りだったのに。あの贈り物のことはとても大切に思っていたのよ」

だが、盗まれたことをすぐに知らせるほどには、大切に思っていなかったのか。いや、ふたりが婚約していたのはずいぶん前のことだし、再会してからはあまり時間がたっていなかった。ひょっとしたら、ダニエルはほんとうに彼の反応を怖がっていたのかもしれない。

「イギリスに着いたら、アメリカの司法当局に連絡をとってちゃんと捜査をしてもらおう。

うまくいけば、首飾りが見つかって戻ってくるかもしれない」

ダニエルが両手を握りあわせた。「そうね……とり戻せたらいいわね。とてもすてきな首飾りだったもの」

だが、じつのところ、あまり期待できそうにはなかった。ラファエルは、あの古い真珠の首飾りにまつわる伝説を思いださずにはいられなかった。あの伝説はほんとうなのだろうか？ もしほんとうだとしたら、あの貴重な宝石を盗んだ人間にはどんな運命が待っているのだろう？

ラファエルはそわそわした様子の妻をじっと観察した。彼女の顔には不安げな表情が浮かんでいたが、彼はそれを無視しようと決めた。「とにかく、今夜はもうどうしようもない。首飾りの心配をして、今夜をだいなしにするのはやめよう」

ダニエルはなにも言わなかったが、ラファエルの言葉に軽い驚きを感じたように見えた。ひょっとしたら、彼女はほんとうにラファエルから非難されると思いこんでいたのだろうか？

「わたしが怒ると思っていたようだね」

「え……ええ。きっと癇癪（かんしゃく）を起こすと思っていたわ。首飾りがなくなったと聞いたら、きっとあなたはかんかんになるだろうと思っていたの」

ラファエルの唇にかすかなほほえみが浮かんだ。「確かに、最近はよく腹を立てていたな。今後は癇癪を起こさないように精いっぱい努力するよ……だが、もちろんカールトン・ベイカーに出くわしたときだけはべつだ」

ダニエルがラファエルの目を見つめた。彼があのアメリカ人を殴ったときのことを思いだしているらしい。ラファエルはあの男を殴ったことを少しも後悔してはいなかった。

「そうね……ミスター・ベイカーだけはべつだわ」ダニエルは化粧台の前から離れた。ラファエルが腕を差しだすと、彼女はその腕にそっと手をのせた。豪華な緑色のベルベットのドレスを着たダニエルは、これまで見たこともないほど美しかった。

船室を出たとき、ふとラファエルは首飾りの盗難と彼女がそれを黙っていたという事実によって、ふたりのあいだに目に見えない不安が入りこんだような気がした。

ボルチモアからリバプールに向かって航海しているローレル号のグレゴリー・ラティマー船長は、船長室の小さな暖炉の前に立っていた。手のひらから、これまで見たこともないほどすばらしい首飾りがたれている。彼は揺らめく明かりに首飾りをかざした。粒のそろった真珠のあいだにダイヤモンドが挟みこまれている。

真珠の完璧な丸みと信じられないほど美しい色合いをじっと見つめていると、どうしようもなくその首飾りに心を惹かれていくのを感じる。かつてないほど強く、この首飾りを手に入れたいと思う。これを手に入れることができないのはわかっていた。きっと一財産ほどの価値のあるものだろうし、もし彼がそれだけのお金を持っていたとしても、おそらく持ち主が手放したがらないだろう。

これを奪って、持ち主を亡き者にすれば――。そんな自分でも信じられないような思いつきが、グレゴリーの心を強く揺さぶった。

その首飾りは果てしなく彼を魅了し、惹きつけ、犯罪をそそのかした。

グレゴリーは苦笑を浮かべて首をふった。彼はけっして聖人ではないが、泥棒でもなければ、殺人者でもない。グレゴリーは赤いサテンの袋に首飾りを戻して、船室の壁の金庫に戻した。その首飾りはロバート・マッケイブと名乗る男の持ち物だったが、どうもそれが男の本名とは思えなかった。

もしかしたら、上陸後三日という期限内に、マッケイブは必要なお金を手に入れられないかもしれない。そうなれば、マッケイブには首飾りの所有権はなくなり、グレゴリーがあのすばらしい真珠とダイヤモンドの首飾りの持ち主になる。

グレゴリーは静かな船長室で、ふうっとため息をついた。いや、そんな奇跡は起こらないだろう。あのすばらしい首飾りを見れば、金の貸し出しを渋る金貸しなどいないはずだ。結局のところ、船賃の遅れた罰としていくらかよけいなお金をマッケイブからせしめるだけで満足しなくてはならないだろう。

金庫の鍵を締めると、首飾りが目の前から消えたことに奇妙な喪失感をおぼえたが、グレゴリーはなんとかそれを無視しようとした。

ロンドンに戻ってから二日たち、やっとダニエルはキャロラインの手を借りて、公爵の部屋につながっている自室の整理を終えた。

たった二日のうちに、穏やかだった彼女の世界はもう崩壊しはじめていた。

まずラファエルの母親が、隠居所にしている東棟の離れから恐ろしい形相で飛んできた。ラファエルが書斎として使っている吹き抜けの図書室で息子とその嫁の姿を見つけると、母親は荒々しい足どりで息子に近づいて彼の真正面で足を止めた。

彼女は腰に両手をあてて言った。「わたしになんの断りもなかったのはどういうわけなの？」彼女がラファエルの鼻先に指を突きつけると、彼は表情こそ平静さを保っていたが、広い肩をわずかにこわばらせた。「短い手紙を残してさっさとアメリカへ行ってしまう前に、なにか一言くらいわたしに言ってくれてもよかったはずです！　あなたのお友達のベルフォード卿夫妻が教えてくれなければ、あなたが五年前に捨てたはずの花嫁と一緒にアメリカから戻ってくることなど、わたしはまるで知らずにいたのですよ」

ラファエルの顔が赤くなった。彼は大げさに頭を下げた。「申し訳ありませんでした、母上。事態がどうしようもないほど急展開してしまったものですから。イーサンとグレースにはほんとうに感謝しています」

「わたしもふたりには感謝していますよ。わたしがどんなに心配したか、あなたにはわからないでしょうね。イーサンが説明してくれたところによると、ジョナス・マックフィーという探偵が五年前の夜にオリバー・ランドールの仕組んだ悪だくみを調べだしてくれたのだそうね」

ラファエルの顎がこわばった。「ランドールはもう罪を償いました」

「知っていますよ。コードとトーリィのおかげでね」

「では、母上はもうなにもかもご存じなのですね。あの夜、ダニエルにはなんの罪もなかったことも」

公爵未亡人はふんと鼻を鳴らした。「まだ、なにもかも知っているわけではありません。あなたがフィラデルフィアに行ってからのことを説明してもらいましょう。ダニエルはほかの男性と結婚することになっていたのだそうだから、こういうことになるまでにはきっとさぞおもしろい経過があったのでしょうね」

ラファエルはばつの悪そうな顔をしたが、返事はしなかった。ダニエルは、ラファエルが詳しい話をするつもりはないのだろうと思った。

「とにかく」公爵未亡人は言った。「ダニエルにはなんの罪もなかったという事実がいちばん大事なことね」

ラファエルがダニエルを守ろうとするように彼女の腰に手をまわした。「そのとおりです。そして、わたしが妻と一緒に戻ってきたという事実が、それよりさらに重要なんですよ。もうすぐ子供が生まれるでしょう。それが母上の最大の望みのはずです」

公爵未亡人の顔がぱっとほころんだが、ダニエルはラファエルの思いがけない言葉に衝撃を受けた。何週間ものあいだ、ダニエルはラファエルに打ち明けずにいる秘密のことは考えまいとしてすごしてきた。ほんとうは話しておかなくてはならなかったのに、まだ話していない秘密。それは、ラファエルがダニエルに与えた苦悩の罰として、ふさわしいもののように思えたのだ。

五年前、ラファエルはまるでごみでも捨てるようにダニエルを捨てた。彼のせいで、ダニエルは傷ついた心を抱えたまま何年も田舎で暮らさなくてはならなかった。望まない結婚を強要されたとき、彼女はラファエルにふさわしい報いを受けさせてやりたいと思ったのだった。

けれど、こうしてイギリスに戻ったいま、ダニエルは罪悪感に苛まれていた。ラファエルは公爵であり、彼の妻であるダニエルには跡継ぎの子を産むという責任が課せられている。でも、跡継ぎが生まれることはけっしてない。それを知ったら、彼がどんな行動に出るだろうと思うと、ダニエルはとても怖かった。

田舎で暮らしていたときの落馬事故のせいで、ダニエルは子供を産めない体になってしまったのだ。いつまでたっても、ダニエルが妊娠することはない。子供ができないことを、ラファエルが運命だと思って受け入れてくれるようにとダニエルは願っていた。落馬事故からずいぶん年月がたっているのだから、ラファエルには知られずにすむかもしれない。

ダニエルの動揺がおさまらないうちに、公爵未亡人は説教のしめくくりに入った。

「確かに、あなたの言うとおりね」公爵未亡人は言った。「なによりも大切なのは、あなたが結婚したという事実だわ」彼女はダニエルに温かなほほえみを向けた。「もうあなたは家族の一員ね。あんなことがあったあとは、あなたにこの言葉を言う日が来るとは思っていなかったけれど、最後にはこうして丸くおさまってとても嬉しいわ」

ラファエルの母親に抱きしめられて、ダニエルも彼女を抱きかえした。「ありがとうございます、お義母様」

義理の母親はますますにこやかな笑いを浮かべた。「あなたたちが落ち着いたら、すぐにお披露目のパーティを開かなくてはなりませんね――結婚を祝う盛大な舞踏会を開きましょう」

以前ラファエルに、イギリスに戻ったらあらためて盛大な結婚式を挙げたいかと尋ねられたが、ダニエルはきっぱり拒絶した。社交界に戻ることに不安があったし、できれば自然の流れに任せて少しずつ戻っていくほうがいいような気がしていた。

舞踏会に出るのもあまり気が進まなかったが、義母の顔つきで決意の固さがわかったし、完全に世間の誤解を解くためにはどうしても必要なことなのだろう。

「いい考えだと思いますよ、母上」ラファエルが言った。「詳しいことは、お任せします……妻に異存がなければ」

「もちろん、ありませんわ」田舎に引きこもる前からあまり社交が得意ではなかったダニエルは、ほっとして言った。「わたしはずいぶん長いあいだロンドンから離れておりましたから、なにから手をつけたらいいのか見当もつきません」

「では、これで決まりですね」公爵未亡人は言った。「なにもかもわたしに任せてくれればいいわ」

宮殿のような家での一日めはなんとか切りぬけたが、二階の公爵夫人用の部屋の大きな四柱式のベッドに入るころには、ダニエルはすっかり疲れきっていた。ラファエルは彼女の部屋には姿を見せず、ダニエルは彼がいないことを寂しく思っている自分に気づいて驚いた。彼の情熱的な愛の行為が恋しかった。毎晩彼に抱かれることに、すっかり慣れてきていたのだ。

翌日は、暖かそうな冬のドレスと毛皮の裏打ちのついた外套に身を包んだ三人の女性客が訪れた。十一月一日になり、日はますます短くなり、寒さも増して、冷たい朝の霧があたりを覆っていた。

ラファエルと婚約していた五年前に、ダニエルは彼の親友のブラント伯爵コード・イーストンとベルフォード侯爵イーサン・シャープ船長に会っていた。今日の訪問客はそのコードとイーサンの妻のビクトリア・イーストンとグレース・シャープ、それにビクトリアの妹のクレア・チェズウィックだった。

グレースは赤褐色の髪にほっそりした体型の溌剌とした女性で、温かなほほえみを浮かべていた。ビクトリアは小柄で褐色の髪をし、グレースよりは心持ちふっくらしていて男心をくすぐりそうな女性だ。クレアは……そう、クレアのような女性を見るのははじめてだった。長い金髪と真っ青な目をしたクレアは驚くほど美しかったが、彼女自身はそのことにまるで気づいていないようだった。

「やっとあなたに会えて、とても嬉しいわ！」グレースはそう言いながら、ダニエルをぎゅっと抱きしめた。ダニエルには予想外の行動だった。「あなたを一目見たときから、わたしはあなたがラファエルにぴったりの女性だとわかっていたのよ」

ダニエルは眉を上げた。「どうしてそんなことがおわかりになったの？」

グレースがほほえんだ。「ラファエルがあんな目で女性を見たのははじめてだったからよ。ああ、これでもう彼も女遊びは終わりだわって思ったの」

ダニエルは笑った。笑わずにはいられなかった。ふたりのあいだにはいろいろな問題が残っているが、少なくともベッドのなかでは情熱的に愛しあうことができる。

「わたし、あなたが好きになりそうよ、グレース・シャープ」

「わたしたち、きっといい友達になれるわ――わたしたちみんな。きっとすぐに」

ダニエルはそうなることを願った。みんなにトーリィと呼ばれているビクトリア・イーストンにも好感を持ったし、そのかわいらしくて純真な妹のクレアに関しては、彼女を嫌う人間などこの世にいるとは思えなかった。

高い天井と、黒と金の大理石の柱のあるチャイナルームで、四人は紅茶とビスケットを楽しんだ。分厚いペルシャ絨毯、朱色の花瓶、金箔模様の入った漆塗りの東洋風の家具のあるチャイナルームは、この屋敷のなかでもずば抜けて豪華な客間だった。

ビクトリアがカップを皿に戻しながら言った。「ラファエルのお母様が舞踏会を開くとおっしゃっていたわ。結婚祝いの盛大な舞踏会ですって。で、わたしたちに手を貸してほしいとおっしゃったの。あなたのお友達をひとり残らず招待したいんですって」

ダニエルのほほえみが消えた。「わたしには友達なんていないわ……あのスキャンダルのあとは。公爵と結婚したからといって、またわたしと友達になろうとする人がいるとしても、もうわたしはその人たちとはおつきあいしたくないの」

「気持ちはわかるわ」ビクトリアがわずかに背筋を伸ばして座り直した。「ほんとうの友達とただの知り合いとは、まるでべつのものですものね。わたしたちはあなたの知り合いまで全部招待して、その人たちにずっとあなたへの友情を持ちつづけていればよかったと後悔させてやりたいのよ」

クレアが青い目を見開いた。「まあ、お姉様――では、あなたがたの旦那様はどうなるの？　ふたりともダニエルの潔白を信じなかったのよ」

グレースとビクトリアが顔を見あわせ、ビクトリアは笑いを噛み殺した。「とうとう勇敢な妹が痛いところを突いてしまったようね」

「ふたりともとても後悔しているわ、ダニエル」グレースが言った。「ふたりはラファエルのことが心配でたまらなかっただけなのよ。ラファエルはとても苦しんでいたんですもの。イーサンの話では、あのあとラファエルはすっかり変わってしまったそうよ」

確かに彼は以前とは変わってしまった。でもダニエルには、それが自分と関係しているとは思えなかった。「彼も年をとったんだわ、それだけよ。少しは自制心が芽生えたんだわ」ラファエルが苦しんだとは思えなかった。もし少しでもダニエルのことを思ってくれていたなら、彼女の手紙を読み、彼女の釈明の言葉に耳を貸してくれたはずだ。

「侯爵様と伯爵様が後悔しているのなら」クレアが考えこみながら言葉を続けた。「ほかのあなたのお友達も同じように思っているかもしれないわね」

「クレアの言うとおりだわ」グレースが言った。「みんなを許してあげることを考えてもいいかもしれないわね、ラファエルを許したように」

でも、ダニエルはまだ、心からラファエルを許したわけではない。当時彼は、ダニエルを愛していると言っていた。それがほんとうなら、ダニエルの潔白を信じ、非難する者たちに対して彼女をかばってくれたはずだ。

でも、この新しい友人たちにそう告げることはできなかった。

「いまはそんなことを考える必要はないわ」ビクトリアが優しく言った。「ラファエルの妻という立場に慣れることのほうが先決よ」

「少し怖い気がしているの」ダニエルは正直に認めた。「ロンドンに戻ってきたいま、わたしは公爵夫人としての役割を果たさなくてはいけないわ。五年前には大丈夫だと思っていたのに、いまはとてもそうは思えないの」

「いずれ自然に落ち着くわ」グレースが言った。「必要なのは時間だけよ」

「そういえば、いろいろお忙しいでしょうね」ビクトリアがカップと皿を黒い漆塗りのテーブルに戻しながら言った。「そろそろおいとましなくては」

グレースとクレアが立ちあがった。「そうだわ、あとひとつだけ……」グレースが言った。

「なにかしら?」

「あのね……わたしたち、週に一度わたしの家に集まって星の観察をしているの。よかったら、あなたもご一緒にいかがかしら。つい最近、イーサンがすばらしい天体望遠鏡をプレゼントしてくれたし、もうひとつ、小さいけれど、とても性能のいい望遠鏡があるの。わたしはずいぶん前から天体観測が好きだったのよ」

「グレースが星座の名前をたくさん教えてくれたのよ」クレアがにこやかに言った。「それに、星座の名前のもとになったギリシャ神話のことも。グレースの望遠鏡で見る星空はほんとうにきれいなのよ」

「いやなら、無理はしなくていいのよ」グレースが急いでつけ加えた。「ただ……ひょっとしたら、あなたも興味を引かれるかなと思って」

ダニエルは胸に温かなものが広がっていくのを感じた。あのスキャンダル以来、ほとんど友人らしい友人がいなかったのはほんとうなのだ。「ぜひうかがわせていただきたいわ。わざわざ訪ねてきてくださって、ほんとうにありがとう」

「観察会は次の木曜日よ」グレースは言った。「このふたりの旦那様たちもよく一緒にお見えになるけれど、たいていはイーサンの書斎でブランデーを飲んでいるわ。ラファエルもぜひ一緒にどうぞ」

「ありがとう。伝えておくわ」

三人が去っていき、やっとダニエルはひとりになった。生活が、どうにか通常の形をとって流れはじめたようだ。時とともに、すべては落ち着くところに落ち着くのかもしれない。

少なくとも三週間ほどは、そう考えてすごした——が、三週間後のある日、コード・イーストンが大きな手にダニエルの結婚の贈り物を持って屋敷を訪れた。

〝花嫁の首飾り〟と呼ばれている真珠とダイヤモンドのすばらしい首飾りを。

18

吹き抜けになった広々とした図書室兼書斎の濃い緑色の大理石の暖炉には、赤々と火が燃えていた。白髪の執事のウースターが来客を告げ、コードが部屋に入ってきたとき、ラファエルは暖炉の火に背中を向けて立っていた。

いまふたりは外の寒さから身を守るように並んで暖炉の前に立ち、ラファエルの手には、コードから受けとったすばらしい真珠とダイヤモンドの首飾りが光っていた。

「二度とこれを見ることはないと思っていたよ」ラファエルは完璧(かんぺき)な宝石の輝きを見つめながら言った。

「驚いただろう?」

「信じられない気分だ。もう一度、これを見つけた経緯を話してくれ」

「わたしが見つけたんじゃない。この首飾りがわたしを見つけたんだ。リバプールの質屋がわたしに連絡をくれた。きみも知ってのとおり、わたしは絵や彫刻を収集するのが好きだが、ときにはビクトリアが喜びそうだと思う宝石を買いとることもある。以前その質屋から品物を買ったことがあったんだよ。その男はアンティークの売買にかけてはかなり有名な人物でね」

疑惑が胸に忍びこむにつれて高まっていく感情を、ラファエルは断固として抑えつけた。

「で、その男がこの首飾りについてきみに知らせてきたんだな」

コードがうなずいた。「ほんとうは、まだ売り物にはなっていなかった。これを質草にして金を借りた男には、三十日間の買い戻し期間が与えられているからね。だが、その質屋は男が買い戻しに来るとは思っていなかった。この首飾りが盗まれたときみに聞いていたから、わたしはちょっと興味を感じてね。ちょうどその近辺で仕事の取り引きがあったから、先週質屋に行ってみたんだよ」

「で、その質屋は売るのをいやがらなかったんだな?」

「これが盗品だと教えてやったら、わたしの渡した大金を喜んで受けとったよ。どんな大金を支払っても、きみがこれを欲しがるだろうと、わたしはわかっていたからね」

「きみに小切手を送るように手配しておくよ」

「ありがたく受けとらせてもらおう。なにしろ、わたしはこれまでにもう二度もこれを買いとったんだからな」

この首飾りがコードのものになった経緯と、そのおかげで彼が手に入れた妻のことを思うと、ラファエルの顔がほころびそうになった。けれど、ラファエルはほほえみはせず、暖炉の火明かりのなかで不思議な光を放つ首飾りをただじっと見つめた。

「ダニエルは、われわれがフィラデルフィアを発った日にこれが盗まれたと思っている。アメリカで雇った召使いのうちの誰かが犯人だと思っているのだ。だが、リバプールで見つかったということは、船に乗りこんでから盗まれたのかもしれないな」

「荷物を船室に運ぶ途中で、船員の誰かが盗ったのかもしれない」

ラファエルの指先がなめらかな真珠を撫でた。「もしそうだとしたら、船はロンドンに着いたのに、どうしてリバプールで売られたんだろう?」彼は顔を上げた。「その質屋から、これを持ってきた男の人相を聞かなかったか?」

コードがチョッキのポケットからたたんだ紙をとりだした。「きっときみが知りたがるだろうと思っていたよ。質屋に聞いたことを、ここに書いてきた」

ラファエルは受けとったメモを読んだ。「茶色の髪、茶色の目、身長は平均より少しだけ高め」彼の視線がコードに向けられた。「男の服装、話しかたから考えて、上流階級の人間と思われると書いてあるぞ」

「質屋はそう言っていた」

「ということは、船員ではないな」

「どうもそのようだな」コードは落ち着かない表情を見せた。

「まだなにか隠していることがあるな。さっさと言ってしまえよ」

コードが口のなかでなにかつぶやいた。古くからの親友に隠し事をするのは無理らしい。

「質屋の話では、女性店員がその男を見てすっかりのぼせあがっていたそうだ。どうやら、そうとうにいい男らしい」

ラファエルはかすかな疑惑とわきあがる嫉妬心を必死に抑えつけた。彼の長い指が真珠をぎゅっと握りしめた。「その男を見つけなくてはならないな。そいつがどうやってこの首飾りを手に入れたのか洗いだして、罰を受けさせなくてはならない」

「ジョナス・マックフィーを雇うつもりなんだな」

ラファエルはうなずいた。「あの男が最適だろう」彼は暖炉の前を離れ、机に向かって座った。

首飾りをサテンの袋に戻してそっと机の上に置いてから、ラファエルは書簡紙をとりだした。白い羽根のついたペンをとってクリスタルガラスのインク壺にひたし、ジョナス・マックフィーへの手紙を書くと、蝋を落として封をした。

「従僕を呼んでこれを届けさせるよ」手紙を持ってコードのそばへ戻りながら、ラファエルは言った。「できるだけ早く捜査にかかってもらいたいからな」

「ダニエルはなんと言うかな?」コードが訊いた。

ラファエルは緊張をおぼえた。「彼女にはまだ話さない。すべてが明らかになるまではな」

自分も結婚生活に問題を抱えていた経験のあるコードは、なにも言わなかった。

ラファエルは自分の直感が間違っていることを祈った。ダニエルが真実を話してくれていることを願った。だが、手紙を持って書斎を出るときも、彼の胸は不安に苛まれ、その不安はどんどん大きくなっていた。


木々の葉は冷たい十二月の風にすっかり吹き飛ばされてしまい、乾いた木の葉が漆喰の壁にあたってかさかさ音をたてていた。厚い草葺き屋根の下では、音をたてて燃える暖炉の火が天井の低いこぢんまりした部屋を暖めていた。

暖炉からそう遠くない椅子に座って、ロバート・マッケイはウィスキーを飲んでいた。向かいあったソファに座っていたいとこのスティーブン・ローレンスがグラスを空け、もう一杯注ぐために立ちあがった。

「きみももう一杯どうだ？」

ロバートは首をふった。グラスのなかの琥珀色の液体をまわす。「まだ信じられないよ。まったく、信じられない話だ」

ウィスキーを注いだスティーブンは瓶に栓をすると、またソファに戻った。いとこはロバートより五歳年上で、身長は人並みだが、がっしりした引きしまった体型をしている。髪はロバートと同じ茶色だが、はしばみ色の目はロバートの叔母である母親譲りだ。

「確かに、信じられないような話だ」スティーブンが言った。「きみがイギリスを出て一年もたってから、やっと母がぽつぽつ話しだしたんだ。それで、少しずついろいろなことがわかったんだよ」

「手紙には、ぼくが殺したと言われているレイトン伯爵を殺した真犯人はクリフォード・ナッシュという男だと書いてあったな」

「そうだ」

「で、その伯爵がぼくの父親だと言うんだな?」

「単なる父親じゃない。法律的にも認められた正式な父親だ。ナイジェル・トルーマンときみのお母さんがヘンウィック・オン・ハンド村の聖マーガレット教会で結婚したのは、きみが生まれる六カ月前だった。ぼくの母はその結婚式に出席したんだよ。母の話では、ナイジェルときみの母親のジョーンは数年前からの知り合いで、彼が父親の田舎の領地に来るたびに会っていたのだそうだ。ふたりは恋に落ち、妊娠がわかると、彼はきみの母親と正式に結婚した。もちろん当時は彼の父親が生きていたから、彼はまだ伯爵ではなかった」

「母は父については、ほとんどなにも話そうとしなかった。父親の名前もぼくと同じロバート・マッケイで、戦争で死んだと言っていたんだ。父親の家族が生活費と教育費を送ってくれていると言っていた。でも、その家族に会ったことは一度もなかったよ。母は、父の家族は結婚に反対だったと言っていたんだ」

「きみが名前をもらったロバート・マッケイという人物は、以前きみのお母さんに結婚を申しこんでいた男で、結婚後も友人としていろいろ助けてくれた人なんだ。きみの両親の結婚は世間に広く知られることはなかった。きみの父親の両親である伯爵夫妻は息子が平民の娘と結婚したことを嘆き、きみのお母さんにお金を払って秘密を守らせたんだよ」

「母がお金に心を動かされる人間だとは思っていなかったな」

「ぼくの母の話では、お金だけではなかったらしい。さまざまな脅しを受けて、きみの命を奪うとまでほのめかされたようだ。レイトン伯爵はそうとうな権力者だった。それできみの父親をロンドンに呼び戻し、しかるべき女性とあらためて結婚させたんだ」

「シャーロット叔母さんの話では、その結婚では子供に恵まれなかったんだな?」

「そうだ。つまり、きみのことが表沙汰にならないかぎりは、遠い親戚のクリフォード・ナッシュが伯爵の位を継ぐことになっていた」

「それで、彼が伯爵を殺してその罪をぼくになすりつけた理由がはっきりするな」

「そういうことだ。たしかきみは、当時よく会っていたモリー・ジェームソンという未亡人からのものと思われる手紙を受けとったんだったよな」

「そうだ」

「このことにモリーがどれだけかかわっていたのかはわからないが、どうやらその手紙に関してはクリフォード・ナッシュが後ろで糸を引いていたらしいんだ」

そのときのことを、ロバートははっきりとおぼえていた。一年近く親密な関係にあった若い未亡人からの手紙には、ロンドンへの街道沿いにある〈豚と雌鶏(めんどり)亭〉という宿屋で会いたいと書かれていた。いつも密会する場所よりはずいぶん遠かったが、ロバートはきっと彼女がロンドンへ行っていて帰り道にそこへ泊まっているのだろうと思ったのだった。

彼女の部屋だと思ってドアを開け、銃声が響くのを聞いたときにも、ロバートはまさか自分に殺人の疑いがかかるとは思ってもいなかった。

男――後になって、レイトン伯爵だとわかった――が血まみれの胸をつかんだままロバートの足元に転がっていた。

〝いったいこれは……？〟ロバートはつんとする火薬のにおいを感じながら、唖然(あぜん)として死体を見つめた。顔を上げたとき、物陰から男が出てきて、ロバートの手にまだ煙の出ている拳銃(けんじゅう)を押しつけた。その男が身をひるがえして窓から一階の屋根に飛びおりるのと同時に、どやどやと階段を上がってくる足音が聞こえた。

ロバートの目の前でドアが開き、顎鬚(あごひげ)を生やした大男が飛びこんできた。

〝見ろ！　こいつが伯爵様を殺したぞ！〟

ロバートは手のなかの拳銃を見おろした。

〝捕まえろ！〟少し小柄な男がナイフをふりまわしながら叫んだ。

男たちの目は血走っていて、ロバートが考えついたのはただひとつ——ほんとうの殺人者がしたのと同じように——窓から飛びだして一階の屋根に下りることだけだった。

混乱のなかで、ロバートはなんとか自分の馬を見つけてその背に飛び乗り、暗闇に乗じて必死に逃げた。

持っているのはポケットのなかの小銭と馬だけだった。捕まったら、縛り首になるのは間違いない。なんとか脱出の方法を見つけようと、ロバートはロンドンへ向かった。

いまロバートは暖炉の前にいる。彼は身じろぎして、記憶をふるい落とした。「つまり、ナッシュは地位と財産を手に入れるために伯爵を殺したんだな。でも、なぜぼくのことを知っていたんだろう？」

「はっきりしたことはわからない。牧師も彼の奥さんももう亡くなってしまった。もちろん、ぼくの母は真実を知っているが、母もまたレイトン卿から金を受けとって秘密をもらすなと固く言い含められていた。となると、きみの父親がナッシュに話したんじゃないかな」

ロバートはわずかに体を起こした。「なぜ？」

「ぼくの想像だが、ナッシュは自分が伯爵の跡継ぎになれると信じていた。だから、レイトン卿はナッシュにほんとうのことを言っておかなくてはならないと思ったのではないだろうか」

「それが不幸を生んだというわけか」

「たぶんな。伯爵はきみに会いに来る途中で殺された可能性が高いと思う」

ロバートは乾いた笑いをもらした。「二十七年間も待ったあとでか」

「彼は平民の娘と結婚した。正式な結婚とは認められなかったが、伯爵としては本気だったのだろう。ぼくが調べたところでは、伯爵夫人のエリザベス・トルーマンは四年前に亡くなっている。それで、伯爵はきみに会おうと決意したのだと思う」

ロバートはいとこの言葉を聞いて考えこんだ。幼いころ、彼とスティーブンはとても仲がよかった。大きくなるにつれてあまり会うこともなくなっていたが、あの事件のあとでアメリカに渡ってから、ロバートはスティーブンに手紙を書いて逃亡のわけを説明し、潔白を証明する手助けをしてほしいと頼んだのだ。

スティーブンはすぐに行動に移った。そしてスティーブンの母がやっと口を開いた結果、ロバートの出生の秘密とクリフォード・ナッシュがロバートを犯人に仕立てあげたかった動機がわかったのだった。

「あの夜きみがあの宿屋から逃げださなければ、なにもかもナッシュの計画どおりになってしまっていただろうな。きみは縛り首にされ、きみが伯爵の正当な後継者だという事実が表に出ることはなかっただろう」

ぼくは伯爵なんだ。それも、ただの伯爵ではなく、強大な権力を持ったレイトン伯爵なのだ。「もし捕まったら、これからでも縛り首にされる可能性はあるな」

「用心しなくてはいけないよ、ロバート」

「ぼくが正当な後継者だという証拠はあるんだな？」

「ぼくの母はまだ生きているし、聖マーガレット教会の記録も残っている。きっとナッシュは結婚式の行われた場所までは知らなかったのだろう。もし知っていれば、とっくにその記録を消してしまっていただろうから」

　ロバートは長い脚を伸ばした。いまの彼はギルフォード近辺の裕福な地主たちのために仕事をする一介の弁護士ではなく、伯爵なのだ。正式にレイトン伯爵家を継げば、莫大な財産が手に入る――年季奉公の契約金を清算し、あの首飾りを買い戻すことができる。

　三十日の期限内にあの質屋から首飾りを受けだすのは無理だとしても、買った人間を見つけてもう一度売ってもらえばいい。そうすれば、胸を張って、公爵夫人に首飾りを返却できる。

　そして、またキャロラインに会うことができる。

　キャロラインのことを思うと、ロバートの胸は恋しさでいっぱいになった。ロバートはずいぶんたくさんの女性と遊んできた。彼は女性が好きだったし、一緒にいると楽しかった。でも、キャロライン・ルーンほど優しくてかわいらしい性質の娘に会ったのははじめてだった。会ったとたんに、彼女には真実を告げても大丈夫だと思ったし、彼女は心の底からロバートの潔白を信じてくれた。

キャロラインは人間のほんとうの心を見抜く力を持っている。彼女の善良さがまわりの人々の心に染みこみ、彼らを動かす。キャロラインに会えない日々は想像以上にずっとつらく、ロバートは彼女に会いたくてたまらなかった。

彼は、暖炉の火明かりを映しているいとこのはしばみ色の目を見つめた。「で、伯爵を殺した真犯人がクリフォード・ナッシュだということを、どうやって証明すればいいんだろう?」

スティーブンがグラス越しにロバートを見かえした。「犯人がナッシュ本人なのか、彼に雇われた人物なのかはわからない。証明するのは簡単ではないだろうな」

「ナッシュはロンドンに住んでいると言ったな? ぼくがロンドンへ行って——」

「ロンドンに近づいてはいけないよ、ロバート。きみは三年間イギリスを離れていた。ナッシュは、きみが死んだか国を離れるかしたと思っているだろう。きみがいまイギリスにいるんじゃないかと、ほんの少しでもナッシュに疑われたら、そして彼のしたことを暴こうとしているんじゃないかと思われたら、ほんとうにきみの命はないぞ」

ロバートの表情がこわばった。彼はけっしてばかではない。死にたくはないが、キャロラインがいるのはロンドンだ。もう一度だけでも彼女に会えたら……。ひょっとしたら、なにもかもロバートの思いこみで、キャロラインはほかの女性となんら変わらない平凡な女性だとわかるかもしれない。あるいは、彼女に対する自分の気持ちが変わってしまっていることに気づくかもしれない。

そう自分に言い聞かせてみたが、そんなことはとうてい信じられなかった。

「聞いてるのか、ロバート？　この件に関しては、ぼくの言うとおりにしてくれ。これからもぼくが調査を続ける。きみは、安全なこの家のなかにいるんだ、ロバート」

いとこの言うとおりだとわかっていたので、ロバートは黙ってうなずいた。だが、なにもせずにじっとしているのはつらかった。いつまでこのままじっとしていられるか、自分でもわからなかった。

ダニエルは自室の化粧台の前に座って、ラファエルとの長い夕食に立ちむかう勇気を奮い起こそうとしていた。夕食が終わるとすぐ、ラファエルはさっさと書斎に引きこもってしまうだろう。この二週間、彼はひどくよそよそしく他人行儀だった。まるで、船ですごしたあの数週間などなかったかのように。

ダニエルはため息をついた。ラファエルの態度がなんとなく気がかりだったが、心のどこかでそれを喜んでいる自分もいた。ラファエルがよそよそしい態度をとっているかぎり、ダニエルの心が危険にさらされることはないのだから。

それこそがダニエルの望みだったはずだ――そうではないのか？

軽いノックの音が聞こえて、ダニエルは顔を上げた。キャロラインがいつものようにきびきびした足どりで飛びこんできて、部屋の雰囲気を一気に明るくした。

「早く着替えをおすませにならないと、遅れてしまいますよ。どのドレスになさるか、お決まりになりましたか?」

「黒はどうかしら?　わたしの気分にぴったりだわ」やっと名実ともに夫婦になったというのに、めったにラファエルと顔を合わせることがない。これまで彼はほんの数回しかダニエルのベッドを訪れていなかったし、夫婦の行為のときにも妙によそよそしいままだった。

「公爵様のことが気になっていらっしゃるのですね?」キャロラインの声がダニエルの物思いを破った。「公爵様はこのごろぼんやりしていらっしゃるようですわね」

「ぼんやりしているというのは、ずいぶん控えめな表現だわ。このごろのラファエルは、わたしが〈ロンドンの未亡人と孤児支援協会〉の舞踏会で彼を久しぶりに見たときと同じよ。あのときの彼は、礼儀は保っているけどすっかり退屈しているみたいで、わたしには少しも魅力的に見えなかった」

「きっとわざとああいう態度をとっていらっしゃるんですわ。公爵様のそばを通るとき、わたしはいつも虎の檻の前を通るような気分になるんです。表面的には穏やかな様子をなさっているけど、その下に獲物に飛びかかろうと身構えている野生の本能を隠していらっしゃるように思えます」

　そのとおりだった。そして、ダニエルは、その彼の強固な自制心を突き破ってみたいという激しい衝動を感じていた。ダニエルはふりむいて、部屋の隅の衣装棚に目をやった。

「エメラルド色のサテンのドレスにしようかしら。襟ぐりが大きくくってあるドレス」ロンドンへ戻ってきてから、公爵未亡人の言いつけでダニエルの衣装棚は新しいドレスでいっぱいになっていた。

〝あなたはもうシェフィールド公爵夫人なのですからね〟義理の母は言った。〝身分にふさわしい格好をしなくてはなりませんよ〟

　退屈な仮縫いは苦痛だったが、朝、昼、夜それぞれのための新しいきれいなドレスを身につけるのは少しも苦痛ではなかった。

　キャロラインがエメラルド色のドレスを出して、大きなベッドの琥珀色の上掛けの上に置いた。家具はアイボリーと金で統一され、カーテンは柔らかみのある金色だ。ラファエルの母親がいつか息子の花嫁となる女性のために改装したこの部屋は、とてもきれいで女性らしい部屋だった。

　キャロラインがドレスを見つめ、大胆にくってある襟ぐりを見て金色の眉を上げた。

「これをお召しになるおつもりなら、わたしは公爵未亡人が夕食に同席なさらないことを祈りますわ」

ダニエルもベッドに近づいてドレスを見つめた。サテンの胴着(ボディス)の襟ぐりは胸の大部分があらわになるほど深くくってある。細身のスカート部分には膝のあたりまでスリットが入り、金の糸でギリシャ風の刺繍(ししゅう)の縁どりがされていた。

「お義母(かあ)様は、夜はたいていほかにご予定があおりになるわ」ダニエルはなめらかな生地を指で撫(な)でながら言った。「これを着ても、ラファエルがよそよそしい態度をとりつづけられるかどうか試してみましょう」

キャロラインが笑って、忙しく着替えの準備にとりかかった。シュミーズ、ストッキング、ガーター、エメラルド色の靴と、次々にそろえていく。けれど、時間がすぎるにつれて、キャロラインの表情が変わりはじめた。

その悲しげな表情が最近よく彼女の顔に浮かんでいることに、ダニエルは気づいていた。

「どうかしたの、キャロライン？」そう訊いたが、ほんとうはもう答えはわかっていた。

キャロラインは細い肩を落としてベッドに座りこんだ。「ロバートのことが気になって。どうしても考えずにはいられないんです。はじめのうちは、彼が無事かどうかということだけが気がかりでした。でも、そのうちに、彼の話が全部嘘(うそ)で、彼はわたしのことなんかなんとも思っていなくて、ただお金を手に入れるためにわたしを愛しているふりをしたんじゃないかという気がしてきたんです」

キャロラインは苦悩に満ちた目をダニエルに向けた。その目に涙があふれた。

「わたしは彼にお嬢様の高価な首飾りを渡してしまいました。もしお金が目的だったとしたら、彼は予想以上のものを手に入れたことになるでしょう」

ダニエルの胸が痛んだ。いまは、真実を知る方法はない。キャロラインが愛する人と再会する日は来るのだろうか？

「希望を捨ててはだめよ。一度は彼を信じたのだし、あなたの人を見る目は確かよ」

キャロラインが涙を拭（ふ）いて、大きく息を吸った。「そうですね」彼女は悩みを忘れようとするように、金髪の巻き毛を揺らして顔をぐっと上げた。「すみません。ばかだとわかっているんですけど、とても彼に会いたくて」

ダニエルは友人の華奢（きゃしゃ）な手を握った。「あまり気に病んではだめよ。そのうちきっと、なにもかもうまくいくわ」

キャロラインは黙ってうなずいた。そしてエメラルド色のドレスに視線を戻してほほえんだ。「とりあえずは、ちょっとしたお楽しみにとりかかりましょうか」

ダニエルはベッドに近づくと、新しい衣装の仮縫いをしたときに、ふとした気まぐれで買い求めた大胆なドレスを手にとった。

「髪を下ろしてみようと思うの」ダニエルは髪をとめているピンを抜きながら言った。

キャロラインがあきれたように目を丸くした。「壁にとまる蠅（はえ）になって、一部始終を見学できたらいいのにと思いますわ」

ダニエルは手のなかのドレスを見おろした。ランプの明かりがサテンの生地をつややかに光らせ、細い金糸のギリシャ風の刺繍をきらきら輝かせていた。

「この数週間のうちでは、今夜がいちばん楽しい夜になるかもしれないわね」

ふたりは顔を見あわせて笑った。

19

濃紅色の燕尾服と灰色のズボンを身につけると、ラファエルは夕食の時間が近づくのを待ってから広い大理石の階段を下りはじめた。彼の指示に従って、食事は豪華なステート・ダイニングルームでとることになっていた。象眼細工のほどこされた紫檀のテーブルは二十四脚の椅子の並ぶ長いもので、ラファエルとダニエルはそこにふたりきりで座る。天井の漆喰には金箔が張られ、彫刻が入っている。テーブルの上にはシャンデリアが三つ下げられ、壁の大きな大理石の暖炉には赤々と火が燃えているはずだ。

ほんとうはもう少し気楽な雰囲気のイエローサロンで食事をするほうが好きなのだが、コードがあの首飾りを持ってきた日から、ラファエルはステート・ダイニングルームで食事をすることに決めた。

テーブルの端と端に離れて座ることまではしないが、この部屋の雰囲気自体がすべてを他人行儀で堅苦しい感じにしてくれる。首飾りの紛失についてほんとうのことがわかるまで、ラファエルはいままで以上にダニエルと深いかかわりを持たないつもりだった。

ラファエルはダニエルをダイニングルームまでエスコートするために階段の下で彼女が下りてくるのを待ちながら、首飾りのことについては考えないようにしようと努めた。首飾りがなくなったことでダニエルを責めるつもりはなかったが、彼女がラファエルを信頼してもっと早く打ち明けてくれればよかったのにと思っていた。

そして、心の奥では、ダニエルがまだなにかを隠していると確信していた。

ホールの大時計に目をやって時刻を確かめ、ラファエルはため息をついた。ダニエルはもう、五年前にラファエルが恋をした世間知らずの娘ではなくなっている。すっかり別人になってしまったいまのダニエルのことを、ラファエルはなにも知らないのだ。首飾りについてほんとうのことがわかるまでは、警戒心を解いて自分の心を危険にさらすようなまねをしてはならない。

踊り場から、軽い足音が聞こえた。見あげると、ダニエルが大理石の広い階段を下りはじめたところだった。

たちまち、ラファエルの目は彼女の姿に釘付けになった。優美なエメラルド色のサテンのドレスを着たダニエルは、地上に降りた女神のようだった。激しい欲望がラファエルの体を痛いほど興奮させていく。必死に抑えつけようとしても欲望は全身に広がっていき、ダニエルを抱きあげてベッドに運んでいきたいという衝動が彼をとらえた。

それでもラファエルは彫像のようにじっとホールに立ちつくしたまま、まるで十代の少年のようにダニエルを見つめていた。珍しいことに、今夜のダニエルは髪の両サイドを真珠の飾り櫛でとめ、豊かな赤い巻き毛を背中にたらしていた。彼女を抱いたときにふれたその髪のシルクのようななめらかさを思いだすと、また下半身が熱くなった。

ラファエルのそばまで来たダニエルが、ほほえんで彼を見あげた。「わたし、今夜はとてもお腹がすいているの。あなたはいかが？」

ラファエルの口のなかが乾いた。目がダニエルの全身を撫でるように見つめ、深くくった襟ぐりのせいであらわになっている豊かな胸に止まった。「なぜだか急に、わたしもとてもお腹がすいてきたよ」

柔らかなサテンが、豊かな胸の盛り上がりと影になっている谷間を包みこんでいる。ラファエルはドレスを肩から引きおろしてその胸をあらわにし、口のなかに含みたかった。

「食事に行こうか？」声だけは穏やかに、彼は訊いた。

「ええ、そうしましょう」ダニエルが彼の腕をとると、彼女の胸が腕にぎゅっと押しつけられた。ラファエルの下腹に緊張が走り、彼は危うくもらしそうになったうめき声を噛み殺した。

ダイニングルームに入ると、ラファエルはダニエルを自分の右側の席につけてから、いつものように上座に座った。彼女から距離をとるためにこの部屋を選んだのは自分なのに、いまは彼女があまりに遠すぎるような気がした。

「料理長と相談して――」ダニエルが言った。「今夜は鵞鳥の蒸し焼きにしたの」

ラファエルはダニエルに視線を向けた。激しい欲望を感じ、自分が蒸し焼きにされているような気分だった。ダニエルを見るたびに、彼はいつも耐えきれないほどの欲望を感じてきた。そして、今夜こそ、もう抵抗しきれないような気がした。もし給仕をするために壁際に控えている従僕がいなければ、テーブルから皿を払い落として、その上で彼女を抱いてしまっていたかもしれない。

ダニエルが肩に落ちた髪を背中に払って座り直し、少し前かがみになった。とたんに、ドレスの胸元が開いて、ラファエルの目に薔薇色にとがった胸の先が見えたような気がした。きっと見間違いだ、と胸のなかでつぶやいたが、そんなことは問題ではなかった。薔薇色の胸の先のイメージがいつまでも目の奥にちらつき、頭のなかに焼印のようにはっきりと焼きついてしまった。

「ワインをいただくわ」ダニエルが言うと、すぐに従僕が進みでて、厚みのあるクリスタルガラスのグラスにワインを注いだ。そのあいだに、ダニエルは彫刻のほどこされた金の輪からナプキンを抜きだして、膝の上に広げた。従僕の目がダニエルの胸をちらちらと盗み見るのに気づいて、思わずラファエルは椅子から立ちあがりそうになった。

ラファエルはその若い従僕を部屋から叩きだして、青いお仕着せの胸ぐらをつかんで顔面にパンチを浴びせてやりたかった。

深呼吸しろ、と自分に言い聞かせる。従僕だって人間なのだ。ラファエルは愚か者ではなかった。自分の嫉妬心のせいでどんなことが起きたか、忘れてはいなかった。もしあれほど情熱的にダニエルを愛し、嫉妬心に駆られていなければ、きっとあの夜ももっと冷静に彼女の言葉に耳を貸していただろう。そうすれば、その後の五年間がだいなしになることもなかったはずだ。

あんな間違いは二度と犯さない。そう誓ったからこそ、感情を抑える術を必死になって身につけたのに、ダニエルのことになるとつい自制心を忘れそうになる。

食事は続き、次から次へとおいしい料理が出されたが、ラファエルにはどれも砂を噛んでいるようにしか感じられなかった。彼の頭のなかはダニエルのことと、長い食事が終わったあとのことでいっぱいだった。

「舞踏会の準備はどう？」ラファエルは慎重に声の平静さを保って尋ねた。

「お義母様が一週間後の金曜日にお決めになったわ。まだ議会も召集されないのでロンドンを離れている貴族のかたもいらっしゃるでしょうけれど、少しでも早く社交界にお披露目したいとおっしゃるの」

「母はきみのことが気に入っているんだよ。昔からずっとそうだった」

「でも、五年以上もわたしを嫌っていらっしゃったわ」

ラファエルが肩をすくめた。「なんといっても母親だからな。ひとり息子の味方をせずにはいられなかったんだろう」

「お義母様は、わたしのせいであなたが傷ついたと思っていらっしゃったのね。ほんとうに、あなたはわたしのせいで傷ついたの？」

恐ろしい記憶がよみがえって、ラファエルの胸がつまった。「ずいぶん傷ついたよ」

ダニエルが顔をそむけた。ラファエルの言葉を信じていないらしい。でも、そのほうがいいのかもしれない。

話題はあたりさわりのないものに変わった。十二月のひどい寒さや朝刊の記事などについてどうでもいいような会話を交わしながら、ラファエルはダニエルを椅子から引きずりだしてベッドに連れていくことだけを考えていた。身じろぎするたびに欲望を刺激されて、ラファエルは心のなかで悪態をついた。

そのとき従僕がさくらんぼのタルトを持ってきてテーブルに置いた。クリームを重ねたタルトのまんなかに、茎のついたままのさくらんぼがひとつのっている。

ダニエルが指先で上品にその茎をつまんで、さくらんぼを持ちあげた。少し首を傾けるようにして、さくらんぼの下についているカスタードクリームをなめる。

ラファエルのスプーンが宙で止まった。

またダニエルが舌の先でさくらんぼをなめてから、赤い唇のなかにゆっくりとすべりこませた。

ラファエルはがちゃんと音をたててスプーンを皿に置き、椅子を押しのけて立ちあがった。「もうデザートは終わりだ」

ダニエルが目を丸くしてラファエルを見あげた。「なにをおっしゃっているの？」

ラファエルは彼女の手をつかんで立たせた。「きみが欲しいのは違うデザートだろう？――わたしも同じだ」そして、ダニエルを抱きあげて歩きだし、あっけにとられている従僕を残して部屋を出た。

ダニエルがラファエルの首に手をかけて体を支えた。「いったい……いったいなにをするつもりなの？」

「わかっているはずだ。もしわからないなら、ベッドに着いたらすぐ、喜んで教えてあげよう」

彼の首にまわされていたダニエルの手に力が入ったが、怖がっているとは思えなかった。激しい欲望の波がラファエルを襲った。きっとダニエルも同じはずだ。

ダニエルはラファエルの首にしがみついた。彼が自分の寝室に入り、足でドアを蹴って閉めたとき、ダニエルは思わずあげそうになった悲鳴を噛み殺した。

ドアの前でラファエルは彼女を床に立たせ、すぐに激しく唇を押しつけた。たちまち、ダニエルの頭がくらくらしはじめた。

ああ、どうしよう、わたしは虎(とら)を檻(おり)から放してしまったんだわ。どうすればいいの？　でも、ラファエルにキスをされたままでは、なにも考えられそうになかった。舌が彼女の口のなかに入りこみ、たくましい体が押しつけられる。ダニエルの全身がかっと熱くなり、理性がどこかへ吹き飛ばされていく。

ダニエルの背中をドアから少し離して、ラファエルが器用にドレスの背中のボタンをはずし、胸元を大きくはだけさせた。彼がうつむいて唇をダニエルの胸につけた。歯が胸の先を軽くこする。下腹が燃えるように熱くなり、無意識のうちにダニエルの背中が弓なりにそった。

ラファエルの手がエメラルド色のドレスの裾(すそ)をさぐり、彼女の脚を撫でるようにすべりながらスカートを持ちあげていく。肌にふれるサテンの感触は冷たく、ダニエルの体が震えはじめた。

「きみが欲しい」ラファエルは彼女の首筋に唇をつけながらささやいた。「いますぐ。この場で」一瞬、彼の視線がダニエルの目をとらえた。いま彼の表情は冷たくもなければ、よそよそしくもなかった。青い目に欲望の火が燃え、顎には決然とした意志が浮かんでいた。

燃えるような深いキスに唇をふさがれると背骨に熱い震えが走り、ダニエルは息をのんだ。ラファエルがスカートをダニエルの腰までたくしあげ、レースのシュミーズの裾から脚の付け根に指をすべりこませて撫ではじめた。

ダニエルの体は濡れて熱く、震えていた。これこそが自分の求めていたものだった、とダニエルは気づいた。このきわどいドレスを買ったのは、このためだったのだ。無関心を装ったラファエルなどいらない。欲望に脈打つ貪欲なラファエルが欲しいのだ。

ダニエルの体も彼を求めて脈打っていた。

ラファエルが長い脚を彼女の脚のあいだに入れて、少しだけ彼女の体を持ちあげた。彼女の柔らかな芯の皮膚が、粗い彼のズボンの布地にふれた。

ダニエルは手を伸ばして彼のズボンのボタンをはずしはじめた。ラファエルがうめき声をもらした。彼の手が最後のボタンをはずすと、ダニエルは彼の下半身を手のひらに包みこんだ。彼の体は大きく硬くなり、激しく脈打っていた。ラファエルが彼女の脚を大きく開かせてなかに入りこむと、彼女の口からすすり泣きがもれた。

快感がダニエルの全身を刺し貫き、手足の先まで満たしていく。

ラファエルの大きな手がダニエルの腰をしっかり固定して、何度も力強く彼女を攻めたてた。激しい欲望がダニエルの体を焦がしていく。ラファエルの片手が彼女の髪をつかみ、体の動きに合わせるように深いキスをして、ダニエルの快感をさらにかきたてた。

「さあ、我慢しないで」ラファエルが深みのある声でささやくと、ダニエルの体は激しく燃えあがり、空高く、さらに高く舞いあがり……。

やがて、ラファエルも彼女に続いて絶頂を迎えた。筋肉が収縮し、喉の奥から低いうめき声がもれる。

しばらくのあいだ、ふたりはそのまま動かなかった。ラファエルの体を迎え入れたまま、ダニエルは彼の首にしがみついていた。

やがてラファエルが静かにダニエルから離れ、サテンのドレスを下ろした。

「痛くはなかっただろうね？」

ダニエルは首をふった。「いいえ、少しも」それどころか、ダニエルの全身にまだ快感の名残が残っていた。

ラファエルが顔をそむけた。自制心を失ってしまったことが腹立たしいのだろう。彼はひとつずつズボンの前ボタンをとめた。「まだ時刻も早い」ラファエルは静かに言った。

「社交クラブに行ってくるよ」

ダニエルは、激しい愛の行為のあとで、彼の口からそんな言葉が出るとは思っていなかった。行かないでと言いたい衝動をこらえて、ダニエルは彼と同じように冷静な声で答えた。

「いま読みかけの本はとてもおもしろいの。眠る前に、少し続きを読むわ」

ほんの数分前までは本能的な激しい情熱に駆られていたのに、いまはもうとても洗練された礼儀正しい会話を交わしている。

ラファエルが軽く頭を下げた。「それじゃ、おやすみ」「おやすみなさい」寝室を出ていく彼の後ろ姿を見ながら、ダニエルは叫びだしたい気分だった。なんでもいいから投げつけ、叫び、彼のあとを追いたかった。そして、その理由が自分でもよくわからなかった。

ダニエルは大きなため息をもらすと、自分の部屋に向かった。風呂の用意を言いつけようと、呼び鈴の紐を引く。かつては夫との愛の行為がそうだったように、熱い湯が神経を静めてくれることを願いながら。

そして、ラファエルが外出しなければいいのに、と願いながら。

舞踏会の準備はいよいよ佳境に入った。誰もが準備を手伝い、フローラ叔母までが手を貸した。彼女は田舎の領地にすぐには戻らず、数週間ロンドンに残ることにしていたのだ。〝もしキャロラインが一緒に旅をしてくれるとしても〟叔母は言ったのだった。〝あなたがいなければ、きっととても寂しいでしょうよ。それに、ここにいれば、孤児院のための仕事を続けられるしね〟

〝ロンドンに残ってくださると嬉しいわ、フローラ叔母様。わたしも喜んで孤児院のお仕事をお手伝いしますわ〟いまやダニエルにとっても、孤児たちとのひとときは楽しいものになっていた。

ダニエルとフローラ叔母は少なくとも週に二回は孤児院を訪問し、クリスマスにはいつも子供たちひとりひとりにプレゼントを配る。ロンドンの他の施設とは違って、〈未亡人と孤児支援協会〉の運営する孤児院の子供たちはきちんとした服装をし、ちゃんとした食事を与えられていた。

メイダ・アンとテリーはとくにダニエルになついていたが、彼女はそのふたりを抱きしめるたびに、自分自身の子供を持てない悲しみに胸をつかれた。ラファエルにふたりのことを話して家で育てたいと願っていたが、ラファエルはいずれ自分の子供が生まれるものと期待しているし、子供を産めないという秘密を彼に知られるのが怖くてなにも言いだせなかった。

そして、ついに舞踏会の夜になった。

ロンドンでもっとも広大で豪華な屋敷のひとつであるシェフィールド公爵邸には、東棟の三階全部を占拠する壮大な舞踏室がある。舞踏室の床から天井まで総鏡張りの壁に、銀の枝つき燭台（しょくだい）と巨大なシャンデリアで燃える蝋燭（ろうそく）の明かりが反射していた。

もうすぐ客がやってくると思うと、ダニエルは緊張をおぼえた。シェフィールド公爵がいったん婚約を破棄した女性と結婚したという噂（うわさ）はすでにロンドンじゅうを駆けめぐっていたが、ダニエルにとって幸いなことに、ロンドンへ戻ってきてからふたりはほとんど社交界には顔を出していなかった。この舞踏会がすめば、すべてが変わるだろう。

ダニエルは寝室を歩きまわりながら、白と金の大理石の暖炉の上に置かれた時計に目をやった。ここから出ていかずにすんだら嬉しいのにと思う。ノックの音が聞こえたとき、ダニエルはきっとキャロラインが最後の衣装のチェックをしに来てくれたのだろうと思った。けれど、開けたドアの外に立っていたのは公爵未亡人だった。

「入ってもいいかしら？」

「ええ、もちろんです。どうぞ、お入りください」ダニエルが身を引くと、褐色の髪をした公爵未亡人がすっと寝室に入った。ミリアム・ソーンダースが身につけているのは、ダイヤモンドをちりばめた暗紅色のドレスだった。頭上にまとめた髪にはさらに多くの宝石が編みこまれていて、茶色の髪にまじるきれいな銀髪の流れを引きたてるようにきらきら輝いていた。

義母の視線がダニエルの全身を眺めまわした。「きれいですよ。どこから見ても、立派な公爵夫人だわ」

それは、ラファエルの母親としては最大の褒め言葉だった。「ありがとうございます」

「ラファエルが待っているわ。あなたを家族の一員として迎えることをわたしがどんなに嬉しく思っているか、伝えておきたかったのよ」

ラファエルと結婚できて嬉しいと答えなくてはならないのはわかっていたが、その言葉は喉に引っかかって出てこなかった。あのエメラルド色のドレスを着て、激しい愛の行為た。

を交わして以来、ラファエルは一度もダニエルの寝室を訪れていなかった。彼は毎晩のように社交クラブに行き、夜明けまで帰ってこない。

「ありがとうございます」ダニエルはほほえみを顔に張りつけて、ぎこちなくそう口にした。

「ここに来たのは、もうひとつ理由があるの」

「なんでしょう……?」

「あなたたちが結婚してからもう数カ月がすぎたわ。ひょっとして……そろそろ子供ができたのではないかと期待しているの」

ダニエルの心臓が止まりそうになった。義理の母がそんな微妙な話題を持ちだしたことが信じられなくて、彼女はただ唖然として立ちつくしていた。

「こんなことを訊いてはいけないのはわかっているわ。なにかあれば、あなたのほうから話してくれるはずですもの。でも、ラファエルに息子ができるかどうかが、とても重要なことなの」

ダニエルは窓の外に目をやった。かつてのダニエルは子供を持つことをなによりも望んでいたが、いまはもうかなわない夢になってしまった。ふいに涙がこみあげるのを感じて、ダニエルは公爵未亡人に気づかれる前に急いでそれをふり払った。

「いいえ、まだですわ。結婚してから数カ月たちますが……その期間の大部分は……もう一度お互いのことを知りあうために費やしてきたんです」頬が赤くなっていることに気づかれませんように。夫婦のあいだのことを義理の母に話すのは、なんとも気づまりだった。

公爵未亡人はただうなずいただけだった。「わかりました……わたしがこんな干渉をしたことをラファエルには内緒にしておいてね。あの子はきっと怒るでしょうから」

ダニエルも話したくはなかった。少なくとも、その点に関してだけは、ふたりの意見は一致しているらしい。「いまここでお話ししたことはけっして他言いたしませんわ、お義母様」

公爵未亡人はほっとしたようにうなずいた。「そろそろ階下に下りましょう」彼女はダニエルに視線を向けて言った。「心配することはありませんよ。いずれ、なにもかもうまくいくでしょう」

いや、けっして望みどおりになることはない。ダニエルがラファエルの子供を宿すことはない。真実がわかったとき、きっと義母はダニエルを許さないだろう。

ダニエルは絶望的な思いを無理に追い払って、公爵未亡人のあとについてドアを出た。そして、蝋燭の明かりのまたたく廊下を通って階段へ向かった。

ラファエルは階段の下で、落ち着きなく歩きまわっていた。もう客が到着しはじめている。このくだらない儀式が早く始まってくれれば、それだけ早く終わる。

広々とした大理石の階段を見あげると、母と妻が下りてくるのが見えた。ダニエルのほっそりした長身の体を、優美なサファイア色のベルベットのドレスが美しく包みこんでいる。結いあげた髪からたらしたすばらしい赤毛のカールに羽根飾りが揺れ、腕には白い長手袋。

あの夕食のときほど刺激的なドレスではなかったが、ラファエルの鼓動が速くなった。ダニエルを見るだけで、ラファエルの全身は欲望でいっぱいになってしまう。どんなに抵抗しても、彼女に対する欲望は少しも消えてはくれないらしい。

昨夜ラファエルをダニエルのベッドから遠ざけてくれたのは、昨日の午後ジョナス・マックフィーから受けとった手紙だった。そして、今夜もまたその手紙がラファエルを踏みとどまらせてくれるだろう。たとえ、どんなに彼女が欲しくても。

手紙によれば、マックフィーは〝花嫁の首飾り〟を盗んだ男を見つけたということだった。男はアメリカからローレル号という船に乗り、首飾りの見つかったリバプールに来ていた。そして、その男は逮捕されたという。

明日遅く、マックフィーはロンドンに戻ってくる。明日の夜に彼と会うことになっているラファエルは、早く詳しい話が聞きたくてたまらなかった。手紙には大まかなことしか書かれていなかったが、ラファエルはその文面からどうにも不吉な感じを受けた。アメリカでの最後の数日間にいったいなにがあったのかはっきり知るまでは、ラファエルの心が休まることはないのだ。

ダニエルが近づいてくるのを見て、ラファエルは心配事を心の奥に追いやった。「今夜はいちだんときれいだね、ダニエル」ラファエルは作法どおり、白い手袋の指に唇をつけた。

「あなたもとてもご立派よ、旦那様（だんな）」

ラファエルの目がダニエルの目を見つめた。彼女の目に秘密が隠されていないことを、彼は願った。そして、日増しに大きくなっていく彼女への思いが、ふたたび彼に苦悩をもたらすことのないようにと。

「もう客が到着しはじめている。そろそろわれわれも顔を出さなくてはならない」

ダニエルはうなずいてほほえんだが、そのほほえみはこわばっているように思えた。五年前——ラファエルのせいで——ダニエルにひどい仕打ちをした人々に顔を合わせるのは、きっととてもつらいに違いない。そう思うと、ダニエルを守ってやりたいという衝動がこみあげた。

ラファエルは軽くダニエルの唇にキスをすると、耳元でささやいた。「心配しないで、愛しい人（ラブ）。きみはもうシェフィールド公爵夫人だ——ほんとうは、五年前にこうなっているはずだった。今夜からは、ロンドンじゅうの人間が事実を認めるよ」

ダニエルがごくりと喉を鳴らしてラファエルを見あげた。彼女はすぐに顔をそむけたが、その目に涙が光っているのをラファエルは見逃さなかった。

ラファエルの決意がさらに固くなった。「わたしがずっとそばについているよ。けっしてきみから離れない」ふいに〝もう二度と〟という言葉がラファエルの頭に浮かび、その瞬間、彼は自分がどんなに深く彼女に魅了されているかに気づいた。ひどく怖い気がしたが、どこにも逃げだすことはできない。

ラファエルは大きく息を吸って、これから始まる長い夜にそなえて気持ちを引きしめた。

20

ベルベットの襟のついた濃紺の燕尾服の腕にダニエルが手を置くと、その指をラファエルの手が包みこんだ。今夜の彼はとてもすてきだった。黒い髪には完璧に櫛が入れられ、青い目が生き生きと輝いている。力強く、恐れを知らない人に見えた。でも、これまでも彼はずっとそういう人だった。

不安の震えを隠して、ダニエルはラファエルと公爵未亡人に挟まれて客を迎えるために立ち、次々と流れこんでくる客に挨拶するために背筋を伸ばした。広い表階段に敷かれたベルベットの絨毯のなかほどに、ラファエルのふたりの親友と妻たちの顔が見えた。

ほどなく二組の夫婦は、大理石の床の玄関ホールに到着した。巨大なステンドグラスが彼らの頭上に輝いている。壁際に並んでいる古代ローマの胸像のあいだから、客を眺めているビクトリアの姿が見えた。

ビクトリア・イーストンは腕を伸ばしてダニエルの手をとった。「おふたりのこんな姿が見られて、ほんとうに嬉しいわ」

「ありがとう」ダニエルは答えた。

続いてイーサンとグレースが近づき、はじめて結婚の知らせを聞いたときと同じ祝いの言葉をくりかえした。

「とてもきれいよ、ダニエル」グレースは言った。「今夜から、あなたはロンドンじゅうの女性のあこがれの的になるわ」

「優しい言葉をありがとう」ダニエルは答えたが、内心ではラファエルの妻となったことでさらに噂話が加速するだけだろうと思っていた。

グレースがほほえんだ。「信じていないのね。でも、きっとそうなるわよ」

ダニエルはあこがれの的になどなりたくなかった。ただ幸せになりたいだけだった。ラファエルを見あげると、彼の顔には感情を隠す穏やかなほほえみが浮かんでいるだけで、思わずダニエルは淑女らしくない悪態の言葉を噛み殺した。

「また木曜日に星の観察をするの」グレースが言った。「よろしかったら、来週もぜひどうぞ」

「先週はとても楽しかったわ。またぜひうかがわせていただくわね」天体観測はとても楽しいひとときで、ラファエルの友人たちに囲まれているとき、ダニエルは自分も彼らの仲間になったような居心地のよさを感じた。

「きみの母上はずいぶん頑張ったようだな」イーサンがラファエルに言っていた。イーサンの澄んだ青い目は、入り口で客を迎えているハート型に枝を刈りこまれた鉢植えの植物に向けられていた。「きっと、みんな驚くぞ」

舞踏室もいくつもの客間も、まるで巨大な温室のようにさまざまな植物であふれていた。小さなレモンの木、ベゴニア、ゼラニウム、白と紫の蘭。そして、明るいピンクの椿がさらに色を添え、化粧室にも睡蓮の葉を浮かべて金魚を泳がせた水鏡が置かれていた。

ダニエルはさらに一言二言、グレースやビクトリアと言葉を交わした。ラファエルはそれを特別なこととは思っていないようだったが、ダニエルはふたりの友情と支えにとても心温まるものを感じていた。四人が舞踏室に行ってしまうと、またすてきな二人連れが現れた。金髪で色白の女性と、同じく金色の髪をしたハンサムな男性。ラファエルはふたりを、イーサンの妹のサラと夫のエイムズ子爵ジョナサン・ランドールだとダニエルに紹介した。

客の列は果てしなく続き、やがてビクトリアの妹とその夫のパーシバル・チェズウィック夫妻も姿を見せた。

ほとんどの客が舞踏室に向かったあとで、やっとフローラ叔母が到着した。「もういらっしゃらないのかと思って心配したわ」叔母の姿を見ると、ダニエルは元気が出るのを感じた。「このごろお体の具合があまりよくないようだったから」

「ばかをおっしゃい。体のどこかが少しくらい痛くても、たったひとりの姪の結婚祝いの席には必ず駆けつけますよ」フローラ叔母はちらっとラファエルに視線を投げた。「しかも、ずいぶん長いあいだ待たされた祝宴ですからね」

ラファエルの頬がかすかに紅潮した。「ええ、確かに、ずいぶん長くお待たせしてしまいました」彼は言って、フローラ叔母の手に唇をつけた。

シェフィールド公爵家の明るい青のお仕着せと髪粉をふったかつらをつけた八人編成の楽団の演奏が始まると、人々はぞろぞろと舞踏室へ向かった。

ホイストやハザードやルーといった遊びに興じはじめた者もいれば、リネンに覆われたテーブルから焼いた肉や趣向をこらしたご馳走のにおいの漂ってくる豪華なチャイナルームへ入っていく者もいた。

ダニエルは、ラファエルの母がすばらしい舞踏会を開いてくれたと認めないわけにはいかなかった。ラファエルと一緒に舞踏室に入ると、やがて少しずつ緊張が解けてきた。まずラファエルと踊ったあとで、イーサンとコードを相手に踊り、さらにほかの男性客とも踊った。約束どおりラファエルがいつも近くにいてくれたおかげで、ときおり聞こえるひそひそ声やあからさまに彼女から顔をそむける老婦人の表情もなんとか無視することができた。

パーシバル・チェズウィック卿と踊っているとき、ラファエルが緋色の軍服を着た将校と一緒に舞踏室から出ていくのが見えた。

「お招きありがとうございます、閣下」少し遅れてやってきたハワード・ペンドルトン大佐が、舞踏室のドアのそばに立っていたラファエルに声をかけた。

「間に合ってよかったよ、大佐」

大佐はため息をついた。「少しは息抜きも必要ですよ。たいへんな一日でしたから」

ラファエルが問いかけるように眉を上げた。「ボルチモア・クリッパーのことでなにかあったのか？」

「ええ、なにもかも、あのいまいましい帆船のせいです」大佐が言った。彼が〝いまいましい〟などという乱暴な言葉を使うのは、かなり悪いことが起きた証拠だった。

「聞かせてくれ。書斎でブランデーでもどうだ？」

「ええ、喜んで」

「イーサンにも一緒に話を聞いてもらおうか」

「それはいいお考えですね。それに、きっとブラント卿も興味をお持ちになるでしょう」

三人とも、ペンドルトン大佐と協力して働いたことがある。イーサンはあのすばらしいアメリカ製の帆船に関する情報も、それをフランス軍が手に入れたら戦況が大きく変わるかもしれないということもよく知っている。そして、ラファエルとコードもまたその帆船に関してはいろいろ意見を交わしてきた。

ダニエルの姿を捜すと、彼女はパーシバル・チェズウィック卿と踊っていた。パーシーと一緒なら大丈夫だとわかっていたので、ラファエルはふたりの友人に声をかけて舞踏室を出た。

書斎に入ると、ラファエルはまっすぐサイドボードに歩み寄って大佐のためにブランデーを注いだ。

「きみたちももう一杯どうだ？」ラファエルは友人に言った。

ふたりは手に持ったグラスを見せて、首をふった。ラファエルは自分のグラスにブランデーを注ぐと、一同に暖炉の前の椅子を勧めた。

「さあ、いいぞ、大佐、話してくれ」

ペンドルトン大佐はブランデーをすすった。「結論から申しますと、軍上層部はわれわれの提案をしりぞけました。わがイギリス海軍の脅威となる船団などあり得ないということです」

ラファエルは低い声で悪態をついた。

イーサンが立ちあがり、捕虜生活の名残でわずかに足を引きずりながら暖炉に近づいた。

「軍はとんでもない間違いを犯そうとしている――それは確かだ。シー・ウィッチ号の船長だったころ、わたしは何度も敵を打ち負かして何隻もの船を海に沈めた。シー・ウィッチ号は船足が速くて、信じられないほど操りやすかった。それが非常に有利だったのだ。

スケッチを見るかぎり、ボルチモア・クリッパーはシー・ウィッチ号よりもさらに速さと操作性に優れていると思われる」

「それをどうやって軍の上層部に納得させればいいのだ?」コードが濃い緑色の革張りの椅子に身を沈めながら言った。

「それがわかればいいんですが」ペンドルトン大佐が言った。「アメリカ人の造船業者はそう長く取り引きを待たないでしょう。きっとあなたからの返事を期待していますよ、公爵閣下。それで、返事がないとなれば、フランスからの申し出を受けるでしょう——そして、例の〝ダッチマン〟の懐がさらにうるおうことになる」

「わたしたちが帆船を買うのはどうだろう?」コードが言った。「個々ではとてもそれだけの金は払えないが、三人共同で資金を出せば必要な金をそろえられるかもしれない」

「残念ながら、あの帆船は軍艦として使うのがいちばん向いている」イーサンが言った。「海運業に使うには、利益を上げるだけの荷物を積みこむことができない」

「われわれが実際に買うのは、確かに無理かもしれないな」ラファエルが言った。「だが、あの造船業者が船を売るのを少しだけ遅らせることはできるだろう。そのあいだに、あの帆船がどれだけ大きな意味を持つか、政府を説得できるかもしれない」

「あの帆船をぜひともイギリス軍のものにする必要がある」イーサンは言った。「フランス軍の手に渡るのを阻止する目的のためだけにでも」

大佐がブランデーを口に運んだ。「ボルチモアに連絡をとるには二カ月かかります。造船業者の鼻先に人参をぶらさげてやりましょう。高値をつけて、さらに金額を上げる用意があると言ってやりましょう」

「確かに、それで、少し時間が稼げるな」コードも賛成した。

「昨日、マックス・ブラッドリーと話をしました」大佐が続けた。「マックスの話では、〝ダッチマン〟はあなたのすぐあとにアメリカを出たそうですよ、ラファエル。ごく最近、そのシュラーダの姿がフランスで目撃されています。いよいよ彼は最終的に取り引きをまとめようとしているのでしょう」

ラファエルは立ちあがった。「フィナス・ブランドに今夜手紙を書くよ」

コードと大佐も立ちあがり、イーサンも暖炉から離れて三人に近づいた。

「今週〈ベルフォード海運〉の船がアメリカへ向かう予定だ」イーサンは言った。「船長にきみの手紙を託し、直接フィナス・ブランドに届けてもらうようにするよ」

やっとペンドルトン大佐の顔にほほえみが浮かんだ。「よかった。わたしはひとつ教訓を学びましたよ――最後まで戦いをあきらめてはいけない、と」

「よし、乾杯だ！」コードが言った。

四人はグラスを上げ、ぐっとブランデーをあおった。

「ラファエルが戻ったわ」公爵未亡人が舞踏室の入り口に視線を向け、ダニエルもそれにつられるように目をやった。ラファエルが座をはずしていたのはほんの短い時間だけだったが、彼が戻ってくるのを見ると、ダニエルの胸に安堵がこみあげた。

「すまない」ラファエルが言った。「わたしがいないあいだ、なにか困ったことはなかっただろうね」

だが、ダニエルは彼がそばに立って彼女を見守っていてくれないのが心細く、同時に自分がまた彼に頼るようになっていることに気づいて恐ろしい気がしていた。

「お仕事でしたの？」ダニエルはできるだけ柔らかな口調で訊いた。

「国家にかかわる仕事だよ」ラファエルがじっとダニエルの顔を見つめた。「たいへんだったかい？」

「思っていたよりひどくはなかったわ」

「ダニエルはとてもよくやっていますよ」公爵未亡人が言った。「ほんとうにしっかりしているわ。こうしてあなたたちが並んでいるところを見ると……ほんとうにすてきな夫婦だわ。明日になれば、愛しあって結婚したのだという評判が広まるでしょう」

愛しあって結婚した夫婦。五年前なら、きっとそうだっただろう。

「そして、あなたたちを苦しめた張本人として、オリバー・ランドールの評判は地に落ちるでしょうよ」公爵未亡人は言葉を結んだ。

ダニエルの胸が締めつけられた。あの男の名前を聞いただけで、五年間忘れようとしてきたつらい記憶がどっとよみがえった。

「世間がオリバーをどれだけ酷評しようと、あいつがした行為の報いには軽すぎるくらいだ」ラファエルが言った。

「あの男は絞首刑にしてやるべきですよ」いつも歯に衣を着せない物言いをする公爵未亡人が言った。彼女はダニエルにほほえみかけたが、ふとその視線がぶらぶらこちらへ向かってくる金髪の男にとまった。男の足どりはふらついて危なっかしく、手に持ったグラスの縁から酒がこぼれていた。

公爵未亡人のほほえみが消えた。「なんということかしら、あなたのいとこのアーサーがこちらに来るわ」

「彼を招待したんですか?」ラファエルが訊いた。

「まさか」

「アーサーといういとこの名前を聞くのははじめてのような気がするわ」ダニエルは言った。

ラファエルの表情がこわばった。「アーサー・バーソロミューだ。わたしはできるだけ彼のことは口にしないようにしているんだよ」

ラファエルの母が愛想笑いを顔に張りつけ、男がそばに来るのを見計らってふりむいた。

「まあ、アーサーじゃないの、驚いたわ」

「そうでしょうとも」アーサーはラファエルより二、三歳若そうで、すばらしく整った顔立ちをしていた。シェフィールド一族の特徴である顎のくぼみと青い目。肌も白く、金髪だが、ラファエルほど人目を引く華やかさはない。

　アーサーはだらしのない態度で公爵未亡人に頭を下げ、さらにグラスから酒をこぼした。よく見ると、彼はほろ酔いどころではなく、泥酔状態のようだった。

「やあ、アーサー」ラファエルの声には、険しさが感じられた。

「やあ、ラファエル……野蛮なアメリカから帰ってきたんだな。で、これがきみのきれいな花嫁か」そう言ってアーサーはダニエルの手をとったが、彼があまりに深く頭を下げたので、一瞬ダニエルは彼がそのまま顔から床に倒れこむのではないかと思った。が、アーサーは酩酊(めいてい)状態には慣れているらしく、ふらふらしながらもなんとか体を起こした。「どうぞよろしく、公爵夫人」

「こちらこそよろしく、ミスター・バーソロミュー」

「どうぞ……アーサーと呼んでください。もう家族なんですから」彼はほほえみを浮かべていたが、目には傲慢(ごうまん)な光があって、ダニエルは好きになれなかった。アーサーはまるでおいしそうな肉料理でも見るような目でダニエルの全身を眺めまわし、唇の端でにやっと笑った。

「なかなかいい選択だよ、ラファエル」彼は言った。「何人でも子供を産めそうな立派な腰つきだし、男の目を楽しませてくれる。まったく、よくやったよ」

ラファエルの大きな手がアーサーの上着の襟をつかんで、足が床から離れるほどぐいと持ちあげた。「おまえは招待されていないんだぞ、アーサー。いまの無作法なふるまいで、招待しないのが正しかったことが証明されたよ。さあ、出ていけ――わたしがこの手でおまえをほうりだす前に」

ラファエルが乱暴に手を離したので、アーサーはよろめいて危うく転びかけた。ラファエルは従僕に合図して呼び寄せた。

「ミスター・バーソロミューをお見送りしてくれ、ミスター・クーニー」

「かしこまりました」たくましい従僕は、おとなしく舞踏室から出ていかないとどうなるかわからないぞと警告するようにアーサー・バーソロミューをにらみつけた。

アーサーが燕尾服の襟を直して金髪をかきあげた。「では、みなさん、どうぞ楽しい夜を」そう言ってドアに向かった彼のすぐあとから、従僕がついていく。ふたりの姿が廊下に消えると、ラファエルの顔からゆっくりと緊張が消えていった。

「いとこが無作法を働いてすまなかった。酔っているときの彼はほんとうにどうしようもないんだ。一日の大半は酔っている状態だけどね」

公爵未亡人がため息をつきながら首をふった。「あの子にはほんとうに我慢できないわ。

お酒を浴びるように飲むだけではなくて、受けついだ財産をたった二年ですっかり使いきってしまったのよ。ギャンブルにのめりこんで、毎月もらう莫大な年金まで使いつくしてしまって。ほんの少しとはいえ、あの子が次のシェフィールド公爵になる可能性があると思うと、ほんとうに耐えられないわ」

ダニエルは驚いてラファエルの母に目をやった。「アーサー・バーソロミューに、シェフィールド公爵の継承権があるということですの？」

公爵未亡人はますます大きなため息をついた。「ほんとうに残念だけれど、そうなのですよ。ラファエルに息子ができるまで、公爵家の財産は安全とは言えないの」

ダニエルの胸が締めつけられた。ふいに眩暈をおぼえる。顔から血の気が引いていくのがわかった。

耳元でラファエルのささやく声がした。「そんなに心配しなくていい。このところ義務を怠っていたことは認めるが、すぐにそれも変わる。わたしはこれからもきみに快感を与えてあげるつもりだ。そうすれば、いずれ息子や娘が生まれるだろう」

ダニエルは声も出せなかった。いまはじめて、ダニエルは自分の行為の重大さに気づいたのだった。ダニエルと結婚しているかぎり、ラファエルに跡継ぎができることはない。もしラファエルが事故にあうとか、思いがけない病気になるとかして死ぬことがあれば、アーサー・バーソロミューが公爵家を継ぐのだ。

「大丈夫か？　だいぶ顔色が悪いぞ」

「えーーええ、大丈夫よ」ダニエルはほほえもうとした。「長い夜だったから、きっと疲れたのよ」

「わたしもだ」ラファエルは言ったが、彼の顔は少しも疲れているようには見えなかった。

「母上、申し訳ありませんが、わたしたちは先に失礼します。ダニエルの気分が悪いようなので」

公爵未亡人の視線がダニエルに突き刺さった。「ええ、そのようね」公爵未亡人はラファエルを見あげてほほえんだ。「すぐベッドに連れていっておあげなさい」〝そして、もちろん、あなたも一緒にベッドに入りなさいね〟口には出さないが、彼女の態度からそんな思いが伝わってくる。〝早く子供ができれば、それだけ早く公爵家の安泰が保証されるのだから〟

「さあ、おいで、愛しい人(ラブ)」ラファエルがダニエルの腰に手をまわした。

「おやすみなさいませ、お義母様(かあさま)」ダニエルは歩きだした。けれど、ダニエルの部屋に入ると、ラファエルは着替えを手伝わせるためにキャロラインを呼んで、自分はすぐ自室に引きとってしまった。

翌朝、ジョナス・マックフィーから手紙が届いた。ロンドンに戻ってきたので、今夜シエフィールド公爵邸で会いたいと書かれていた。

早くジョナス・マックフィーの報告が聞きたくて、ラファエルはダニエルとの夕食も断り、書斎に閉じこもって仕事をしていた。そこへ執事が現れて、ボウ・ストリートの探偵の訪問を告げた。

「ここに通してくれ」ラファエルが命じ、すぐにずんぐりした禿げ頭のマックフィーが古ぼけたコートのポケットに手を突っこんだまま書斎に入ってきた。

「遅くなって申し訳ありません、閣下。天候が荒れて道路のぬかるみがひどくて、なかなか道がはかどりませんでしたので」

「手紙には、妻の首飾りを盗んだ犯人がわかったと書いてあったな」

マックフィーは慎重に言葉を選んだ。「閣下のお捜しの男は見つかりました。どうやらその男は首飾りを質に入れて、アメリカまでの渡航費を払う金を借りたようです。彼はスティーブン・ローレンスという男が所有している小さな田舎家で暮らしていました。閣下のご要望どおり、当局に連絡を入れて男を逮捕してもらいました。そのときミスター・ローレンスは町を離れていました」

「で、その男の名は?」

「ロバート・マッケイブと名乗っていますが、わたしは偽名だと思いますね」

「いまマッケイブはどこにいる?」

「護送馬車でニューゲート刑務所に移される途中です。明日には着くのではないかと思われます」

「どうやってその男を見つけた？」

「正直に申しまして、考えていたほど難しくはありませんでした。マッケイブという男はとてもハンサムな男だということがわかりました。教養もあって、女性が惹きつけられるタイプの男です。ある店の女主人が彼のことをとてもよくおぼえていました。彼はイーブシャムに行く道を尋ねたのだそうです。で、その村に行ってみると、宿屋のメイドが彼を見かけたことがわかりました。メイドの話では、近くに住んでいるようだということだったので、近辺を訊きまわっているうちに田舎家にいる彼を見つけたんです」

「そうか」

探偵の顔には落ち着かない表情が浮かんでいた。ラファエルは顎のあたりで指を組み、革の椅子に深々と身を沈めた。「きみはなかなか駆け引き上手な男だ、マックフィー。まだ隠していることを話す代わりに、なにが欲しい？」

ジョナス・マックフィーは禿げ頭を撫でてため息をついた。「マッケイブは、リバプールの質屋に首飾りを持っていったことは素直に認めました。ただ、盗んだという点に関しては、頑強に否定しています。買い戻すあてがなければ、絶対にあの首飾りを売りはしなかったと主張しています。あの首飾りは人にもらったもので、いつか元の持ち主に返すつもりだと言っているんです」

「続けてくれ、マックフィー」

「マッケイブが言うには、彼がイギリスに戻る旅費を作ることができるようにと、シェフィールド公爵夫人があの首飾りを彼に渡したのだそうです」

長い沈黙が続いた。

ラファエルは胸が苦しくなるのを感じた。「きみはその男の話がほんとうだと思っているのだな?」

「残念ながら。もちろん、わたしが間違っているということもあり得ますが――」

「きみの直感はいつも確かだよ、マックフィー。今回も同じだろうと思う」ラファエルは立ちあがった。わきたつ嫉妬心と募る怒りを、必死に抑えつける。「あとはわたしが自分で調べてみるよ。いつもながら、よくやってくれた」

マックフィーも立ちあがった。「マッケイブと話すおつもりですか?」

「彼が刑務所に着いたらすぐに」その前に、妻によく話を訊いてみるとは言わなかった。

「では、これで失礼します、閣下」

「おやすみ、マックフィー」探偵が出ていくと、ラファエルはブランデーをグラスに注いだ。熱い液体が喉を焼いたが、体内で荒れ狂う怒りを静めてはくれなかった。一度飲みほしたグラスにまたブランデーを注ぎ、ぐっとあおる。

そのあいだじゅう頭にあったのは、自分の妻が結婚の贈り物をほかの男に与えたという事実だった。女性を惹きつける、ハンサムで魅力的で教養のある男に。

もちろん、マックフィーも言ったように、その情報が間違っているという可能性はある。その男は、助かりたい一心で作り話をしているのかもしれない。真実はどうあろうと、ダニエルがその男に体を許さなかったのは確かだ。ラファエルが抱いたとき、ダニエルは純潔の身だったのだから。

五年前にダニエルの不実をなじったのは、とんでもない間違いだった。その間違いのために、ふたりは高い代償を支払うことになった。二度と同じ間違いを犯してはならない。だが、首飾りの紛失に関しては、はじめからラファエルはダニエルが嘘(うそ)をついているような感触を持っていた。

ラファエルはブランデーを飲みほしてグラスをテーブルに置くと、壁の金庫に近づいた。赤いサテンの袋をとりだし、重い鉄の扉を閉める。

その袋をポケットに入れて、ラファエルは書斎を出た。

21

「ああ、どうしたらいいのかしら、キャロライン。彼がよそよそしいままのほうがいい、そのほうがわたしにとっては安全なんだって、ずっと自分に言い聞かせてきたわ。でも、ラファエルはわたしの夫だし、この状態が変わってほしいという気持ちもどこかにあるの。せめて、友人にでもなれないものかしら」

キャロラインの視線を感じて、ダニエルは鏡の前のスツールの上で顔を赤らめた。ダニエルとラファエルは友人ではないが、情熱的な恋人同士だ。少なくとも、そんな時期もあった。

「舞踏会のだいぶ前から、旦那(だんな)様のご様子は少し妙でしたわ」キャロラインがダニエルの髪をとかしながら言った。「なにが問題なのか見つけることができれば、いまの状況を変えられるかもしれませんね」

ダニエルは白いコットンのナイトガウンを着て、眠る前に髪を編んでもらおうとしているところだった。ダニエルがキャロラインに答えようとしたとき、性急にドアを叩(たた)く音がした。

「わたしが出ます」メイドでも来たのだろうと思ってキャロラインが歩きだしたが、彼女が行きつくより早くドアが開いて、ラファエルが入ってきた。

青い目に影があり、表情がこわばっている。「悪いが、席をはずしてくれ、ミス・ルーン」

ダニエルの心臓がどきどきしはじめた。

キャロラインは心配そうにダニエルを見たが、すぐドアに向かった。「おやすみなさいませ」キャロラインが出ていき、ドアが閉まった。

ラファエルの視線がダニエルの全身に注がれ、その顔に熱い思いが浮かんだ。頬がぴくっと引きつる。

「もうベッドに入る支度をしていたのか……」ラファエルはまるで珍しいことのように言った。

「ええ、だって……あなたがここへいらっしゃるとは思っていなくて。だから――その、あなたはずっとここへいらっしゃらなかったから……」意味のない言葉を並べているのはわかっていたが、どうしても止められなかった。

「それで……？」ラファエルの目に浮かんでいる怒りの表情は変わらなかったが、いまはそこにもうひとつ、いつもの熱い欲望の表情も忍びこんでいた。

「だから、つまり、ずいぶん久しぶりだということよ」

「そうだな、少し長すぎたようだ」ラファエルが歩きだし、いきなりダニエルを腕に抱きあげた。

ラファエルが激しくダニエルに唇を押しつけたので、彼女は驚きのあまり口もきけなかった。彼が怒っていたことも、ダニエルを抱くために来たのでないこともわかっていた。けれど、キスをしたときには、もう彼の目的が変わってしまったとはっきりわかった。ぴたりと体を押しつけられると、彼の興奮が伝わってくる。彼の唇はかすかにブランデーの香りがし、ラファエルらしい力強さが感じられた。キスが深くなり、彼の舌がダニエルの唇に入りこむと、ふたりのあいだに火のような情熱が燃えあがり、彼がこの部屋に来た当初の目的などすっかり忘れ去られてしまった。

ダニエルは彼の首に腕をまわしてキスを返した。彼のうめき声が聞こえた。ラファエルの手が柔らかなコットンの上からダニエルの胸を愛撫しはじめ、胸の先が固くとがっていく。無意識のうちに、ダニエルは体をそらして豊かな胸を彼の手に押しつけ、愛撫を求める猫のように胸の先を彼の手のひらにこすりつけていた。

「こうしてほしいんだな」

ダニエルの喉から甘えるような柔らかな声がもれ、全身を熱さが駆けめぐった。

「はじめてこんなふうにきみにふれたときのことをよくおぼえているよ」ラファエルが言

った。「あのりんご園で。目を閉じると、いまと同じように体を震わせていたきみがよみがえってくる」

ふたたびキスをされると、激しい欲望がダニエルの体を刺し貫いた。ラファエルの手がダニエルの腰をとらえて、自分の欲望を示すたかまりにぎゅっと押しつけた。ラファエルの体はすっかり興奮しきっていた。そして、ダニエルも同じだった。なにがあろうと、ダニエルはこの感覚が欲しかった。彼が欲しかった。

ラファエルの手がダニエルの顔をとらえて鏡のほうに向けさせた。鏡のなかに、ふたりの姿が映っていた。もうすぐふたりは一体となり、彼女の体は快感に激しく収縮するだろう。

ラファエルがナイトガウンの襟元のリボンをほどいた。肩から腰、さらに足元へと、ナイトガウンを落としていく。

「スツールに手のひらをついて」ラファエルが言い、彼女の手首をつかんでかがませた。ダニエルの背後に立つラファエルの姿が鏡に映っていた。長身で青い目のラファエル。彼がきちんと服を着ているのにダニエルだけが裸になっている光景が、ひどく刺激的に見える。

「こんなふうにきみを抱いたことはなかった。でも、ずっとこうしたかったんだ」鏡のなかでじっとダニエルを見つめながら、ラファエルは彼女の腰を優しく撫(な)でた。「脚を開いて」

ダニエルの体がこわばった。ラファエルの目は快感を約束していたし、そのことを疑う気持ちはなかった。でも、ぎゅっと食いしばった彼の顎が、穏やかな表面の下に怒りが隠れていることを示していた。

「そんなこと――」

「開くんだ」

威厳のある声に、ダニエルの鼓動が速くなった。体の芯が熱くなり、欲望が血管を駆けめぐる。言われたとおりに脚を開くと、彼の手が脚の付け根にすべりこみ、撫ではじめた。

ダニエルの下腹に生まれた欲望が手足の先まで広がっていき、体の芯が脈動を始めた。ラファエルのたくましい体が入りこむと、ダニエルの体がそりかえり、鏡のなかでふたりの視線が絡みあった。

ラファエルが彼女の腰をとらえて固定し、荒々しく何度も攻めたてた。ダニエルの快感がどんどん高まっていき、きつく彼の体を締めつける。ダニエルの目が自然に閉じ、絶頂を迎えた。それでも、ラファエルは動きを止めなかった。ダニエルが二度目の絶頂に達してから、やっと彼は自分の欲望を解き放った。彼の喉から低いうめき声がもれた。

少しずつ興奮が引いていくあいだも、ラファエルはその場を動かなかった。やがて、彼の体がゆっくりと離れた。鏡のなかの彼の顔に、険しい表情が戻っていた。

ラファエルはベッドの足元の台から青いキルトのローブをとってダニエルに渡し、自分の衣服を整えた。ダニエルはローブを着て、しっかりと紐を結んだ。

ラファエルの視線が窓に向けられた。「こんなことをするつもりではなかったのに」彼の顔には、後悔の表情が浮かんでいた。自制心をなくしてしまったのがラファエルには腹立たしいことのようだったが、ダニエルには同情する気持ちはなかった。彼が自制心をあまりに大切にしているのが、かえって腹立たしかった。

「それでは、なぜここにいらっしゃったの？」

ラファエルが暗紅色の燕尾服のポケットから赤いサテンの小袋をとりだした。「これはきみのものだね？」

見覚えのある袋だった。あの真珠の首飾りの袋だ！　ダニエルの体が震えはじめ、なにか言おうと口を開いたが、口のなかが乾ききっていてなかなか声が出せなかった。「あの首飾りね」

「驚いているようだな」ラファエルが布袋から首飾りを出して、長い指の先にぶらさげた。

「も……もちろん、驚いているわ」

「盗まれたものだからか？」

「ええ、そうよ……」

「だが、じつはそうではないのかもしれないな。ひょっとしたら、これは盗まれたのではないのかもしれない。そして、きみが驚いたのは、きみがこれを与えた男がもうイギリスへ戻っているのに、まだきみに連絡してこないとわかったせいかもしれない」

ダニエルの頭が混乱しはじめた。いったいラファエルはなにを言っているのだろう？　なにが言いたいのだろう？「わたしには……あなたがなにをおっしゃっているのか、よくわからないわ」

「では、彼はもうきみに連絡してきたのだな」

「いいえ！」ラファエルはロバートのことを言っているのだ。ああ、どうしよう。ロバートがアメリカから脱出できるようにダニエルが手を貸したことを、なぜかラファエルは知っているのだ。そして、まったく見当違いの結論を出したのだ。ダニエルの鼓動がますます速くなった。「あなたがなにを考えているのか想像はつくけど、でも、それは違うわ」

「ほう、そうか？」

「ロバートにその首飾りを渡したことは認めるわ。でも、それはほかに誰も彼を助けてくれる人がいなかったからなのよ」

「ロバート？　きみは彼をそう呼んでいるのか？　なるほど。きみたちはずいぶん親しい関係らしいな」

「違うわ！　ああ、なんということを……」ダニエルはラファエルの冷たい顔から目をそらして、涙をこらえ、どう説明すればいいのかと必死に考えた。「あなたは……いつからこのことを知っていたの？」

「数週間前、コードがこの首飾りを持ってきた」ラファエルは首飾りを袋のなかに戻して化粧台に置いた。「きみの友人のロバートがリバプールでこれを質草にして金を借りた。で、その質屋が、コードならこれを買いとるのではないかと期待して連絡してきたのだそうだ」

ダニエルは頭をふった。「あなたの様子がおかしいから……なにかあったのだとは思っていたけれど、まさか――」

ラファエルが荒々しく化粧台をこぶしで叩いた。「きみとそのロバート・マッケイブという男は、いったいなにを企んでいるのだ？」

「なにも企んでなどいないわ！　ロバートは、わたしではなく、キャロラインの知り合いなのよ。キャロラインは心から彼を愛しているわ。ロバートが困った立場に追いこまれて、どうしてもお金が必要だったの。キャロラインはお金など持っていなかったし、わたしたちはその日のうちにイギリスに向けて出航することになっていたわ。わたし――ほかに彼を助けてあげる方法が見つからなくて、その首飾りを彼に渡したの」

しばらくのあいだ、ラファエルはただじっとダニエルを見つめていた。ぎゅっと奥歯を噛みしめて、怒りを抑えようとしている。「助けが必要なら、どうしてわたしに頼まなかった？」

「頼みたかったわ。でも、わたしたちはほんの数時間前に結婚したばかりだった。あなたがなんと言うか、ロバートがどうなるか、とても不安だったのよ」

ふと恐ろしい考えが脳裏にひらめいて、ダニエルはぱっと顔を上げた。

「もうあなたはロバートをどうにかしてしまったの？」

ラファエルの唇の端がかすかに上がった。「きみの友人のマッケイブはいまニューゲート刑務所に護送されている途中だよ」

あまりの驚きに、ダニエルの膝から力が抜けていった。「ああ、なんという……」

ラファエルがさっと手を出して、ダニエルの体を支えた。「しっかりしろ！」彼は手近の椅子にダニエルを座らせてから、水差しの水をグラスに注いで彼女の手に押しつけた。

ダニエルはおとなしく水を一口飲み、震える手でグラスをテーブルに置いた。

「あなたは信じてくれないでしょうけど、わたしはほんとうのことを話しているのよ」

「もっと早く話すべきだったな」ラファエルがそっけなく言った。

ダニエルは思わずまばたきした。「あなたは……わたしの言葉を信じてくれるの？」

「信じるように最善の努力をしているんだ。さあ、はじめから全部話してくれ。今度はほんとうのことだけを言うんだぞ。なにもかも包み隠さず」

ダニエルの胸が締めつけられた。ラファエルが彼女の話を聞こうとしている。きっと耳を貸そうともしないだろうと、ずっと思っていたのに。ダニエルは大きく息を吸うと、なんとかラファエルにわかってもらえますようにと祈りながら話しだした。

「発端はフィラデルフィアだったの」ロバートとキャロラインのことを案じながら、ダニエルはフローラ叔母の家でキャロラインにロバートを紹介されたときの様子を話した。キャロラインの言葉を借りてロバートの人物像を描写し、自分もそう信じるようになったことや、キャロラインがどんなに深く彼を愛しているかを語った。

「マッケイブというのは本名なのか？」

ダニエルの迷いが、ラファエルに伝わった。

「やれやれ、ダニエル、いつになったらきみは、わたしがきみの敵ではなく味方だと気づくのだ？」

ダニエルは覚悟を決めた。「ごめんなさい。ほんとうの名前はマッケイよ。マッケイブではないわ。でも、もし彼の本名が警察に知れたら、彼は絞首刑にされてしまうわ。彼を失ったら、キャロラインがどんなに悲しむか」

「ちょっと待ってくれ。いったいその男はどんな罪を犯したのだ？」

「それがこの話のいちばん大事なところなの。彼は殺人の罪で追われているけれど、ほんとうは無実なのよ。やってもいない罪で非難されるのがどんなにつらいか、わたしはよく知っているわ。だから、どうしても彼の力になってあげたかったの」

ラファエルは長いあいだダニエルの顔を見つめていた。そして、驚いたことに、すっと手を伸ばしてダニエルを抱き寄せた。「きみはほんとうにやっかいな人だよ、公爵夫人」

　ダニエルの喉がつまった。ぴったりと彼に身を寄せながら、彼女は不安と安堵の入りまじった気持ちに襲われていた。

「きみたちの友人のロバートに会ってみるよ。彼を救うためにできるだけのことをしよう」

　ダニエルの胸がいっぱいになり、喉に痛みをおぼえた。ラファエルが彼女に、そしてロバートに力を貸してくれるのだ。「ありがとう」

「その代わり、今日から二度と嘘はつかないと約束してくれ」

　ダニエルはうなずいた。はじめから、彼に嘘などつきたくはなかったのだ。それに、いまでは日ごとに彼を信じる気持ちが強くなってきていた。

「ちゃんと約束してくれ。きみの声でその言葉を聞きたい」

「二度と嘘はつかないわ。約束します」けれど、その言葉を口にしたとき、目の奥をつんと涙が刺激した。悲しい秘密をまだ話していない。それは、嘘をついているのと同じことだ。ダニエルの秘密を彼が知ったら……。そう思うと、彼女はとても耐えられそうにない気がした。

　ラファエルは湿ってかび臭いニューゲート刑務所の廊下を歩いていた。頭上の荒削りの厚板から水滴がしたたり落ち、冷たい石の壁はぬるぬるした苔に覆われている。不潔な体から発する体臭と汚物のにおいが充満し、長くて薄暗い廊下のどこかから囚人の哀れっぽいすすり泣きが聞こえてくる。

「こちらです、閣下」太っていやなにおいのする看守が奥まった独房にラファエルを案内した。看守が鉄の錠前に鍵を差す。錆びついた金属音をたてて鍵がまわり、重い木の扉が開くと、看守はわきにしりぞいてラファエルを通した。

「お帰りになるときには、お呼びください」

「ありがとう」ラファエルは長くかからないことを祈った。

看守の足音が廊下にこだましながら遠ざかっていくと、ラファエルは床に敷かれた湿った藁の上に座って壁に寄りかかっている男に目を向けた。廊下のランタンのかすかな明かりでは、男の顔をはっきり見ることはできなかったが、上着とシャツが引き裂かれ、泥と乾いた血の染みがついているのがわかった。

「誰だ?」男は上半身をわずかに起こしたが、立ちあがりはせずに訊いた。

「シェフィールド公爵だ。この名前には聞きおぼえがあるはずだ」

男がもがきながら立ちあがろうとする気配を見せたので、ラファエルは男の肩に手を置いてそれを止めた。「そのままでいい。あまり具合がよくなさそうだ。だいぶひどくやられたのか?」

「手ひどく殴られました」

「看守が、おまえはずいぶん抵抗したと言っていたぞ」

マッケイはなにも答えなかった。

「おまえのことで妻と話をした。妻の話では、おまえは泥棒ではないということだった。自分でおまえに首飾りを渡したと言ったよ」薄暗い明かりのなかで、マッケイの肩がかすかにこわばるのがわかった。

「驚いたようだな」

「奥様がどんなふうにお話しになるか確信が持てませんでしたから」

「なるほど。おまえにとって不幸だったのは、イギリスに向けて出航したその日のうちに妻が真実を話さなかったということだな」

「おわかりいただきたいのですが、奥様はぼくを助けようとしてくださっただけなのです。ほんとうにすばらしいかたですよ、あなたの奥様は」

「確かに。では、キャロライン・ルーンについてはどうだ?」

囚人はふたたび頭を壁にもたせかけた。「彼女のことを口にしなかったのは、厄介事に巻きこみたくなかったからです」

ラファエルは囚人に近づいて、汚い藁に膝をついてしゃがみこんだ。腫れあがったまぶたと顔の痣が見えた。

「全部話してくれ。不当に罪を押しつけられた殺人事件について話してみろ。筋が通っていれば、わたしも妻やミス・ルーンと同様におまえを信じる」

マッケイは一瞬ためらったが、すぐ静かな口調で話しはじめた。ラファエルが看守を呼んで扉を開けてくれと言ったのは、それから三十分後のことだった。

「ゆっくり休め、マッケイ。できるだけ早くおまえがここから出られるように手配する。あまり目立たないようにやらなくてはならないな。当局におまえの本名が知られないように気をつけなくてはならない。おそらく数日はかかるだろう。必要なものを手に入れられるように、あとで看守に少し金を預けておいてやろう。そして、ここから出る日には馬車を迎えによこす」

「ありがとうございます、閣下」

「わたしも、妻やミス・ルーンと同じようにきみを信じるよ、マッケイ。きみが真実を話していると信じる。もしほんとうにきみが無実なら、わたしはきみを救うために力をつくそう。だが、そうでない場合は、きみはロープの先にぶらさげられることになるぞ」

苦痛のうめき声をこらえながらマッケイがよろよろと立ちあがり、壁に寄りかかって体を支えた。「ぼくの話したことはすべて真実です」

ラファエルは黙っていた。

「あなたがたはぼくの恩人です、閣下。あなたと奥様のご親切はけっして忘れません」

「きみを逮捕するように命じ、結果的にそんな怪我をさせたのはわたしだ。その仕返しをしたくなるかもしれないな」

薄暗い独房のなかで、マッケイの唇にかすかな笑いが浮かんだ。

「またすぐ会おう、マッケイ」

「けっしてご期待にそむくようなことはしません」

刑務所を出ながら、ラファエルは自分たちみんながだまされているのか、それともマッケイが真実を言っているのかと考えた。もし真実なら、ロバート・マッケイはレイトン伯爵だということになる。

だが、それを証明するのは、またべつの話だ。もし奇跡が起きて、あの男が貴族のなかでも権威ある伯爵家を継ぐことになったら、キャロライン・ルーンはどうなるのだろう?

22

ダニエルは寝室の化粧台の前に座り、キャロラインはベッドの足元に置かれた金色のベルベットの椅子に座っていた。この三十分間ふたりが話していたのは、ロバート・マッケイのことだった。

「公爵様はロバートがすぐ刑務所から出られるとおっしゃったんですね？」同じ質問を、キャロラインはもう何度もしていた。

「一日か二日はかかるだろうけど、出られるように手配すると約束してくれたわ。あまり無理をすると、当局に怪しまれるんじゃないかと心配しているの」

「でも、ロバートは怪我をしているんでしょう？　それなら、怪我の手当てをする人間が必要ですわ」

ダニエルはスツールに座ったまま背筋を伸ばした。さっきまで、キャロラインに髪を結ってもらっていたのだ。今夜、ダニエルとラファエルはドルーリー・レーン劇場で『バージニア』というオペラを観劇することになっている。そのあとで、市長の誕生祝いの夜会に顔を出さなくてはならない。とうとう公爵夫人としての社交生活が始まり、ダニエルは義務を遂行する覚悟を決めていた。

「ねえ、聞いてちょうだい、キャロライン。心配なのはわかるけれど、慎重にやらなくてはならないのよ。ラファエルの話では、怪我はそれほどひどいものではないということだったし、もうすぐ刑務所から出られるわ」

しかし、ロバートが話したもうひとつの驚くべき事実――彼がレイトン伯爵だということは、まだキャロラインに告げていなかった。そのことはロバートの口から直接キャロラインに伝えればいい。でも、もし彼がレイトン伯爵だと公に証明されたら、ロバートとキャロラインの関係はどうなるのだろう？

いや、とりあえず現在の最大の問題は、ロバートの無実を証明することだ。それが証明されるまで、彼はずっと危険にさらされたままだ。もちろん、わざわざそれを口に出してキャロラインに言うつもりはなかった。

聞きなれたノックの音が聞こえ、ラファエルだとわかったので、ダニエルはすばやく鏡に目をやって自分の姿をチェックした。

「たいへん。首飾りを忘れているわ」ダニエルは急いで宝石箱から赤いサテンの袋を出し、手のひらに首飾りをのせた。

そして、足早にドアに向かうキャロラインのほうに顔を向けた。

「心配しないでね。あと二日もすれば、またロバートに会えるのだから」

うなずいたキャロラインの目に涙が光っているのがわかった。「奥様と公爵様にはほんとうにご親切にしていただきました」

「ばかなことを言うんじゃない！」戸口から低い声が聞こえた。「きみはわれわれの大切な友人なんだぞ。友人というのは助けあうものだ」

ラファエルが入ってくると、ダニエルは自分から近づいて彼の頰にキスをした。誰にでも親切だった昔のラファエルの面影を、このごろよく目にするようになっていたからだった。キャロラインがそっと部屋を出ていき、ダニエルはラファエルに首飾りを差しだした。

「つけてくださるかしら？」

ラファエルはほほえんで首飾りを受けとり、ダニエルの首にかけて留め金をとめた。そして、少し下がって、ダニエルの姿を眺めた。「真珠の首飾りもすばらしいが、きみもすばらしいよ」

ダニエルはほほえんだ。「ありがとう」

「そういえば、まだ話していなかったな。この首飾りにまつわる伝説を聞きたいかい？」

「ええ」真珠の重みが安心感を与えてくれる。何週間も前につけたときと同じように、首飾りはダニエルの首にぴったりとおさまっていた。「ぜひ聞かせていただきたいわ」

「言っておくが、あまり気持ちのいい話ではない」

ダニエルは眉を上げた。「あら、好奇心をそそられる前置きだこと」

ラファエルの手がすっと真珠にふれた。「前にも言ったが、これはずいぶん昔、非常に勢力のあったフォーロン卿の注文で作られたものだ。伯爵自身が真珠とダイヤモンドを一粒一粒選んだ。彼の花嫁になるはずだったメリック家のレディ・エイリアーナへの結婚の贈り物だった。その日レディ・エイリアーナはこれをつけて、花婿がメリック城に到着するのを待っていた。ふたりは心から愛しあっていたんだ。だが、不幸にも、伯爵とその一行はメリック城への道中で強盗に襲われて殺されてしまったのだ」

「まあ、なんとことでしょう」

「その知らせを聞いたレディ・エイリアーナは、塔の胸壁から飛びおりて死んだ。この首飾りをつけたままで。そのあとで、彼女がフォーロン卿の子供を身ごもっていたことがわかったんだ」

ダニエルの喉がふさがった。そっと首飾りにふれると、肌のぬくもりで温まっていくように感じられる。〝花嫁の首飾り〟という呼び名の由来が、いまやっとわかった。

心から愛している人を失った若い母親と、彼女が産むはずだった子供のことをダニエルは思った。自分とラファエルにはけっして授かるのことのない子供のことは考えたくなかったが、どうしても頭に浮かんでしまう。

気づかないうちにダニエルの頬に涙が伝っていて、ラファエルがそっとその涙を拭いてくれた。

「きみがこんなに動揺するとわかっていたら、こんな話はしなかったのに」

ダニエルはなんとかしてほほえもうとした。「とても悲しいお話だったんですもの」

「もうずいぶん昔のことだよ、愛しい人」

ダニエルの指がなめらかな真珠と、完璧にカットされたダイヤモンドを撫でた。「なにか特別な感じがあるとは思っていたけれど、でも、そんな……」彼女はラファエルを見あげた。「二度とこの首飾りを手放しはしないわ。レディ・エイリアーナのために、ずっと大切にするわ」

ラファエルがそっとダニエルの唇に唇をつけた。「わかっているよ」

ダニエルは深呼吸してドアに目をやった。「そろそろ行かなくてはいけないわ」でも、ほんとうは行きたくなかった。ラファエルの妻にはなったが、いまだに彼女の潔白を信じていない者もいるし、なかには、彼女がラファエルを欺いて結婚させたのだと信じている者もいる。

ラファエルがダニエルの手をとった。「コードたちをいつまでも待たせておくわけにはいかない」

「ええ、そうね」ラファエルの腕をとって寝室を出るときにも、まだダニエルは首飾りのことを考えていた。レディ・エイリアーナとその婚約者、そして、彼らとともに死んだ赤ん坊。その夜ずっと、ダニエルは彼らのことを考えつづけていた。

黄色い石造りのレイトン館の窓を、激しい雨が叩いていた。広大な領地はすっかりぬかるみ、低い石垣に冷たい風が吹きつけている。

第五代レイトン伯爵のクリフォード・ナッシュは、羽目板張りの書斎の暖炉の前に置かれた高価な革張りの椅子に身を沈めていた。年齢は四十二歳、黒い髪に焦げ茶色の目をしている。年齢を重ねるとともに多少太ってきていたが、自分ではいまも昔と変わらずハンサムだと思いこんでいた。

いまは巨万の富の所有者となり、欲しいものはなんでも手に入れられる。

クリフォードの向かい側に座っているのは、領地管理人のバートン・ウェブスターだった。「で、どうしましょうか?」ウェブスターがひどく不安そうな顔をして、前触れもなしにここへやってきたのは三十分ほど前のことだった。

クリフォードはブランデーのグラスをゆっくりまわした。「その男がマッケイだというのは確かなのか?」

「確かです。あの男はいとこのスティーブン・ローレンスと一緒にイーブシャムにいました。ご記憶でしょうが、先の伯爵が亡くなって一年ほどたってからあれこれ探りを入れてきたのが、そのローレンスという男でした。ローレンスはマッケイの無実を証明しようと必死になっていましたよ」

「ふむ。確かにおぼえている。だが、なにもつかめなかったはずだ。もう一年以上も前のことだから、あきらめたのだと思っていたよ」ふたりはこの屋敷にあるいちばん上等の酒を飲み、高価な葉巻をふかしていたが、ひどく気をもんでいるウェブスターには味を楽しむ余裕はないようだった。これでは、せっかくの高価な酒と葉巻がだいなしだ。

「ローレンスの調査がどうなったかはよく知りませんが」ウェブスターが話を続けた。「モリー・ジェームソンから、マッケイがイギリスに戻ってきたという手紙を受けとったんです。どうやらあの女のところにマッケイから連絡があったようなんです。あの夜の逢引の約束の件で訊きたいことがあると」

「で、あの女はマッケイに会ったのか?」

「いいえ。約束の時刻に、彼は姿を見せなかったそうです。でも、われわれ同様モリー・ジェームソンも、あの事件のあとマッケイは国外へ逃げたのだと思っています。で、いま戻ってきてイーブシャムにいるらしいと彼女は言うのです。いとこのスティーブン・ローレンスの名前を出したのはモリーです」

「では、イーブシャムへ行ってマッケイを始末しろ」

ウェブスターはため息をついた。彼はたくましい大男で、指は太く、鼻は何度も骨折した経験があった。五年前からナッシュに雇われて働いている。非常に忠誠心の強い男で、いまではクリフォードにとってなくてはならない存在だった。

「やっかいなことになりそうな気がします。イーブシャムへ行ってみたのですが、もうマッケイはいませんでした」

「そのいとことは話をしたのか？」

「ローレンスもいませんでした。隣人の話では、北部地方にいる母親が病気になったので見舞いに行っているそうです」

クリフォードは葉巻をふかしながら考えこんだ。「まずローレンスを見つけろ。ローレンスをつかまえて、マッケイの居場所を聞きだすんだ」

「マッケイの居場所がわかったら、どうします？」

「そもそもレイトン事件の犯人としてあいつが絞首刑になっていれば、なにもかもうまくおさまっていたはずなのだ。だが、いまさらあの事件のことをほじくりかえされたくはない。だから、単純にあいつに消えてもらえ」

「殺せと？」

ウェブスターはなかなか使える男だが、ときどき脳みその大きさに疑問を感じることがある。「そうだ、殺せ――でなければ、以前のように誰かを雇って殺させろ。とにかく、あの男にはこの世から消えてもらいたい」

「わかりました、閣下」

いくらばかでも、敬称で呼ぶことくらいはおぼえたらしい。といっても、それをおぼえるまでに、ずいぶん長い時間がかかったものだが。クリフォードが立ちあがると、ウェブスターも立ちあがった。

「こまめに状況を連絡してくれ」

「わかりました、閣下」

大男が出ていくと、クリフォードはまた座って葉巻の残りを楽しんだ。彼はウェブスターほど心配してはいなかった。マッケイはお尋ね者だ。もしウェブスターが失敗したら、当局に通報すればいい。多少はやっかいなことになるだろうが、結果は同じだ。

どちらにしても、もうロバート・マッケイの命はないも同然だ。

オペラが終わるとすぐ、ダニエルとラファエルは市長の誕生祝いパーティに向かった。扉に金の紋章の入った豪華な黒い公爵家の四頭立ての馬車には、グレースとイーサンも一緒に乗っていた。コードとビクトリアの乗った伯爵家のつややかな黒い馬車が、すばらしい二頭の鹿毛（かげ）に引かれてうしろからついてくる。

三組の夫婦が到着したのは、まさに宴たけなわのころだった。パーティの場所はターリングトン公爵の宮殿のような屋敷で、コードとビクトリアはそこがとても気に入っているらしかった。

「すばらしい屋敷だな」コードが、官能的としか形容しようのない視線を妻に向けながら言った。「ここに来ると、とても楽しい思い出がよみがえってくるよ」

ビクトリアが頬を染めたが、夫のコードは笑っただけだった。「あとで」彼はビクトリアにそっとささやいた。「思い出の場所を訪ねてみよう」

ビクトリアはますます顔を赤くしながらも、ほほえまずにはいられないようだった。

「その言葉を忘れないでね、旦那様」

コードは声をあげて笑いだした。彼の金茶色の目が意味ありげに光った。

「ふたりがなんの話をしているか、だいたい想像がつくよ」ラファエルがダニエルの耳にささやいた。「コードは、妻のことになると自制心をなくしてしまうからな」

ダニエルはほほえんだ。「それで、あなたはどうなの、旦那様？」

ラファエルの目がダニエルに向けられた。すると、たちまちその目が燃えるようにきらめいて、彼がほかのことをすべて忘れてしまったのがわかった。

「一本とられたな」ラファエルは言った。「だが、できれば家に戻るまで待つくらいの自制心は持っていたいと思うよ」

ラファエルがとても誇りにしている鉄のような自制心。でも、ダニエルはその自制心が腹立たしかった。彼女は、いつか近い将来、その自制心を打ち破ってやろうと決意した。

でも、今夜ではない。シェフィールド公爵夫人として社交界に戻ったばかりのダニエルは、少しでも噂の種になるような危険を冒したくはなかった。彼女はラファエルと一緒に客のあいだをまわり、さまざまな侯爵や伯爵や男爵に紹介されるたびに礼儀正しく頭を下げた。何人かの準男爵や子爵にも紹介されたが、少しもダニエルの記憶には残らなかった。

大広間から音楽が聞こえてきた。ラファエルはそちらへダニエルを連れていった。彼はダニエルを相手にコントルダンスを一曲踊り、演奏が終わると部屋の端に彼女を連れて戻った。

「きみをほかの男と踊らせてあげなくてはならないんだろうな」ラファエルは不満そうに言った。

「もし踊らせなければ、嫉妬しているのだと思われるわよ。それはいやでしょう?」

「もちろん嫉妬しているよ。だが、それで一度痛い目にあっているからな」サテンやシルクで装った人々を眺めていたラファエルが、ふいに顔をしかめた。

「どうかなさって?」

「カールトン・ベイカーが来ている」

船上での恐ろしい出来事を思いだして、ダニエルはぎょっとした。「ベイカーが? もうフィラデルフィアへ戻ったのだと思っていたわ」

だが、いま彼はこちらへ向かって歩いていた。長身の魅力的な外見。こめかみのあたりに少し白髪のまじった黒い髪は、最新流行の形に整えられている。

「これはこれは、公爵閣下、またお会いしましたね」ベイカーはほほえんだが、その目には温かさのかけらも浮かんでいなかった。「きっとまたお会いできると思っておりましたよ」

「できれば会いたくなかったよ」

ベイカーの口元がこわばった。「言っておきますが……なんの理由もなくあなたに殴られたことは忘れていないし、忘れるつもりもありませんよ」

「理由はあったぞ。おまえもわかっているはずだ。いいか――今後もし、わたしの妻を困らせるようなまねをしたら、あのときのパンチなど子供だましにすぎなかったと思い知ることになるぞ」

ベイカーの全身が硬直した。「ぼくを脅しているのか?」

ラファエルが肩をすくめた。「警告しただけだ」

「それでは、ぼくからもひとつ警告しておこう。身のまわりにじゅうぶん気をつけるんだな、公爵。今度はそちらの番だ。いずれ必ず仕返ししてやる」

去っていくベイカーを見ながら、ラファエルは無意識のうちにこぶしを握りしめていた。

「あなたは彼を笑い物にしたわ」ダニエルは言った。「だから、彼は傷ついたプライドを癒そうとしているのよ。それだけだわ」

ラファエルの怒りが少しおさまったようだった。「そうだな。あの男はばかだが、すっかり気が狂っているわけではない」

「どういう意味？」

「もしベイカーが礼儀作法にはずれた行動に出たら、わたしは喜んで決着をつけてやる。だが、ベイカーもそれは承知していると思う」

ダニエルはそれ以上なにも言わなかった。ラファエルは誰よりも力強く彼女を守ろうとしてくれている。もしカールトン・ベイカーがまたあんな目でダニエルを見たら……。オリバー・ランドールの身にふりかかった出来事を思いだすと、ダニエルの体が震えた。そして、カールトン・ベイカーがすぐアメリカに向けて発ってくれることを願った。

パーティは続いた。ゲームの行われている部屋に入ると、コードはホイストの勝負を始めた。まもなくラファエルとイーサンも勝負に加わり、妻たちは女性用の控え室に戻ってしばらくおしゃべりに興じた。

やがて三人が夫のもとへ向かおうと歩きだしたとき、背後から女性の声が聞こえた。

「あらまあ、そこにいるのは、公爵をうまくだまして結婚させた悪女のようね」

ダニエルの背筋を冷たい震えが通りぬけた。ふりかえると、長いあいだ会ってはいなかったが忘れられない女性の顔があった。カバリー侯爵夫人、オリバー・ランドールの母親だった。耳鳴りがしていたが、ダニエルのかたわらで答えるグレースの声が聞こえた。

「あらまあ、罪もないふたりの人生をめちゃくちゃにしかけた性根の腐った豚のような男のお母様じゃありませんこと？」

ダニエルは息をのんだ。「グレース！」

「でも、ほんとうのことだわ」ビクトリアが涼しげな声で言い、カバリー侯爵夫人に怒りに燃える目を向けた。「あなたの息子さんの嫉妬が息子さんをあんな結果に追いこんだのですよ。息子さんは、自分自身以外に誰も責めることはできないんです。あなたもね」

ダニエルはふたりの友人の言葉が信じられなくて、ただ呆然とその場に立ちつくしていた。けれど、ふたりの勇気がダニエルを励ましてくれた。彼女は昂然と頭を上げて、真正面から侯爵夫人に話しかけた。

「レディ・カバリー、あなたのご家族のことはほんとうにお気の毒だと思います。でも、嘘をついたのはオリバーなんです。わたしではなく」

「なんということを！　そんな嘘をついた口で、わたしの息子の名前を呼ばないでちょうだい！」

「わたしはほんとうのことを申しあげているんです。いつかあなたの息子さんも勇気を持って同じことをしてくださるように願っていますわ」

「あなたが悪いのよ。オリバーはけっして――」

「もうじゅうぶんだ、マーガレット」カバリー侯爵が妻に歩み寄った。「みんなが見ている前でみっともないまねをするのではない」灰色の髪をした長身の侯爵の態度には、貴族階級のなかでも大きな勢力を持っているとわかる威厳があった。「さあ、おいで。そろそろ帰る時間だ」

ダニエルはもうなにも言えなかった。そのあいだに、侯爵は妻を連れて去っていった。

ダニエルは力の抜けた膝が崩れ落ちないことを祈りながら歩きだした。

ビクトリアが足早にラファエルに近づいてなにごとか話し、彼がこちらへやってきた。

「話はビクトリアに聞いたよ」ラファエルはダニエルの手をとって、心配そうに顔をのぞきこんだ。「すまない。彼らが来ているとは知らなかったよ。まだ田舎の領地にいるのだとばかり思っていた」

「どうせいずれは顔を合わせなくてはならなかったんですもの。早くすんでよかったのかもしれないわ」

「大丈夫か?」

「ええ」雄々しくダニエルをかばってくれたグレースとビクトリアのことを思いだすと、ほんとうに大丈夫だと確信できた。

「家に帰ったほうがいいようだな」ラファエルが言ったが、ダニエルは首をふった。

「もういちばんひどい嵐(あらし)は通りすぎたわ。いまになって逃げるのはいやよ」ダニエルはゲームのテーブルに目をやった。「どなたか、一勝負しませんこと?」

ラファエルがほほえんだ。その目が誇らしげに輝いているのがわかった。「なかなかいい考えだな……公爵夫人」

ラファエルの口調には、ダニエルの心を温かくしてくれるなにかがあった。

ダニエルは夫の腕に手をのせ、緑色の布を張ったテーブルに向かってペルシャ絨毯（じゅうたん）の上を歩きはじめた。

23

二日がすぎた。ロバート・マッケイは釈放され、ラファエルは約束どおり迎えの馬車を出した。

だが、ロバートは現れなかった。

御者がニューゲート刑務所に到着する一時間も前に、マッケイは釈放されていた。彼の姿はどこにもなかった。どうすることもできなくて、御者のマリンズはそのままシェフィールド公爵邸に戻ってきた。

「申し訳ございません、閣下」マイケル・マリンズは言った。「その男はどこにも見あたりませんでした。でも、釈放はされたそうです。門番に確かめました」

「ご苦労、ミスター・マリンズ」わきあがる怒りをなんとか抑えつけて、ラファエルは不安げにホールに立っているふたりのほうをふりむいた。

「御者の言葉が聞こえただろう。マッケイは釈放されたそうだが、約束を破ってどこかへ行ってしまった。わたしとしてはこれ以上どうすることもできない」

キャロラインが泣きだし、階段を駆けあがっていった。

　ダニエルはただ立ちつくしていた。「ロバートがみんなをだましていたなんて思えないわ――あなたまでだましたなんて」

「ロンドン一の役者なのか、あるいはまだなにか事情があるのかもしれない。結論に飛びつく前に、もう少し待ってみるほうがいいと思う」

「ええ……そうね。あなたのおっしゃるとおりだわ」そう答えたものの、ダニエルの顔には動揺が浮かんでいた。いまこの瞬間、もしラファエルがロバート・マッケイの居場所を知っていたら、彼のぼろぼろの上着の襟をつかんで刑務所の看守より手ひどく殴りつけていたことだろう。

　だが、いまはなにもできないまま、ラファエルは二階の廊下を走り去っていくキャロラインに目をやった。「彼女をなぐさめてやったほうがいいんじゃないかな」

　ダニエルも二階を見あげてため息をついた。「なんと言ってなぐさめたらいいのかわからないわ」

「わたしはもう少しだけ待つつもりでいると、彼女に伝えてくれ。当局に通報する前に、マッケイに最後のチャンスを与えるつもりでいる、と」

「話してみるわ」スカートの裾（すそ）をつまんで、ダニエルは階段を上りはじめた。

　ラファエルはダニエルの後ろ姿を見つめたまま、キャロラインの必死の願いもむなしくマッケイがここに来ないとわかったときにキャロラインの目に浮かんだ苦悩のことを思った。

　でも、考えてみれば、あの男はラファエルの言葉にすべて同意したわけではなかったのだ。ただ、伯爵の殺人に関しては無実だとかたくなに主張しただけだった。

　一時間後、マッケイとの会話と彼の断固とした態度を思い起こしていたラファエルは、従僕のミスター・クーニーがシェフィールド公爵宛とミス・キャロライン・ルーン宛の二通の手紙を書斎に持ってきたときにも、それほど大きな驚きは感じなかった。

「ありがとう、クーニー」ラファエルは従僕の太い指から手紙を受けとりながら言った。「これを持ってきた男に会ったか？」

「はい、旦那様。裏口のほうに来ました。片目が腫れあがって顔に青痣ができているのをべつにすれば、なかなかの男前でした」

「髪と目は茶色だったか？」

「そのとおりでございます」

　ラファエルは封を破って手紙を読んだ。

　公爵閣下

閣下と奥様、それにミス・ルーンを、これ以上ぼくの厄介事に巻きこむことはできません。ぼくが真実を申しあげたこと、必ず無実を証明すると誓っていることを、どうぞ信じてください。看守にお金をことづけてくださったことに感謝しております。いつか閣下のご親切とご厚情に報いることのできる日が来ることを願っております。

あなたの下僕　ロバート・マッケイ

手紙を二度読んだあとで、はっきり理由を説明することはできないが、ラファエルは以前と同じようにマッケイの言葉はほんとうだと感じた。だが、マッケイが大嘘（おおうそ）つきだという可能性が残っていることも確かだ。

ため息をついて、ラファエルは読み終えた手紙をキャロライン・ルーン宛の手紙と並べて机に置いた。

「ミス・ルーンと妻をここに呼んでくれ、ミスター・クーニー」

「かしこまりました、旦那様」

ふたりはすぐやってきたが、キャロラインの頬にはかすかに涙の跡が残っていた。

「なにがあったのですか？」キャロラインがいつもの慎み深さも忘れて訊（き）いた。「ロバートから連絡があったのでしょうか？」

「そのとおりだ。きみの友人から、わたしときみのそれぞれに手紙が届けられたよ」ラファエルはキャロライン宛の手紙を彼女に渡してから、自分宛の手紙を妻に差しだした。

手紙を読み終えたキャロラインが一瞬目を閉じた。そして、胸にぎゅっと手紙を押しつけた。「逃げたのではなかったんだわ。無実を証明しようとしているんだわ」

「きみ宛の手紙だというのは承知しているが、もしよければ、わたしにも読ませてもらえないか？」

ほとんどためらうことなくキャロラインは手紙を差しだしたが、頬はかすかに赤く染まっていた。

愛するキャロラインへ
別れたときから、きみのことを思わずにすぎた日は一日もなかったよ。きみもぼくのことを考えてくれていることを願っている。会いたくてたまらないが、問題が片づくまで、あえてきみには会わないつもりだ。ぼくはどうしても無実を証明しなければならない。そのために答えを見つけなくてはならない疑問がたくさんあるのだ。なにもかも終わるまで、きみのすばらしいほほえみを胸に抱いてすごすよ。
永遠の愛をこめて　ロバート

読み終えると、ラファエルはキャロラインの涙を見ないようにしながら手紙を返した。

「ジョナス・マックフィーに調査を頼むつもりだ。あの男なら、殺人事件の真相をあばいてくれるだろう」

キャロラインがラファエルの手をとった。「ほんとうにありがとうございます、旦那様。ご親切は一生忘れません」

「だが、ひとつだけ警告しておかなくてはならない。もしジョナス・マックフィーの調査できみの友人が有罪だとわかったら、わたしは当局に通報する」

「わかっています」

「彼は無実よ、キャロライン」ダニエルがきっぱりと言いきった。「もし有罪なら、こんな手紙を届けはしなかったでしょう。きっと黙って逃げてしまったはずよ」

だが、この手紙は時間稼ぎのためかもしれないのだ。三人ともそれはわかっていた。

「ほかになにかございますか、旦那様?」キャロラインが訊いた。

「じつは、もうひとつだけ。前から考えていたのだが、きみはずいぶん長いあいだ家にこもってすごしてきたね。きみは不幸な運命に見舞われたが、ちゃんとした育ちの娘だし、ダニエルの友人だ。そして、いまはわたしにとっても友人なんだ。きみが楽しくすごせるような社交的な集まりがたくさんあるから、そこに出かけてみたらどうかと思うのだが」

キャロラインの目が丸くなった。ダニエルがにこやかにラファエルを見あげた。その顔を見て、ラファエルの胸がいっぱいになった。

「衣装を全部作り替えなくてはいけないわね」ダニエルは言った。

「もちろんだ」ラファエルの唇がほころんだ。「ふたりとも忙しくなるな」

キャロラインは驚きのあまりしばらく口もきけないようだったが、やがて首をふって言った。「申し訳ありません、旦那様。ご厚意でおっしゃってくださっているのはよくわかりますが、その寛大な申し出をお受けすることはできません。わたしはずっと自分で働いて生きてまいりました。死ぬ直前の母親と、そう約束したのです。ですから、今後もその約束を守っていかなくてはなりません。このまま小間使いとして置いていただけないのでしたら、わたしはここを出ていくしかありません」

ダニエルの顔に落胆が浮かんだ。「ラファエルはあなたを侮辱するつもりで言ったんじゃないのよ。あなたがわたしたちの友達だからなのよ」

キャロラインの顔にやっとほほえみが浮かんだ。「わたしはいまのままで幸せなんです。でも、あなたがたの友情をなによりも大切に思っていることを知っておいていただきたいんです」

ラファエルはちらっとダニエルに視線を向けた。キャロラインの気持ちは変わりそうにない。もちろんロバート・マッケイにプロポーズされれば状況は一変するだろうが、まだマッケイは正式に気持ちを表明していない。キャロラインのために、ラファエルはマッケイが誠実な人間であることを願った。だが、もし彼がほんとうに伯爵なら、一介の小間使いであるキャロラインは……。

「わたしの申し出には期限はないよ」ラファエルは言った。「もし、気持ちが変わったら――」

「変わりません」

ラファエルは黙ってうなずいた。キャロラインの潔さに感嘆せずにはいられなかった。キャロライン・ルーンを妻に迎える男は幸せ者だ。

伯爵にとってもいい妻になるはずだ。

でも、まだマッケイが殺人者かもしれないという可能性は残っている。

いずれ、時間が解決してくれるだろう。

時間とジョナス・マックフィーが。

クリスマスが終わった。ラファエルの母は、バッキンガムシャーにあるシェフィールド公爵領で数週間をすごすために旅立っていった。ダニエルとラファエルはさまざまな社交界の催しに顔を出し、少しずつダニエルも貴族たちに歓迎されるようになってきた。日は刻々とすぎていったが、ロバート・マッケイからの連絡はなかった。ジョナス・マックフィーが殺人事件の真相を見つけようと奔走していたが、いまのところ役に立ちそうな情報はなにもなかった。

マッケイを知っていた人々はみな彼に好意を持っていた。事件が起きるまで、彼はギルフォードで事務弁護士をしていて、みんなから尊敬されていた。人々はマッケイに不利になるかもしれないと恐れて、なかなか口を開かなかった。

一月九日。天候はずっと荒れ模様で、昼まで溶けない霜に覆われた大地の上を冷たい風が吹いていた。だが、前日は太陽が輝いて暖かかったので、ダニエルの気分は明るかった。

彼女とフローラ叔母はいつものように玩具(おもちゃ)やちょっとしたお菓子を持って、孤児院を訪問することになっていた。ダニエルは、とくにかわいがっていたメイダ・アンとテリーに会うのが楽しみだった。クリスマスの前に会って以来、久しぶりの訪問だった。

正式の公爵家の馬車よりは小型だが、ちゃんと公爵家の紋章の入った公爵夫人専用の馬車が孤児院の赤煉瓦(あかれんが)の建物の前に止まったとき、ほかの子供たちの先頭に立って走ってくる小さなメイダ・アンの金髪と笑顔、そしてテリーの赤毛が見えた。

ふたりを見ると、ダニエルの胸がいっぱいになった。彼女は歩道に膝をついて、ふたりを腕に抱きしめた。

「会えて嬉(うれ)しいわ！」

メイダ・アンがダニエルの首にぎゅっとすがりついた。「ずっと待ってたの。毎日ダニエルが来てくれますようにってお祈りしてたの」

ダニエルはもう一度メイダ・アンを抱きしめた。「今度は、こんなに待たせないって約束するわ」軽くスカートを引っぱられてそちらに目をやると、テリーが期待に満ちた目でダニエルを見あげていた。

「お菓子を持ってきてくれた？」テリーは訊いた。

ダニエルは笑いだした。「もちろんよ」彼女はテリーにキャンディを渡し、メイダ・アンにも同じものを差しだした。

「みんなの分もちゃんとありますよ」フローラ叔母が背後から声をかけ、テリーに小さな布袋を渡した。「これをみんなに分けておあげなさい」

「ありがとうございます、奥様」テリーが笑うと、抜けた乳歯の跡が見えた。テリーはまるで宝物でも持つみたいに自分のキャンディを握りしめたまま、大切なプレゼントをみんなに配るために駆けだしていった。

メイダ・アンはダニエルの手にしがみついた。「ダニエルはすごくきれいね」

「あなたもとってもかわいいわ」メイダ・アンはほんとうにかわいらしかった。今日は茶色のウールの服を着て、頬を真っ赤にして恥ずかしそうにほほえんでいる。

ダニエルはもう一度メイダ・アンを抱きしめてから立ちあがって彼女の手を握った。ああ、この子たちを家に連れて帰ることができたらいいのに！　自分の子供が産めないことを思うと胸が痛んだが、まだ養子の話を持ちだすには早すぎる。いずれラファエルもおかしいと思うかもしれない。そして、もしダニエルが自分は子供が産めないことを承知していながら結婚したとわかったら……。

それ以上のことは考えたくなかった。

ダニエルとフローラ叔母はしばらく子供たちと一緒にすごし、院長のミセス・ギボンズに子供たちの春用の衣服にかかる費用のことを公爵に相談すると約束してから孤児院を後にした。

馬車はこみあった通りを進んでいった。ダニエルと向きあって座ったフローラ叔母が、彼女には珍しく愚痴をこぼした。

「やっとお日様が出てくれて、ほんとうにありがたいこと」フローラ叔母は丸々とした膝の上に毛皮の外套を引き寄せながら言った。「もう二度とお日様を見られないのかと思ったわ」

「ほんとうに、晴れると、とてもいい気分になるわ」

「そろそろ家に戻りたい気分になってきましたよ」

ダニエルははっとしたように叔母を見た。「まさか田舎にお戻りになるのではないでしょうね？」

「そのつもりなのよ。それも、できるだけ早くね。この時期のロンドンはほんとうにいやなところだわ。あと一週間とは暮らせないわ」

「街道がぬかるんで旅は難しいのではないかしら？」

「なんとかなりますよ。ロンドンでのわたしの役目は終わったし、どちらにしてもとっくに家に戻らなくてはならなかったのよ」

　ダニエルは叔母の優しい顔を見つめた。叔母がいつか言ったように、いまやラファエルとダニエルはちゃんとした夫婦になった。そのために叔母が果たしてくれた役割はとても大きなものだった。

　フローラ叔母がため息をもらした。「家に戻れば、きっと体調もずっとよくなるでしょうよ」

　ダニエルはずっと叔母にそばにいてほしかったが、フローラ叔母は広々とした場所ときれいな空気を恋しがっているし、冬のロンドンのどんよりした空と埃っぽい霧と汚い通りから逃れたいという叔母を責めることはできなかった。

　夕食の席でダニエルが叔母の出立のことを告げると、ラファエルはふたりで叔母を田舎まで送っていこうと言いだしてダニエルを驚かせた。

「それほど遠いところではないし、少しふたりきりになれるチャンスだ。マックフィーはロバートのいとこのスティーブン・ローレンスに会いに行っている。報告を待つあいだ田舎に旅をすれば、キャロラインも少しはロバート・マッケイのことを忘れてすごせるかもしれない」

　すばらしい思いつきだった。ラファエルの温かな心遣いを感じて、ダニエルはほほえまずにはいられなかった。このごろこんなことがずいぶん多くなってきて、以前のように彼から距離をとり、信用しないようにするのがだんだん難しくなってきていた。

ラファエルを愛さずにいることが、どんどん難しくなっている。

そう気づくと、ダニエルはひどく不安になった。ダニエルが子供を産めないと知ったとき、ラファエルはどうするだろう？　けっして息子を持つことができないとわかったら？　少なくとも、ダニエルとのあいだに息子は生まれないのだ。

ダニエルはラファエルの浪費家のいとこのアーサー・バーソロミューのことを考えずにはいられなかった。そして、ラファエルにはどうしても跡継ぎが必要だということも。

離婚する貴族はめったにいないが、ごく稀にはそういう話も聞く。そして、それは何年ものあいだ噂話の種となる。だが、どうしても跡継ぎが必要なラファエルには、離婚をするほかに選択肢はない。恐ろしいゴシップの種にされ、以前のように社交界からつまはじきにされるのだと思うと、ダニエルの体が震えた。

そして、ふたたびラファエルを失う……。そうなったら、今度こそ生きてはいけない。

ほかの女性と暮らしているラファエルの姿を想像したとき、ダニエルの胸にするどい痛みが走った。そして、その瞬間、彼女は恐ろしい真実を悟った。

わたしは彼を愛している！

引きかえすにはもう遅すぎる。もう心を守ることはできない。彼を愛してしまったのだ——以前と同じように。

恐怖がダニエルを襲った。ダニエルの行く手は危険に満ちている。そこに待ちかまえている苦痛が彼女の心を壊してしまうかもしれない。

ああ、どうしてこんなことになってしまったのだろう？


旅の準備が始まった。キャロラインの手を借りて一週間の旅支度を整えるあいだも、ダニエルの心は浮きたつどころか、ますます不安が募っていくだけだった。

自分がラファエルを愛していると、ダニエルはもう自覚していた。そして、彼とすごす時間が長くなればなるほど、その愛が深くなっていくこともわかっていた。なのに、なんとも恐ろしいことに、いつ彼を失うかもしれない危険が待っているのだ。

結婚したとき、ダニエルはこんな状況を予想もしていなかった。フローラ叔母はラファエルがダニエルと結婚するのは当然だと信じていたが、そのときは叔母もラファエルがどんなに跡継ぎを必要としているのか知らなかったのだ。ダニエルも叔母も、ラファエルが離婚に踏みきるかもしれないなどということは考えもしなかった。

出発の前日に書斎に呼ばれたとき、ダニエルはラファエルが離婚の話を持ちだすのではないだろうかと思って暗澹とした気持ちに襲われた。

机の後ろで立ちあがったラファエルの顔にはほほえみが浮かんでいたが、ダニエルの心臓は不安に高鳴っていた。「お呼びになって？」

「悪いが、ちょっとした邪魔が入って、計画を変更しなくてはならなくなった」

「なにがあったの？」

「たったいまペンドルトン大佐から手紙が来た。重要なことがらについて会議を開くので、わたしにぜひ出席してほしいと言っている」

ラファエルは田舎に行かないのだ！　ダニエルは安堵のあまり、眩暈がしそうだった。キャロラインと叔母と三人だけで田舎に行ける。少なくとも数日間は圧倒的な存在感のある夫から離れて自分の考えをまとめることができる。

「わかったわ。どうぞ会議にいらして」

「ほかになにもなければ、会議の翌日にはきみたちを追いかけるよ」

叔母の領地までは、丸一日あれば行ける。ラファエルが朝ここを発てば、夕方にはウィコム領に着くだろう。

ダニエルは唇を噛んだ。たとえどんなに短くてもいい。少しだけでも、彼から離れる時間が必要だ。「はじめからほんの一週間の予定の旅なのよ。たしかあなたは、次の金曜日に弁護士に会うことになっているでしょう？　ほんの二、三日しか滞在できないのにわざわざいらっしゃるのはたいへんだわ」

ラファエルが考えこんだ。「本気なのか？　わたしはこの霧から逃れられるのをとても楽しみにしていたんだよ」

　ダニエルは顔をそむけた。胸が締めつけられていた。まだ旅立ってもいないのに、もうラファエルに会えないことが寂しく思えていた。不安定な将来のことを思うと、ひどく恐ろしい気がした。

「じつを言うと、少しだけ叔母とふたりきりですごしたいの……そんな機会はもうないかもしれないもの」

　ラファエルはあまり嬉しそうには見えず、ダニエルの胸がかすかに痛んだ。かつてラファエルはダニエルを愛していた。ひょっとしたら、ダニエルと同じように、ラファエルもふたたび彼女を愛するようになっているのかもしれない。

　でも、たとえ奇跡が起きてラファエルが以前のような気持ちをとり戻したとしても、跡継ぎの問題は依然として残ったままだ。

　罪悪感がダニエルを苛(さいな)んだ。ああ、わたしはなんということをしてしまったのだろう。

　ダニエルは少し晴れやかすぎる笑顔を作ってラファエルを見あげた。「わたしが留守にするのは一週間だけよ。予定どおり、木曜には戻ってくるわ」

　ラファエルは軽くうなずいた。「きみがそう言うなら。行くときは叔母様の馬車で一緒に行くといい。あとで迎えの馬車をやるよ」

　ダニエルは黙ってうなずいた。ふいにあふれそうになった涙をまばたきして追い払い、机の後ろにまわりこんでラファエルの頬にキスをする。「ありがとう」そう言って、彼女は後をふりかえらずに書斎を出た。

寝室へ向かいながら、ラファエルと離れてすごす日々を思う。自室のドアを開けるころには、自分の決意に後悔をおぼえはじめていた。


妻が旅立った。自分でも気づかないうちに、ラファエルはひっそりした屋敷のなかをうろつきまわっていた。かつては、いくつもの広い部屋や長い大理石の廊下に人影ひとつ見あたらなくても、心落ち着いた気分ですごしていた。だが、いまはダニエルの女性らしい笑い声と彼女とすごす夜と彼女の体から与えられる喜びが恋しかった。

これほど短期間で結婚生活になじんでしまうとは思ってもいなかった。

寂しさをまぎらわすために、ラファエルは帳簿を調べたり領地管理人の報告書を読んだり新たな投資先を探してみたりした。時がたつにつれて、ラファエルは自分がペンドルトン大佐との会見を楽しみにしていることに気づいた。妻が戻るまでの退屈な時間に少しは変化を与えてくれるだろう。

いったいどうしたのだ、とラファエルは心のなかでつぶやいた。これではまるで、学校を卒業したての若者みたいではないか。以前と同じようにダニエルに夢中になってしまっている。

そう気づいて、ラファエルははっとわれに返った。

確かに、ダニエルに対して優しい気持ちは持っている。彼女との機知に富んだ会話は楽しいし、情熱的に愛しあうひとときも楽しい。だが、彼女を愛してはいない。二度と彼女を愛してはならないのだ。

その夜、ラファエルはいつものように社交クラブに出かけた。ダニエルの存在は彼の生活にすっかりなじんでしまったが、心のなかまで入りこまれたくはない。

ラファエルはダニエルにかきたてられる感情を無視し、これまでよりもさらに厳しく自己を抑制しようと努めた。

ペンドルトン大佐との会見の日、馬車に乗りこむラファエルの気がかりはたったひとつだけだった。大佐は首相と閣僚たちを説きふせて、ボルチモア・クリッパーを買い入れさせることができただろうか？

陸軍省の建物への階段を上っているとき、コードとイーサンの姿が目に入った。

「きみたちも来るだろうと思っていたよ」ラファエルは言った。

「船の買いつけの件はどうなったと思う？」イーサンが訊いた。

ラファエルは首をふった。

コードが建物の重いドアを開けた。「もうすぐわかるさ」

大佐のオフィスに向かう三人のブーツの音が廊下に響いた。質素そのもののオフィスのドアを開けると、机の後ろから大佐が立ちあがった。いつものように緋色の制服には染みひとつなく、白髪は短く刈りこまれてきちんと櫛目が入れられている。

「どうぞお座りください」

三人は机に向きあって置かれた椅子に腰を下ろした。

「さっそく要点に入りたいと思います。ここへおいでいただいたのは、〝ダッチマン〟と呼ばれているバーテル・シュラーダがロンドンで目撃されたからです。目的はわかりませんが、ロンドンにいることは確かです」

「なかなかおもしろいな」フィラデルフィアで遭遇した薄茶色の髪の男を思いだしながら、ラファエルはつぶやいた。

「シュラーダがロンドンに現れたのは、公爵閣下がボルチモア・クリッパー買いつけの競争相手だと思ったからでしょう。それで、あなたにお知らせしておくほうがいいと判断しました」

「そうだな」コードが言った。「それに、ラファエルとイーサンが親しい友人で、イーサンが船舶関係の事業をやっているとわかれば、その男はイーサンも買いつけに関係していると考えるかもしれない」

「わたしもそう思います」大佐が言った。「そして、ブラント伯爵、閣下に関しても同じことが言えるのですよ。なぜなら、あなたがたは共同でいろいろな事業に出資なさっていますから」

「確かにそうだな」コードは言った。

「あの男はかなり危険だという評判です」大佐が話を続けた。「今回のことには大金が絡んでいます。あなたがたがシュラーダとばったり出くわす可能性もある。そのときには、ぜひともお知らせください。シュラーダの目的がなんなのかわかるまでは、じゅうぶん気をつけて行動してください」

ラファエルは黙ってうなずいた。

「噂でも耳にしたら、すぐに知らせるよ」コードが言った。

「船舶関係の事業をやっている知り合いにさりげなく話をしてみよう」イーサンが申し出た。「ひょっとしたら、なにか噂が聞けるかもしれない」

話し合いは終わり、三人はオフィスを後にした。話題はオフィスでの話から離れて、べつの方面へ移った。

「きみの奥さんはまだ田舎にいるのか?」イーサンがなにげない口調で訊いた。

「そうだよ」ラファエルが暗い声で答えた。

コードがにやっと笑った。「幸せなことに、わたしの妻は家でわたしの帰りを待っている。今日の午後はふたりで楽しくすごす予定なんだ」

金茶色の目の輝きでコードの意図がはっきりわかり、イーサンは笑いだした。「なるほどな。なかなか悪くないアイデアだ」

ラファエルが低い声で悪態をついた。「ふたりとも、すっかり頭がどうかしてしまったようだな」

「人を愛するというのはこういうものなんだよ、きみ」イーサンが笑いながら言った。

「だから、わたしは人を愛するようなはめには陥りたくないんだ」

コードとイーサンが目配せを交わした。「それについては、わたしたちにはなにも言えないな」コードが言った。

ラファエルは黙っていた。恋をするつもりはない。もう二度と。

でも、ダニエルが帰ってきてくれたら、きっと嬉しくてたまらないことだろう。

ラファエルの唇がかすかにほころんだ。友人たちと自分とは、それほど変わらないのかもしれない。彼もダニエルのことでは予定を立てている。木曜にダニエルが帰ってきたら、心ゆくまで彼女を抱くつもりだ。そのあとで彼女を驚かすのだ――これからは、自分のベッドではなくラファエルのベッドで眠るようにと告げて。

そんなことを考えていると、痛いほどの欲望がこみあげてきた。ああ、早くダニエルが戻ってきてくれればいいのに。

24

　ラファエルの大きな旅行用馬車が、四頭の灰色の馬に引かれてロンドンへ向かう街道を急いでいた。御者のミスター・マリンズが確かな手腕で手綱をさばき、後部にはラファエルの主張でふたりの従僕が万一の用心のために乗っている。

　ふたたび天候が悪化して冷たい風が吹いていたが、まだ雨は降っていないので、街道は深い轍がついているもののぬかるんではいなかった。馬車のなかでは、ダニエルとキャロラインが向かい合わせに座って、厚い毛皮の外套にくるまっていた。

「田舎は楽しかったけれど」ダニエルはため息をつきながら言った。「家に戻るのは嬉しいわ」

「わたしも」キャロラインはきちんと髷に結った髪を撫でつけながら、窓の外に目を向けていた。「ロバートの行方もわかるかもしれませんね」

「そうね」ダニエルもそう願っていたが、不安だった。刑務所を出た日に手紙を受けとって以来、ロバート・マッケイからはなんの連絡もない。ジョナス・マックフィーが情報を求めてどこかへ出かけたそうだが、いまのところなにもわかっていなかった。

「マックフィーがなにか見つけてくれているかもしれません」キャロラインが言った。

「ラファエルがマックフィーはとても有能だと言っていたわ」

「そのお言葉を信じています。ロバートが必要としている情報を見つけてくれるだろうととても期待しているんです」

あとはあまり口をきくこともなく、馬車はがたがた揺れながらロンドンへ向かって走りつづけた。ふたりとも、それぞれの愛する人のことを考えていた。ダニエルは自分でも思いがけないほどラファエルに会いたくてたまらなかったし、キャロラインがロバート・マッケイのことを思い焦がれているのもわかっていた。

馬車の揺れと寒さで疲れ、ふたりはしばらくうとうとと眠ってしまった。ロンドン郊外に近い木の橋を渡る蹄の音で、ふとダニエルの目がさめた。窓の外を見ると、物寂しい冬の景色が広がっている。一月の空気は冷たく、地面は凍りつき、木々の葉もすっかり落ちてしまっている。橋を渡る馬車の下では、川の流れが岩にぶつかって白いしぶきをあげていた。

橋の半ばにさしかかると、旅の終わりに近づいた御者が少し馬を急がせたようだった。そのとき、雷のような音が響きわたり、続いて木材のきしむ音が聞こえた。

前輪の車軸が大きな音をたててまっぷたつに割れ、キャロラインの悲鳴が響いた。

「しっかりつかまるのよ！」ダニエルは手にふれたものに必死にしがみつきながら叫んだ。馬車が傾き、横倒しになる。一瞬、宙に浮いたような感覚のあとで、馬から切り離された馬車が横向きに橋から落ちた。

強い衝撃とふたたび木の裂ける音。ダニエルの心臓が狂ったように脈打つ。頭上に馬車の床が、足元に天井が見えた。そして、また床が下に来た。

馬車のなかでなにかが壊れ、下腹に当たって強い痛みが走った。木片が側頭部に当たり、また激しい痛みを感じる。壊れた馬車の床から冷たい水が入りこみ、スカートが濡れて重くなっていく。その記憶を最後にダニエルの目が閉じられ、彼女は闇の世界に沈んだ。

六時近くになると、ラファエルは書斎をうろうろ歩きまわりはじめた。ダニエルの馬車はもう着いていてもいいはずだった。だが、出発が遅くなったのかもしれないし、車輪が壊れるかどうかしたのかもしれない。きっともうすぐ着くだろう。

八時になると、ラファエルは心配でたまらなくなった。追いはぎに襲われたのかもしれない。それとも、事故だろうか。馬で街道の様子を見に行ってみようかと思ったが、馬車がもうロンドン市内に入っていれば、違う道を通ってしまう可能性もある。

十時ごろには、彼はもう気も狂わんばかりの状態になっていた。馬で馬車を捜しに行かせたふたりの従僕はまだ戻ってこない。あと三十分たってもふたりが戻ってこなかったら、ラファエルは自分で捜しに行くつもりだった。

十時十五分、玄関ホールから物音が聞こえて、ラファエルは書斎を飛びだした。御者のミスター・マリンズが両手をもみしだきながら執事に向かってなにごとか早口で訴えているのが見えた。外套が裂けて泥にまみれ、顔には傷と血がついている。ラファエルの胸がつまった。

「どうしたのだ、マリンズ？　なにがあった？」

御者が血走った目をラファエルに向けた。「事故が起きました、旦那様。橋を渡っているときに車軸が壊れたんです」

「妻はどこだ？」

「奥様と小間使いは怪我をなさいました。それに、従僕もひとり。馬車が横倒しになって川に落ちたので、そのなかから奥様たちを救いださなくてはなりませんでした。そのあと近くの住人の力を借りて〈オックスボウ亭〉にお運びしまして、そこの主人が医者を呼んでくれました。それで、わたしは早く旦那様にお知らせしようと思いまして」

ラファエルは不安をのみくだした。「怪我はひどいのか？」

「小間使いはほとんどかすり傷だけです。奥様は……よくわかりません。わたしが出発したときにはまだ意識がないようでした」

ラファエルの胸がますます苦しくなった。ダニエルが怪我をした。どの程度の怪我なのかわからない。とにかく早く彼女のところへ行かなくては。

「行こう」ラファエルはすぐさま歩きだした。ラファエルの馬にはすでに鞍が置かれていた。トールという名前の大きな黒い雄馬だ。三十分前から、馬の用意をしろと言いつけてあったのだ。いままで家を離れずにいるには、そうとうな意志の力が必要だった。理性を持ちつづけ、知らせがあるまで待っていてほんとうによかった。

「その宿屋まではどれくらいかかる？」屋敷の裏手にある厩に向かって急ぎながら、ラファエルは御者のマリンズに訊いた。後ろからついてくるマリンズは疲れきった様子だったが、ラファエルは気にもとめなかった。この事故が御者の責任だとわかったら、もっとひどい目にあわせてやる。

「それほど遠くはありません、旦那様。もうロンドンの近くまで来ていましたから」

胸のつぶれそうな不安をこらえて、ラファエルは二頭めの馬に鞍を置くように言いつけ、準備が終わるやいなやマリンズとともに馬に飛びのった。

ラファエルは馬丁頭に向かって言った。「ウィコム領へ向かう街道沿いに〈オックスボウ亭〉という宿屋がある。奥様たちを屋敷に連れて戻るために馬車が必要だ。それからウースターに言いつけてニール・マコーリーへの伝言を届けさせろ。その宿屋へ来てくれと伝えるんだ」

以前海軍で船医をしていたマコーリーはラファエルの友人でもあった。船医は辞めたが、医学の世界から離れたわけではない。いまはロンドンでもっとも腕のいい開業医のひとりとなり、グレースとビクトリアの出産にも立ちあっている。ラファエルは彼に全幅の信頼を置いていた。

馬丁頭はすばやくうなずいた。「わかりました、旦那様」そして彼は馬丁たちに大声で命令を下しはじめた。

数分後には、ラファエルとマリンズは宿屋に向かって馬を疾走させていた。ラファエルは心配しすぎないようにしようと努めていた。

きっとダニエルは大丈夫だ。

大丈夫に違いない。

そう心のなかでつぶやきつづけていた。

意識が戻ったとき、ダニエルの全身が痛みに包まれていた。見知らぬ男がベッドのそばに立っている。

「どうかお動きにならないように、奥様。ひどい怪我をなさっていますから。わたしはニール・マコーリー。あなたのご主人の友人で、医者です」

ダニエルは乾ききった唇をなめた。「ラ……ファエルはここに?」

そのときラファエルがベッドに近づいた。陰になったところに、ずっと立っていたのだ。

黒い髪は乱れ、青い目の下に隈ができ、顎の髭が伸びかけている。

「ここにいるよ、愛しい人」ラファエルはダニエルの手をとってかがみこみ、そっと彼女の額に唇をつけた。

「公爵は事故のことを聞いてすぐにここへ駆けつけたんですよ」医者が言った。「心配でたまらないご様子で、この三十分間ずっと部屋のなかを歩きまわっておいででした」

「なにが……あったの？」

ラファエルの手に力が入った。「馬車の事故だよ。車軸が折れて、馬車ごと川へ落ちたんだ」

ダニエルは思いだそうとしたが、頭が思うように働かない。「キャロラインや……ほかの者たちは……どうなったの？」

「小間使いはひどいすり傷だらけですが」医者が言った。「怪我はしていません。従僕がひとり、腕を骨折しましたが、手当てをしておいたので大丈夫ですよ」

重傷を負った者がいなくてよかった。ラファエルを見やると、彼の目には心配そうな光が浮かんでいた。この一週間、ダニエルは彼に会いたくてたまらなかった。ああ、彼女はラファエルを愛しているのだ。

ダニエルのまぶたが閉じられた。ひどい疲れを感じていた。

「ぐっすり眠れるように阿片を処方しておきました」医者が言った。「明日の朝には、もう少しお元気になるはずです。そうすれば、家に帰れますよ」

ダニエルは無理に目を開けて、ベッドのわきに立っているふたりの男性を見つめた。しわくちゃで泥まみれの服を着ていても、ラファエルはやはり堂々としていてすてきだったし、茶色の髪の医者は少し背が低いが、ラファエルとはべつの魅力を持っていた。彼女の手を包みこんでいるラファエルの手が、温かな安心感を与えてくれる。

「もう大丈夫だよ」ラファエルが優しく言った。

ダニエルはほほえもうとしたが、自然にまぶたが閉じてしまう。いたるところに打ち身ができていて、全身が痛んだ。それに加えて、下腹に鈍い痛みがあった。阿片で少しはましになっても、とても眠れるとは思えなかった。

「おやすみ、ダニエル」ラファエルの唇が軽くダニエルの唇にふれた。彼の手が離れ、絨毯(じゅうたん)を歩く足音が聞こえてくる。もう少しだけ起きていようと思ったが、体が言うことを聞かず、ぐっすり眠ってしまった。

ラファエルと家にいる夢を見たが、目ざめたときにはなにもおぼえていなかった。

ドアを閉めるとすぐ、ラファエルはマコーリーに顔を向けた。「元気になるのか？　ほんとうのことを言ってくれ、ニール」

ふたりは〈オックスボウ亭〉の二階の廊下で足を止めた。ニール・マコーリーはダニエルの体力がもう少し回復するまで、ここから動かしたくないと思っていた。

マコーリーはドアのわきの椅子に診察鞄を置いた。「さっきも申しあげたように、馬車が橋から転落したとき全身を強く打っていますが、どこも骨折はしていません」

「つまり、よくなるんだな？」

「ほぼよくなるとは思います」

ラファエルが背筋を伸ばした。「どういう意味だ？」

「少し複雑なんです」

ラファエルの鼓動が速くなった。「なにが複雑なのだ？」

マコーリーの顔は暗かった。「診察したとき、子宮から出血していました。調べた結果、古傷がふたたび開いてしまったのだとわかりました」

ラファエルは顔をしかめた。「古傷というのはなんだ？」

「確かなことはわかりません。転落事故にでもあわれたのではないかと思います。とにかく、以前に奥様は子宮に傷を負ったことがあるようです。今回の事故で、その傷跡がまた開いたんです」

ラファエルは吐き気をこらえた。「すっかり元気になると言ってくれ」

「これまでどおりに暮らせるようになるのはほぼ確かです。でも、ひとつ言っておかなくてはならないことがあるんですよ、ラファエル」

マコーリーの目のなかに同情の光があるのがわかって、ラファエルは気持ちを引きしめた。「続けてくれ」

「残念ですが、奥様には子供ができないでしょう。最初の怪我のときに、子宮がひどいダメージを受けました。今度の事故で、それがさらにひどくなっています」

ラファエルは顔をそむけて、ニール・マコーリーの言葉をなんとか理解しようとした。大勢の子供を持つつもりでいたのに、ひとりもできない？　ダニエルがどんなに悲しむだろう。

「彼女にどう説明すればいいのかわからないよ」

「奥様はたぶんもうご存じでしょう。最初の怪我は、少なくとも数年前のものです。生理の周期にも変化が起きたはずです。そのときに医者から説明を受けていると思いますよ」

ラファエルは首をふった。「そんなはずはない。もしそうなら、わたしに話していたはずだ。きっと知らないのだ」

マコーリーが首をふった。「そうかもしれませんね」だが、医者がそう思っていないのは明らかだった。

ラファエルの頭がぐるぐるまわりだした。子供を産めない体だと、ダニエルが知っているはずはない。もし知っているなら、きっと結婚前に話していただろう。ラファエルが跡継ぎを必要としていること、どうしても息子を必要としていることを、ダニエルはよくわかっているのだから。

ダニエルがアメリカへ向かったときのことを思いだす。彼女はふたりの子供のいる男と結婚しようとしていた。

〝わたしにも家族ができていたはずなのよ〟彼女はそう言っていた。

そうか、ダニエルははじめから自分が子供を産めない体だと知っていたのだ！

ラファエルの胃がきりきりと痛んだ。彼はニール・マコーリーを見つめた。「ダニエルが回復することは確かなんだな？」

「それは確かです。健康だし、まだ若い。必要なのはゆっくり休息して体力をとりもどすことだけです」

ラファエルはうなずいた。喉がつまって、声を出すのもやっとだった。「ここまで来てくれてありがとう、ニール」

マコーリーがぎゅっとラファエルの肩をつかんだ。「お気の毒です、ラファエル」

ラファエルはなにも答えなかった。ただ、さっきまでそうしようと思っていたようにダニエルの部屋に戻ることはなく、踵（きびす）を返して廊下を歩きはじめた。

25

ダニエルの回復は順調だった。事故から一週間後、ダニエルはもう屋敷に戻っていて、ベッドを離れて以前と同じ生活ができるようになりつつあった。一月の風はまた冷たかったが、朝にはキャロラインとふたりで庭を散歩した。

「できるだけ早くもとの生活に戻るつもりなの」ダニエルは言った。「一週間ベッドですごしたのだから、もうじゅうぶんよ」

「お休みにならなくてはいけませんよ」キャロラインは反対した。「ドクター・マコーリーがそうおっしゃっていましたもの」

「少しは運動したほうがいいともおっしゃっていたわ」それに、すがすがしい朝の散歩のあとは、少し気分がよくなるのだ。体はすっかり回復してきている。問題なのは、彼女の心だった。

結婚したときから、なにかが起きるたびにラファエルはよそよそしく他人行儀な態度をとった。馬車の事故以来、彼はふたたびダニエルとのあいだに距離を置こうとしている。

今度は、以前よりももっとよそよそしくなり、すさまじい怒りを隠しているようにも見える。

ダニエルは彼と話をして、なにが問題なのか訊きだしたかった。でも、どんなに勇気を奮い起こしてみても、ラファエルがなんと答えるのかと思うと怖くなって、決意が揺らいでしまうのだ。だからダニエルもラファエルと同じようによそよそしい態度をとりつづけ、ひたすら体の回復に努めたが、心の痛みはますます大きくなる一方だった。

キャロラインも体は元気になっていたが、精神的にはダニエルとあまり変わらない状態だった。昼のあいだ、ほっそりした金髪の娘は忙しそうに屋敷のなかで仕事をしていたが、頭のなかはロバート・マッケイのことでいっぱいだった。夜になると、ダニエルの隣の部屋から落ち着きなく歩きまわっている足音が聞こえてきた。ずいぶん遅い時間でも、キャロラインは眠れずにいるらしかった。

いまキャロラインはウェッジウッドルームに座って刺繍道具を手にしているが、きっとあまりはかどっていないだろうとダニエルは思った。ダニエルはキャロラインのことが心配だった。そして、ロバート・マッケイから連絡があることを、心から願っていた。

キャロラインは奥まった小さな客間で刺繍に専念しようとしていたが、なかなか専念できなかった。ふと顔を上げると、開いたままの戸口にウースターが現れた。

「失礼します。旦那(だんな)様が書斎でお呼びです」

一瞬のうちに、キャロラインの鼓動が速くなった。やっとロバートが来たのかもしれない！「ありがとう、ミスター・ウースター。すぐ行きます」刺繍をわきに置いて急いで立ちあがると、膝が震えていた。キャロラインは大きく息を吸って気持ちを落ち着け、薄青いウールのドレスを撫(な)でつけてからドアに向かい、執事のあとについて廊下に出た。

ウースターが書斎の銀の把手(とって)をまわしてドアを開けるあいだ、キャロラインの手はずっと震えつづけていた。けれど、部屋を見まわしてもロバートの姿はなくて、探偵のジョナス・マックフィーが公爵の大きな紫檀(したん)の机の前に立っているだけだった。

「お入り」シェフィールド公爵が言った。「ミスター・マックフィーのことはもう話してあったね？」

「はい……。はじめまして、ミスター・マックフィー」

「はじめまして、ミス・ルーン」彼は小柄でずんぐりした体型をし、禿(は)げた頭で、顔には小さな眼鏡をかけていた。でも、肩のあたりはたくましく、顔つきには自制心の強さが表れている。

探偵の隣の椅子を勧められて、キャロラインは濃い緑色の革張りの椅子に浅く腰を下ろした。息もできないほどの緊張に襲われていた。

「ここへ来てもらったのは、ミスター・マックフィーがロバート・マッケイに関する情報を持ってきてくれたので、きっときみも聞きたいだろうと思ったからだ」

「はい、とても。ありがとうございます、旦那様」

「マックフィー、いまの話をミス・ルーンにしてやってくれ」

マックフィーがうなずいて、心持ちキャロラインのほうに体を向けた。「ミス・ルーン、まず申しあげておきますが、あなたのご友人が言っていたことはほぼ真実だとわかりました」

全身から力が抜けて、キャロラインは自分がいまにも椅子からすべり落ちてしまうのではないかと思った。

「大丈夫か、キャロライン？」公爵の心配そうな声がした。

「ええ、大丈夫です」キャロラインは気をとり直して、両手をもう一度膝にのせた。「どうぞ続けてください、ミスター・マックフィー」

「北部のヨークに近い小さな村に行って、ミスター・マッケイのいとこのスティーブン・ローレンスという男と話しました。最初は警戒していたようですが、わたしがミスター・マッケイの無実を証明するために働いているとわかると、ミスター・ローレンスは喜んで協力してくれました。ミスター・ローレンスの母親はロバートの叔母なのです。その叔母は、聖マーガレット教会で行われたナイジェル・トルーマンとロバートの母親との結婚式に出席したそうなんです。ナイジェル・トルーマンというのは、当時のレイトン伯爵の長男でした」

キャロラインは困惑をおぼえた。「どういうことなのか、よくわかりませんわ」

シェフィールド公爵が机の向こうから身を乗りだした。「ロバートの話のなかには、まだきみの知らないことがあったんだよ。つまり、ロバートのいとこは、ロバートがトルーマンの息子だということを発見したのだ。ということは、ロバートはレイトン伯爵家の跡継ぎでもあるということだ。どうやらそれが、彼が殺人犯に仕立てられた理由らしい。父親のナイジェル・トルーマンが殺され、ロバートがその犯人として手配されたあと、トルーマンの遠縁のクリフォード・ナッシュがレイトン伯爵家を継いだ」

キャロラインの頭のなかがまわりはじめた。「では……では、そのクリフォード・ナッシュという男が伯爵を殺したのですか？」

「ナッシュか、彼の雇った男でしょう」マックフィーが答えた。「ナッシュがどうやってロバートの存在を知ったのかはまだわかりません。スティーブン・ローレンスは、伯爵が自分でナッシュに話したのだろうと言っていました」

「なんとも不運な決断をしたものだな」公爵が言った。

探偵はため息をついた。「なんにせよ、問題は証拠を見つけることです」

「でも、ロバートがほんとうに……伯爵家の跡継ぎだとわかっているのなら――」その事実にまだうまくなじめなくて、一瞬キャロラインは言葉を切った。「殺人の動機ははっきりしているということでしょう?」

「そのとおりです。ただ、いまも言ったように、問題はそれを証明しなくてはならないということなのですよ」

「これからどうなさるつもりですか?」

「それについては、わたしにお任せください」

キャロラインはマックフィーから公爵へと視線を移した。「おふたりはロバートの居場所をご存じなのですか?」

シェフィールド公爵は首をふった。「いまはまだわからない。だが、マックフィーは必ず見つけると言っているよ」

「わかりました」

「ほかになにか訊きたいことはあるか、キャロライン?」公爵が優しく訊いてくれた。

だが、なにか質問があったとしても、キャロラインの頭はすっかり混乱してなにも考えられなくなってしまっていた。「いまはございません」

「では、もう引きとっていいよ」

キャロラインはふらふらと立ちあがって、ドアに向かった。頭は混乱し、胸が痛かった。考えられるのは、ロバートが伯爵で、自分はただの小間使いだということだけだった。

どうして人生というのは、こうも不公平なのだろう?

自室に入ってひとりきりになる前に、もうキャロラインの目から涙があふれはじめていた。

一月も終わりに近づいていた。ダニエルとキャロラインはウェッジウッドルームに座り、キャロラインはあらためて刺繍に専念しようと努め、ダニエルは窓を叩く雨音を聞きながらエリザベス・ベントリーの詩を読もうとしていた。

ふと目をやると、キャロラインが華奢な手を宙で止めたまま、じっと暖炉の火を見つめていた。ロバートの出生の秘密を知ってからというもの、キャロラインはなぐさめようもないほど沈みこんでしまっている。

キャロラインの目がダニエルに向けられた。「たとえロバートの無実が証明されても、彼はもうわたしにはなんの関係もない人なんです」彼女は少し乱暴な手つきで布に針を突き刺した。「わたしは牧師の娘で、ただの平民です。でも、ロバートは……ロバートは伯爵の息子なんだわ」

「そんなことはなんの支障にもならないわよ、きっと」ほんとうにそうであればいいと願いながら、ダニエルは言った。でも、ロバートは一度も結婚という言葉を口にしたことはなかったのだし、なんの連絡もないままに日がすぎていることが彼の意図を示しているのかもしれない。

「あのままアメリカにいればよかった。ロバートもアメリカにいればよかったのに。彼の年季奉公が終わるまで待っていればよかったんです。彼がそう言ってくれさえすれば、わたしは何年でも待ったでしょう」

「まだなにも終わっていないのよ。いまロバートがどこにいるのかさえわかっていないわ。きっとそのうち、なにもかもうまくいくわよ」

でも、キャロラインはそんなことを信じてはいなかったし、ダニエル自身も心の底から確信があるわけではなかった。もうダニエルはなにも言わずに本を置いて、客間を後にした。ダニエルの心もキャロラインと同じように重く沈んでいた。

もうダニエルの怪我（けが）は癒（い）え、すっかり回復しているのに、まだラファエルは彼女のベッドに現れていない。

夕食の席でも目を伏せていることが多く、会話を交わそうとする努力のかけらも見せない。ダニエルは、いったいなにが気に入らないのかはっきり言ってと叫びたい気分だった。襟ぐりの大きく開いたエメラルド色のドレスを着た夜のことがしじゅう頭に浮かび、もう一度あのドレスを着てみようかとまで考えた。

だが、今夜もまたいつもと同じように陰鬱（いんうつ）な夜の時間がすぎて、夕食がすむとすぐラファエルは書斎に閉じこもってしまい、ダニエルは自室に引きとった。部屋をうろうろ歩きまわっているうちに、どんどん怒りが大きくなっていく。

けれど、怒りと同時に不安も大きくなった。

ああ、とうとう彼はわたしへの欲望までなくしてしまったのだ。わたしを見るときにいつも彼の目に宿っていた熱い欲望の光が、あの馬車の事故以来すっかり消えてしまった。いつもふたりのあいだに燃えていた情熱のかすかなかけらさえ、いまは見あたらない。

ラファエルはもうダニエルを欲しいとは思っていないのだ。そうわかると、ダニエルは打ちひしがれた。

ラファエルが夜を社交クラブですごす時間はだんだん長くなっていき、いまでは明け方にならないと帰ってこない。彼が作りあげた防御壁をダニエルのほうから破らないかぎり、彼がほかの女性のもとに走るのは時間の問題だろう。

ラファエルが部屋に戻ってきたらしい物音が聞こえたとき、ダニエルはまだ起きていた。服を脱いでいる気配が感じられる。ダニエルの脳裏に、彼の引きしまった体が浮かんだ。割れ目のついた下腹の筋肉、厚い胸板。欲望の小さな震えがダニエルの背筋を走った。

ああ、彼はわたしの夫なのだ。そろそろ彼にそのことを思いださせてもいいころだ。

ダニエルは心を決めて、白いサテンのナイトガウンをとりだした。流れる銀色の水のような肌ざわりを感じながら、それを身にまとう。ハイウエストの切り替えがあり、胸は白い薄手のレースに覆われているだけだ。鏡をのぞくと、薔薇(ばら)色の胸の先が透けて見えて、それを固くとがらせていくラファエルの手の感触がよみがえった。

自分にふれてみると、熱く燃えているのがわかり、どんなに彼に抱かれたいと願っているかということにあらためて気づく。彼と一緒にベッドに入ったのは、もうずいぶん昔のことだったような気がする。叔母とともに田舎に行ってからというもの、一度も彼にふれていない。

長い赤毛にブラシをかけてから肩のまわりにふわりとたらし、ダニエルは大きく息を吸ってラファエルの部屋に向かった。

もうずいぶん遅い時間で、夜中の十二時を一時間近くもすぎていた。わざわざ従僕を呼ぶのはやめて、ラファエルは自分で白いネクタイをほどいてはずした。上着とチョッキを椅子の背にかけ、薄いローン地のシャツを脱いで上半身だけ裸になる。

靴を脱ごうとしたとき、妻の部屋との境目のドアにかすかなノックの音が聞こえた。はっとしてドアに向かったが、彼が行きつく前に銀色の把手がまわってダニエルが入ってきた。

「こんばんは、旦那様」ダニエルの声はひそやかで、かすかな息遣いが感じられ、ラファエルの心臓が一瞬止まりそうになった。

彼女が身につけている体にぴったりした白いサテンのナイトガウンがすばらしい体の線をあらわにしていて、ラファエルの欲望が一気に目ざめた。彼は、薔薇色の胸の先が透けて見える薄いレースから視線を離せなかった。そして、彼の視線の下で、胸の先がとがって小さなつぼみになっていく。ラファエルの下半身が硬く大きくなって、欲望が重く淀みはじめた。

「なにか用か？」ラファエルはやっとのことで声を出した。

明るい緑色の目が青い目をじっと見つめる。「ええ……なんの用事か、あなたにもわかっているはずよ」

ラファエルの全身がこわばり、欲望がさらに高まっていく。ダニエルはいつもに増して美しく、堂々としていて、信じられないほど女らしく見えた。ああ、あの事故以来、彼女を抱いていないのだ。

事故という言葉が、ラファエルにダニエルの裏切りを思いださせ、二度と彼女にふれないという決意を新たにさせた。彼女はラファエルに嘘をつき、かつてラファエルが彼女に間違った罪を着せたときよりもさらにひどい方法で彼を裏切ったのだ。たとえどんなにダニエルに惹かれても、彼女とのあいだに子供は望めないとわかったいま、ラファエルはほかの女性と関係を持とうと決めたのだった。

でも、毎夜ベッドに入るたびに、彼が欲しくてたまらないのはダニエルだった。ダニエルだけだった。

いまそのダニエルが彼の寝室に立っている。揺らめくランプの明かりのなかで、真珠のようになめらかな肌と、炎のように赤い髪が見える。りんご園を思いださせるかすかな甘い香水のにおいを感じる。

欲望がますます大きくなっても、ラファエルは動かなかった。「きみはひどい怪我をしたのだ」彼は穏やかに言ったが、ほんとうは声を出すのもやっとだった。「ゆっくり休んで体力を回復しなくてはいけないよ」

「わたしはもう、どこもなんともないわ、ラファエル……ただ、あなたが欲しいという以外には」

ラファエルの口から息がもれ、無意識のうちに足が一歩前に出たが、すぐになんとかその足を止めた。彼は歯を食いしばった。「今夜はやめておこう」

ダニエルがラファエルに向かって歩きだした。ナイトガウンを優美に体にまとわりつかせ、まるで雲の上を歩いているように優雅に。

彼女はラファエルの正面で足を止めて両手を彼のむきだしの胸にあてた。ほっそりしたダニエルの指は熱く、息が温かかった。

「もうずいぶん長い時間がすぎたわ」ダニエルの指がラファエルの胸毛を撫でながら、腰へと下がっていき、ふくらんだズボンにあてられた。

ラファエルの心臓が音をたてて動きだした。欲望のしるしがダニエルの手のなかでひきつる。

　全身を貫く欲望に、ラファエルはぐっと歯を食いしばって耐えた。が、ダニエルが彼を見あげてふっくらした赤い唇をなめたとき、ついに彼の理性は吹き飛んだ。

　喉の奥からうめき声をもらして、ラファエルはダニエルの腰をとらえてぎゅっと引き寄せ、激しく唇を押しつけた。深く舌を入れ、もう一秒の我慢もできずに、彼女が差しだすものをすべて受け入れた。ダニエルが彼の首に両手をまわしてキスを返した。彼女の唇が柔らかく溶けていき、胸の先が彼の胸を刺激する。

　ラファエルはさらにキスを深くして、ダニエルのにおいを吸いこみ、甘い唇を味わい、痛いほどの欲望に震えた。ダニエルがラファエルにしがみつき、彼から教えられたあらゆる技法で彼を攻め、さらに彼の欲望を燃えあがらせた。

　ラファエルは彼女の胸の片方に手を置いたまま、片手で白いサテンのナイトガウンを脱がせようとした。が、ダニエルがすっと体を離した。

「まだよ。まず、わたしがあなたの服を脱がせてあげるわ」

　ラファエルが魅入られたように動けずにいるあいだに、ダニエルはひざまずいて彼の靴と靴下を脱がせ、ズボンのボタンをはずしはじめた。彼女の指先がふれるたびに、苦しいほどの欲望が彼を襲い、彼女を抱きあげてナイトガウンをはぎとり、その長い脚を開かせて体をうずめろと彼をそそのかした。

　だが、ラファエルはなにもしなかった。黙って彼女のなすがままに任せ、彼女を急がせることもなく、まるで乾ききった体に雨の最初の一滴を受けようとするように彼女の手の感触を味わっていた。

ダニエルがラファエルの衣服をすべてはぎとってしまっても、彼は動かず、じっと立ちつくしたままシルクのような髪を撫でながら彼女の存在を味わっていた。

「ずっときみが欲しかったよ」ラファエルは静かに言った。その言葉は、彼の意思に反して口から飛びだしたものだった。ダニエルが彼を見あげた。その目が光っているのは涙のせいではないはずだ、と彼は自分に言い聞かせた。

ダニエルがラファエルの心臓の上に唇を押しつけてから、ふたたび床に膝をついた。そして彼のたかまりをとらえ、口に含んだ。

ラファエルの全身が凍りついた。これはきっと夢なのだ。でも、彼はこの夢からさめたくなかった。ダニエルが唇と舌で彼を愛撫し、普通の妻ならけっして夫に与えることのない快感を彼に与えている。

だが、ダニエルは普通の妻ではない。それは最初からわかっていたことだった。耐えきれないほどまで快感が高まり、もはや拷問に近くなったとき、ラファエルはダニエルの豊かな髪をつかんで彼女を立たせた。

ダニエルの顎をとらえて唇をつけ、胸いっぱいに彼女のにおいを吸いこむ。

ラファエルに抱きあげられたとき、ダニエルが彼の目をのぞきこんだ。ラファエルは彼女を自分の大きなベッドの清潔な白いシーツの上に横たえると、ナイトガウンを脱がせ、むさぼるようにその体を見つめた。ふかふかしたベッドにラファエルが身を横たえるまで、ダニエルはじっと待っていた。そして、彼が彼女を抱きあげて自分の上に馬乗りにさせると、驚いたように目を見張った。

ダニエルの体は細くしなやかだった。髪が扇のようにふわりと肩にかかり、胸の先にたわむれている。彼女が身をかがめると、そのシルクのような髪がラファエルの胸をこすって肌を焦がしていく。

「なんてきれいなんだ……。ほかの女性とはまるで違う」

ダニエルの手が彼の頬にふれた。彼女がさらに身を寄せると、ラファエルはその胸の先を口に含んだ。胸を強く吸いながら、手はダニエルの脚の付け根を探る。その体はもうすっかり濡れてラファエルを待っていた。ゆっくりとダニエルのなかに入りこみ、美しくしなやかな体を満たしていく。ふたりの体が完璧に一体となった。

ラファエルは自分に言い聞かせていた――これほど快感をおぼえるのは、ふたりが男と女だからだ。そして、あまりにも長いあいだ女性にふれずにすごしてきたせいだ、と。でも、それは嘘だと自分でもわかっていた。そして、ダニエルを絶頂に導き、自分も彼女のなかで果てたとき、ラファエルの心はもうひとつの嘘に対して非難の声をあげていた。ダニエルがなにも言わないことによって、彼につきつづけている嘘に対して。

26

　ダニエルは夫の大きなベッドで目をさました。心地よい疲れと満足感をおぼえる。昨夜の愛の行為はすばらしかった。

　ダニエルは夢見るようなほほえみを浮かべて、ふたたび手にすることのできた彼との一体感と、分かちあった快感を思いかえした。けれど、ふとラファエルのたくましい体が横たわっているはずの場所に誰もいないことに気づき、そのほほえみが消えた。

　まるではじめからいなかったかのように、ふたりが愛しあったことは夢だったかのように、ラファエルの姿はどこにもなかった。急にまたひどい疲れをおぼえて、ダニエルは枕に身を沈めた。

　それから一時間近くもたってから、やっとダニエルは身を起こして自分の部屋に戻った。呼び鈴を鳴らし、憂鬱な気分を洗い流せることを願いながら、風呂の用意を言いつける。入浴が終わるころにキャロラインがやってきて着替えを手伝い、髪を編んで結いあげてくれた。

しばらくのあいだダニエルは人の気配のない屋敷のなかを歩きまわりながら、ラファエルはどこへ行ったのだろうと考えていた。彼に会いたくてたまらなかった。昼も近くなったころ、ダニエルはキャロラインと一緒に庭の砂利道を散歩した。冬の庭はまだ寂しかったが、動物の形に刈りこまれた植え込みがかわいらしく、地面のあちこちから春一番の緑の芽がのぞいていた。

午後も遅くなると、ダニエルはだんだん不安になってきた。ラファエルは昨夜のダニエルの大胆きわまる行動に腹を立てているのだろうか？　あのときはとても喜んでいるように見えたけれど、あとで思いかえしたとき、ダニエルの行動はあまりにはしたないものだったと考えたのかもしれない。ダニエルにしても、あんなふうに行動すると計画していたわけではなかった。ただラファエルがあまりにすてきで男らしく、ダニエルは彼が欲しくてたまらなかったのだ。いまになって彼女は、ラファエルが不快感をおぼえたのではないかと心配になった。

ダニエルはため息をついた。ラファエルのように心の内を見せない人間の気持ちを推しはかるのは難しい。

今夜もラファエルと愛しあえるだろうか。それとも、彼はまた自分の殻のなかに閉じこもってしまうのだろうか。自室に戻ってからもそんなことを考えつづけていたとき、今夜の夕食はステート・ダイニングルームで彼と一緒にとるようにという手紙が届いた。

　ダニエルは震える手でその手紙をたたみ直して化粧台の上に置いた。彼のあまりに形式ばった行動は、悪い兆候だとしか思えなかった。ダニエルは部屋を歩きまわり、不安でいっぱいになりながら時がすぎるのを待った。それから今度は腰を下ろし、キャロラインが着替えを手伝いにやってくるまでじっとしていた。

「そろそろお支度にかかりましょう」いつものようにきびきびした足どりで入ってきたキャロラインがその場をとりしきった。「どのドレスをお召しになりますか？　黒いドレスなどとおっしゃってはいけませんよ。なんだか、そんな下手な冗談をおっしゃりそうなくらい、憂鬱そうなお顔をしていらっしゃいますね」

　ダニエルは笑えなかった。「わかったわ。黒じゃないドレスね」彼女はまたため息をついた。ラファエルからの手紙はもうキャロラインに見せていた。「いったいラファエルがなにを望んでいるのかわからないわ。このごろ彼の様子がとてもおかしいの。わたし、心配でたまらないわ」

「心配なさるほどのことではないかもしれませんよ。なにかいいことがあったので、それをお祝いなさりたいのかもしれません」

　ダニエルの顔が明るくなった。「そう思う？」

「可能性はあるとお思いになりませんか？」

「そうね」でも、今朝ラファエルは一言も言わずに出かけてしまい、一日じゅう留守にしていた。ダニエルは新たにわきあがる不安を抑えつけて、いまやらなければならないことに意識を向け、象牙(ぞうげ)色の地に金の装飾のほどこされた衣装棚の扉をキャロラインと一緒に開けた。

「正式な晩餐(ばんさん)だから、それにふさわしいものを選ばなくてはならないわね」暗紅色のシルクのドレス、濃い緑色のベルベットのドレス、レース飾りのあるクリーム色のドレスと見ていったあとで、ダニエルは深みのある紫色のシルクの優雅なドレスに決めた。胴着(ボディス)には、これも深みのある金色の糸が縫いこまれている。「これなら大丈夫ね」

「すてきなドレスですわ。きっと公爵様は奥様から目が離せなくなるでしょう」

キャロラインがベッドにドレスを置くと、ダニエルは化粧台の前のスツールに座った。ダニエルは非常に落ち着かない気分だった。キャロラインが髪にブラシをかけて結いあげ、カールのなかに金色のレースのリボンを編みこんだ。髪が仕上がると、ダニエルは柔らかな金色の靴をはいた。

「さあ、これで最後ですわ」キャロラインが彫刻入りの宝石箱から赤いサテンの袋をとりだした。そして、〝花嫁の首飾り〟をダニエルの首につけ、留め金をとめた。「ほんとうにきれい」キャロラインが言った。「ドレスにぴったりですわ」

ダニエルは優美な首飾りに手をやって、丸い真珠のあいだで輝いているダイヤモンドに指先をすべらせた。「なぜなのかわからないけれど、これをつけるといつも気持ちが落ち着くの」

　キャロラインが少し下がり、首をかしげるようにして自分の仕事ぶりを確かめた。「これなら、ねぐらにいる竜と顔を合わせても大丈夫ですわ」

　ダニエルはため息をつきながら立ちあがった。「自分でもそんな気がしてきたわ」でも、ほんとうは震えるほど怖かった。ラファエルがなにか重要なことを告げようとしているのは明らかだ。最近の彼の行動を考えると、それがいい話だとは思えなかった。

　ふたりのあいだに、秘密などなにひとつなくなる日が来てくれさえしたら……。そのときには、罪悪感も不安も持たずにラファエルを見つめることができるのに。

　でも、今夜は無理だ。「幸運を祈っていてね」ダニエルは言った。スカートの裾を持ちあげてドアに向かい、廊下に出たときには無意識のうちにぐっと顎を上げていた。

　大理石の階段の上に立って、下を見おろす。濃紺の燕尾服に濃い灰色のズボン、完璧に結ばれた白いネクタイという格好をした威厳に満ちたラファエルを見ると、ダニエルの胸がぎゅっと締めつけられた。

　ダニエルは背筋を伸ばして階段を下りながら、一歩ごとにラファエルの視線を感じていた。彼の目はいつもよりさらに青く見えたが、それはひどくまじめな表情のせいかもしれなかった。

　ダニエルは伏せたまつげの陰からラファエルを見つめたまま、彼に導かれてステート・

ダイニングルームに入り、主人席の隣に腰を下ろした。

「今夜は料理長に特別料理を注文したよ」ラファエルが言った。

ダニエルの眉が上がった。「いったいなにがありましたの？」

「ゆうべきみが与えてくれたお楽しみへのお礼だ」

ダニエルははっとして彼に目をやった。たとえこんな形でも、自分から彼に愛の行為を求めたことへの謝礼など受けとりたくはなかった。なんだかお金で身を売る女になってしまったような気がする。

だが、ラファエルは気にもとめていないようだった。それどころか食事のあいだじゅううちとけた態度で会話を続けながら、紫色のドレスがきれいに包みこんでいるダニエルの胸に視線をさまよわせていた。その彼の目に、久しくなかった熱い光が宿っていた。

結局のところ、昨夜の冒険はむだではなかったのかもしれない。ダニエルが心から望んでいたように、彼の心の片隅にでも彼女の思いが届いたのかもしれない。

食事は六品のコースだった。アンチョビソースをかけた牡蠣（かき）、亀（かめ）のスープ、酢漬けにしたサーモン、子豚のロースト。ダニエルはとても緊張していてほとんどなにも食べられなかったし、気がつくとラファエルもいつもよりは食べていなかった。銀色のアーモンドを飾った型押しのカスタードのデザートが終わると、従僕が最後のワインを注（つ）ぎ、ラファエルは召使いを部屋から出した。

召使いが出ていくとすぐ、ラファエルは乾杯するようにクリスタルのグラスを持ちあげた。「未来に」そう言って、彼はじっとダニエルの顔を見つめた。

「未来に」ダニエルはうつろな声で答えた。新たな不安が彼女の胸をついた。

ラファエルがワインを飲み、ダニエルも飲んだ。少し多すぎるほど飲んでしまったかもしれない。

ラファエルがグラスをテーブルに置き、ダニエルの顔に視線を張りつけたまま、指先でグラスの脚をいじってルビーのような液体を揺らした。

「先日わたしにした約束をおぼえているかな？」

ダニエルはごくりと喉を鳴らした。「約束って？」

「首飾りのことを問いつめた夜、きみがロバート・マッケイにあの首飾りを渡したと告白した夜のことだ」

ダニエルはふいに乾いてきたような気のする唇をなめた。「ええ……おぼえているわ」

「あのとき、きみはもう二度と嘘はつかないと約束した」

「ええ……」

「だが、きみは嘘をついていた。そうだろう、ダニエル？」

ダニエルの体が震えだした。いっそのこと、もっとワインを飲んでおけばよかったと思う。「なにを……なにをおっしゃっているの？」

「いつになったら、子供ができないことを話すつもりだったのだ？」ダニエルの心臓が止まった。死のまぎわに直面し、もう血が血管をまわらなくなってしまったみたいだった。

「いつだ、ダニエル？」

彼女はグラスに手を伸ばしたが、ラファエルがその手をつかんだ。

「いつになったら話すつもりでいたんだ、ダニエル！」

ラファエルを見あげたダニエルの目に涙があふれた。「言うつもりはなかったわ……」ささやくように言ったあとで、泣き声がもれだした。

熱い嗚咽で胸がつまる。それは、嘘を指摘された女性の後悔の涙ではなく、愛する人の子供を産むことができない女の心の底からの嘆きの涙だった。心が壊れてしまったかのようにいつまでも涙があふれだし、どうしても泣きやむことができなかった。ラファエルが彼女を立ちあがらせて腕に抱きしめたことも、ほとんどダニエルの意識にはなかった。

「大丈夫だよ……きっとなにもかもうまくいくさ」

「いいえ」ダニエルは彼の胸に身を寄せたまま答えた。「どうにもならないわ」ラファエルの肩で泣きじゃくりながら、ダニエルは彼の唇がそっと髪にふれるのを感じていた。

「落ち着いて」

「もっと……もっと早く、結婚する前にあなたに話すべきだったの。わかっていたのよ、でも……」

「でも、なんだ？」ラファエルの声は優しかった。

　ダニエルは震える息を吸いこんだ。「はじめは、あなたを罰してやりたいと思っていたの。あなたはわたしに結婚を強要したわ。あなたがその報いを受ければいいと思っていたの」

「それから？」

「でも……ロンドンに戻ってきたとき、お義母様に早くシェフィールド公爵家の跡継ぎが必要なのだと言われたわ。そのあとでアーサー・バーソロミューに会って、それがどんなに重大なことか、やっとわたしにも理解できたの」ダニエルは涙の伝う顔を上げてラファエルを見つめた。「ごめんなさい、ラファエル。ほんとうにごめんなさい」ダニエルはまた泣きはじめ、ラファエルがその体をさらに強く抱きしめた。

「泣かないで、愛しい人」

　でも、涙は止まらなかった。「どうして……どうしてわかったの？」

「ニール・マコーリーが話してくれた。だいぶ前の怪我のせいだと言っていたよ。なにがあったんだ？」

　ダニエルはまた息を吸いこみ、喉の痛みをこらえてごくりと唾をのみこんだ。「ウィコムで乗馬をしていたの。あなたに……婚約を解消されてロンドンを離れたあと、わたしはよく馬に乗っていたのよ。馬に乗っていると、ほかのどんなことをしているよりも落ち着いた気分になることができたの」

「続けて」

「夜の雨で地面が……ぬかるんでいたわ。フローラ叔母はわたしを止めようとしたの。危険だと言って。でも、わたしは……わたしは耳を貸さなかった。石垣のそばに近づいたとき、馬が足をすべらせて、わたしの体が馬の頭越しに飛んだの。よくおぼえていないけれど、着地したとき強く体を打ったらしいわ。馬だけが脚を引きずりながら厩に帰ったのを見て、叔母が家の者にわたしを捜させたの」

ダニエルは思いきってラファエルを見あげた。

「時間はかかったけど、少しずつよくなったわ。でも、お医者様にもう子供は産めないと言われたの」ダニエルは頬の涙を拭いた。痛いほど胸が締めつけられていた。「あなたに話せば、きっとあなたはわたしと結婚などしなかったでしょう。息子を産んでくれる人と結婚できたはずだわ」

ラファエルが優しくダニエルの顎をとらえて顔をのぞきこんだ。「よくお聞き、ダニエル。わたしは時間をかけてこの問題をよく考えてみた。そして、わかったことがあるんだよ。子供が生まれるかどうかは問題じゃないと気づいたんだ。きみはいまわたしの妻だ。ほんとうは五年前にこうなるべきだったのだ。実際、もしあのときわたしがきみの言葉を信じていれば、きみは叔母さんではなくわたしと一緒に暮らしていたはずだ。その日に馬に乗ることもなかったし、怪我をすることもなかったはずなんだ。結局、悪いのはきみではなくわたしなんだよ」

ダニエルは愛しい夫の顔を見つめた。喉がつまって、なかなか声が出ない。「ラファエル……」

ダニエルの震える唇に、ラファエルの唇が重ねられた。〝愛しているわ〟そうダニエルは告げたかった。〝心からあなたを愛しているわ〟

けれど、とうとうダニエルはなにも言えなかった。ラファエルの気持ちがまだわからないいま、彼女の未来は不安なままだった。

「わたしを許してくださる?」

「お互いに許しあう必要がありそうだな」ラファエルがもう一度軽く唇をつけた。「もう秘密はないね?」

「ないわ。命にかけて」

ラファエルのキスがあまりに優しかったので、またダニエルの目に涙があふれそうになった。

「もうひとつだけ話がある」

ふたたび不安がこみあげた。「なに?」

「今夜から、きみはきみの部屋ではなく、わたしのベッドで眠るんだ」

ダニエルの喉がふさがった。やっとのことで黙ってうなずいたが、心は喜びの歌を歌っていた。


キャロラインは書斎のドアの外に立っていた。開いたままのドアの前を通りかかったとき、話し声が聞こえ、御者のマイケル・マリンズの姿が見えたのだ。彼は帽子を手にして、公爵の大きな紫檀の机の前に立っていた。

立ち聞きをするつもりではなかったが、マリンズの話が例の馬車の事故のことで、しかも彼が異常に興奮しているのがわかった。

「旦那様、誓って、あれは事故ではなかったんです」

キャロラインは反射的に壁に身を寄せて、聞き耳を立てた。

「車軸を調べてみたら、割れた部分の木に妙な跡が見つかりました。よく見ると、そこにのこぎりが入れられていたことがわかったんです」

公爵が椅子から立ちあがった。「どういうことだ？　誰かが故意に馬車を転覆させたと言うのか？」

「それだけではありません、旦那様。あの場所で馬車が転覆するように計画されていたのです。車軸を調べているうちに、木のなかにこんなものがめりこんでいるのを見つけました」

　キャロラインがそっと書斎をのぞきこむと、御者が粗末な茶色の上着のポケットからなにかをとりだして公爵に渡すのが見えた。

「あの日、何者かが橋のそばでわれわれを待ちうけていたに違いありません。事故の直前に銃声のような音が聞こえたのですが、この鉛の銃弾をとりだすまではまさか誰かが馬車を狙(ねら)って撃ったのだとは思ってもいませんでした」

　公爵が手のひらで銃弾をまわして調べているあいだ、キャロラインは寒気をこらえていた。「何者かが車軸を狙って撃った。のこぎりを入れた場所で車軸が折れるには、ほんの少しの衝撃があればよかった」

「そうです、旦那様。そのとおりだと思います」

　公爵が鉛の銃弾をぎゅっと握りしめた。「よければ、この銃弾はわたしが預かっておくよ、ミスター・マリンズ。知らせてくれてありがとう」

　御者が頭を下げ、ドアに向かった。彼が出てくる前に、キャロラインはスカートの裾をつかんで走りだしていた。ダニエルに話さなくてはならない。

　ああ――誰かがわたしたちを殺そうとしたのだ！

「どういうことなのかわからないわ」ダニエルはウェッジウッドルームを歩きまわりなが

ら言った。ここはほかの客間よりこぢんまりしていて庭がよく見渡せ、ダニエルの気に入りの部屋になっていた。「いったい誰がわたしたちの命を狙うの？」

けれど、ダニエルの頭のなかでは、恐ろしい推測が渦を巻いていた。シェフィールド公爵家を継承していくために、長男は正式な婚姻によって息子をもうけなくてはならない。ラファエルの血を引く嫡出子である息子が必要なのだ。そのために、いまのラファエルに与えられている唯一の選択肢は離婚だ。

だが、もちろんダニエルが死ねば、ラファエルは再婚できる。

キャロラインに目をやったとき、彼女にその思いを見透かされたことがわかった。

「いけません。そんなこと、考えるだけでもだめです。あのかたがそんなことをするなんて思えません――絶対に。公爵様は奥様を愛していらっしゃるんですよ。奥様にはまだおわかりになっていないかもしれませんが、わたしにはわかります。公爵様は奥様を愛していらして、けっして傷つけるようなことはなさいません」

ダニエルにはラファエルの気持ちはわからなかったが、もしキャロラインの言葉が正しくてラファエルがふたたびダニエルを愛してくれるようになっているとしても、愛だけではどうにもならないこともあるのだ。ラファエルには公爵家に対する義務がある。そして、ダニエルが彼の妻でいるかぎり、彼は永遠にその義務を果たすことができないのだ。

「あらゆる可能性を考えてみる必要があるわ」ダニエルは言った。「それがどんなに心の痛むことでも」

「でも公爵様は、あの事故のときまで奥様が子供を産めないことはご存じなかったのですよ」

「ひょっとしたら知っていたのかもしれないわ。そのことを知っている者はほかにもいるんですもの……あの落馬事故のあとでわたしを診てくれた医者、叔母の屋敷の召使い。ひょっとしたら、ニール・マコーリーが話す前に、ラファエルはもう知っていたのかもしれないわ」

「そんなこと、信じられません」

「わたしだって信じたくないわ。でも、とにかく、誰が――なぜ、あんなことをしたのか見つけださなくてはならないわ」

「それについては、わたしも大賛成だ」

　客間の入り口から聞こえてきたラファエルの声に、ダニエルははっとしてふりむいた。ラファエルが入ってくると、こぢんまりした客間がさらに狭く感じられた。

「きみたちを捜していたんだ」ラファエルはふたりを交互に見やりながら言った。「どうやらもう馬車の件については知っているようだな」

　キャロラインの細面の顔が真っ赤になった。「立ち聞きするつもりではなかったんです、旦那様。ただ廊下を歩いていたとき、事故の話をしているのが耳に入って――」

「かまわないよ。もう知っているなら、そのほうが話が早い。ジョナス・マックフィーはいまレイトン伯爵事件の調査にかかりきりになっているから、この馬車の件に関しては彼の仕事仲間のサミュエル・ヤーマスという探偵に調査を依頼したよ」

ダニエルは黙ってうなずいた。

「どうかしたか？　きみがそんな顔をしているときは、なにかあるなということがわかってきたよ」

「なんでもないんです、旦那様」キャロラインがダニエルの代わりに答えた。「奥様は、誰かに殺されそうになったとわかって動揺なさっているだけですわ」

「そうだろうな。とにかく、そのことについて少し話をしておきたい。きみたちを殺したいと思っている人間について心当たりがあるかどうか訊いておきたいのだ」

ラファエルの率直な言葉に、ダニエルは顔を上げた。「殺したいと思っている人間？　わたしには見当もつかないわ。ひとりも」

ラファエルの目がじっとダニエルを見つめた。「わたし以外にはひとりも。そういうことだな？」

「いいえ、そんな……もちろん違うわ」しかし紅潮したダニエルの頬が、彼女のさっきの推測を物語ってしまっていた。

「いまここでわたしの無実を主張してもなんの役にも立たないのはわかっているが、ひとつ、ふたつ指摘させてくれ。まず、わたしはあの事故のときまできみの体のことは知らなかった。それに、もともとはわたし自身もあの馬車に乗っているはずだったんだ。思いがけなくわたしの予定が変わったのは出発の前日になってからだった。悪者はそのことを知らずに、計画を実行に移したのかもしれない」

ラファエルの意見には説得力があった。もともとラファエルがダニエルに危害を加えようとしたのかもしれないという推測はなんとも不快なもので、溺れる者が必死にロープにしがみつくような頼りないものでしかなかったのだ。「ええ、あなたのおっしゃるとおりだと思うわ」

「それに、きみたちではなくわたしが標的だったとすれば、わたしの命を狙う者についてはいろいろな可能性が考えられるんだ」

ダニエルの視線が鋭くなった。「オリバー・ランドールのことを言っているの？」

「そうだ。ランドールを二度と歩けない体にしたのは、このわたしだ。わたしの敵のリストのトップにはオリバーを載せなくてはならないだろうな」

ダニエルは椅子に身を沈めた。「決闘のあとで、またオリバーがあなたに立ちむかうほど勇敢だとは思えないわ」

「そうかもしれないな。それでも、可能性を捨てるわけにはいかない」ラファエルは窓に近づき、背中に手を組んで庭を見つめた。「もうひとり、カールトン・ベイカーという可能性もある。あのアメリカ人は実際にわたしに脅しの言葉を吐いていた」

「まさかミスター・ベイカーが殺人まで犯すことはないんじゃないかしら」

「プライドを傷つけられたら、男というのはなにをするかわからないからな」ラファエルがダニエルのほうにふりむいた。

「あとは、わたしのいとこのアーサー・バーソロミューだ。あの男は借金で首がまわらなくなっていて、かなり金に困っている。彼にとっては、シェフィールド公爵になるためなら、殺人を犯すくらいの価値はある」

それは、ダニエルの思いもしなかったことだった。息子が生まれるまで、ラファエルの身に危険がつきまとうかもしれない。そう思うと、ダニエルの体が震えた。

「この三人以外にも、まだ可能性はある。バーテル・シュラーダという男だ。アメリカで会ったのだが、〝ダッチマン〟という通称で呼ばれている」

「どうしてそのシュラーダという男があなたを殺そうとするの?」

「シュラーダはフランス軍にとって大いに有益な船舶の商談にかかわっている男で、わたしはそれを阻止するためにあらゆる手段を講じたのだ」

「それが、ペンドルトン大佐との会談の用件だったの?」

ラファエルはうなずいた。「〝ダッチマン〟は、わたしがそのすばらしい船舶を買おうとしていると思っているのだ。だから、きっと彼はわたしを葬れば、フランス軍との商談がまとまって莫大な金を手に入れられると見込んでいるのだろう」

「そうなの」ダニエルは唇を噛んだ。ラファエルが政府に協力して命の危険があるかもしれない仕事をしていることが心配だった。「そのミスター・ヤーマスという探偵は、馬車の事故を仕組んだ悪者を見つけだせるかしら？」

「それはまだわからないな。とにかく、当分われわれは用心する必要がある。屋敷の使用人にも話をして、警戒を怠らないように頼むつもりでいるが、じつのところ、この屋敷のなかに犯人に協力した者がいる可能性もあるんだ」

「まさか。ここの使用人は長年ここのお屋敷で働いてきた者ばかりなのよ」

「確かにそうだが、その可能性を見逃すわけにはいかない」

そのとき、執事が戸口に現れた。「失礼いたします、旦那様。ブラント卿とベルフォード卿がお見えでございます」

ラファエルはうなずいた。「ちょうどよかった。ここへ通してくれ」彼はダニエルに視線を戻した。「わたしが来てくれと頼んだのだ。ふたりともかなりの力を持っている人物だ。なにか役に立つ情報を見つけてくれるかもしれない」

キャロラインが立ちあがった。「では、わたしは失礼します」

「いや、ここにいてくれ」ラファエルが止めた。「きみも馬車に乗っていたひとりだ。きみにも関係のあることだよ」

キャロラインはかすかにうなずいただけでふたたび腰を下ろしたが、ダニエルには彼女がここにいられることを喜んでいるのがわかった。

やがてウースターに案内されて、ブラント伯爵とベルフォード侯爵が客間に入ってきた。

「できるだけ急いで来たんだぞ」伯爵が言った。

「重要な用件だそうだな」侯爵が言った。

「よく来てくれた」それから半時間ほどかけて、ラファエルは御者のミスター・マリンズの発見について友人たちに語った。

「つまり、事故ではなかったのだな」イーサンが陰鬱（いんうつ）な口調で言った。

「残念ながらね」

「少し訊きまわってみよう」コードが言った。「なにかわかるかもしれない。もしよければ、ビクトリアにも話したいと思うのだが。彼女は召使いたちを味方につけるのが驚くほどうまいんだよ。ロンドンの召使いたちは自分たちだけの情報網を持っていて、それがとても役に立つことがあるんだ」

「わたしもグレースに話しておきたいと思う」イーサンが言った。「きっと協力したいと言うだろう」

「その点に関してはきみたちに一任するよ。なにしろ、殺人未遂などというのはあまり愉快な出来事ではないからな。だが、協力してもらえればありがたいのは確かだ」

「ほかになにか知っておくべきことはないか？」イーサンが訊いた。

ダニエルはラファエルとその母親にも動機があると思ったが、口には出さなかった。ラファエルがロンドンに残ったときに事故が起きたというのが妙に都合がよすぎるようにも思えたが、夫が彼女を殺そうとしたとはどうしても信じられなかった。そして、ダニエルが子供を産めないと知ったら、きっと義母は大いに落胆するだろうが、まさか殺人を企むようなことまではしないだろうと祈るような気持ちで考えた。

イーサンとコードが帰っていくと、静かになった部屋でラファエルが言った。

「この件で、わたしはいろいろやらなくてはならないことがある。きみとキャロラインは、事情がはっきりするまで数日間は屋敷のなかですごしてほしい」

自分の屋敷のなかで半分囚人のように暮らさなくてはならないのはいやだったが、ダニエルは逆らわなかった。外は寒く、雨が降っている。どちらにしても、屋敷のなかでじっとしているほうが賢明だろう。

「言われたとおりにするわ――しばらくは」ダニエルが答えると、ラファエルが厳しい目で彼女をにらんだ。

「いいか、ダニエル。わたしはきみの命を危険にさらしたくないのだ。今回だけは、言われたとおりにするんだぞ」

「あなたはどうなさるの？　もしあなたの言うように、ほんとうに狙われたのがあなただったのなら、屋敷に閉じこもらなくてはならないのはあなたなのよ」

ラファエルの唇の端がほころんだ。「心配してくれて嬉しいよ。だが、じゅうぶんに気をつけるつもりだから安心していてくれ」

ラファエルが客間を出ていき、数分後にはキャロラインも二階に引きとった。庭も屋敷の一部のはずだわ、とダニエルは心のなかでつぶやいた。なんだか落ち着かない気分で、外の空気が吸いたくてたまらなかった。でも、ラファエルと同じように、よく気をつけなくては。

命を失いかける危険は一度だけでじゅうぶんだ。

27

夜のとばりがロンドンを包みこんだ。ハノーバースクエアにある公爵家の大きな石造りの屋敷の上の空には、ごく細い三日月が出ていた。二階の寝室で、キャロラインはベッドの上の天井を見つめていた。漆喰(しっくい)の彫刻を眺め、樫(かし)の木の葉を数えながら、眠ろうとむだな努力を重ねる。

ウィコム領を出てロンドンへ戻ってからのあいだに、ずいぶんいろいろなことがあった。なにもかもすっかり変わってしまった。

アメリカへ行き、また戻ってきて、ダニエルは結婚し、キャロラインはいま公爵夫人の小間使いとなった。

ロバート・マッケイがキャロラインの人生のなかに入りこんできた。

彼に会い、キャロラインは恋に落ちたのだ。

涙があふれてきて、彼女は急いでまばたきしてそれを追い払った。これまでにもう、ロバート・マッケイのためにじゅうぶんすぎるほどの涙を流した。

ロバートの言葉が真実で殺人に関しては潔白だという証拠が見つかっても、キャロラインに対する彼の気持ちは一度も聞いたことがない。そして、イギリスへ戻ってから何カ月もたつのに、彼は一度もキャロラインに会いに来ていない。

理由ははっきりしている。ロバートは伯爵で、キャロラインが小間使いだからだ。もちろん彼が来るはずはない。一度はキャロラインに心を動かされたとしても、自分が貴族だとわかったときにその気持ちは変わってしまったのだろう。

いまはもうロバートはキャロラインには関係のない人だ。彼女にできる最善のことは、その事実を受け入れ、彼に会う前の平凡で自由な生活に満足することだ。

だが、そうつぶやくあいだも、キャロラインの心は揺れていた。ああ、人を愛することの苦しさを知っていたなら、けっしてあの夜、ロバートと一緒に厩（うまや）に行ったりはしなかったのに。けっして彼にキスをすることも、キスを許すこともしなかったのに。

キャロラインはすすり泣きを噛（か）み殺して、ロバート・マッケイのことは心の奥にしまいこもうと決意した。それでも、まだ眠れなかった。彼女は窓の外で木々の枝を揺らす風の音や、通りを行くかすかな馬の蹄（ひづめ）の音、馬車の車輪の音に耳を傾けた。

時間がゆっくりとすぎていき、キャロラインはやっとうとうとしはじめた。が、ふとまたはっきりと目がさめた。彼女を起こしたのは、窓ガラスを軽く叩（たた）く音だった。妙に規則正しい音がいつまでもしつこく響きつづけ、とうとうキャロラインはベッドから出て窓に近づき、暗闇のなかをのぞきこんだ。

二階の窓の外の鉄の狭い手すりの上に男がいるのが見えて、キャロラインははっと息をのんだ。男が窓に身を寄せてまた窓を叩いたとき、キャロラインの心臓が止まりそうになった。

ロバート！

掛け金をはずして窓を開ける手が震えた。なにも言わないまま、ロバートがそっと窓枠を乗り越えて静かに絨毯の上に下り立ち、窓を閉めて冷気をふせいだ。彼がふりむき、黙ってキャロラインを見つめたとき、彼女は自分がいまひどい姿をしているに違いないと気づいた。

髪を編んでさえいない！　背中にたらしたままにしていた金髪はすっかり乱れてしまっている。着ているのは白いコットンのナイトガウンだけで、裾から素足がのぞき、寒さのせいで硬くなった胸の先が薄いナイトガウンの生地を押しあげている。

キャロラインは真っ赤になった。「あの……わたし、ちゃんと服を着てないから」彼女はぎこちなく言った。「ひどい格好でしょう。あの――」

そのあとなにを言うつもりだったのかはわからなくなってしまった。ロバートに激しく唇を押しつけられたからだった。これほど激しく情熱的なキスははじめてだった。そのキスが、キャロラインが聞きたくてたまらなかったことをすべて語ってくれていた。

「悪かった」ロバートが少しだけ体を離した。「こんなつもりじゃ……怖がらせたんじゃなければいいんだが」

「怖いなんて思わなかった」キャロラインは震える手を上げて、キスでふくらんだ唇にふれてみた。「あなたに会えて、ほんとうに嬉しいわ、ロバート」

「どうしても来ずにはいられなかった」ロバートがそっとキャロラインの頬にふれた。「これ以上我慢できなかったんだ」

「ロバート……」もう一度ロバートの腕に抱かれると、かつて感じたことのない喜びがこみあげてきた。「とても会いたかったわ」

　ロバートがキャロラインの髪のなかに指をすべりこませて優しく首の付け根を支え、ふたたび唇を近づけた。心ゆくまでキスをしてから、ロバートは少し体を離して、窓から差しこむかすかな月明かりのなかに立っているキャロラインをじっと見つめた。

「きみがどんなにきれいか、すっかり忘れていたよ」

　キャロラインの頬が赤く染まった。「わたしはちっともきれいじゃないわ」

「きれいだよ。きみは春に咲く花のようだ。繊細な顔立ちと白い肌。髪はほんとうに明るい金色で銀のシルクのように輝いている。自分ではわからないかもしれないが、ぼくにはわかるよ」

　これまで誰もこんなふうにキャロラインに言ってくれた者はいなかった。キャロラインの胸がロバートへの愛に震えた。「ロバート……」彼女はロバートの抱擁に身をまかせた。

「ほんとうにいろいろなことがあったわ」

　ロバートが首をふりながら苛立ちのため息をついた。「いろいろあったけど、まだじゅうぶんじゃない。ぼくはまだ追われている身なんだ」

　そして、いま彼は伯爵なんだわとキャロラインは思ったが、口には出さなかった。その言葉を口にすれば、この幸せな瞬間が終わってしまうのではないかと怖かった。今夜という時間はキャロラインのためだけにある。彼と一緒にすごすすべての時間を大切にしたかった。

「あなたの話を聞かせて」キャロラインは言った。「そのあとで、わたしも話すわ」

「ぼくの話？　ぼくはこの国の半分ほども旅をしてまわったが、まだ必要なものは見つからない。でも、とにかくわかったことだけでも話してみよう」それから半時間、ふたりは自分の周辺に起きた出来事を語りあった。はじめて会ったときと同じようにくつろいだ気分だった。キャロラインは公爵と彼が雇った探偵のジョナス・マックフィーのことを話し、ロバートの話がほんとうだったことが証明されたと告げた。

「いまその探偵は、あなたの無実を法的に立証する証拠を探してくれているの。公爵様はきっと見つかると信じているわ」

　ロバートが顔をそむけた。「ぼくもそう思っていた。その夜に宿で会うことになっていた女と話したんだが、なんの役にも立たなかった。彼女はただ泣いて、ある男から金を渡されて〈豚と雌鶏亭〉で会いたいという手紙を書くように頼まれただけだと言うんだ。まさかあんなことになるとは思っていなかったそうだ。お金をくれた男にはその後一度も会っていないと言っていたが、彼女を完全に信用していいかどうかはわからない」

それからまだしばらく、ふたりは話しつづけた。殺人事件についての話が終わると、ロバートはまた彼女にキスをした。

「ぼくがここへ来たのは、どうしてもきみに会いたかったからだ。これ以上きみをぼくの問題に巻きこむつもりはないよ」

「あなたの問題は、もうわたしの問題にもなってしまっているのよ、ロバート。あなたにもわかっているはずだわ」キャロラインは彼を引き寄せてまたキスをした。彼もキスを返し、舌が彼女の口のなかにすべりこんだ。が、やがてキスが熱をおび、ふたりの息が荒くなってくると、ロバートは身を引いた。

「もう行かなくてはならない。ぼくはきみが欲しくてたまらないんだよ。だから、いつまで自制心を保っていられるか自信がない」

キャロラインの鼓動が速くなった。ロバートがわたしを求めている！　そばに立って、温かな茶色の目に欲望の光を浮かべているロバートの姿が、まるで夢のなかの出来事のように思えた。ふたりのあいだに横たわっている障害のことを思い、彼のいないこれからの寂しい年月を思ったとき、キャロラインは自分も彼を求めていることに気づいた。

「行かないで、ロバート」キャロラインは彼の頬にそっとふれた。「今夜はずっとここにいて」

ロバートの視線がキャロラインの全身をさまよい、彼女の体を熱くさせた。「きみは未婚の娘なんだ、キャロライン。きみの純潔を奪うことはできないよ。少なくとも、こんな状況では」

「そんなことはどうでもいいの。わたしはあなたに奪ってほしいのよ、ロバート。あなたしかいないの。お願いだから、ずっとここにいると言って」ロバートは首をふろうとしたが、その前にキャロラインが唇で彼の唇をふさいだ。彼の手をとって自分の胸にあて、その指の温かさを感じる。「ここにいると言って」

「これからどうなるか、まだわからないんだよ。ぼくは絞首刑になるかもしれないんだ。もし子供ができたらどうするつもりだ？」

キャロラインはロバートを見つめた。その目が彼女の本心を表していた。「それこそ、あなたからもらうことのできるいちばんすばらしい贈り物よ、ロバート」

ロバートが喉の奥から低いうめき声をもらして、キャロラインをぎゅっと抱きしめた。

「きみのような女性はこの世にふたりといない」はじめは優しかった彼のキスがしだいに熱をおび、やがてふたりの頭から理性が消え去っていった。

ふと気がついたときには、キャロラインのナイトガウンがはぎとられていて、彼女は冷たい空気に肌をさらしたままロバートの腕に抱きあげられてベッドに運ばれていた。ロバートも裸になってベッドに入った。たくましく、きれいに筋肉のついた体が、部屋に流れこむかすかな月明かりに浮かんでいた。

「こんなことをしてはいけないのはわかっている。でも、きみのきれいな体がぼくの血を熱くさせているいま、ぼくはもう我慢できないよ」

「この夜がわたしたちに与えられたことに感謝しましょう」キャロラインは言った。「なにが起きても、けっして後悔することはないわ」

「ほんとうに？」

「誓うわ」

「わかった。きみを愛しているよ、今夜も、そしてこれからもずっと」ロバートがキスをし、彼女の体に優しくふれたとき、キャロラインは彼の言葉を信じそうになっていた。

レイトン伯爵クリフォード・ナッシュは、レイトン館の書斎の暖炉の前に置かれた革張りの椅子に深く身を沈めていた。外では、冷たい二月の風が吹いている。ああ、早く春になってくれればいいのに。

ドアに軽いノックの音が響き、クリフォードはバートン・ウェブスターを書斎に招き入れた。驚くほど大柄で野獣のような男だが、その粗野な外見に似合わず、それなりの教育を受けた男だ。

「うまくいったのだな？　もうマッケイは死んで、二度とわたしの邪魔をすることはないんだろうな？」

　ウェブスターがぼさぼさの頭をふった。「いいえ、まだです。でも、そう長くはかからないでしょう。やっとあの男の所在を突きとめたのですが、思っていたよりも長くかかってしまいました」

「どこにいるのだ？」

「ロンドンです。まさかあそこにいるとは思いませんでした」

「ロンドンでなにをしているのだ？」

「わかりませんが、手に入れた情報によると、イーストエンドの〈鳩亭（はとてい）〉という宿屋の屋根裏部屋にいるそうです。スウィーニーに話して――」

「スウィーニー？」

「アルバート・スウィーニーといって、以前も雇った男です。彼はもうロンドンへ発（た）ちました。たっぷり金をやって、マッケイを始末するように言いつけました。もうマッケイについてご心配なさることはありません」

「よし。もうとっくに片がついていてもよかったはずなのだからな」

ウェブスターが立ちあがった。「ほかになにかご用はありませんか、閣下？」

「今度こそちゃんと始末してくれれば、それでいい」

「わかりました。わたしもこれからロンドンへ行きます。満足できる結果が出たら、すぐ連絡します」

クリフォードがうなずくと、ウェブスターは書斎を出ていった。もうすぐなにもかも片づくだろう。

さっきも言ったように、もうとっくに片づいていてもよかったはずの問題なのだ。


キャロラインはおずおずと公爵の書斎のドアをノックした。お会いしたいというメモを召使いにことづけると、すぐに書斎に来るようにと返事があったのだ。

入れ、という声が聞こえたのでキャロラインはドアを開け、心臓の鼓動が公爵に聞こえないことを祈りながらなかに入った。

「なにか話があるそうだが？」

「はい、旦那様。ロバート・マッケイに関することでございます」

公爵はそれまで読んでいた書類を机に置いた。「座りなさい、キャロライン。どんなことでも、怖がらずに話せばいい」

キャロラインが机の向かい側の椅子に腰を下ろすと、公爵は机の向こうから出て彼女の隣の革張りの椅子に座った。

「さて、マッケイについてどんなことがわかったのか聞かせてくれ」

キャロラインは昨夜ロバートと分かちあった親密なひとときのことは忘れようと努めながら、スカートの襞（ひだ）をいじった。「ゆうべ、ロバートがわたしに会いに来ました」

公爵が眉根を寄せた。「彼がこの屋敷に来たと言うのか？」

「はい、旦那様。ロバートはわたしの部屋の外にある木に登って、窓から入ってきたのです」

公爵の額のしわがさらに深くなった。「ロバートはどうしてきみの部屋を知っていたのだろう？」

「わかりませんが、ロバートはとても頭のいい人ですから」

「確かにそうだな」

「わたしは彼に旦那様が雇ってくださったミスター・マックフィーという探偵のことを話して、そのかたが必ず彼の無実の証拠を見つけてくれると旦那様が確信していらっしゃると言ったのです。でも、ロバートはそうは思えないようでした。思いつくかぎりのことをやってみたが、なにも見つからなかったと言うのです。ひどく落胆していました」

「いまロバートはどこにいる？」

キャロラインは視線をそらした。「誰にも話してはいけないと言われました」

「だが、きみは彼を愛しているのだろう？　彼を助けたいなら、彼の居場所をわたしに教えてくれ」

キャロラインはまばたきして公爵を見あげた。「お願いです。どうかお訊きにならないでください」

「わたしはロバートやきみの敵ではないんだよ、キャロライン。居場所を教えてくれれば、わたしは彼に必要な手助けをしてやることができるんだよ」

確かにキャロラインはロバートに約束した。でも、公爵がロバートの無実の証拠を見つけてくれないかぎり、彼が絞首刑になるとわかっていた。「イーストエンドの〈鳩亭〉という宿屋の屋根裏部屋におります」

「ありがとう、キャロライン。けっしてきみの信頼を裏切るようなことはしないよ。もちろん、ロバートを裏切ることもしない」

「わかっております、旦那様」

「彼はなにか新しい事実をつかんだと言っていなかったか？　なにか役に立つ手がかりは見つかっていないのか？」

「モリー・ジェームソンという女の人のことを言っていました。殺人のあった夜、ロバートが会うはずだった女性だそうです。彼はその人に会いに行ったのです。彼の話では、誰かがその人にお金を払って、密会の約束の手紙を書かせたのだそうですが、それが誰なのか彼女は知らないのだそうです。彼は、その女の人の言葉を信じていいかどうかわからないと言っていました」

　彼を救う役に立ってほしいと願いながら、キャロラインはロバートから聞いたことを残らず話した。

「わたしを信頼してくれてありがとう」公爵が言った。そして、キャロラインの手をとって安心させるようにぎゅっと握りしめた。「ロバートがきみのことをとても大切に思っているのは明白だ。なにが起きても、そのことだけは忘れてはいけないよ」

　公爵がなにを言いたいのか、キャロラインにはわかっていた。たとえ愛していても、伯爵という身分になれば小間使いとは結婚しないということだ。でも、そんなことはもうとっくにわかっている。だから、キャロラインは黙ってうなずいた。公爵が立ちあがり、キャロラインは書斎を後にした。手遅れにならないうちに、公爵がロバートを救う方法を見つけてくれますようにと祈るしかなかった。


　四本の支柱のある大きなラファエルのベッドのなかで、ダニエルは彼に身をすり寄せた。六代にわたってシェフィールド公爵が使ってきた部屋はとても男性的だった。ただ、どっしりした彫刻入りの家具と分厚い青のベルベットのカーテンのせいで、多少暗すぎるような気もした。彫刻入りのベッドの支柱につるされた青いベルベットのカーテンが、冬の寒さからベッドを守っていた。

　この男性的な部屋のあちこちにラファエルらしさが感じられて、ダニエルはここが大好きだった。衣装棚の横の壁際にブーツが置かれ、鏡つきの棚の上には銀の櫛と一緒に彼の気に入りの香水の瓶が数本置かれている。そして、読書好きのラファエルは、ベッドサイドのテーブルにいつも数冊の本を置いていた。

　彼はこの大きなベッドでダニエルが眠ることを望み、真夜中には彼女を抱き、朝にももう一度抱く。それがダニエルにはとても嬉しかった。

　欲望は飽くことを知らなかったが、ふたりのあいだには暗い影が差していた。何者かがダニエルを殺そうとした。あるいは、ラファエルが考えているように狙われたのは彼のほうで、ダニエルとキャロラインは運悪く巻きこまれてしまっただけかもしれない。

　隣でラファエルが眠っているとき、さまざまな疑問がダニエルの頭のなかで渦巻いたが、答えは得られなかった。早くジョナス・マックフィーがロンドンに戻ってきてくれればいいのに、とダニエルは願った。ラファエルはあの探偵に多大な信頼を寄せているし、いまこそ彼の力が必要なのだ。

　時がすぎ、ラファエルの体の温かみで体が温まるとやっとダニエルも眠りに落ちたが、眠りはひどく浅かった。そして、ふと妙なにおいに眠っている意識を刺激され、鼻の奥がつんとするのを感じて、はっと目をさました。

　一瞬、まだ夢を見ているのかと思う。絨毯の端から上がっている黄色の炎と、カーテンをなめているオレンジ色の炎は、あまりにも現実離れして見えた。

　だが、大きく息を吸ったとたんに咳きこみ、彼女はあわてて上半身を起こした。「起きて、ラファエル、火事よ！」

　ダニエルは必死にラファエルの肩を揺すった。「ラファエル、起きて！　早く逃げなくては」

　ラファエルがやっと目を開けた。ぐっすりと眠りこんでいたのだ。もしダニエルの眠りが浅くなければ、ふたりとも煙にまかれて二度と目を開けることはできなくなっていただろう。

「どうした？」ラファエルが部屋を見まわした。「くそっ！」すっかり目のさめたラファエルはベッドから飛びだしてダニエルにキルトのローブを渡し、自分も暗紅色のローブを着た。「とにかく逃げるんだ！」

　ラファエルはダニエルの手をつかむと、先に立ってドアに向かった。絨毯はすでに半分ほど火に包まれ、壁を炎が這いのぼっている。ダニエルは屋敷じゅうが火に包まれているのだろうと覚悟していたが、驚いたことに、ラファエルがドアを開けると炎が上がっているのはこの寝室だけだとわかった。

「火事だ！」廊下に出てラファエルが怒鳴った。「屋敷が火事だぞ！」

　三階のドアが次々に開き、走りでてきた召使いが転がるように二階へ下りながら口々になにか叫んでいる。二階のふたつ向こうのドア、ダニエルの私室の隣のドアが開いて、キャロラインがローブと室内履きという格好で飛びだしてきた。ゆるい編みこみからほつれた髪が顔のまわりで揺れ、青い目が皿のように見開かれている。

「なにごとですか？」キャロラインの視線がラファエルの部屋に向けられ、彼がドアを閉める一瞬前にオレンジ色の炎をとらえた。「たいへんだわ！」

「さあ、行くぞ！」ラファエルはふたりの女性を連れて階段へ向かった。ふたりを追いたてるようにして階段を下り、フレンチドアから庭へ出る。「ここなら安全だ。火が消えるまで、ふたりともここにいるんだ」

「待って！」ダニエルが叫んだときには、もうラファエルはふたたび屋敷に向かって走りだしてしまっていた。彼はバケツリレーの人数を倍にふやせと命じながらフレンチドアからなかに飛びこみ、見えなくなってしまった。

「わたしたちも手伝わなくては」ダニエルの声は、恐怖のあまり少し上ずっていた。

「わたしもバケツくらいは持てます」キャロラインが言い、ふたりは走りだした。

　召使いが庭から屋敷のなかまで列を作って並び、いっぱいに水を入れた木のバケツを手から手へと渡していく。ダニエルも庭の列のなかに並び、重いバケツのリレーを手伝いはじめた。二階のラファエルの部屋の窓を炎がなめているのが見える。

熱で分厚い窓ガラスが割れ、ダニエルは息をのんだ。その直後、部屋のなかに立って炎に水をかけているラファエルの長身が見えた。その横にいるのは従僕のミスター・クーニーと御者のミスター・マリンズで、火はだいぶおさまってきているように見えた。

ラファエルが庭に戻ってきたとき、ダニエルの背中は痛み、キルトのローブはずぶ濡れになって裸のままの体に張りついていた。ラファエルは全身煤に覆われて、顔は黒ずみ、髪が額に乱れ落ちていた。

「火は消えた」ラファエルは庭で水を運んでいた者たちに向かって言った。「ほかの部分に燃え移る前に消すことができた。よく働いてくれてありがとう」

ダニエルは安堵の息を吐いた。「よかった」ラファエルの青い目がずぶ濡れのダニエルに向けられた。

「安全な場所にいろと言ったはずだぞ」

「庭にいれば、危険はなかったわ。わたしは病人ではないし、自分の手で自分の屋敷を守る権利はあると思うわ」

ラファエルの表情が動き、険しかった顔つきがやわらいだ。「悪かった。確かに、きみには自分の手できみの家を守る権利があるよ」

その瞬間、ふたりの視線が絡みあって動かなくなった。煤と泥にまみれていても、シェフィールド公爵はイギリス一美しい男性だ、とダニエルは思った。

　ふとそんなことを考えた自分が恥ずかしくなって、ダニエルは視線をそらした。「いったいなにがあったのかしら？　どうして火が出たのかおわかりになって？」

　ラファエルの表情が険しくなり、顎のくぼみが深くなった。「絨毯にランプの油がまかれていた。カーテンにも」

　ダニエルの目が丸くなった。「では、誰かが意図的に火をつけたということなの？」

「残念ながら、そういうことだな」

「ああ、なんということかしら」

　キャロラインが喉の奥でうっという音をたてた。「誰かがおふたりを殺そうとしているんだわ」

「とにかく、なかへ入ろう」ラファエルが言った。「召使いたちを動揺させたくない」

　だが、召使いはすでにひどく動揺してしまっていたし、ダニエルは吐き気をおぼえていた。二度も誰かに殺されかけたのだ。

　ダニエルはちらりと夫に視線を投げた。今夜は、彼女よりもラファエルのほうが死の淵により近づいていた。

　これで、少なくともひとつは明らかになったことがある。それを思うと、ダニエルの胸に安堵が広がった。彼女の命を狙った者が誰であったにせよ、それが夫ではなかったことだけは確かなのだ。

28

ラファエルはふたりの女を連れて屋敷のなかへ戻った。ラファエルの寝室は燃えてしまい、廊下の絨毯は濡れて泥まみれになり、邸内には煙のにおいが充満していて、西棟ではとても眠ることなどできそうになかった。ラファエルはすでに西棟全部を閉鎖するように命じ、東棟に自分たち夫婦の寝室とキャロラインの寝室を準備するようにメイドに言いつけていた。

やがて、屋敷じゅうの者がベッドに引きとり、邸内はしんと静まりかえった。明け方までは二、三時間しかない。ラファエルはダニエルの隣で横になったまま、彼の命を狙いそうな人物についてあれこれと考えつづけた。あるいは、キャロラインが言ったように、彼とダニエルのふたりの命を狙うかもしれない人物について。

「火をつけた男は、どうやって屋敷に入ったのかしら？」ダニエルがラファエルのほうに体を向けて訊いた。

「眠っているのだと思っていたよ」

「わたしはあなたがまだ眠っていないとわかっていたわ。今夜はふたりとも眠れないと思うわ」

「そうだな。眠れそうにないな」

「で、犯人はどこから入ったのだと思う?」

「わからない。ロバートがキャロラインに会いに来たときのように、窓から入ったのかもしれない。だが、誰かが手引きして引き入れた可能性のほうが大きいかもしれないな」

「わたしもそう思っていたの。数週間前、家政婦が新しいメイドを雇ったのよ。ほかにも、最近になって何人か女の使用人がふえているの。ひょっとしたら、そのうちのひとりかもしれないわ」

「ミセス・ホイットニーと話をして、新しい雇い人について彼女の知っていることを聞きだしてくれないか?」

「いい考えだわ」

「ところで、夜明けまではまだ二、三時間あるし、できれば眠っておくほうがいい。わたしはよく眠れる方法をひとつ知っているんだよ」ラファエルがダニエルに覆いかぶさって唇を近づけた。ダニエルの唇は甘く柔らかで、その感触がラファエルは大好きだった。ダニエルがキスを返し、彼のなかに欲望が生まれた。

やがてラファエルがダニエルのなかに入りこみ、ふたりの体が同じリズムを刻みはじめた。同時に絶頂に達し、激しい快感に全身が硬直する。

　ラファエルはすっかり満ちたりた思いで羽根布団に身を横たえると、ダニエルを引き寄せた。彼女の呼吸が深くなり、疲れきって眠りに落ちていくのがわかる。

　ラファエルも眠ってしまいたかったが、とても疲れているのに、不安のほうが大きくてどうしても眠れなかった。


　翌朝早く、ダニエルは目をさました。昨夜重いバケツを持ったせいで全身が痛み、眠れたのもほんの二時間ほどだった。

　キャロラインを少しでも長く休ませておいてやりたくて、ダニエルは自分で身支度をし、髪を鼈甲（べっこう）の櫛（くし）で両サイドにとめて部屋を出た。すると、玄関ホールのあたりからなにやら騒がしい物音が聞こえてきた。

　階段の下に目をやると、長身のシェフィールド公爵未亡人の姿が見えた。褐色の髪にだいぶ白髪がまじっているが、まだじゅうぶんに魅力的な女性だ。彼女はいつもよりやや声高に息子に話しかけていた。

「どうしてわたしに知らせなかったの？　あなたの妻が馬車の事故で命を落としかけたというのに、わたしに知らせようとは思わなかったの？」

「母上にご心配をかけたくなかったのですよ」

「帰ってみれば、誰かがあなたの寝室に火を放ったと聞かされても、まだ心配してはいけないと言うの？」

ラファエルが顔をしかめた。「誰に聞いたのですか？」

「聞かなくても、屋敷じゅうに煙のにおいがしています。それに、もし煙のにおいがしていなくても、この屋敷内で起きたことはどんな小さなことでも気がつくわ。ダニエルはどこなの？」

「ここにおります、お義母様」

公爵未亡人がふりむき、明敏な青い目でじっとダニエルを見つめた。「気分はどう？元気ですなどとは言わないでちょうだい。ゆうべはよく眠れなかったはずですもの。こんなところに立って話をしているより、ベッドに戻ってもう少し眠らなくてはいけませんよ」

義母がほんとうにダニエルの体を気遣っているのか、あるいはただ睡眠不足が子供を産む能力になんらかの影響を与えるのを心配しているだけなのか、ダニエルにはよくわからなかった。「午後には昼寝をさせていただきますわ。少し眠いだけで、ほんとうに元気ですから」

公爵未亡人はラファエルに視線を戻した。「あなたにも言っておくことがあります！自分と妻を守るために警備の者を雇うべきですよ。誰かがあなたたちの命を狙っているのに、いままでなんの手段も講じずにいたなんて」

「いいえ、ちゃんと対策はとっていますよ、母上。サミュエル・ヤーマスという男に調査させているところです。それに、今日じゅうにヤーマスに頼んで信頼のおける人間を紹介してもらい、屋敷の外の警備にあたらせるつもりでいます。二十四時間ずっと警備させますよ。これで少しは安心したでしょう?」

だが、公爵未亡人はまだ気持ちがおさまらないようだった。「これはきっとあなたの役立たずのいとこ、アーサー・バーソロミューの仕業だわ。あなたが死んでいちばん得をするのは彼ですもの」

ラファエルは困惑に顔をしかめた。廊下を見まわし、誰かに会話を聞かれていないか確かめる。「こんなところで一族の恥を口にしてはいけませんよ、母上。わたしたちだけで話ができるように客間に行きましょう」

公爵未亡人は先に立って歩きだし、いちばん近い客間に入って、ラファエルが重い扉を閉めるのを待った。公爵未亡人はソファに座り、ダニエルはそのそばの椅子に腰を下ろした。

「さあ、ほかにもなにか言いたいことがあるなら、どうぞおっしゃってください、母上。このあとわたしはヤーマスに会って警備の手配をしなくてはなりませんし、ダニエルは新しく雇ったメイドについてメイド長のミセス・ホイットニーに訊いてみる予定なのです」

「そうね」公爵未亡人がちらっとダニエルに視線を走らせてから、またラファエルを見て言った。「あなたは先に手配をすませたほうがいいわね。そのあいだに、わたしはダニエルからこれまでのことをもう少し詳しく教えてもらうことにしましょう」

ラファエルはうなずいた。「わかりました。では、ちょっと失礼します。できるだけ早く戻りますよ」

「気をつけてね、ラファエル」ダニエルが言うと、ラファエルが優しいほほえみを返した。

「きみも気をつけるんだよ」そう言って彼は出ていってしまい、ダニエルは義母とふたりだけでとり残された。義母がなにを言いたいのかはわかっていて、ダニエルの胸は不安でいっぱいだった。

ダニエルにはまだ子供ができない。そして、永久に妊娠することはない。

彼女は顔にほほえみを張りつけて義母のほうにふりむいた。もしほんとうのことを知ったら、この義母はダニエルの死を望む人間のなかのひとりになるだろうと確信しながら。

真夜中だった。ぐっすり眠っていたラファエルは、執事がドアを叩く音で目をさました。なにが起きたのかと案じながら、ラファエルはローブをはおってドアへ急いだ。

「どうした、ウースター?」

「お休みのところを申し訳ございません、旦那様。ミスター・マックフィーが参っております。ふたりの男と一緒でございまして、そのうちのひとりはあまり芳しくない人間のような風体でございます。ミスター・マックフィーは、ぜひともすぐに旦那様にお話ししたいことがあると申しております」

ダニエルがラファエルの背後に近づいた。「なにごとなの、ラファエル？」

「マックフィーが来たそうだ。なにか重要なことがわかったのではないかと思う」ラファエルは急いでズボンをはき、清潔な白いシャツを着た。「ここにいなさい。すぐ戻る」

ラファエルはダニエルを戸口に残して歩きだしたが、書斎に着く前に彼女が階段を駆けおりてくるのが見えた。心のなかで悪態の言葉をつぶやきながら、彼女が言われたとおりにしないのはわかっていたはずだと自分に言い聞かせ、ラファエルは彼女が追いつくのを待った。

「なにも言わないで、ラファエル。わたしもあなたと同じくらい心配しているの」

そのとおりだとわかっていたので、ラファエルは怒りを押し殺した。「わかった。行こう」彼はダニエルの腕をとって歩きだした。彼女は質素な濃い灰色のスカートと白いコットンのブラウスを身につけていた。豊かな髪が一歩ごとに背中で揺れ、スカートの裾(すそ)から素足がのぞく。その若々しい姿に、ラファエルは思わずほほえみそうになった。いまのダニエルの姿は、遠い昔にラファエルが恋に落ちたころの赤毛の少女のようだった。

そう思ったとき、彼の胸が締めつけられた。かつてラファエルはダニエルを愛していた。

でも、もう二度と自分の心を危険にさらすようなばかなまねはしない。

ふたり一緒に書斎に入ると、両手を背中で縛られている男のそばにマックフィーが立っていた。そして、そのそばにいるのは、ほかならぬロバート・マッケイその人だった。

「こんばんは、閣下」マックフィーが言った。「お休みのところ申し訳ありませんが、どうしても待てない用件でしたので」

「いや、かまわないよ」

「こんばんは、ロバート」ダニエルが言った。

「お目にかかれて光栄です、公爵夫人。どうやらぼくはまたもやあなたとあなたのご主人に借りができてしまったようです」

ロバートがちらっと探偵に目をやった。「あなたのご友人の来るのがもう少し遅ければ、ぼくはいまごろ死んでいたでしょう」

ラファエルはじっとロバートを見つめた。「それは、いったいどういうことなのだ？」

ロバートはジョナス・マックフィーがイーストエンドの宿屋に来て、ずっと彼の動きを見張っていたことを話した。

「それが幸運でした」マックフィーが言って、両手を縛られた男のほうに軽く顎をしゃくった。「この男はアルバート・スウィーニーというんです。こいつが宿屋の主人に金をやってマッケイの部屋を訊きだしているのが耳に入ったので、わたしは後をつけていきました。すると、こいつは鍵をこっそりこじあけてなかに入ったんです。わたしが続いて部屋に入ったとき、この男がマッケイを殺そうとしているのは明らかでした」

「この男が人を殺すのは、はじめてではなかったんです」ロバートが言った。

「そのとおりです」ジョナス・マックフィーもうなずいた。「この男を捕まえたあと、マッケイとわたしは少し彼とおしゃべりしてみました」

どんな〝おしゃべり〟だったのかは、見ればわかった。スウィーニーの片目は腫れあがり、裂けた唇から出た血が服に染みを作っている。

「なにがわかった？」

「スウィーニーは金をもらってレイトン伯爵を殺したんです」マックフィーが単刀直入に言った。

ダニエルの目が丸くなった。「そう言ったの？　殺人を告白したの？」

「少々説得が必要でしたが」マックフィーは言った。「それと、金を払って殺人を依頼した男を捕まえるために協力するなら、シェフィールド公爵がおまえの罪を軽くするために尽力してくださるだろうと約束しました」

ラファエルはうなずいた。「で、殺人を依頼したのは誰だったのだ？」

「バートン・ウェブスターという男です。ウェブスターがクリフォード・ナッシュの命令で動いていることを証明したいと思っています」

ラファエルの腕をぎゅっと握りしめたダニエルの指から、彼女の興奮が伝わってきた。

「すばらしい知らせだわ」

　スウィーニーが悪態をつくと、マックフィーは彼が壁に突きあたるほど激しく殴りつけた。「言葉遣いに気をつけろ。公爵夫人の前だぞ」

「ぼくがウェブスターと話してみます」ロバートが言った。「当局に協力するほうが有利だとわかれば、きっと協力してくれるでしょう」

「それはわたしに任せてください」マックフィーが口を挟んだ。「ウェブスターは、あなたを殺せとスウィーニーに依頼した男の仲間なんです。つまり、ナッシュもあなたがイギリスに戻っていることを知っているんですよ。あなたが生きているかぎり、彼にとっては脅威だ。ということは、あなたの命が危ないということになります」

「マックフィーの言うとおりだ」ラファエルが言った。「あとのことはマックフィーに任せるべきだ」そして彼は探偵に向かって言った。「なにかわたしにできることはあるか?」

「いまのところはありません」

「もし必要なときには、すぐ連絡してくれ」

「ありがとうございます、閣下。では、これで失礼します。この男を警察に引きわたさなくてはなりませんから」

　マックフィーが殺人者を連れて出ていくと、ラファエルはロバート・マッケイに視線を向けた。「なにもかも片づくまで、ここにいるといい、ロバート」

　ロバートは迷っているようだった。「時間がかかるかもしれません。いくらスウィーニーが自白しても、当局には信じてもらえないかもしれない。ウェブスターとナッシュが裁かれるまで、ぼくに対する疑いは完全に晴れたとは言えません」

「確かにそのとおりだろう。だが、以前にくらべれば、ずいぶん自由の身に近づいている。どうか遠慮せずに滞在してくれ」

　ロバートはまじめな顔でうなずいた。

「では、そうさせていただきます。おふたりにはほんとうに感謝しています。一生かけても、このご恩はとてもお返しできそうにありません」

「恩を返すなどという心配はいらないが、ひとつきみに訊いておきたいことがある」

　ロバートがはっと顔を上げた。「キャロライン・ルーンのことですね」

「そうだ。どうやらミス・ルーンは、きみに対して特別な感情を持っているらしい。だが、きみが彼女をどう思っているか、まだわかっていない」

「ぼくは彼女を愛しています」ロバートははっきりと答えた。

「それはよかった。だが、自由の身になれば、同時にきみは伯爵家を継ぐことになる。ミス・ルーンはただの小間使いにすぎない」

「たとえ彼女が煙突掃除をしていてもかまいません。ぼくは彼女を愛しています。彼女と結婚したいと思っています」

ラファエルの耳に、ダニエルの鼓動が聞こえたような気がした。彼女は前に進みでて、ロバートの手をとった。「あなたはわたしの思っていたとおりの人だったわ、ロバート・マッケイ。あなたたちふたりが一緒にいるのを見たとき、あなたもわたしと同じようにキャロラインのすばらしさに気づいているとわかったの」

「彼女に出会ったことが、ぼくにとってのいちばんの幸運です」

ダニエルはほほえんで彼の手を放した。その彼女の顔は、これまでラファエルが見たこともないほど幸せそうだった。

ロバートがちらっとドアに目をやった。「とても遅い時間だというのはわかっていますが、できれば一目だけでも――」

そのとき、把手がまわって、いきなりドアが開いた。「ロバート！」

「やれやれ、この屋敷は立ち聞きしている女性がいっぱいだな」ラファエルは不満そうに言ったが、ロバートが愛する女性を抱きあげる様子を見てほほえまずにはいられなかった。

しばらくのあいだ、ロバートはただキャロラインを抱きしめていた。ラファエルはダニエルにそっと出ていこうと目で合図したが、ふたりがドアまで行きつく前にロバートがキャロラインの前に膝をついた。

「時と場所がふさわしくないのはわかっているが、どうしても言っておきたい。心から愛しているよ、キャロライン・ルーン。ぼくと結婚してくれるね？」

　キャロラインの青い目が驚きに見開かれた。「なにを言っているの？　あなたはわたしと結婚することなどできないのよ。あなたは伯爵なんですもの」

「伯爵だろうがなんだろうが、ぼくはひとりの男としてきみを愛している。イエスと言ってくれ、キャロライン。頼むからぼくの妻になってくれ」

　キャロラインが不安げな目をダニエルに向けた。「彼と結婚などできません。だって、正当なことじゃありませんもの――そうでしょう？」

「彼を傷心のままここから追いだすことのほうが正当じゃないと思うわ」ダニエルはにっこり笑った。「あなたならきっとすばらしい伯爵夫人になるわ。だって、あなたはもうどんなドレスを身につければいいのかちゃんと知っているんですもの」

　キャロラインは笑いだしたが、その目からは涙がこぼれ落ちていた。彼女はまだひざまずいたままのロバートに視線を戻した。「わたしもあなたを愛しているわ、ロバート・マッケイ。それがあなたの心からの望みなら、わたしはあなたと結婚します」

　ロバートが喜びの声をあげて立ちあがり、キャロラインを抱きしめた。

　ラファエルはダニエルを連れて書斎を後にし、彼女が泣いていることには気づかないふりをした。

「ほんとうによかったわ」ダニエルが言った。

「まだすべてが終わったわけではない。たいへんな仕事が残っているし、思いどおりに事が運ばない可能性もあるんだ」

「わかっているわ。そうならないように祈るだけよ。キャロラインは幸せになっていい人よ。ロバートと一緒なら、きっと幸せになれるわ」階段を上っているとき、ふとダニエルは奇妙なことを思いついた。「ねえ、ほんの短いあいだだったけど、ロバートもあの首飾りの持ち主だったのよ。わたしが彼に渡したんですもの」

ラファエルはくすくす笑いだした。「まさか、あのふたりが結ばれたのは首飾りのおかげだと思っているんじゃないだろうね？」

「でも、彼はとても純粋な心を持っているわ。そうでしょう？」

「そうだね。わたしもそう思うよ。そして、あのふたりが結ばれて嬉しいよ」だがラファエルは、首飾りの伝説も呪いも不思議な力も信じてはいなかった。もし信じているなら、自分たちの命を狙う者がいてもなんの心配もせずにいられただろう。

信じていれば、これほどダニエルの身を案じる必要もなく、卑怯者の計画が成功するかもしれないと不安に思う必要もないだろう。

29

次の夜、ダニエルが夫を捜しはじめたのは夕食の時刻が迫るころだった。階下の客間を見てまわり、書斎をのぞいたが、ラファエルの姿はなかった。

「ウースター」ダニエルは白髪頭の執事に呼びかけた。「旦那（だんな）様がどこにいらっしゃるか知っているかしら？」

「はい、奥様。旦那様は二階で外出の用意をなさっていらっしゃいます」

執事の言葉がダニエルを驚かせた。外出することなど聞いていなかったし、命の危険があるあいだは屋敷にじっとしているものだとばかり思いこんでいたのだ。でも、ラファエルがそれほど臆病（おくびょう）な人間ではないことはわかっていてもいいはずだった。

「ありがとう、ウースター」ダニエルはスカートの裾（すそ）を持ちあげて階段を上り、西棟の修復が終わるまで暮らすことになっている東棟の続き部屋に向かって廊下を急いだ。

ノックもせずにドアを開けてなかに入る。白いネクタイを結んでいたラファエルの手が止まった。

「やあ、どうした、愛しい人（ラブ）？」

その呼びかけの言葉に胸が温かくなったことも、正装した彼がどんなにすてきかということも、ダニエルは無視しようとした。彼はまだ上着を着ていなかった。白いシャツがたくましい肩をぴったりと覆い、細身のズボンが下半身の線をあらわに見せている。

心地よい震えがかすかにダニエルの全身を走りぬけたが、彼女は断固として、いまやるべきことを自分に言い聞かせた。「なにをしているの、ラファエル？　外出するなんて聞いてないわ」

ラファエルがまたネクタイを結びはじめた。彼はめったに従僕を使わないし、東の棟に移ってからはますますひとりで着替えをすることが多くなっていた。「ラウデン伯爵の屋敷で夜会が開かれるんだ。噂（うわさ）では、そこにバーテル・シュラーダが現れるらしい。もしそれがほんとうなら、わたしは彼に一言言ってやりたいことがあるんだ」

ラファエルの死によって利益を得るかもしれない国際的仲買人の〝ダッチマン〟。ダニエルは寒気をおぼえた。「あなたが行くなら、わたしも一緒に行くわ」

ラファエルの手が止まった。「今夜はだめだよ。きみは安全なこの屋敷のなかにいるんだ」

ダニエルは彼に近づいて、その頬を撫（な）でた。「あなたと一緒に行くより、ここにひとりで残るほうが安全だと思うの？」

ラファエルは眉をひそめた。「きみはひとりじゃない。屋敷のなかには召使いがたくさんいるし、外は何人もの警備員が見張っている」

「馬車にも従僕がついているわ。それに、召使いの誰かが犯人の一味だという可能性もあることを、まさかあなたは忘れていないわよね？」それはほんとうのことだった。ただ、メイド長のミセス・ホイットニーに新しいメイドについて尋ねたあと、ダニエル自身もそのふたりと話をしてみて、彼女たちがあの火事になんの関係もなかったことは確信していた。

ラファエルがますます眉をひそめた。ネクタイを結び終え、結び目をきちんと首のまんなかにおさめる。「きみは外に出られないからいらいらしているだけなんだろう？」

ダニエルはとろけるようなほほえみを浮かべた。「では、この屋敷のなかにいれば安全だと、ほんとうにあなたは信じているのね？」

ラファエルが、並の男なら震えあがりそうな目でダニエルをにらんだ。そして、腹立たしげに低い声でささやいた。「きみのずる賢さには負けたよ。着替えをしなさい。だが、今夜は一秒たりともわたしのそばを離れるんじゃないぞ」

ダニエルは勝利のほほえみを噛み殺した。「もちろんよ、あなた」ラファエルの気持ちが変わらないうちに、ダニエルは急いで自室に入り、呼び鈴を引こうとした。が、呼び鈴の紐に手が届く前にキャロラインが部屋に飛びこんできた。

ダニエルはあっけにとられた。「どうしていつもあなたは、わたしよりも先にわたしの必要なことに気づくの？」

キャロラインが声をあげて笑った。「奥様が旦那様を捜しているのを見かけたんです。ウースターが旦那様は外出の用意をなさっていると言っているのも聞こえました。それで、きっと奥様も一緒に外出なさりたがるだろうと思ったんです」

ダニエルは衣装棚に歩み寄ってドレスを選びはじめた。「できるだけ早く代わりの小間使いを雇うつもりよ。あなたは伯爵夫人になるんですもの。いつまでもわたしの用事をしてもらうわけにはいかないわ」

「わたしは奥様のお手伝いをするのが楽しいんです」キャロラインの口元に夢見るようなほほえみが浮かんだ。「まだ信じられません。ロバートがわたしを愛しているなんて。伯爵なのに、わたしと結婚したいと言ってくれるなんて」

「あなたと結婚できる人は幸運なのよ。彼はそれをちゃんと知っているんだわ」

キャロラインはダニエルを見つめた。「わたし、心配なんです。なにもかも片づくまでは、彼が逮捕される可能性が残っているんですもの」

「いまロバートはマッケイブという名前を使っているわ。誰も三年前の事件と彼を結びつけて考える人はいないわよ」

「そうだといいんですけど」キャロラインは衣装棚に並んでいるドレスをあれこれ吟味し

はじめた。やがて彼女がとりだしたのは、黒いベルベットのリボンで縁飾りをほどこした薔薇(ばら)色のシルクのドレスだった。「これはどうでしょう？　それとも、金糸を縫いこんだオーバースカートのついている深緑色のドレスのほうがいいでしょうか？」

ダニエルはキャロラインの手から薔薇色のシルクのドレスを受けとった。「これがいいと思うわ」着ているドレスのボタンをキャロラインにはずしてもらうと、ダニエルは急いでそれを脱ぎ、イブニングドレスを身につけた。

キャロラインがボタンをとめていく。「ロバートは早く結婚したがっているんです」彼女はかすかに頬を赤らめてダニエルを見つめた。「同じ屋根の下で暮らしているのに一緒にベッドに入ることができないのはいやだと言うんです」

ダニエルは笑った。「彼はあなたを愛しているのよ」

キャロラインがため息をついた。「汚名をすすぐことができそうだとわかったからには、紳士らしくふるまわなくてはならないと彼は決めているんです。ちゃんと結婚するまでは、わたしの評判にかかわるようなまねはしないって」

「それは喜ぶべきことだと思うわ」

「そうなのですが、でも――」キャロラインが言葉を切って顔をそむけた。

「でも、どうしたの？」

「わたしは彼に抱いてほしいんです、ダニエル。わたしの部屋をこっそり訪ねてきた夜のように」

ダニエルは驚きを押し殺した。キャロラインは恋をしている。ダニエルもはじめてラファエルに恋をしたときには、純潔をささげることもためらいはしなかっただろう。

そっと手を伸ばして、ダニエルは友人の細い手をとった。「誰かを愛していれば、それはごく自然な行為だわ」ふと彼女は唇を噛んだ。「ラファエルがロバートの気持ちをはっきり確かめようとしたのは、きっとそのせいなのね。彼は察していたんだわ」

キャロラインの顔が真っ赤になった。「まさか」

ダニエルはほほえんだ。「でも、もうそんなことは問題じゃないわ。もうすぐあなたたちは結婚して、いつでも好きなときに愛しあえるのですもの」

キャロラインの頬がますます赤くなったが、もうそのことは口にせず、ダニエルもなにも言わなかった。これまでふたりはどんなことでも話しあってきた。もしダニエルが自分の問題でこれほど頭を悩ませていなければ、きっとロバートとキャロラインの深い関係にももっと早く気づいていたことだろう。

用意ができてラファエルのもとに向かうとき、ふと羨（うらや）ましさがダニエルの胸を刺した。ロバートはキャロラインを愛している。ラファエルがダニエルのことをどう感じているのか、彼女にはわからない。

階段の下で待っているラファエルの姿を目にすると、ダニエルの胸がわずかに痛んだ。

彼の表情を読みとろうとしたが、いつものように彼は慎重に表情を消してしまっていた。

ラファエルはダニエルを馬車の座席に座らせてから、彼女に向きあって腰を下ろした。

　ダニエルはなにも言わず、馬車はそのままラウデン伯爵邸に向かって敷石道を走りだした。


　ラファエルとダニエルがキャベンディッシュ・ストリートにある三階建ての煉瓦造りの邸宅に着いたのは、もうすっかりあたりが暗くなった十時ごろのことだった。窓に明々と明かりの灯ったラウデン伯爵邸の前で、ダニエルとラファエルはあの事故のあとで買い求めたすばらしい馬車から降りた。馬車の後部には銃を持った従僕がふたり乗っていたし、御者のマリンズも拳銃を持っている。

　ラファエルの外出は誰にも知られていないはずだったが、彼は警戒を怠ることはなかった。

　周囲に目を配りながら、ラファエルはダニエルをエスコートしてポーチに続く階段を上がった。ドアの両側にお仕着せを来た従僕が立っていて、丁寧にふたりを迎えた。

　宴はすでにたけなわだった。人波をかきわけて客間に向かう途中で、ラファエルは銀のトレイからダニエルのためにシャンパンのグラスを、そして自分のためにブランデーのグラスをとった。

人々の顔ぶれを見まわしてなにか危険な気配はないかとチェックしたが、いつもと変わりないように思えた。

「あら！」ダニエルが右手の少し離れたところにいる二人連れを指した。「コードとトーリィだわ」

「ほんとうだ」ラファエルは友人がいることにほっとして、ダニエルを連れてそちらに向かった。すると、もう少し離れたところにイーサンとグレースの姿もあった。「友人がもう一組いるよ」

ラファエルたちを見つけたコードが近づいてきて、非難の視線を向けた。「きみたちは家でじっとしているものだと思っていたよ」

「屋敷に閉じこもっていたら、誰がわたしを殺そうとしてるのか見つけることもできないじゃないか」

「ダニエルまで連れてきたのか？」イーサンが言った。「ふたりとも危険には近づかないようにするべきだよ」

ダニエルがほほえんだ。「心配してくれてありがとう。でも、ひとりきりで屋敷にいるよりラファエルと一緒にいるほうがずっと安全だとお思いになるでしょう？」

「もちろんよ」イーサンが答える前に、グレースが割りこんだ。「ラファエルがついていれば、ダニエルは絶対に安全だわ」

コードがあきれたように天井を仰いだ。「わたしたちはなにか食べに行こうとしていたところだったんだ。一緒に行かないか?」

ラファエルはうなずいて、歩きながらさらに客の顔ぶれを見ていった。ぞろぞろと六人で、食事が用意されている細長い部屋に入る。そこも、着飾った人々でいっぱいだった。ガラスのパンチボウルと並んで置かれたいくつかの銀のトレイには、あふれそうなほどのご馳走(ちそう)がのっていた——鶏肉(とりにく)のロースト、牛の腿肉、サーモンの酢漬け、何種類ものチーズ、焼きたてのパン、フルーツ、デザート。

食事をとる客たちの長い列に、ラファエルは友人と一緒に並んだ。でも、食事を楽しむほど長居をするつもりはなかった。

「それで、なぜこの夜会を選んで出てきたのだ?」コードが周囲に視線を走らせながら訊(き)いた。

ラファエルもコードの視線を追った。「〝ダッチマン〟が今夜ここへ来るという噂を聞いたんだよ」

「シュラーダが?」

ラファエルはうなずいた。「もし彼が来たら、話してみたいんだ」

それからわずか数分後、この屋敷の主人である伯爵と話しているその男の姿が見えた。薄茶色の髪をした三十代後半の男。シュラーダはまるで貴族の一員のように落ち着き払って、上流社会の人々と接している。ひょっとしたらドイツの貴族の出なのかもしれない。

「しばらくダニエルを頼んでもいいか？」ラファエルはイーサンとコードに声をかけた。

　ふたりがうなずく。

「彼女から絶対に目を離さないでくれ」

「大丈夫よ、ここにいればわたしは安全——」

「絶対に目を離さないよ」コードが言い、彼とイーサン、それにそれぞれの妻がさらに身を寄せて、四人でダニエルを守るようにとりかこんだ。

　ラファエルは〝ダッチマン〟の様子を観察しながらぶらぶらと近づいていき、彼が会話を終えてドアに向かうところをつかまえた。

「失礼、ミスター・シュラーダ。ご記憶ではないかもしれないが、フィラデルフィアでお目にかかりましたね。ラファエル・ソーンダースです。よろしければ、少しお話ししたいのだが」

　シュラーダは引きしまった運動選手のような体型をしていた。目はとても珍しい青みがかった灰色で、驚くほど明敏そうだった。「これはこれは、閣下」彼は軽く頭を下げて言った。「またお目にかかれて嬉しいですよ」

「ほんとうに？」

　シュラーダはほほえんだだけだった。「そういえば、あなたのご災難の噂を耳にしましたよ」

「ほう？」ラファエルは軽く頭をふってドアのほうを示し、シュラーダと一緒にドアを出て人のいない廊下の端に向かった。

二本の壁付き燭台の下で足を止めると、〝ダッチマン〟は警戒するようにラファエルを見つめた。「商売上の競争相手だからといって、まさかわたしがあなたを殺したいと望んでいると思っているのではないでしょうな？」

シュラーダがラファエルの身に起きたことを知っていても、ラファエルはそれほど驚きはしなかった。なにしろシュラーダの商売にとっては、情報を手に入れることが必要不可欠なのだから。

「可能性はある。わたしが死ねば、長いあいだあなたが骨を折ってきた取り引きをまとめることができると考えたのかもしれない」

「そうかもしれませんね。だが、たとえあなたが消えても、あなたのふたりの友人があなたの遺志を引きつぐ可能性は残りますよ」

「驚いたな、シュラーダ。あなたはわたしの仕事についてわたし自身よりもよく知っているらしい」

シュラーダは肩をすくめた。「それがわたしの仕事です」

「あなたがこうしてイギリスにいるということは、まだフランスに船を買わせる話はまとまっていないのだろうな」

「顧客の情報をもらす自由は与えられておりませんのでね」

ラファエルはダニエルの乗っていた馬車の事故のこと、ふたりが死んでいたかもしれない火事のことを考えた。「きみの顧客のことなどどうでもいいんだ、シュラーダ。だが、ひとつだけはっきり言っておくぞ。わたしを殺してもきみの問題は解決しないし、もしわたしの妻の身になにかが起きて、それがきみの仕業だとわかったら、地球上のどこに逃げてもきみの隠れる場所はないぞ」

シュラーダは笑いだした。「わたしはただの商売人です。悪人はどこかほかの場所で探してください、閣下」

ラファエルはしばらく相手をにらみつけてから、踵(きびす)を返して歩きだした。バーテル・シュラーダは知的で、非常に賢い男だ。彼が犯人なのかそうではないのか、ラファエルには結局よくわからないままだった。

もう少しなにかつかみたかったと思いながらラファエルは客間に戻り、妻と友人たちが部屋の隅に固まっているのを見つけた。

ケンブル子爵のアンソニー・クッシングが彼らのなかに加わっていた。彼は道楽者として有名な男で、外見もよく、しかもとても裕福だ。いまケンブル子爵はダニエルに熱い視線を注いでいた。子爵の言葉にダニエルが笑い声をあげると、ラファエルの背筋を苛立(いらだ)ちが駆けぬけた。

　彼は妻に近づいてその腰に腕をまわしてから、じっと子爵を見つめた。「こんばんは、ケンブル子爵」

「こんばんは、閣下」黒髪の子爵の笑顔は獲物を狙う狼のようだった。「たったいま、美しい奥様にお目にかかる栄誉に浴したところです。ほんとうに魅力的なかたですね」

「ありがとう」ラファエルは奥歯を食いしばった。

　子爵はほかのメンバーを見まわし、最後にもう一度ちらっとダニエルを見た。「残念ですが、そろそろ帰らなくてはなりません。とても楽しかったですよ、公爵夫人」彼がダニエルの手に唇をつけると、ラファエルは顔をこわばらせた。「では、失礼いたします」

　ラファエルはなにも言わなかった。自分が多少嫉妬を感じているのはわかっていた。だが、ダニエルほど美しい妻を持っている男なら、それはごく当然の感情だろう。ダニエルを愛しているかどうかにはなんの関係もないことだ。

「それで、どうだった？」コードのゆったりした声で、ラファエルはわれに返った。

「シュラーダは事件との関係を否定した。わたしの直感としては信じてもいいような気がするが、確かめる方法はないな」ラファエルの視線の先には、表のドアに向かうシュラーダの姿があった。

「シュラーダについての情報をできるだけ集めてみるよ」コードが言った。

「それで思いだしたが……」イーサンが口を挟んだ。「じつは、今朝きみのところに寄ろうと思っていたんだ。カールトン・ベイカーがフィラデルフィアに向けて発（た）ったよ。マリーナ号という船の乗客名簿に彼の名前があった」

「ずっと彼の動向を探ってくれていたのか？」

イーサンは肩をすくめた。「わたしの仕事は海運業だからな。そう難しいことではないさ」

「彼が発ったのはいつだ？」

「昨日の朝だ。ふたつの事件が彼のせいだったのだとしたら、もう危険はない」

「そうだな。いかにもベイカーは、わたしの死ぬのを見て喜びそうな男だった」ラファエルは強いてほほえみを浮かべた。「ありがとう」

コードがぽんとラファエルの肩を叩（たた）いた。「われわれみんなで情報を集めている。なにか役に立ちそうなことがわかったら、すぐ連絡するよ」

ラファエルは黙ってうなずいた。彼にはこれ以上望めないほどすばらしい親友がふたりいる。だが、彼らの協力をもってしても、ラファエル夫妻の命を狙っているのが誰なのかなかなかわからない。

ラファエルはダニエルの腰にまわしていた手に力をこめた。「帰ろう、ダニエル……またきみの崇拝者が現れて、わたしがその男に決闘を申しこむはめに陥る前に」

ダニエルの大きな緑色の目が丸くなるのを見て、ラファエルはほほえんだ。

「冗談だよ。だが、今度ボクシングをするときには、あの男を相手にしてもいいな」

ダニエルはほほえんだだけだった。今夜はずっとなにかに気をとられているようで、口数も少なかった。こんなダニエルを見るのははじめてだった。きっと不安なのだろう。それも無理はない、とラファエルは思った。

彼はダニエルにぴったりと寄りそって馬車に戻った。そして、馬車はすぐに走りだした。


ハノーバースクエアの屋敷に着くと、いつもより多めのランプに火が灯され、窓から黄色い光があふれだしていた。

ラファエルは油断なくあたりに警戒の目を注ぎながら、ダニエルを馬車から助けおろし、ドアに向かった。持ち場についている数人の警備員の姿が目に入ると、ラファエルは少しほっとした。だが、まだ企(たくら)みが続いている可能性もあるし、夜もずいぶん更けているので、用心するに越したことはなかった。

執事のウースターがドアを開けると、ラファエルはすばやくダニエルをなかに入れた。

「遅い時間ではございますが」執事が言った。「お客様がお待ちです、旦那様。ミスター・マックフィーがお見えになりまして、旦那様はいつお戻りになるかわからないと申しあげたのですが、待たせていただきたいとおっしゃいましたので書斎にお通しいたしました。ミスター・マッケイブとミス・ルーンもご一緒でございます」

「ありがとう、ウースター」

「ああ、悪い知らせでなければいいのだけれど」ダニエルが言った。彼女はラファエルの先に立って廊下を急ぎ、彼が開けたドアからさっとなかに入った。

暖炉のそばに座っていたロバートとキャロラインとジョナス・マックフィーがいっせいに立ちあがった。

ジョナス・マックフィーがまず口を開いた。「いい知らせです、閣下。レイトン伯爵殺人事件はまもなく解決されるでしょう」

「それは嬉しい知らせだな」

「はい。そうなれば、クリフォード・ナッシュは逮捕され、レイトン伯爵の称号と財産は正当な相続者の手に返されることになります」

ロバートが嬉しそうに笑うと、とても少年っぽい表情になった。彼と同じくらい背の高いキャロラインが彼に寄りそって、同じように晴れやかな笑みを浮かべた。

「バートン・ウェブスターとうまく話がついたようだな」ラファエルはダニエルをソファへと導きながら、マックフィーに言った。彼がダニエルと並んで座ると、ほかの者もふたたび腰を下ろした。

「思っていたほど難しくはありませんでした」マックフィーは言った。「どうやらウェブスターはナッシュの計画がうまくいかないのではないかと考えていて、うまく自分だけ罪を逃れる方法を探していたようです」

「それで彼を説得して、雇い主を裏切らせることができたのね」ダニエルが言った。

マックフィーがたくましい肩をすくめた。「多少の説得は必要でしたが、どうやらクリフォード・ナッシュは伯爵の位を相続するとすぐ、かなり偉そうにウェブスターに使い走りをさせるようになり、ウェブスターはそうとうに嫌気が差していたらしいのです」

「つまり、スウィーニーの言ったことはほんとうだったというわけだな」ラファエルは言った。「スウィーニーに金を渡して伯爵殺しを依頼したのはウェブスターだったが、それはすべてクリフォード・ナッシュの命令だったというわけだ」

「そのとおりです。証拠として、ウェブスターはナッシュの言葉をすべて書きとめていました。故レイトン卿の動向を詳しく記した手紙も数通あります。ナッシュは故伯爵の使用人を買収して、情報を得ていたようなのです。それでスウィーニーは故伯爵が〈豚と雌鶏亭〉に泊まることを知り、殺人を実行に移すことができたのです」

「ウェブスターは自分の罪を軽くしてもらうために、喜んで証言するでしょう」ロバートが優しくキャロラインにほほえみかけながらつけ加えた。「その証言とナッシュの自筆のメモとスウィーニーの自白で、ぼくの無実を証明できることを祈っています」

「なにも問題はないと思う」ラファエルは言った。

「それに、聖マーガレット教会に所蔵されている結婚証明書によって、ミスター・マッケイがレイトン伯爵家の相続人であることが証明されるはずです」

ラファエルは椅子の背に寄りかかった。「ロバート、これできみは近々自由の身になることができそうだな」

ロバートがぎゅっとキャロラインの手を握りしめた。「ということは、もうすぐ結婚できるということですね」

キャロラインが真っ赤になった。

「おめでとう」ラファエルは言った。

「ほんとうに嬉しいわ」ダニエルの目に涙が光った。

「これから同僚のミスター・ヤーマスにあとの処理を任せて」マックフィーが言った。

「わたしはあなたの身を守ることに専念したいと思います、閣下。もちろん、奥様も」

ラファエルは黙ってうなずいたが、ほんとうはマックフィーがそばに戻ってきてくれてとても嬉しかった。「その件については、朝になってからもう少し詳しく検討しよう」

「わたしもそれがいいと思います。では、また明朝」

探偵が出ていき、キャロラインとロバートも後に続いたが、ふたりの目には互いの顔しか映っていないようだった。

ラファエルは胸をつく羨ましさを無視しようとした。かつては彼とダニエルも、ロバートたちのように公然と愛しあっていた。いまは、ふたりとも感情を隠してしまっている。愛することで傷つくかもしれないのが怖いからだ。

最近になって、ラファエルはこれがほんとうに自分の望んでいる生活なのかと迷いをおぼえるようになっていた。

彼は頭をふった。いまは、ふたりを殺そうとしている人間を見つけだすことに専念しなくてはならない。愛や恋について考えているときではない。

30

ダニエルはラファエルの部屋につながった自分の寝室を歩きまわっていた。まだ早朝だが、日はすでに昇っていて、二月の厳しい寒さも少しだけやわらぎそうな気配を見せていた。ダニエルは窓に近づいた。波状の竪子(たてご)のはまった窓から、主(あるじ)のいない鳥の巣が葉の落ちた枝にのっているのが見えた。ああ、早く春になればいいのに。

軽くドアをノックする音にふりむくと、キャロラインが入ってきた。「もう着替えをなさったんですね」

「メイドのひとりと話をしたの。で、わたしの身のまわりの世話をする小間使いを正式に雇うまで、そのメイドに小間使いの代わりを務めてもらうことにしたのよ」でも、これまでのところ、キャロラインほど気のきく小間使いは見つかっていない。

キャロラインがため息をついた。

「伯爵夫人になった自分を想像してみようとしているんですけれど、なかなか難しいですわ。ロバートを喜ばせたいと願っているのに、がっかりさせてしまうのではないかと心配なんです」

「ばかなことを言わないで。あなたは彼をがっかりさせたりなどしないわ。あなたは育ちもいいし、ちゃんと教育も受けている。そして、この五年間、わたしの小間使いとして働いてくれたわ。あなたは貴族の妻がどうふるまわなくてはならないか、よく知っているじゃないの」

　キャロラインが視線をそらした。「ほんとうにそうだといいんですけど」

「それに、あなたは彼を愛しているし、彼もあなたを愛しているわ。それがいちばん大事なことなのよ」

　唯一の大事なことだ、とダニエルにはわかっていた。彼女は心の底からラファエルを愛している。彼女のいちばん大きな望みは、ラファエルも彼女を愛してくれることだった。

　キャロラインが窓辺にいるダニエルに近づいた。そのキャロラインの顔に不安そうな表情が浮かんでいることに、ダニエルは気づいた。

「どうしたの？　なにかあったの？」

「お話ししておかなくてはならないことがあるんです……ゆうべロバートに聞いた話なのですが。今朝からずっと考えていて、やはり奥様にお知らせしたほうがいいと思いまして。あのアメリカ人のリチャード・クレメンスのことなのですが」

「ロバートがリチャードのことでなにか言っていたの？」

キャロラインが大きく息を吸った。「ロバートの話では、リチャードという男はひどい道楽者だという評判だったそうなのです。いつも複数の愛人がいたそうです。ロバートの主人だったエドマンド・ステイグラーに向かって、イーストンの工場近くに住まわせているマドリン・ハリスという女性と結婚後も密通を続けるつもりだと話していたそうですよ。ふたりが話しているのを、ロバートはたまたま耳にしてしまったんですって」

ダニエルの顔が青ざめた。

「リチャードは、結婚後も密通を続けるつもりでいたというの？」

「ロバートはそう言っています。公爵様が奥様に結婚を強要なさったのはリチャードの本性がわかったからだと、ロバートは信じているんです」

ダニエルはじっと窓の外を見つめた。頭だけが目まぐるしく回転していた。「ラファエルは、リチャードと結婚してもわたしは幸せになれないと言っていたわ」

「公爵様はご存じだったのですよ、奥様。不実な男と結婚してもけっして幸せにはなれないと、きっとご存じだったのです」

しばらく、ダニエルは声も出さなかった。ラファエルは、リチャードとのみじめな結婚生活からダニエルを救うために彼女と結婚したのだ。ダニエルを守るために最善の努力をしてくれたのだ。ダニエルは胸が苦しくなるのを感じた。ラファエルは彼女の前にふたたび現れた日から、彼女への気遣いだけを示してきた。それなのに、ダニエルは彼が子供を持つ機会を永遠につぶしてしまったのだ。

跡継ぎはけっして生まれないだろう。そして、もしラファエルの身になにかあれば、彼の家族の運命はアーサー・バーソロミューの手にゆだねられてしまう——なにもかもダニエルのせいだ。

「話してくれてありがとう」ダニエルは静かに言った。

「奥様が旦那様を愛していらっしゃるのは知っています。奥様はそうおっしゃいませんでしたが、旦那様を見るときの奥様の目でわかります。ですから、きっと奥様もこのことを知っておおきになりたいだろうと思って」

ダニエルは黙ってうなずいた。喉が痛み、胸が締めつけられていた。キャロラインはロバートを愛している。ロバートを傷つけるようなことはけっしてしないだろう。いまはダニエルも、以前には思いもかけなかったほど深くラファエルを愛している。でも、彼が子供を持てないままにしておくことは、きっと彼をひどく傷つけてしまうだろう。

キャロラインが静かに部屋を出ていき、そっとドアを閉めた。ダニエルは窓の外に目を向けたままだった。いまこの瞬間も、アーサー・バーソロミューはシェフィールド家の財産を手に入れるためにラファエルを殺そうと企んでいるかもしれない。ラファエルの家族が破滅の危機に瀕しているとしたら、それはダニエルのせいなのだ。

涙で視界がかすんだ。ダニエルはラファエルを愛している。いや、ほんとうは離れて暮らしていたときでも、ずっと彼を愛しつづけていた。結婚したあと、ダニエルは子供が産めなくてもたいした問題ではないと、自分に言い聞かせてきた。フローラ叔母はそう思っていた。

ラファエルさえもそう言ってくれた。

でも、心の奥底で、ダニエルはどうしてもそう割りきることができなかった。自分が半人前の女、半人前の妻のような気がしていた。彼女は嘘をついたままラファエルと結婚したのだ。はじめにほんとうのことを話していたら、きっとラファエルはダニエルと結婚することはなかっただろう。

ダニエルは震える息を吸いこんだ。胸が痛み、心臓が重苦しい鼓動を刻む。もう長すぎるほど長いあいだ自分に嘘をつきつづけてきたのだ。どんなにつらくても、どんな代償を払わなくてはならないことになっても、いま自分がなにをしなくてはならないか、ダニエルにはわかっていた。

ダニエルはもう二階の寝室に引きとっていたが、ラファエルはまだ彼女のもとに向かう気になれなかった。最近よくそうしているように、書斎に入る。吹き抜けの書斎の両端にある暖炉には火が赤々と燃えて、二月の冷気を閉めだしていた。

馬車の事故や寝室の火事を起こした犯人は誰なのだろうと考えながら、ラファエルは大理石の暖炉に足を向けた。高い背もたれのついた椅子のそばを通りすぎたとき、ぼんやりした男の影が見えて、ラファエルははっと身構えた。

が、すぐに、それはマックス・ブラッドリーだと気づいた。

「きみは相変わらずこっそり忍びこむのが好きらしいな」ラファエルは疲れきった様子で、マックスの向かい側の椅子に腰を下ろした。「屋敷のまわりは警備員でいっぱいのはずだぞ。どうやってここに入った？」

マックスは肩をすくめただけだった。「フレンチドアの鍵がひとつ開いたままでしたよ。誰かがあなたの命を狙っているというのに、無用心すぎますね」

マックスが事件のことを知っていても、ラファエルはべつに驚きはしなかった。マックスの情報網から逃れられることなどほとんどない。

ラファエルはため息をついた。「なんとかして犯人を知りたいものだ」

「犯人ではない人間の名前ならわかりますよ」

ラファエルは身を乗りだした。「誰だ？」

「バーテル・シュラーダです」

「あの男はいまロンドンにいる。ゆうべ話したよ。どうして彼が犯人ではないと確信できるのだ？」

「フランスがボルチモア・クリッパーの購入を見送ったからです。二週間ほど前のことです――寝室の火事騒ぎよりも前ですよ。最近になって、それがわかりました。シュラーダはまったく違う用件でイギリスに来たのですが、今週末には出国する予定です」

ラファエルは髪をかきあげた。「そうだったのか」

「これで、犯人候補者のリストはひとり減りましたね」

「いや、ふたりだ。カールトン・ベイカーはもうフィラデルフィアに向かって発った。といっても、彼が犯人かもしれないと本気で思っていたわけではないが。これで、残る犯人候補者はふたりになった」

「アーサー・バーソロミューとオリバー・ランドールですね」

「そうだ。いまジョナス・マックフィーがランドールを、彼の仕事仲間のミスター・ヤーマスがわたしの親愛なるいとこのアーサーを見張っているよ」

「わたしも情報を集めているところです。なにかわかったらお知らせしますよ」

「それはありがたい」

マックスが立ちあがった。「くれぐれも身辺に気をつけてください」

ラファエルも腰を上げた。「外まで送ろう。わたしの味方が撃たれては困るからな」

マックスはほほえんだだけだった。彼が警備員たちの目にとまらないことはほぼ百パーセント確かだ。それでもラファエルは表のドアまでマックスを送り、自分の手でドアを開けて、外の警備員たちにマックスが自分の知り合いであることをはっきりと知らせた。マックスは静かに闇のなかに歩み去った。

ため息をひとつついて、ラファエルはドアを閉め、寝室へ向かう階段を上がりはじめたが、とうてい眠れそうにない気がしていた。でも、ダニエルのそばにいれば落ち着く。この一件が片づいてダニエルの安全が保証されるまでは、それだけでじゅうぶんだ。


闇が屋敷を包みこんでいた。ダニエルは頭痛を装って、早めに二階の寝室に引きとっていた。しばらくひとりになって、決意を固める時間が欲しかった。

決意が正しいことはわかっていたし、自分がラファエルの障害になるのは耐えられないということもわかっていた。ラファエルには跡継ぎが必要だ。子供を産むことのできる妻が必要なのだ。

何カ月ものあいだダニエルは、自分に子供ができないとわかればきっとラファエルは離婚するだろうと思っていた。だが、ラファエルは落馬事故の責任は自分にもあると言い、子供が産めなくてもなんの問題もないと言いきった。

でも、ほんとうはそうではないのだ。そして、そのことはふたりともよくわかっている。

キャロラインの話を聞いたあと、心の奥に押しこめていた不安が一気に表面へ浮かびあがってきた。最初からわかっていたのだ。遅かれ早かれ、いずれ自分はラファエルをあきらめることになるだろうと。

ドアが開いて、ラファエルが静かに入ってきた。物音で、ベッドに入る支度をしている気配がわかる。東の棟に移ってからも、ダニエルはずっとラファエルと同じベッドで眠り、彼のそばにいられる幸せを味わってきた。ラファエルはいつも裸で眠り、ダニエルもしだいにそれに慣れてきた。愛の行為のほてりで、夜じゅう暖かく眠ることができた。

今日一日じゅう、ダニエルはラファエルのことを考えつづけてきた。キャロラインの言葉を思いうかべ、夫婦関係がうまくいくようにどんなにラファエルが一生懸命努力してくれたかを思った。彼はなにがなんでもダニエルを幸せにしようと決意し、そして、ダニエルが思ってもいなかったほど見事にその決意を実行してきたのだ。

静かに動いているラファエルを見ているうちに、ダニエルの胸は彼への愛でいっぱいになった。ラファエルはダニエルが眠っていると思っているようだったが、じつは彼女は、男性には珍しい優美な動きで服を脱ぐ彼をじっと見つめていた。ネクタイをはずし、上着とチョッキを脱ぎ、シャツも脱いで上半身裸になった。引きしまった筋肉と浅黒いなめらかな肌。靴と靴下を脱ぐためにかがみこむと、わき腹の筋肉が固く盛りあがった。

彼がズボンと下着をとって、男らしい下半身があらわになったとき、ダニエルは自分がどんなに彼を愛しているか、どんなに彼の体の動きを両手に感じたいと願っているかを思った。ラファエルは裸のままベッドとは反対のほうへ歩きだした。欲望に硬くなっていないときでも、彼の男らしさは際立っていた。

　ラファエルを見守っているうちに、ダニエルはますます胸がいっぱいになるのを感じた。もう心は決まっている。ここを出ていくのだ。ラファエルを自由の身にしてすべてを正常な状態に戻さなくてはならない。もっとずっと前にそうするべきだったのだ。

　ラファエルの体の重みでベッドが沈むのを感じると、一緒にすごすのも今夜が最後だという思いに胸がつまった。ダニエルの体を引き寄せたとき、ラファエルは彼女が目ざめていることに気づいたようだった。

「眠れないのか？」

「あなたを待っていたの」

　ラファエルが優しくキスをした。「嬉しいな」

　ラファエルの首に両手をまわすと、愛しさがこみあげた。ダニエルはすばやく次の行動に移った。いつもの夜よりもっと強く、彼女はラファエルが欲しいと望んでいた。ここを出ていく勇気を奮い起こすために、最後の夜をラファエルとともにすごしてその大切な思い出を胸にしまっておきたかった。

　ダニエルはこみあげる悲しみを胸の奥に押しこめて、愛の行為に没頭し、一緒にいられる最後のあらゆる瞬間を楽しもうと決意した。ダニエルの意識はラファエルのキスのことだけでいっぱいになり、体の芯がバターのように溶けていった。体を弓なりにそらして彼の胸に胸を押しつけ、肌にあたる胸毛の感触を味わう。

ラファエルの唇がダニエルの胸をとらえると、彼女の喉から快感のすすり泣きがもれた。それに続いてすぐ、今度は絶望のすすり泣きがもれたが、ラファエルに悟られることはなかった。彼にふれられるたび、彼に抱かれるたびに、ダニエルの愛は深くなっていった。ラファエルを深く愛しているからこそ、彼にふさわしい人生を送ってほしいとダニエルは願った。

公爵家を守り、公爵家の当主としての義務を果たしてほしかった。その義務が、彼にとってはとても重大なものなのだから。

それを実現させるための唯一の方法を、明日ダニエルは実行するつもりだった。ふたりに残されているのはこの一夜だけ、この短い時間だけだ。このひとときを、ダニエルはきっと一生忘れないだろう。

体をそらして胸をラファエルに吸われると、下腹に快感が走った。ラファエルは膝でダニエルの脚を広げながら覆いかぶさり、彼女のなかに入りこむときも深いキスを続けた。

〝ラファエル……わたしの最愛の人〟ダニエルは心のなかで彼に呼びかけた。けれど、声に出しはしなかった。永遠に言うつもりはない。この最後の夜、彼と一体になる喜びを味わうだけでいい。そして、明日ダニエルはここを出ていく。

ラファエルが動きはじめると、ダニエルは彼の首に両腕をまわしてしがみついた。ダニエルの体も彼と同じリズムを刻みだし、彼をより深く迎え入れた。顔を彼の首筋にうずめて、一緒に絶頂の高みへと昇りつめていく。彼が動くたびに快感がダニエルを満たし、けっして手に入れられないものへの悲しいあこがれが胸を刺した。

ダニエルは目を閉じて胸の痛みを締めだし、高まってくる快感とラファエルへの愛だけに意識を集中させた。

ふたりは同時に絶頂を迎え、ダニエルのなかにラファエルの欲望が注ぎこまれた。でも、けっして子供ができることはない。今夜も、そしてこれからも。

涙がにじむほどの絶望の泣き声を、ダニエルは唇を噛（か）んでこらえた。ラファエルに涙を見られないように顔をそむけ、体を離す。

「ぐっすりおやすみ、愛しい人（ラブ）」ラファエルがダニエルの額に優しくキスをしてから枕（まくら）に頭をのせた。

でも、ダニエルは眠れないだろう。今夜も、そして、これから一生続くだろううつろな夜にも。これからの寂しい生活の支えのためにラファエルの深い寝息の音をおぼえておこうと耳を傾けているうちに、まつげの下から涙があふれだした。

午後も遅い時間だった。朝ベッドを出てからずっとダニエルの姿を見かけていない。昨夜ダニエルはあまり眠っていないようで、ラファエルは彼女のことが心配だった。

チャイナルームで午後三時に会いたいという伝言を受けとってから、ますます彼の不安は大きくなっていた。

　黒と金色の大理石の柱、金粉で装飾された黒い漆塗りの家具のあるその部屋は、客を迎えるときか、非常にあらたまった場合にしか使わない。なぜ妻がそこに来てくれというのか、ラファエルにはよくわからなかった。

　ダニエルからの伝言を握りしめてチャイナルームに入ると、驚いたことに、濃紺のシルクのドレスを身につけて白髪まじりの髪をきれいに結った母がソファに座っていた。その母の顔にも、ラファエルと同じくらい困惑した表情が浮かんでいた。

「ダニエルからの伝言を受けとったのよ」ラファエルが受けとったのとよく似た紙片を持ちあげてみせながら、母が言った。「ここで三時にお会いしたいと書いてあったわ」

「わたしも同じ伝言を受けとりました」

「どういうことなのか、あなたは知っているの？」

「いいえ、全然」そして、なぜかラファエルはますます落ち着かない気分になった。

「とにかくお茶の用意を言いつけましょう」母が言って戸口のほうに目をやり、ラファエルは母に向きあった席に腰を下ろした。

　ちょうどそのとき、ウースターが姿を現して公爵夫人の到着を告げたので、ラファエルはぱっと立ちあがった。

「お呼びたてして申し訳ありません」ダニエルがきびきびした足どりで部屋に入ってきた。

「お仕事のお邪魔をしたのでなければいいんだけど」

「いや、かまわないよ」ラファエルは言った。ウースターが三人だけを部屋に残して扉を閉めているあいだに、ラファエルは妻の横顔を観察した。少し青ざめ、目の下にうっすらと隈ができている。さらにラファエルの不安が増した。

「紅茶を持ってこさせましょうか？」ラファエルの母が訊いたが、ダニエルは首をふった。

「長くはかかりません。大事なお話があるのですが、おふたりそろって聞いていただきたいのです」

ラファエルはちらっと母に目をやった。彼女もまた不安そうな表情を見せはじめていた。

「とにかく話を聞くよ」ラファエルはそう言って、もう一度腰を下ろした。

ダニエルはソファに座っている公爵未亡人に目をやり、それからラファエルに視線を戻した。「お義母様にも来ていただいたのは、万一あなたが納得しないときでも、お義母様ならあなたを説得してくださると思ったからなの」

ラファエルの胸のなかで第六感が働き、警鐘を鳴らした。鼓動が速くなり、どくどくと鳴りひびく。

ダニエルはラファエルの母親に目を向けた。「お話ししなければならないことがありますの、お義母様。手遅れになるまでラファエルに話さなかったことがあるんです」

このとき、ラファエルは気づいた。「言うな」彼は思わず立ちあがった。「言うんじゃない！」

ダニエルはその言葉を無視した。「ラファエルと離れていたあいだに、わたしは事故にあいました。落馬したんです。そして、怪我をしました。体の内部までひどいダメージを受けて、子供の産めない体になりました。わたしは子供を産めないんです、お義母様」

「やめろ！」いまやラファエルの心臓は胸から飛びだしてしまいそうだった。彼は妻に近づいて、その肩をつかんだ。「これはわたしたちの――ふたりだけの問題だ。ほかの人間には関係がないんだ！」

ダニエルはラファエルを見ようともせずにふたたび話しはじめた。ラファエルの手の下で、彼女の体が震えていた。「わたしはラファエルをだましたんです、お義母様。早くほんとうのことを話すべきだったのに、話さなかったんです。あのときのわたしはあまりちゃんと考えていなかったんです。それに、シェフィールド家がどんなに跡継ぎを必要としているかということも知りませんでした」

ラファエルはダニエルの肩を揺すった。これ以上話を続けさせてはおけなかった。こんなふうにダニエルが自分を卑下するのを聞いてはいられなかった。「これ以上なにも言うな、ダニエル。きみはわたしの妻だ。この結婚に、母はなんの関係もない」

ラファエルを見たダニエルの目に、涙が光っていた。彼女にとってこれがどんなにつらいことなのか、ラファエルにはわかった。一瞬、声も出せないほどの激しい感情が、彼の胸にあふれだした。

「お義母様には、真実をお知りになる権利があるわ」ダニエルが静かに言った。「わたしがあなたの妻でいるかぎり、お義母様の未来は破滅に瀕しているんですもの」彼女は公爵未亡人のほうに視線を戻した。「問題を解決する方法はひとつしかありません。ラファエルが、子供を産むことのできる女性と結婚することです。そのために、彼はわたしと離婚しなくてはなりません」

恐怖がラファエルの胸を締めつけた。同時に、その恐怖よりもさらに大きな怒りが彼を突き動かした。「ばかを言うな！　シェフィールド家では離婚などあり得ない。われわれはもう結婚したのだ。神と法の前で。それはけっして変わらない」

ダニエルの目にあふれていた涙が頬にこぼれ落ちた。「離婚しなくてはならないのよ、ラファエル。あなたには責任が――」

「違う！　わたしの第一の責任はきみを守ることだ、ダニエル」ラファエルがダニエルを抱き寄せると、彼女はさらに激しく震えはじめた。「わたしは一度きみを失った」彼はダニエルの髪に唇を寄せて言った。「もう二度ときみを失いたくない」

ダニエルの低いすすり泣きがラファエルの胸に突き刺さった。胸がつまって苦しかった。ダニエルはラファエルから体を離して義母に顔を向けた。公爵未亡人はソファに座ったまま、これまでラファエルが見たこともないほど青ざめた顔をしていた。その明るい青い目に、ゆっくりと涙が浮かんだ。

「どうかラファエルを説得してください……」ダニエルが言った。「ほかに方法はないとわからせてあげてください」

公爵未亡人はなにも言わず、まるではじめて見るかのような目でダニエルをまじまじと見つめていた。

ラファエルはまたダニエルの肩をつかんだ。「母はこのことに口を出しはしない。きみの夫はこのわたしで、わたしは離婚するつもりはない——けっして！」

ダニエルがラファエルを見あげた。まばたきすると、涙が頬にこぼれ落ちた。「それでは、わたしのほうから離婚させていただきます」

ダニエルはラファエルの手をふりほどいて走りだし、あっという間に廊下に飛びだしていった。

「ダニエル！」ラファエルは彼女のあとを追った。

「ラファエル！」母の鋭い声がラファエルを呼びとめた。

ラファエルはふりむいて言った。「むだな説得はやめてください、母上。ダニエルにはなんの罪もないんです——すべてわたしのせいなのです」

「でも——」

「母上の望みを実現できなくて申し訳ないと思います。でも、わたしは彼女を愛しているし、彼女を出ていかせるつもりはありません」

その言葉は、無意識のうちに彼の心の奥底から飛びだしたものだった。声に出した瞬間、彼はそれが真実であることに気づいた。ダニエルを愛してはいけないとずっと自分に言い聞かせ、感情を制御しようとあらゆる努力をしてきたのに、この数カ月のあいだに彼女の存在はラファエルにとってのすべてになっていたのだ。

そう、すべてに。

ラファエルはあらためてドアに向かい、二階の寝室に行こうと階段を上がりかけた。

そのとき、ウースターが彼を呼びとめた。「奥様は二階にはいらっしゃいません、旦那様」

「どこにいるのだ?」

「お出かけになられたようでございます」

「なんだと?」

「客間へお入りになる前に、奥様は馬車の用意をお言いつけになりました。そして、客間から出ていらっしゃるとすぐ、外套をおとりになって外へおいでになってしまいました。奥様をお見かけしたのはそれが最後でございます」

ラファエルは、なぜ彼女を行かせたのだ、と老いた執事のシャツをつかんで揺すぶってやりたい衝動を必死にこらえた。殺人を企む者がどこかにいるのだ。ダニエルの命が危険だ。

　だが、それは執事の責任ではない。ラファエル自身の責任だ。

　愛しているとちゃんとダニエルに告げて、ラファエルにとってこの世のなによりも大切なのは彼女だとはっきり言葉にしていれば、子供のできないことなど問題ではないときっと彼女もわかってくれたことだろう。ラファエルにとってほんとうに大切なのはダニエルだけだ。

　ラファエルが表に出たときには、すでに馬車はどこにも見あたらなかった。ラファエルは厩(うまや)に向かって走りだした。ダニエルを見つけ、家に連れ戻り、自分の気持ちをちゃんと話すのだ。いまは、手遅れにならないことを祈るしかなかった。

　ラファエルが裏口にたどりついたとき、ロバート・マッケイとキャロライン・ルーンがやってきた。

「いったいなにがあったのですか？」ロバートが訊いた。

「奥様はどこに行ったのですか？」キャロラインがつめ寄った。「従僕が、奥様は馬車でどこかへお出かけになったと言っておりました。泣いていらっしゃったそうです。奥様はどうして泣いていらっしゃったのですか、旦那様？」

　ラファエルの胸が締めつけられた。

「誤解があったのだ。なんとしてでも彼女を見つけて、誤解を解かなくてはならない」彼はマッケイに目をやった。「彼女を殺そうとしている人間がいる。彼女が危険にさらされているかもしれないんだ」

「ぼくもご一緒しますよ」ロバートがラファエルの肩を軽く叩いた。「さあ、行きましょう！」

ふたりが厩に向かうと、キャロラインもあとを追った。ラファエルは、できるだけ急いで馬を用意しろと言いつけた。

二頭の馬に鞍帯がつけられているあいだに、ラファエルはキャロラインに言った。「ダニエルがどこへ行ったか見当がつかないか？」

「思いつくのはウィコム領だけです。あそこではいつも安心して暮らしていられましたし、レディ・ウィコムがいらっしゃいますから。でも、ここ数日間、奥様はとてもご様子がおかしかったので、確実なことはわかりません」

「とにかくウィコム領へ向かおう」ラファエルは言った。「道々、誰かシェフィールド公爵夫人の馬車を見た者がいないかどうか訊いてみよう。馬車には紋章が入っている。ウィコムまで馬車で行ったとすれば、きっと気づく者がいるはずだ」

ふたりは鞍に飛び乗った。ラファエルの馬は大きな雄の黒馬で、ロバートの馬はつやつやした鹿毛の去勢馬だが、どちらも早く走りだしたそうに足踏みしている。

キャロラインはロバートの脚にすがって言った。「気をつけて」そして、ラファエルにも顔を向けた。「おふたりとも」

ロバートが身をかがめてさっとキャロラインにキスをした。「召使いたちと話をしてみてくれ。公爵夫人がどこへ向かったかわかるかもしれない」

キャロラインは豊かな金髪を背中にはねのけながらうなずいた。「できるだけのことをしてみるわ」

ロバートとラファエルが馬のわき腹を軽く蹴ると、二頭の馬はたちまち走りだした。数秒後には、二頭の馬は敷石道に蹄の音を響かせてウィコムに向かう街道を目ざしていた。


時間はのろのろとすぎていった。馬は疲れを見せはじめ、身を切るように冷たい空気があたりを覆っていた。街道沿いに宿屋と貸し馬屋を見つけるたびに、ふたりは馬を止めて旅人や御者に尋ねてみたが、シェフィールド家の馬車を見た者は誰もいなかった。

おそらく十五回めくらいにふたりが轍だらけの道で馬を止めたときには、すでにあたりはすっかり暗くなっていた。

「彼女はウィコムには向かっていない」ラファエルは疲れた声で言った。「それだけは確かなようだ」

「ロンドンへ戻ったほうがいいですね」ロバートが言った。「ひょっとしたら、キャロラインが奥様の行方を捜しあてているかもしれません」

ふたりは馬の向きを変え、風に背を丸めて走りだした。凍えるような寒さがますます厳しさを増してきて、外套を着ていても寒気が身に染みこんでくる。

ラファエルは必死に馬を急がせた。「わたしは彼女が叔母のところへ向かったのだとばかり思っていた」

「しばらく馬車をあちこち乗りまわしているだけかもしれませんよ。そして、もうお屋敷へ戻っているかもしれない」

ラファエルは首をふった。「彼女は離婚するつもりでいるのだ。ちゃんとした計画も立てずに、それほど深刻な決意をする人間ではない。彼女はなんとしてでもやりぬくつもりでいる。わたしが説得できなければ、それでなにもかも終わりだ」

「奥様はあなたを愛していらっしゃいますよ、ラファエル。それなのに、なぜ離婚など望むのですか？」

ラファエルはため息をついた。「複雑な話なのだ。だが、結局のところ、きみがキャロラインに言ったようにわたしも素直に彼女を愛していると伝えていれば、こんなことは起こらなくてすんだはずなのだ」

ロバートがほほえんだ。「それなら、なにも心配することはありませんよ。奥様が見つかったらすぐあなたがご自分の気持ちを伝えれば、なにもかも解決するでしょう」

その言葉のとおりになりますように、とラファエルは祈った。だが、心配は募る一方だった。いったん心を決めてしまうと、ダニエルはラファエルに負けないほど頑固になる。そして、彼女は自分がラファエルのために最善の行動をとったと信じている。

ああ、なんと複雑なことになってしまったのだろう。とにかくいまは、彼女が無事でいることを祈るしかない。

31

骨の髄まで疲れきり、全身泥まみれになって屋敷に帰りついたラファエルを待っていたのは脅迫状だった。ウースターがまるで不吉な中身を感じとったかのように沈鬱な表情で、封蝋で閉じられた封筒を差しだした。

ロバートと並んで立ったまま、ラファエルは封蝋をはがして文面に目をとおした。だが、読む前から中身はわかっているような気がしていた。

おまえの妻を預かっている。生きたまま返してほしければ、指示に従え。夜中の十二時にグリーン・パークに来い。山頂への道を上り、すずかけの木の下で待て。ひとりで来い。口外すれば、妻の命はない。

グリーン・パーク。ラファエルにはなじみのある場所だった。オリバー・ランドールと決闘した場所だ。

「なんと書いてあるのですか?」マッケイが訊いた。その腕に、キャロラインがしがみついている。

「ダニエルが誘拐された」

「誰に?」

「オリバー・ランドールだ。夜中の十二時にわたしひとりでグリーン・パークの山頂へ来いと書いてある。われわれが決闘した場所だ。ランドールは一生治らない怪我を負った。どうやらわれわれが捜していた犯人はランドールだったようだな」ラファエルは指先で軽く手紙を叩いた。「ヤーマスがわたしのいとこを見張り、ランドールのほうはマックフィーが見張ることになっていた。きっとなにか手違いが起きたのだろう」

ロバートが玄関ホールの大時計に目をやった。「あと一時間もありません。なにか作戦を立てましょう」ロバートは書斎に向かいかけたが、ラファエルがその腕をつかんで止めた。

「その必要はない。手紙には、わたしひとりで来いと書いてあるし、わたしもそのつもりだ」

「ばかなことをおっしゃらないでください。あなたはもう二度も殺されかけているのですよ。敵は手を貸す人間を雇っているはずです。今度こそ、計画を成功させるつもりでいるのです。ひとりで行くなんて、みすみす殺されに行くようなものですよ」

「ほかに選択肢はないのだ。ダニエルの命を危険にさらすことはできない。きみの申し出には感謝するが、危険は冒せない」

「そんな――」

ラファエルは軽四輪馬車を家の表にまわせと従僕に言いつけた。ダニエルと一緒に帰ってくるための馬車だ。

「武器は持っていくよ」彼はロバートに言った。「射撃の腕には自信がある」だが、必ず無事に戻ってこられるという保証はない。ラファエルはキャロラインに顔を向けた。「万一、予定外のことが起きたなら、ダニエルがここに戻ってきたとき、きみの存在が必要になるだろう」

「ここでお待ちしています」

「わたしが彼女を愛している、と伝えてもらえないか？　もっと早く言っておけばよかったとどんなに後悔しているか伝えてほしい。頼んだぞ」

キャロラインの青い目が涙でいっぱいになった。「必ずお伝えします」

ラファエルはマッケイに顔を向けた。「きみは立派な男だ、ロバート。もしわたしの身になにか起きたら、きみがふたりの世話をしてやってくれると信じているよ」

「お願いですから、ぼくも一緒に行かせてください。見つからないように闇のなかに隠れていますから。陰からあなたを守ります。相手には見つからないように」

ラファエルは黙って歩きだした。書斎に入り、机のいちばん下の引き出しを開ける。そして拳銃をとりだして無造作に上着のポケットに入れると、厩に通じるドアへ向かった。

自分の身はどうなってもかまわない。

だが、愛する女性だけは、なんとしてでも無事に家に戻さなくてはならない。


ダニエルは馬車のなかで身を硬くしたまま、汚い毛むくじゃらの手に拳銃を握っている髭面の男の横に座っていた。彼女の馬車は、シェフィールド公爵邸から十ブロックと離れていない暗いわき道にほうりだされたままだった。馬車の床には、御者のマイケル・マリンズが意識を失い、縛られ、猿ぐつわをされて転がっていた。

ああ、屋敷を出るなんてほんとうにばかだった！　あのとき彼女の頭にあったのは屋敷を出て、ラファエルから離れなくてはならないということだけだった。あのまま屋敷にとどまれば、結局はラファエルに説得されて離婚の決意が鈍るのではないかと怖かったのだ。そうすれば、彼女はラファエルを裏切ることになる。

ダニエルは膝の上で縛られている両手を見おろした。彼女は自分の身が危険だと、それほど深刻に考えてはいなかったのだ。命を狙われているのはラファエルのほうで、ダニエルではないと思っていた。まさかラファエルの命を狙う者がダニエルを人質に使うとは想像もしていなかった。

彼らの会話で、ラファエルに手紙が送られたことがわかった。誰かがラファエルに会いたいと要求したのだ。馬車が動きだすと、ダニエルの体が震えた。彼女は心からラファエルを愛していた。そして、彼が必要としているたったひとつのもの――彼の名を継ぐ男の子を彼に与えたいと願った。

なのに、結局はラファエルを恐ろしい危険のなかに引きこむことになってしまった。

ああ、もしラファエルが殺されでもしたら、どうすればいいのだろう？

ダニエルは震える息を吸いこんで、できるだけ落ち着いた声で言った。「どこへ行くつもりなの？」

半透明の窓の外に目をこらしても、暗すぎてなにも見えない。

「グリーン・パークだ」隣の男が言った。向かい側にもうひとり男が座っている。下の歯が二本欠けていて、醜い顔のまんなかに丸い鼻があぐらをかいている。

「そこが会見の場所なの？」

「日曜のピクニックぐらいにしか行かない場所だな」

グリーン・パーク。ラファエルがオリバー・ランドールと決闘した場所だ。以前ラファエルがそのときのことを話していたし、彼の腕の傷跡も見たことがある。

では、ラファエルの予想どおり、彼を殺そうとしていたのはオリバー・ランドールだったのだ。

あらためて馬車のなかを見まわすと、濃い赤のベルベットのカーテン、窓の横につるされているよく磨かれた真鍮のランプ、豪奢なベルベットの座席など、このみすぼらしいふたりの男の使う馬車にしてはあまりにも贅沢すぎた。きっとこれはオリバーのものなのだろう。そして彼は、ラファエルと一緒にダニエルも殺そうと企んでいるのかもしれない。

二頭の鹿毛が引く馬車に揺られながらダニエルは黙って座っていたが、頭のなかではラファエルを救う方法を必死に考えつづけていた。いろいろ考えたあげく、結局はその場のなりゆきを見るしかないと決めた。たとえどんなことが起きても、夫が殺されるのを手をこまねいて見ているつもりはなかった。

どんな代償を払おうとも、夫を救う方法を必ず見つける。

それからわずか数分後に、馬車が止まった。灰色の髪に頑固そうな顎をしたたくましい御者が地面に飛びおりた。

ダニエルが外套をさらにきつく体に引き寄せたとき、御者が扉を開け、男のひとりが銃口で彼女を軽くつついた。

「降りろ。ゆっくりとな。でないと、引き金を引くぞ」

ダニエルが鉄の踏み段を下りると、すぐ後ろから髭の男が降りてきた。わき腹に拳銃を押しつけられて丘へ上る道を歩きはじめたとき、ふたりめの男も馬車を降りた。頂上へ着くまでのあいだ、ダニエルはなんとかしてふたりを出しぬいて逃げだし、ラファエルに危険を知らせる方法はないだろうかと考えつづけた。だが、ラファエルがどこから来るかさえ見当もつかない。

ラファエルが来ることは確信していた。名誉を重んじるラファエルは、これまでにどんないきさつがあろうと、必ず妻を救いだしに来るだろう。彼が現れるまで待って、そのときにできる方法で彼を救うしかない。

「上れ」銃口にわき腹をつつかれて、ダニエルは丘の頂上に向かった。茶色に枯れた芝生の上にすずかけの古木が枝を広げ、暗い丘に冷たい風が吹きつけていた。ダニエルは木の下で足を止め、かつては友人だと思っていたオリバー・ランドールの姿を捜した。

だが、暗闇から進みでてきたのは、高価そうな外套とシルクハットを身につけた男だった。三十代の終わりくらいだろうか。これまで見たことのない魅力的な男性だった。そして、もうひとつ進みでた人影を見て、思いがけない女性の姿にダニエルは凍りついた。

「さあ……やっとここで会えたわ」全身黒ずくめの服を着た女が言った。ボンネットからたれている黒いベールのせいで、顔がはっきり見えない。ダニエルより少し背が低いが、もっと肉づきがよく、男と同じように高価そうな外套を身につけている。

オリバー・ランドールの母親、カバリー侯爵夫人だった。

「では、あなただったのですね。あなたの息子ではなくて」

「あなたの夫のせいで、わたしの息子はもう以前の息子ではなくなったわ。あの子の代わりに、わたしが復讐（ふくしゅう）しなくてはならないの」

「ラファエルを殺すつもりなの？」

彼女の唇が憎しみを示すようにゆがんだ。「夜が明ける前に、あなたたち夫婦にはふたりとも死んでもらうわ」

ダニエルの背筋を悪寒が走った。憎悪そのものにふれたような気がした。ラファエルとダニエルのどちらかひとりでも生きているあいだは、侯爵夫人の心はけっして休まることがないのだろう。

ダニエルはなにか武器になるものはないかとあたりを見まわしながら、ラファエルがここへ来ないことを祈った。

でも、心の底では、きっと彼は来るだろうとわかっていた。

ダニエルの心が締めつけられた。彼女の望みは、一生子供のできない生活、どうしても必要な跡継ぎを産むことのできない女との結婚生活からラファエルを解き放ってあげることだけだった。なのに結局、彼をこれまでにないほどの危険に追いこんでしまったのだ。

聞きなれたラファエルの足音が響いた。

ダニエルの脈が一気に速くなった。必死にあたりを見まわしても、使えそうなものはなにも見あたらず、逃げだす方法も考えつかない。

「来ないで、ラファエル！　罠なのよ！」

　ふいに頬を激しく殴られて、ダニエルの体は木の幹にぶつかった。

「黙れ、この売女め。さもないと、おれがその口をふさいでやるぞ」

　ダニエルの体が震えた。彼女は落ち着こうとして大きく息を吸い、よろめきながらも立ちあがった。ダニエルの声は聞こえたはずなのに、足音はどんどん近づいてくる。そして、彼の姿が丘の頂上に現れた。空が雲に閉ざされる前に、一瞬ラファエルの長身が月の光のなかに浮かびあがり、ダニエルの胸が彼への愛に震えた。

　ラファエルはダニエルからほんの二メートルほどのところで足を止めたが、その距離が彼女には果てしないほど遠いものに思われた。ダニエルは彼にふれて、彼の心臓の鼓動と、呼吸につれて上下する胸の動きを感じたかった。

「要求どおり、ひとりで来たぞ」ラファエルの目が高価そうな服装の男から離れ、闇のなかにいるダニエルを見つけた。「大丈夫か、ダニエル？」

　ダニエルの目に涙がにじんだ。「なにもかもわたしのせいだわ。ほんとうにごめんなさい」

　ラファエルがきっぱりと答えた。「きみのせいじゃない。きみはなにひとつ悪いことなどしていない」彼は男に視線を戻した。「はじめて見る顔だな」

「彼の名前はフィリップ・ゴダードというのよ」闇のなかから、侯爵夫人の声が聞こえた。

そして、木の陰から現れた彼女に、ラファエルは驚きの目を向けた。

「これはこれは、レディ・カバリー……正直なところ、まさかあなたが裏で糸を引いているとは思っていなかった。あなたのご主人が復讐を企てているのかと疑ったことはあったが、あなたのことは考えなかった」

「男はいつも女性を見くびっているのよ」

ラファエルがダニエルに視線を向けた。彼の目のなかに、いままでダニエルが見たことのなかった表情が浮かんでいた。それが愛の表情のように見えて、ダニエルは泣きだしたくなった。「確かにそうだな」

「ミスター・ゴダードはわたしのために働いてくれているの。もうわかっているでしょうけど、とても役に立つ人なのよ」

ラファエルがフィリップ・ゴダードに鋭い目を向けた。「寝室に火をつけたのはおまえなんだな」

「仕組んだのはわたしだ」

「馬車の事故も?」

ゴダードが肩をすくめた。「なかなかいい計画だと思ったのだがな。うまくいかなかったのが不思議なほどだ」

「それで、今度はどうするつもりだ?」

侯爵夫人の太った体がわずかに前に出た。「ここへ呼びだされた理由はもうわかったでしょう。だから、死んでもらうわ。死体はどこか遠くへ運んで捨てるから、あなたたちは行方不明ということになるのよ」

「シェフィールド公爵夫妻を殺して、捕まらずにすむと思っているのか？」

「あなただって考えつきもしなかったでしょう？　わたしのように年のいった女は疑われないものなのよ。誰にもわかるはずはないわ」

そのとおりかもしれない、とダニエルは思った。

「始末して」カバリー侯爵夫人がフィリップ・ゴダードに命じた。

ゴダードが銃を持った男にうなずいてみせると、男がラファエルに銃口を向けた。いつの間にか歯の欠けた男の手にも銃が握られていて、男はそれをダニエルに突きつけた。そして、なにもかもが一瞬のうちに起こった。

ダニエルがラファエルに銃口を向けていた男に体当たりし、ふたり一緒に地面に転がった。男の銃が火を吹き、すさまじい銃声が響きわたった。同時に、ラファエルも隠し持っていた銃を撃ち、彼の右側にいた男の体が崩れ落ちた。男は芝生に倒れこみながらも発砲し、ダニエルはわき腹に焼けるような痛みを感じて悲鳴をあげた。

「ダニエル！」

どこからともなく男たちが姿を現した。痛みに体を丸めるダニエルの目に、丘を駆けのぼってくるブラント伯爵とベルフォード侯爵の姿が見えた。そして、反対側からはロバート・マッケイが現れて、フィリップ・ゴダードに拳銃を突きつけた。

ラファエルがダニエルのかたわらに膝をついて彼女の手をとり、ささやくように名前を呼んだ。

「ダニエル、ああ、ダニエル！」

硝煙が目を刺激し、わき腹の痛みが激しくなって息もできない。まぶたが重くなって、暗闇に吸いこまれていくような気がする。ダニエルは必死に目を開けた。「ほんとうにごめんなさい」

「謝るのはわたしのほうだ。愛しているよ、ダニエル。心からきみを愛している」

愛する人の顔を見ると、その頬に涙が伝うのが見えた。「わたしも……愛しているわ、ラファエル。どうしても……その思いを……止められなかった」

激しい痛みにダニエルのまぶたが閉じ、暗黒が彼女をのみこんだ。

ダニエルが最後に考えたのはラファエルのことだった。これでやっと彼を自由にしてあげられる。ラファエルには、息子を持つチャンスが与えられるのだ。

32

シェフィールド公爵邸のダニエルの寝室で、医者のニール・マコーリーとラファエルが並んで立っていた。ベッドのなかには青ざめてじっと動かないダニエルの姿があり、赤い髪が枕の上に扇のように広がっていた。

撃たれた夜から、ダニエルは意識を失ったままだった。どんなにラファエルが祈っても、なんの変化もなかった。あの夜のことを思うと、ラファエルの胸はどうしようもなく締めつけられた。あとで聞いた話では、ラファエルとダニエルのことを案じてコードとイーサンが屋敷に立ち寄ったのは、ラファエルが出かけた直後のことだったという。

そのときロバートは、ラファエルのあとを追ってグリーン・パークへ行こうとしていた。そして、三人が一緒に来てくれたことがよい結果につながったのだった。

撃ち合いが終わって硝煙が薄らいだとき、フィリップ・ゴダードの手下のうちのひとりは死に、カバリー侯爵夫人も流れ弾にあたって息絶えていたが、どの銃から撃たれた弾があたったのかはわからなかった。コードとイーサンがゴダードをとりおさえ、ロバートがもうひとりの手下を捕まえた。

そして、手下を問いつめて公爵家の馬車のありかを聞きだし、御者のミスター・マリンズを救いだした。

オリバー・ランドールとカバリー侯爵は喪に服した。侯爵はラファエルに会うために自らシェフィールド公爵邸に足を運んだ。

「もう復讐は終わりだ」侯爵は言った。「わたしの息子は体の自由を失い、妻は死んだ。オリバーは五年前の出来事の真相を告白したよ。今後わたしの家族があなたになんらかの危害をおよぼすことはけっしてない」

「奥様のことは気の毒だったと思う」ラファエルは言った。

「奥方が早く回復することを願っている」侯爵はそう返した。

だが、ダニエルは回復しなかった。それどころか、死に向かっていく彼女を誰も止められないように思えた。

愛する人を見おろしているラファエルの耳には、医者の言葉もほとんど届いていなかった。

「外で話しましょう」マコーリーが言った。

ラファエルはぼんやりとうなずいた。この五日間、彼はずっとダニエルのそばに座りつづけて彼女の手を握り、これまで怖くて言えなかったことをささやきつづけた。愛していると語りかけ、彼女がいなくては生きていけないと訴えた。

　だが、ダニエルに回復の兆しは見えず、ほんのわずかな反応もなかった。

　彼女はただ死んだように眠りつづけ、ラファエルは心臓が引き裂かれるような思いだった。

　マコーリーのあとについて部屋を出ると、ラファエルはそっとドアを閉めた。

「残念ですよ、ラファエル。できるものなら、回復に向かっていると言いたいのですが、回復の兆しはありません」

　息もできないほど胸がつまった。「彼女はまだ若くて健康だから、回復する可能性はじゅうぶんにあると言ったじゃないか。銃弾はちゃんととりだせた。きっと回復すると、きみは言ったぞ」

「確かにそう言いました。もっと重傷の患者も診てきました。だが、奥様の場合は、欠けているものがあるんです」

「なんだ？　なにが欠けているというのだ？」

「生きたいという意志です。奥様は少しずつ弱っていっている。死ぬことに満足しているように思えるんです。若い人にはとても珍しいことです。どういうことなのか、わたしにもよくわからない」

　その言葉が燃える石炭のようにラファエルの胸を焼いた。マコーリーにはわからなくても、ラファエルにはその理由がわかったのだ。ダニエルが彼を客間に呼んで離婚してほしいと言ったときのことを、彼はいまもはっきりとおぼえていた。彼女はラファエルを解放して、どうしても必要な跡継ぎができるように再婚させようとしていたのだ。

離婚はしない、とラファエルは宣言した。だから、いまダニエルは自分が死ぬことによって問題を解決しようとしているのだ。

ラファエルは震える手で髪の毛をかきあげた。何日も眠っていなかったし、食事もとっていなかった。食欲など少しもなかった。

「どうすれば彼女を救えるのだろう？　わたしはずっと彼女に話しかけてきた。愛している、きみが必要だと訴えてきた。でも、わたしの声は彼女の心には届かないらしい」ラファエルの声がかすれた。「もう、どうすればいいのかわからない」

「できることは、もうなにもないかもしれません」

スカートの衣ずれの音とともに、公爵未亡人がこちらへ近づいてきた。彼女もまたラファエルと同じくらいやつれていた。「そんなはずはありません――まだ、できることはあります」

ラファエルは疲れた目をこすって、涙の痕跡を消した。「どういう意味です？」

「あなたは最善をつくしたわ、ラファエル。できるだけのことはしてきた。今度はわたしの番よ。わたしがダニエルと話をしたいわ」

　ラファエルは警戒するような目を母親に向けた。「なぜです?」

「わたしが女性だからよ。ダニエルを納得させられるのはわたししかいないかもしれないわ。わたしはずいぶん長い時間をかけて考えてみたの。そして、もしダニエルの心を動かすことができる人間がいるとしたら、それはわたしだと思うの」ラファエルの母はふたりのそばを通りぬけてドアを開け、部屋に入った。

　彼女はベッドの横に腰を下ろして、痩せて青白いダニエルの手をとった。そして、その手を両手で包みこんだ。

「聞いてちょうだい、ダニエル。わたしはラファエルの母親よ……だから、あなたにとっても母親なのよ」

　ダニエルの反応はなかった。

　公爵未亡人はゆっくりと息を吸い、そして吐いた。「あなたにお願いがあるのよ、ダニエル。わたしと息子の頼みを聞いてちょうだい。わたしたちのところへ戻ってきて、これまでのように一緒に暮らしましょう」

　ラファエルはごくりと喉を鳴らして顔をそむけた。

「ラファエルがあなたを愛していることはもうわかっているでしょう」公爵未亡人の言葉は続いた。「あなたがひどい怪我をしてから、ラファエルはもう何千回もそう言いつづけているのですもの」

公爵未亡人はスカートのポケットからハンカチを出して目にあてた。「でも、あなたがいなくては、あの子も同じように死んでしまうだろうということまでは知らずにいるかもしれないわね。あなたがラファエルのもとからいなくなってしまえば、きっとあの子は二度と立ち直れないでしょう。前に一度あなたを失ったときのラファエルを見てきたから、わたしにはそれがわかるのですよ。あの子はすっかり違う人間になってしまっていたわ。あなたをとり戻してから、ラファエルは生気もとり戻したの。あなたがラファエルを人間らしい人間に戻してくれたのですよ。あなたと離れていたときには、まるで別人のようだったわ」

涙に声をつまらせて、公爵未亡人はハンカチを鼻にあてた。

「あなたは、自分がいなくなればラファエルが再婚して、いずれ跡継ぎになる息子が生まれるだろうと思っているのでしょう。でも、いまここではっきり言っておくわ――そんなことはどうでもいいことなのよ。あなたたちが結婚してから数カ月間で、わたしはいろいろなことを学んだわ。称号や財産よりも大事なものがあるとわかったのよ。幸せとはなにかということ、心から愛しあうというのがどういうことかわかったの」

彼女は新たな涙を拭いた。

「シェフィールド家の人間はちゃんと生きのびていけるわ。ずっとそうしてきたのですもの。わたしの姉、わたし、ラファエルのいとこたち……。もし不幸にもアーサーかほかの誰かにシェフィールド公爵の称号が受けつがれれば、わたしたちがいま手にしているもののいくぶんかは失われてしまうかもしれない。でも、飢えて死ぬことはないのですよ」

公爵未亡人はダニエルの冷たい手をとってその甲に唇をつけた。

「あなたがラファエルと結婚してくれたおかげで、わたしは以前のような息子をとり戻すことができたのよ。あの子が本来の生気にあふれた人間に戻ることができたのは、あなたのおかげなの。あの子にはあなたが必要なのよ、ダニエル。あなたがいなければ、ラファエルは別人になってしまうわ。お願いだから、わたしたちのところに戻ってきてちょうだい。わたしの息子のもとに戻ってちょうだい。あの子はあなたをほんとうに、ほんとうに愛しているのよ」

公爵未亡人が立ちあがったとき、ラファエルは喉がつまるのを感じていた。部屋から出てきた母親を呼びとめ、彼はその頬にキスをした。

「ありがとうございます、母上」

母親はうなずいた。「ずいぶん時間がかかったけれど、いまはもうはっきりわかりましたよ」彼女は止めようとしてもこぼれ落ちてくる涙を拭いた。「わたしの声を聞いて、ダニエルが戻ってきてくれることを祈りましょう」

ラファエルは黙ってうなずいた。そして寝室に入り、ベッドのわきのいつもの場所に座ってダニエルの手をとった。

くはない」

「目をさましてくれ、ダニエル」彼は静かに言った。「きみのいない世界で生きていきた

翌日のことだった。ラファエルがすっかり疲れきり、望みを捨てかけたとき、ふいにダニエルが目を開けて彼を見あげた。

「ラファエル……？」

「ダニエル……よかった。愛しているよ。どうかわたしから離れていかないでくれ」

「ほんとうに……いいの？」

「もちろん、もちろんほんとうだよ」

ダニエルの青白い頬に、かすかな赤みが差した。「わかったわ。ずっとあなたのそばにいるわ……永遠に」

ダニエルのほほえみを見たとき、ラファエルの心は空高く舞いあがった。

エピローグ

六カ月後

ダニエルは寝室の窓辺に立って、庭を見おろしていた。八月の暖かな日で、太陽が地平線に沈みかけたばかりの時刻だった。ほほえんでいるダニエルの視線の先には、かくれんぼをして遊んでいるメイダ・アンとテリーの姿があった。ふたりは声をあげて笑いながら、咲きほこる花や豊かに茂った葉のあいだから顔を出したり隠れたりしている。乳母のミセス・ヒギンズが噴水のそばのベンチに座ってふたりを見守っていた。

メイダは、ロバートの彫った木の馬を小さな胸にしっかり押しつけるようにして持っていた。公爵家の養女になって以来受けとったさまざまな贈り物のなかで、メイダがいちばん大事にしているものだ。

ふたりを見ているうちに、ダニエルの胸がいっぱいになった。あの子たちのおかげで、この屋敷が家庭になったのだ。

ダニエルが傷から回復するまでのあいだ、ラファエルはふたりの子供たちをずっと彼女のそばにつきそわせておいてくれたのだった。いつかダニエルの口からこのふたりの名前を聞いた記憶があった、とラファエルは言った。そして、ダニエルがふたりを養子にしたいと願っていたと、キャロラインが教えてくれたことも。

「メイダとテリーがわたしたちの最初の子供になるが、最後の子供じゃないよ。きみが望むだけ何人でも養子をもらおう。この屋敷がいっぱいになるまで」

そう言われたとき、ダニエルは嬉しさのあまり涙をこぼした。そして、できるだけ早く体を治そうと、心ひそかに誓ったのだった。

いまはすっかり回復してまた歩けるようになり、暗い日々を思いださせるのはわき腹に残る傷跡だけになった。回復してからは、グリーン・パークの事件よりも以前の苦しい日々――自分がいないほうが夫のためになると信じていた日々を思いだすことはほとんどなくなっていた。

ダニエルの存在が必要だ、と公爵未亡人はきっぱり言いきってくれた。

そして、ダニエルは愛されているのだ、と。

だから、この半年間、ダニエルは幸せだった。このうえなく幸せを感じ、心の底から夫を愛していた。夫も、同じように彼女を愛してくれていた。

ふたりは長い散歩を楽しみ、日曜日には郊外への遠出を計画し、フローラ叔母のいるウイコムに子供たちを連れていって一週間をすごした。キャロラインやロバートともよく一緒にすごした。ロバートはもうエドマンド・ステイグラーに年季奉公の違約金を支払い、ラファエルが首飾りを買い戻すときに支払った代金も返していた。

　いまふたりはレイトン伯爵夫妻となって田舎の領地にいるが、もうすぐロンドンへ戻ってくることになっていた。

　ダニエルの生活はかぎりない喜びに満たされていた。そして、さらにいま、新しい小間使いのメアリー・サマーズを呼ぶために呼び鈴を引きながら、ダニエルは抑えきれないほどの興奮を感じていた。

　一大事件が起きたのだ。今日わかったばかりのすばらしい大事件……まさに奇跡としか呼びようのない出来事だった。だが、女性であるがゆえに、ダニエルにはその奇跡が本物だとわかっていた。

　軽くドアを叩く音が聞こえたのでダニエルはドアに向かって急いだが、遠慮がちなメアリー・サマーズのノックでないのは確かだった。改装のすんだ贅沢な公爵夫人の部屋に入ってきたのはラファエルだった。隣は、ふたりがいつも一緒に眠るラファエルの部屋だ。

「いまそこでメアリーに会ったよ。メアリーはきみの着替えを手伝いに行くところだと言ったんだが、わたしが代わりに手伝ってあげようと思ってね」

　夫の真っ青な目に全身を見つめられて、ダニエルは赤くなった。彼女はエメラルド色のシルクのドレスを身につけていて、これから劇場へ行き、そのあとでイーサンとグレース、コードとビクトリアと一緒に遅い夕食をとることになっている。

「もう着替えはほとんど終わっているようだな。なんとも残念だよ。なにしろわたしは服を着ていないときのきみのほうが好みなのだから。だが、それはまたあとのお楽しみにとっておこう。それで、なにをすればいい？」

ダニエルは笑って彼に背中を向けた。彼女もラファエルと同じことを考えていた。「ボタンをとめて首飾りをつけていただくだけでいいわ」

背中のボタンをとめ終わると、ラファエルは真珠の首飾りを手にした。優美な首飾りをダニエルの首にかけて留め金をとめる。鏡のなかで、ランプの光を受けて真珠が優しく輝き、あいだに挟みこまれたダイヤモンドがきらきらと光った。ラファエルがかがんでダニエルの首筋に唇をつけてから、彼女を自分のほうに向かせた。

ダニエルがあまりに明るくほほえんでいるので、ラファエルが問いかけるように眉を上げた。「ずいぶん嬉しそうだな。なにがあったんだ？」

ダニエルは首飾りにふれて、もうなじみになった心落ち着く真珠の温かさを感じながら、大きく息を吸いこんだ。「お知らせしたいことがあるのよ、旦那様。とてもすばらしいニュースなの」まばたきしても、幸せな涙がこみあげ、頬を伝ってこぼれ落ちた。

「泣いているのか」

ダニエルはうなずいた。「今日ドクター・マコーリーに会いに行ったの」

ラファエルが心配そうな顔になった。「まさか具合が悪いんじゃないだろうね？　どこか——」

「違うわ。そうじゃないの」ダニエルのほほえみがますます明るくなった。「奇跡が起きたのよ、ラファエル。どうしてなのかはわからないわ。あり得ないはずのことが現実になったの。わたしに赤ちゃんができたの。あなたの子供が生まれるのよ」

長いあいだ、ラファエルはただダニエルを見つめていた。それからいきなり彼女を引き寄せてぎゅっと抱きしめた。「ほんとうなのか？　医者がそう言ったのか？」

「ええ、はっきりと。もう四カ月ですって。お医者様は、どうしてこんな奇跡が起きたのかわからないけど、でもほんとうだとおっしゃっていたわ。わたしにも、ほんとうのことだってわかっているの。あなたの子供がわたしのなかで育っているのを感じるのよ」

ただじっとダニエルを抱きしめているラファエルの長身の体から、かすかな震えが伝わってくる。

「思ってもいなかったよ……いまとなってはそれほど大事な問題ではなくなったが……でも、わたしはいま世界一幸せな男だ」

ダニエルは涙をこぼしながら笑いだし、ラファエルにぎゅっとしがみついた。体のなかからわきあがってくる喜びを表現できる言葉は思いつかなかった。やがてダニエルは少しだけ体を離して、首飾りにそっと手をふれた。

「きっとこの首飾りのおかげよ」ダニエルは言った。「わたしにはわかるの」彼女は、きっとラファエルが笑いだして、そんなばかなことはない、なにかちゃんとした理由があるはずだと答えるだろうと思っていた。

だが、彼は身をかがめて優しくダニエルにキスをした。「そうかもしれないな。ほんとうのところは誰にも永遠にわからない」

でも、ダニエルにはわかっていた。首飾りがダニエルに大きな幸せをもたらしてくれたのだ。キャロラインとロバートにも。そしてトーリィとコード、グレースとイーサンにも。

ダニエルはメリック城のレディ・エイリアーナのこと、彼女とフォーロン卿(きょう)との深い愛情のことを思った。

証明することはできないし、ほとんどの人は信じないかもしれないが、心のずっと奥でダニエルは〝花嫁の首飾り〟の伝説がほんとうだとわかっていた。

＊本書は、2007年2月にMIRA文庫より刊行された
『永遠の旋律』の新装版です。

永遠の旋律

2022年5月15日発行　第1刷

著　者　キャット・マーティン
訳　者　岡 聖子
発行人　鈴木幸辰
発行所　株式会社ハーパーコリンズ・ジャパン
東京都千代田区大手町1-5-1
03-6269-2883（営業）
0570-008091（読者サービス係）

印刷・製本　中央精版印刷株式会社

この書籍の本文は環境対応型の植物油インクを使用して印刷しています。

VEGETABLE OIL INK

Printed in Japan © K.K. HarperCollins Japan 2022
ISBN978-4-596-70621-8

mirabooks

忘却のかなたの楽園
マヤ・バンクス
小林ルミ子 訳

所有する島の購入交渉に来たラファエルと恋に落ちたブライアニー。契約を交わすと彼との連絡は途絶える。妊娠に気づき訪ねると、彼は事故で記憶を失っていて…。

忘れたい恋だとしても
マヤ・バンクス
藤峰みちか 訳

会社経営者ライアンと婚約し幸せの絶頂にいたケリーは、ある日彼の弟との不貞を疑われ捨てられた。半年後、彼の子を身ごもるケリーの前にライアンが現れ——

いつか想いが届くまで
マヤ・バンクス
深山ちひろ 訳

若き実業家デヴォンから夢見たとおりのプロポーズをされ、幸せの絶頂にいた花嫁アシュリー。世間知らずの彼女は、それが政略結婚だと知るはずもなく…。

この手を離してしまえば
マヤ・バンクス
八坂よしみ 訳

密かに憧れていた実業家キャムと、あるパーティの夜に結ばれたピッパ。一度のことと知りながらも喜びを噛み締めていたが、後日妊娠したことがわかり…。

心があなたを忘れても
マヤ・バンクス
庭植奈穂子 訳

ギリシア人実業家クリュザンダーの子を宿したマーリーは、彼にただの〝愛人〟だと言われ絶望する。しかも追い打ちをかけるように記憶喪失に陥ってしまい…。

後見人を振り向かせる方法
マヤ・バンクス
竹内　喜 訳

イザベラが10年以上も片想いをしているのはギリシア富豪一族の次男で後見人のセロン。だがある日、彼がどこかの令嬢と婚約するらしいと知り…。

mirabooks

レディ・ヴィクトリア
リンダ・ハワード
加藤洋子 訳

没落した名家の令嬢ヴィクトリアは大牧場主との愛のない結婚生活に不安を覚えていた。そんな彼女はあるガンマンに惹かれるが、彼には恐るべき計画があり…。

天使のせせらぎ
リンダ・ハワード
林 啓恵 訳

早くに両親を亡くし、たったひとり自立して生きてきたディー。そんな彼女の前に近隣一の牧場主が現れる。その目的を知ったディーは彼を拒むも、なぜか心は揺れ…。

ふたりだけの荒野
リンダ・ハワード
林 啓恵 訳

炭坑の町で医者として多忙な日々を送るアニー。ある日彼女の前に重症を負った男が現れる。野生の熱を帯びた男らしさに心乱されるが、彼は驚愕の行動をし…。

バラのざわめき
リンダ・ハワード
新号友子 訳

若くして資産家の夫を亡くしたジェシカとギリシャ人実業家ニコラス。相反する二人の想いは不器用なまでにすれ違い…。大ベストセラー作家の初邦訳作が復刊。

カムフラージュ
リンダ・ハワード
中原聡美 訳

FBIの依頼で病院に向かったジェイを待っていたのは、全身を包帯で覆われた瀕死の男。元夫なのか確信を持てないまま、本人確認に応じてしまうが…。

瞳に輝く星
リンダ・ハワード
米崎邦子 訳

亡き父が隣の牧場主ジョンから10万ドルもの借金をしていたと知ったミシェル。返済期限を延ばしてほしいと頼むが、彼は信じがたい提案を持ちかけて…。